◆浙江省社科规划课题成果（12JCWW01YB）
◆浙江师范大学中国语言文学一流学科建设成果

卡夫卡与卡夫卡学术

赵山奎 著

ZHEJIANG UNIVERSITY PRESS
浙江大学出版社

图书在版编目（CIP）数据

卡夫卡与卡夫卡学术 / 赵山奎著. — 杭州：浙江大学出版社，2018.6

ISBN 978-7-308-18273-7

Ⅰ. ①卡… Ⅱ. ①赵… Ⅲ. ①卡夫卡（Kafka, Franz 1883-1924）—文学研究 Ⅳ. ①I521.065

中国版本图书馆CIP数据核字(2018)第113009号

卡夫卡与卡夫卡学术

赵山奎 著

责任编辑 唐妙琴
责任校对 刘雪峰 张小苹
封面设计 周 灵
出版发行 浙江大学出版社
（杭州市天目山路148号 邮政编码310007）
（网址：http://www.zjupress.com）
排 版 杭州兴邦电子印务有限公司
印 刷 虎彩印艺股份有限公司
开 本 710mm×1000mm 1/16
印 张 18.5
字 数 291千
版 印 次 2018年6月第1版 2018年6月第1次印刷
书 号 ISBN 978-7-308-18273-7
定 价 56.00元

序

曾艳兵

浙江师范大学的赵山奎教授发来新近完成的书稿《卡夫卡与卡夫卡学术》，嘱我写一序言，我当然无法推脱。一者，这些年来我一直在潜心研读卡夫卡，做些相关的课题，因此所有有关卡夫卡的研究成果都是必须涉猎浏览的，而赵山奎在这方面的研究成果一直引人瞩目；二者赵山奎是我的学生，而这种师生缘可以追溯到20世纪90年代。

山奎是我的学生，往事追忆可到20多年以前。那时我在青岛大学中文系教授外国文学，他就是我所教的班里的一个学生。现在回想起来，当时我对他并没有多少特别的印象，直到有一天他向我提交了本科论文《对抗与消解——卡夫卡〈城堡〉解读》，我眼前一亮，感觉有些非同寻常，因为他的论文已经大大超出了其他同学论文的水平。在我的指导下，论文经过多次修改，最后我们联名发表在《国外文学》2000年第3期上。一位本科学生的论文，发表在如此权威的学术杂志上，无疑是一件令人欣慰和自豪的事情。大学毕业前他报考南京师范大学比较文学与世界文学硕士研究生，顺利进入面试。面对主考老师的提问："为什么报考南京师范大学？"他除了回答敬仰南京师范大学的学术传统和实力之外，脱口说出他的老师与汪介之老师颇为熟悉之类的话。如此一来，汪介之老师为了避嫌，暂时退出了面试。山奎为此非常忐忑不安，事后给我打电话谈及此事，我以为并无大碍：这反倒显示了山奎做人做事的率直和诚实。果然，山奎顺利进入南京师范大学继续学习，后来他毕业后又考入南京大学师从杨正润教授攻读博士学位。

山奎的博士论文做的是传记研究，其实本来他暗中是希望继续做卡夫卡研究的，但因为不懂德语一开始就被老师叫停了。但我料想他心中的卡夫卡情结非但没有消逝，反倒在压抑中疯狂地增强、积蓄力量，以致一有机会就会表露出来，甚至以一种爆炸的方式扑面而来。于是，我看到了他近年来发表的一系列有关卡夫卡的研究文章，还有眼前这部书稿《卡夫卡与卡夫卡学术》。

卡夫卡生前并非完全默默无闻，他在世的时候已经引起了某些作家、评论家的关注和评价，因此，有关他的学术研究史应该从那个时候算起，屈指一数，恰好百年。1907年卡夫卡的朋友布罗德在公开发表的文章中评价卡夫卡，然而此时卡夫卡还从未公开发表过自己的作品，因此以此作为卡夫卡学术研究史之发端似乎为时尚早。1915年德国的冯塔纳奖颁赠给了斯特恩海姆(Carl Sternheim)，但鉴于斯特恩海姆是一名富翁，于是决定将800马克奖金颁赠给卡夫卡。卡夫卡最后接受了这笔奖金，据说他用这笔钱买了战争债券，当然也就有去无回。不过这件事说明卡夫卡在当时德语文坛已经不再是无名之辈了。

1915年11月10日，作家弗兰茨·魏费尔(Franz Werfel)在给卡夫卡的信中写道："亲爱的卡夫卡，您是如此纯粹、新颖、独立，而且完整，这使得人们最终必须要结交您，仿佛您已经往永生或者永生一样。这种感觉是在任何活着的人身上找不到的。您在最近的作品中所取得的成就，确确实实在此前的作品中是不存在的，也就是说，您通过一个完全特别的、几乎是真实的故事，既有一定的普遍性，又有一定象征性地展现了完整的人类的悲剧。我这样说显得非常愚蠢。所有的人，尽管他们与您生活在一起，但是，都一定知道不能将您当一般的同时代的人来对待，他们也会这么做的。"①这种评价即便是今天看来也是准确、深刻的。1915年卡夫卡的《变形记》出版，弗兰茨·魏费尔一直在夸赞这部小说。因此，将卡夫卡学术史的开端设定在1915年或许较为准确合适。这样也就大体吻合了此前提及的"卡夫卡百年学术史"的说法了。

1920年冬天，技艺精湛的朗诵大师路德维希·哈特(Ludwig Hardt)在德国意外地发现了那时还几乎完全没有名气的卡夫卡小说集《乡村医生》。他仔细阅读了其中的几篇小说。1921年3月9日他在柏林朗读了卡夫卡的作品。"人们是从路德维希·哈特的讲堂中第一次听到弗兰茨·卡夫卡这个名字的。在很多报纸上，弗兰茨·卡夫卡的名字是作为路德维希·哈特所朗诵的散文的作者

---

① 莱纳·史塔赫：《领悟年代：卡夫卡的一生》，董璐译，哈尔滨：黑龙江教育出版社2017年版，第31页。

而被提及的。”哈特后来又将《致科学院的报告》加入自己的节目单中。[①]哈特在布拉格也朗读了卡夫卡的作品。

哈特的出现证实卡夫卡已经是一位有些名气的作家了。“大概到战争结束的时候，卡夫卡在布拉格的德语圈子里还只是个地方天才，而现在他成为当代伟大的文学家，他在惶恐中确认，现在读者也能够再次认出他来：当他出现在某个演出现场的时候，人们会小声说出他的名字，而且在这个冬天一再发生的是，当他在演出之后被朋友劝着走进爱迪生咖啡馆的时候，邻座的人会不加掩饰地观察他。”[②]托马斯·曼在日记中写道，哈特在1921年8月1日为他朗读了卡夫卡的散文，这是他第一次注意到这位作家。在9月22日的日记中曼又写道：“我对朗诵家哈特推荐给我的弗兰茨·卡夫卡的作品非常感兴趣。”曼后来还在1925年11月29日的《布拉格日报》上公开推荐人们去阅读“值得高度关注”的《审判》。

当然，在卡夫卡生前人们对他的作品的关注和研究远远不止以上所述，这些在山奎的《卡夫卡与卡夫卡学术》中均有更为详尽的阐述和分析，这里无需赘言。卡夫卡去世后其影响和地位与日俱增，尤其是在第二次世界大战后，经历了一场噩梦的欧洲终于发现了卡夫卡的价值和意义。卡夫卡开始越出国界，在欧洲和美国走红，其影响迅速扩展到了拉丁美洲、亚洲、非洲等世界各地。一股“卡夫卡热”很快遍及西方文坛，至今热度不减。随后，各种现代主义、后现代主义流派，如荒诞派、新小说派、存在主义文学、黑色幽默、魔幻现实主义等，都纷纷去卡夫卡那里寻找渊源和灵感。卡夫卡渐渐成了世界上最重要、最有影响力的作家。“卡夫卡完全可以与但丁、莎士比亚和歌德等相提并论。”[③]“卡夫卡是当代欧洲几乎所有作家的先行者”，“这些作家意识到了也好，没有意识到也好，都改变不了这个事实”。[④]“今天人们打开每一期德国的、法

① 莱纳·史塔赫：《领悟年代：卡夫卡的一生》，董璐译，哈尔滨：黑龙江教育出版社2017年版，第334页。

② 莱纳·史塔赫：《领悟年代：卡夫卡的一生》，董璐译，哈尔滨：黑龙江教育出版社2017年版，第340页。

③ 叶廷芳编：《论卡夫卡》，北京：中国社会科学出版社1988年版，第678页。

④ 娜塔丽·萨洛特：《从陀斯妥耶夫斯基到卡夫卡》，柳鸣九主编：《新小说派研究》，北京：中国社会科学出版社1986年版，第11页。

国的、英国的、美国的或意大利的杂志，差不多都会碰到这个名字。”[①]卡夫卡研究随即也就变成了西方乃至世界的一门“显学”。如今每两年至少有一次专门的卡夫卡国际学术讨论会，研究他的著作不计其数，产生了一大批研究专家和一些国际学术团体。卡夫卡研究已成为一门独立的学科。

然而，我们对于如此丰富的卡夫卡研究成果却缺乏足够的重视与研究。卡夫卡的百年研究史究竟有着怎样的启示和困惑、价值和意义？于是，我们又回到山奎这部《卡夫卡与卡夫卡学术》：“百年卡夫卡学术陆续构建出了诸多矛盾和彼此矛盾的卡夫卡形象，卡夫卡学术本身很早也已成为卡夫卡学者所面临的‘卡夫卡式境遇’。本书主要关乎卡夫卡学术，但很难想象一本关于卡夫卡学术的书，会不同时是一本关于卡夫卡与卡夫卡作品的书。同样很难想象，一个关于卡夫卡、卡夫卡作品与卡夫卡学术的书的作者，会不认为自己是一个卡夫卡式的卡夫卡学者，以及，一个卡夫卡学者，会没有一个‘信使梦’。但一个卡夫卡学者最大的噩梦，恐怕就是‘卡夫卡学术’。”[②]一段卡夫卡式的表述，拉开了卡夫卡学术史研究的序幕。

由于“整个卡夫卡学术充满了这样既遮掩又敞开、欲言又止、欲说还休、虚虚实实的花边文字”，因此，确实有那么几个瞬间，山奎觉得卡夫卡学术就是一个庞大的谣言：“一定有人说了卡夫卡的坏话，因为他没做什么坏事，却在20和21世纪成为一门学问的主人公。”因为第一个说卡夫卡“坏话”的就是马克斯·布罗德，他所制造的最大谣言就是从中产生了“卡夫卡学术”的那个谣言：卡夫卡其实并不想他的作品被他最好的朋友马克斯·布罗德烧毁，卡夫卡想要被人们“研究”。于是《卡夫卡》水到渠成地进入第一章“学术史语境中的卡夫卡‘遗嘱’”。卡夫卡的遗嘱，我们当然并不陌生，但将卡夫卡遗嘱放在卡夫卡学术史语境中来考察却前所未闻，由此可见本书作者的学术敏锐和巧思了。近些年来，我常听到这样的抱怨：“卡夫卡研究已经取得了如此丰硕的成果，卡夫卡的选题已经被前辈学者掏尽做绝，再也不剩下什么了！”然而，事实并非如此，我们只需略略翻看一下山奎的书便可了然。

随后，《卡夫卡与卡夫卡学术》在考察卡夫卡日记形态的基础上，阐述卡夫

① 布罗德：《卡夫卡传》，叶廷芳等译，石家庄：河北教育出版社1997年版，第218页。
② 见本书“导论”，第1页。

卡的日记写作与文学写作之间的关系，并在这一背景中探讨进入卡夫卡《日记》的“文学空间”的路径。卡夫卡所有的文字大体上可以分为三部分：日记、书信和作品。日记是和自己的交流，书信是和社会的交流，作品则是内在与外在世界的统一。其实，卡夫卡的日记是可以当作文学作品来读的，正如他的作品可以当作他的日记来读一样。“他的日记还有一个特点，那就是，即使将生活的材料转化为思想，还需要用另一种故事讲述。也就是说，生活中真实的故事必须转换为一个能够更好地体现其思想的故事，才能获得讲述的有效性。他或许认为，这是一种更有效率的方式，也更具有对生活的穿透力。卡夫卡的这些特点在其日记中无处不在，与其说他的日记是为了记叙生活，是为了抵抗遗忘，毋宁说他是为了牢记自己每一天的所思所想和对生活的独特感受。一个人的一生，在卡夫卡看来，应该从自己的思想中穿过，而不应该从简单的材料中走过。”[①]的确，卡夫卡的日记就是进入“令人困惑不解并且是复杂”的卡夫卡及其“文学空间”的重要路标。

接着，《卡夫卡与卡夫卡学术》讨论了那封著名的致父亲的信。山奎认为，卡夫卡致父亲的信，与其说是写给父亲的，不如说是通过写父亲来给自己立传。“它是书信，但这封信却没有到达收信人的手中，它也是自传，但这一作品中的‘自我’却是‘寄生性’的。”信中的卡夫卡觉得父亲赫尔曼毁掉了自己的生活能力，使自己成为猎物、牺牲品和虫子。山奎则看出，在《致父亲》中，父亲其实也成为卡夫卡所编织的文字之网中的猎物，卡夫卡“步步紧逼，毫不放松，不给父亲以任何喘息的机会，扮演的正是一个穷追不舍的猎人的角色”[②]。与卡夫卡的日记一样，卡夫卡写给他人的信也以另一种方式在呈现自己。

紧随其后，《卡夫卡与卡夫卡学术》以同样别致的方式论述了“《致菲莉斯》中的卡夫卡”，还有“卡夫卡的死亡想象”。后面连续五章对《变形记》学术史的集中梳理和研究，继而讨论的《乡村医生》和《地洞》的学术史问题，卡夫卡的“哈姆莱特问题”，以及余华与卡夫卡的文学缘。最后，山奎讨论了《城堡》的“反懂”问题。总之，山奎总能在别人不易发现问题的地方找到问题，然后又在别人往往一筹莫展的地方找到解决问题的方法，并得出人们意想不到的结

---

① 张锐锋：《卡夫卡谜题》，北京：海豚出版社2013年版，第175页。

② 详见本书第三章。

论。这些当然应该归功于他的独具慧眼，而慧眼则源自慧心，说到底，这就是一颗热爱学术、执著追求、心无旁骛、锲而不舍的心。

法国当代著名思想家布朗肖写了本书，书名很有意思:《从卡夫卡到卡夫卡》。这里的“卡夫卡”始终是同一个卡夫卡吗?“如果是的话，卡夫卡只能是空无(唯一加倍却不使内容增加的);如果是的话，‘从’与‘到’的字义将无法动弹地彼此抵消，失效地陷入全然内在，导致被此两者所连接的‘卡夫卡’彻底瘫痪。反之，如果不是的话，两个卡夫卡本身的意义则产生变异的必然相斥，矛盾地潜入双重无法重复的差异匿名;如果不是的话，‘从’与‘到’的字义成为彼此穿接的迷宫而永恒地处于外部之中，失去潜入内在解说名词的可能性，这使得辨识卡夫卡同样是不可能的。”[①]解释卡夫卡既非重复卡夫卡，也非无关于卡夫卡，而总是差异地书写卡夫卡。一旦重复且增加就必然是差异的重复，因而前一个卡夫卡一定不同于后一个卡夫卡。有一个卡夫卡，是否还有一个非卡夫卡的卡夫卡？对于卡夫卡研究如此，对于卡夫卡学术史的研究恐怕也是如此。山奎写了一部研究卡夫卡学术史的书，最后这部书也将成为卡夫卡学术史的一部分。卡夫卡学术在经过学术卡夫卡后，最终还是回到卡夫卡学术，这是不是颇有些卡夫卡的意味呢?

记得卡夫卡去世后，作家、记者约翰尼斯·乌茨迪尔(Johannes Urzidil)说过:“如果在什么地方存在着完全始终如一的人生和艺术家本性，那就是在弗兰茨·卡夫卡那里。”所有的人都在寻找通向卡夫卡大门的钥匙，但最终徒劳无功。“他们充其量可以解释，卡夫卡想表达的意思是什么，然后，人们可以赞同他们的阐释，或者提出自己的一些反对意见。但是，他们当中却完全没有人能够解释，卡夫卡为什么会说他所说的那些，他为什么会用所说的方式说出那些，为什么人们与他所说的，以及与他本人从来没有产生直接的冲突。”[②]卡夫卡是说不尽的，如今对于这“说不尽”的卡夫卡，我们也得说说了。当然，最终恐怕还是说不尽。

① 莫里斯·布朗肖:《从卡夫卡到卡夫卡》，潘怡帆译，南京:南京大学出版社2014年版，导论，第33页。

② 莱纳·史塔赫:《领悟年代:卡夫卡的一生》，董璐译，哈尔滨:黑龙江教育出版社2017年版，第475—476页。

目 录

导　论　卡夫卡学术百年:反思与困惑 ……1
第一章　学术史语境中的卡夫卡"遗嘱" ……22
第二章　《日记》及其"文学空间" ……36
第三章　《致父亲》中的卡夫卡 ……49
第四章　《致菲丽斯》中的卡夫卡 ……64
第五章　卡夫卡的死亡想象 ……77
第六章　《变形记》早期评论回顾 ……93
第七章　《变形记》晚近评论回顾 ……105
第八章　《变形记》:"异化"抑或"认同"? ……117
第九章　《变形记》与"灵魂轮回" ……127
第十章　《变形记》初版封面画 ……141
第十一章　《乡村医生》学术史评述与解读 ……149
第十二章　《乡村医生》与希腊古典 ……165
第十三章　《地洞》学术史评述与解读 ……178
第十四章　卡夫卡的"哈姆莱特问题" ……195
第十五章　余华与卡夫卡的文学缘 ……210
第十六章　《城堡》"反懂"吗? ……222

引用文献 ……241
附录一　评《卡夫卡研究》 ……257
附录二　评《卡夫卡与中国文化》 ……263
附录三　卡夫卡的《判决》:传统与背叛 ……268

后　记 ……282

导　论　卡夫卡学术百年:反思与困惑

从1907年布罗德(Max Brod)在《当代》(*Die Gegenwart*)周刊公开发表的文章中首次评价卡夫卡算起,卡夫卡学术如今已经110年了;从1924年布罗德在《世界舞台》(*Die Weltbühne*)周刊首次公开卡夫卡的"焚稿遗嘱"并加以解释算起,卡夫卡学术也快100年了。而从世界第一个专业学会"美国卡夫卡学会"在1975年成立与其会刊《美国卡夫卡学会通讯》(1982年起更名为《美国卡夫卡学会会刊》)在1977创刊算起,近半个世纪也已过去了。但要说清楚一百年的学术积累对于理解卡夫卡有哪些贡献,却又是一件难事。面对种种解释,很多时候读者/学者仍像《诉讼》中的约瑟夫·K一样困惑,觉得学者/其他学者的解释就像是神父的解释,"那简单的故事逐渐变得模糊了,他想要摆脱掉它的缠绕"①。

百年卡夫卡学术陆续构建出了诸多矛盾和彼此矛盾的卡夫卡形象,卡夫卡学术本身很早也已成为卡夫卡学者所面临的"卡夫卡式境遇"。本书主要关乎卡夫卡学术,但很难想象一本关于卡夫卡学术的书,会不同时是一本关于卡夫卡与卡夫卡作品的书。同样很难想象,一个关于卡夫卡、卡夫卡作品与卡夫卡学术的书的作者,会不认为自己是一个卡夫卡式的卡夫卡学者,以及一个卡夫卡学者会没有一个"信使梦"。但一个卡夫卡学者最大的噩梦,恐怕就是"卡夫卡学术"。

① 卡夫卡:《卡夫卡全集》(3),叶廷芳主编,石家庄:河北教育出版社1996年版,第177页。

一

某种意义上，卡夫卡学者都有一个“信使梦”[①]，并且暗中希望自己是唯一的信使：似乎对于他来说，卡夫卡就是卡夫卡笔下那个已经死了多年却好像仍活着甚至会一直活下去的皇帝或国王，只有他一个人得到了关于卡夫卡的启示。但这个怀揣启示的信使，在走出家门后(其实他带着这个信息要去什么地方、传递给什么人也并没有想清楚)却有些吃惊地发现(其实他早就该知道)，这个世界早已布满了形形色色的卡夫卡信使(他们作为一个整体就如同卡夫卡巨大父亲的巨大阴影：“在打开的世界地图上”，“四脚八叉地躺着”[②])，他根本无法突破他们的重围，他会被困在他们的文字里；他所希望传达的卡夫卡的信息，在漫长、徒劳、令人疲倦的游荡过程中，会遭受辐射和撕裂；在某个时刻他会发现，他随身携带那则信息，已经面目全非。

使用“形象”和“样貌”这样的说法，我想表达的意思是：对于绝大多数读者和大多数卡夫卡学者，卡夫卡只是一个形象，而这个形象来自卡夫卡学术的构建[③](或许最初级的形态就是文学史教材)；对于卡夫卡学术来说，卡夫卡形象(或许最初级的形态是卡夫卡的照片和卡夫卡作品的封面)则决定了卡夫卡学术的样貌。卡夫卡学术的总体样貌就是卡夫卡的总体形象，而卡夫卡的形象，既显现也隐藏在他那让人着迷也让人困惑的作品中。如今我们理解卡夫卡，无论愿不愿意，都需要穿越卡夫卡学术的迷雾，踏上那条或许并没有终点、相反却总是绕回到诸多似曾相识之岔路——这条道路或许就是卡夫卡所说的那条“真正的道路”或“正道”：“它不是绷紧在高处，而是贴近地面的。与其说它

---

① 参见卡夫卡的话：“他们面临选择，是成为国王还是成为国王们的信使。出于孩子的天性，他们全都要当信使。所以世界上尽是信使，他们匆匆赶路，穿越世界，由于不存在国王，他们互相叫喊着那些已经失去意义的消息。他们很想结束这种可悲的生活，但由于职业誓言的约束，他们不敢这么做。”卡夫卡：《卡夫卡全集》(5)，第7页。

② 卡夫卡：《卡夫卡全集》(8)，第278页。

③ 参见昆德拉的说法：布罗德“创造卡夫卡的形象和他的作品的形象，同时也创造了卡夫卡学”。米兰·昆德拉：《被背叛的遗嘱》，孟湄译，上海：上海人民出版社1995年版，第37页。

是供人行走的,毋宁说是用来绊人的。”[①]我们本不应相信自己随身携带着卡夫卡这个文学皇帝的信息。

或许卡夫卡学术第一个和最后一个守门人都是卡夫卡自己。在此笔者想强调卡夫卡作为“学者”的身份和他对这一身份的“自我理解”。[②]卡夫卡涉猎的古今知识广泛深入,其复杂程度令人吃惊,我们只需简单提及:作为犹太人,他晚年宣称自己所写与要写的东西是“新卡巴拉”(einer neuen Geheimlehre, einer Kabbala)[③],也就是他写作的意图之一是要延续、复兴和更新古老的犹太文化传统;他接受过西方古典传统教育,宣称自己是一个“无名希腊人”,并在自己的作品中大量明征暗引荷马与柏拉图等古典作家的作品[④];他热爱和熟悉德国文化,也继承了歌德对于中国文化的好感——有的时候他甚至会想象:“如果我是个中国人……”[⑤];作为法学博士和官办保险公司高级管理人员,他是现代保险法学家和技术专家——美国一部法律教材的著者宣称:“所有西方法律的论述都不过是弗兰茨·卡夫卡的注脚。”[⑥]我国学者梁展进一步断言:“卡夫卡对同时代即19世纪末至20世纪初的社会、法律、国家治理非常熟悉,他的作品是对同时代混乱状况拉开距离的讽刺以及对两次世界大战之间欧洲法西斯体制兴起的预言和前瞻。”[⑦]果真如此,一般意义上的卡夫卡学者如何能够穿越作为学者的卡夫卡的“自我理解”以及他所研究过的那些“主义和问题”而抵

① 卡夫卡:《卡夫卡全集》(5),第3页。

② 卡夫卡算不算个“学者”? 学者们当然也有不同意见。玛特尔·罗伯特就认为,虽然卡夫卡和塞万提斯一样,属于“贪婪的读者”,但他们都“不是学者”。(See Marthe Robert, *The Old and the New: From Don Quixote to Kafka*, *trans*. Carol Cosman, Berkeley: University of California Press, 1977, p.32.)无论如何,至少可以确定的是,卡夫卡显然“关心”学者和学术。

③ Franz Kafka, *Schriften Tagebücher Briefe* (Kritische Ausgabe), hrsg. Jürgen Born et al., Frankfurt am Main: S. Fischer Verlag, 1990, s. 878.

④ 详见本书第十一章。

⑤ 卡夫卡:《卡夫卡全集》(10),第46页。对此论题,曾艳兵的《卡夫卡与中国传统文化》有详尽的考查。相关评述参见本书附录二。

⑥ 博西格诺等:《法律之门》(第8版),邓子滨译,北京:华夏出版社2007年版,第11页。笔者从曾艳兵先生《何为“卡夫卡式审判”?》一文(载《读书》2016年第12期)中获知此线索。

⑦ 梁展:《帝国的想象:卡夫卡〈中国长城修建时〉中的政治话语》,载《外国文学评论》2015年第4期,第11页。

达卡夫卡文学的核心地带?

进一步的观察还可以发现,“学者”和“学术”形象在卡夫卡作品中为数不少(卡夫卡学术的“国际性”和“比较学术性质”也包含在此类形象中)——《在流刑营》中的“旅行者”被认为是一个“西方大学者”①;《乡村教师》中的叙述者和主人公都是“学者”②;《中国长城建造时》是一个正在进行中的“学术报告”,而叙述者显然是一个中国“比较民族史学者”③;同样在作“学术报告”的还有《一份为某科学院写的报告》中的红彼得;《一条狗的探索》的叙述者是个已经变老的“学术狗”,它对那些更年轻的“学术狗”对它所提问题的评论听起来竟像是对卡夫卡学术自身的讽刺:“一个问题听起来像另一个问题,重要的是提问的意图,而意图总是隐蔽的,往往连提问者也搞不清楚。况且,提问的确是狗类的一种怪癖,大家七嘴八舌地乱提问题,仿佛这样就能抹去那些正确问题的痕迹。”④最晚在20世纪80年代初,考察过此前卡夫卡学术史的帕梅拉·考非就已经清楚意识到了卡夫卡学术这种“七嘴八舌”之乱局:“如果批评家把卡夫卡看作是模仿性的,他就在卡夫卡的符号世界与现实世界之间寻找对应物;如果批评家把卡夫卡的作品看成自我表现的,比如说看成梦叙述,那他就会在卡夫卡笔下的形象与他的生活或欲望及挫折之间寻找对应物;如果关注语言表达危机,比如卡夫卡所面临的他自身真实感觉与他的语言媒介之间的断裂,批评家就会把他的作品理解成这一表达之绝望。……如此的批评并不向卡夫卡作品的某种决定性解释推进,而只是不断衍生出阅读。”⑤

同样令人吃惊的,可能还有卡夫卡在表述其“学术性”时所采取的欺骗性方式。卡夫卡说他“只拥有人类的全部弱点”(nur die allgemeine menschliche

---

① 卡夫卡:《卡夫卡全集》(1),第94页。

② 曾艳兵先生认为,该作即是对一系列“学术研究的根本问题”(如“学术研究的目的是什么?研究人员之间的关系如何?学术研究的价值和意义在哪里?”)的“思考、描述,或者暗示、隐喻”。详见其《学术研究的困惑和悲哀》一文,载《名作欣赏》2008第1期,第94—96页。

③ 卡夫卡:《卡夫卡全集》(1),第380页。

④ 卡夫卡:《卡夫卡全集》(1),第445页。

⑤ Pamela L. Caughie, “The Death of Kafka: the Birth of Writing”, *Journal of Kafka Society of America*, 1981(2), p.4.

Schwäche),借此他“强有力地汲取了……我的时代的否定因素”[①](Mit dieser…habe ich das Negative meiner Zeit…kräftig aufgenommen.)。这个表述看似谦虚,其实不然,其间“强”与“弱”之间的辩证转换有着难以觉察的含混——“弱点”是被他这个分析者“强有力地”加以理解(“强制阐释”?)的结果,在这个分析者面前呈现出“所有弱点”的,最终是被分析的“世界”。卡夫卡实际上是说,他懂得他身处其中的“他的时代”的所有东西,懂到了“细若游丝”(这可算是对“弱/Schwäche”的另一种理解)的地步。这个表达如果和下面这个同样关乎“强弱”的表达对照起来看,其意思就更为明显:“以最强烈的光(stärksterm Licht)可以使世界解体。在弱的眼睛(schwachen Augen)前面,它会变得坚固,在更弱的眼睛前面,它会长出拳头,在再弱一些的眼睛前面,它会恼羞成怒,并会把敢于注视它的人击得粉碎。”[②]1911年2月19日的日记中还有被卡夫卡删掉的一处(或许更能说明问题):卡夫卡宣称自己“现在无疑是布拉格的精神中心”[③](zweifellos bin ich jetzt im Geistigen der Mittelpunkt von Prag)。这三个表达合在一起,卡夫卡学术的宽广度就获得了一个说明——卡夫卡学者所发现的卡夫卡作品与其时代之间关系,其根源就在于卡夫卡在他的作品中已经植入他与他的时代的关系,而经由他强力阐释的“他的时代”,同时也携带了它自身的历史和对于未来的想象。由于偶然或者命运,这种想象与后来所发生的事情发生了契合和共振,就强化甚至建构了卡夫卡学术的城堡——有学者甚至不无道理地说,就卡夫卡学术对卡夫卡形象的构建而言,希特勒也有一份功劳:“通过使《流刑营》看起来像是将要到来事情的预言,希特勒把卡夫卡变成了预言家。”[④]

---

① Franz Kafka, *Hochzeitsvorbereitungen auf dem Lande und andere Prosa aus dem Nachlaß*, hrsg. Max Brod, Frankfurt am Main: Fischer Taschenbuch Verlag, 1983, s.89.

② Franz Kafka, *Hochzeitsvorbereitungen auf dem Lande und andere Prosa aus dem Nachlaß*, s.34. 卡夫卡:《卡夫卡全集》(5),第8页。

③ Franz Kafka, *Tagebücher Apparatband*, hrsg. Hans-Gerd Koch et al. Frankurt am Main: S. Fischer Verlag, 1990, s.169. 笔者从李维特(June O. Leavitt)的书中注意到这一点,相关讨论参见June O. Leavitt, *The Mystical Life of Franz Kafka: Theosophy, Cabala, and the Modern Spiritual Revival*, Oxford University Press, 2012, pp.8–9, pp.181–182.

④ Klayton Koelb, *Kafka: A Guide for the Perplexed*, New York: Continuum, 2010, p.71.

二

在卡夫卡学术界，一大怪现象就是充满了卡夫卡式的自我嘲弄甚至自我憎恨：卡夫卡学者批判卡夫卡学术，似乎已成为传统，其方式有些诡异地像卡夫卡的父亲对卡夫卡的批判："斥骂、威胁、讽刺、冷笑，还有（这是奇怪的）自责。"[①]面对卡夫卡学术时的疲倦、惶惑甚至恼火，很早就已是卡夫卡学术史的一部分了。我们很自然地想起1938年本雅明对布罗德所持批判姿态的讽刺："无论是超现实主义者对卡夫卡不无道理的关注，还是维尔纳·克拉弗特对卡夫卡不无洞见的阐释，他都嗤之以鼻，这种做法有些煞风景。不仅如此，他还想方设法贬低尚未出现的对卡夫卡的研究。"[②]1946年，面对快速增长的卡夫卡学者，汉娜·阿伦特的感觉可谓五味杂陈："尽管卡夫卡在活着的时候没能过上体面的生活，他现在倒是能够让一代又一代的卡夫卡学者事业有成、温饱富足。"[③]到20世纪70年代，海勒写关于卡夫卡的书时，已经倦态毕露："只要瞄一眼就卡夫卡所写东西而写的那些东西的书目，就足以让人觉得要在这些已经过多的书和论文上面再增加点什么东西，是多么成问题。"[④]但他仍打起精神写了一部《卡夫卡》。进入21世纪，施塔赫在写作后来被公认为卡夫卡的权威传记时，这种疲倦已经成为愤怒："借用黑贝尔评价莱辛研究的话说，确实，即便卡夫卡从死里复活，他也不大可能告诉我们还没有被探讨过的事情。大多此类研究包含着没有根据的猜测或充斥着令人生厌的学术行话。不管某个理论多么牵强，总会有某个地方的某人跟风鼓吹；没有什么方法不被用来解释卡夫卡的作品。某些专著就像是孤独症患者的游戏，不可能想象读者会从中得到合乎情理的收获。"[⑤]对卡夫卡学术的这种厌倦也延伸到文学虚构中：阿兰·本

---

① 卡夫卡：《卡夫卡全集》（8），第247页。

② 本雅明：《经验与贫乏》，王炳钧译，天津：百花文艺出版社1999年版，第381页。

③ Cited in "Publisher's Note", in Franz Kafka, *The Trial*, trans. Breon Mitchell, New York: Schocken Books, 1998, p.xii.

④ Erich Heller, *Franz Kafka*, London: Fontana Modern Masters, 1974, p.ix.

⑤ Reiner Stach, *Kafka: Decisive Years*, trans. Shelley Frisch, Princeton University Press, 2005, p.7.

奈特(Alan Bennett)1986年推出的荒诞喜剧《卡夫卡的丁丁》(Kafka's Dick)就把讽刺矛头指向了卡夫卡学术——卡夫卡看着西德尼搬进来的一大摞书,惊问:"天啊,这也是我写的吗?"西德尼:"不是。这些书是关于你写的书的书。只是很小一部分。我相信国会图书馆的文献目录有15000多条。"卡夫卡(愧疚地):"我为这个世界增加这么多字,我把这个世界弄得更沉重了。"①

本奈特笔下的西德尼相信彼时美国国会图书馆关于卡夫卡的文献数量,笔者难以核对,但即便有所夸张,其程度或许并不大。因为早在1961年,哈利·亚尔维(Harry Järv)所编的《卡夫卡文献索引》②就已经收录有大约5000则文献了。当年《泰晤士报文学增刊》(TLS)第60期发表对此书目的评论,用的题目是"令人绝望的意见丛林"③。到了2000年,卡普托-迈尔与赫尔茨编辑1955—1997年卡夫卡研究文献(即《卡夫卡初级文献与次级文献国际书目》④第二卷)时,其篇幅已达1115页。

面对令人望而生畏的卡夫卡研究书目,施塔赫的怀旧情绪或许能够感染如今不少的卡夫卡学者:"今天研究过诸如此类书目的人会羡慕卡夫卡的最早一批读者,他们对他的生活知之甚少,能够把作品当作文学来享受,而不是自传性代码的累积。那样的日子一去不复返了……"⑤现代学术似乎已被纳入工业化生产的疯狂逻辑,"卡夫卡关于人生和写作之间关系的丰富言论成为西方文化话语的口头禅。'卡夫卡工厂'(Kafka Factory)自此以后就怀着几乎是复仇的心态拆卸、弄碎和重组这些引文,通常情况下以这种方式写成的论文就成为学术攀升的垫脚石"⑥。

其实,如施塔赫所说,"能够把作品当作文学来享受"的第一批读者所散发

---

① Allan Bennett, *Two Kafka's Plays,Kafka's Dick and the Insurance Man,* London: Faber and Faber, 1987, pp.33–34.

② Harry Järv, *Die Kafka-Literatur. Eine Bibliographie*, Malmö und Lund: Bo Cavefors, 1961.

③ Rez., "Desperate Opinions", *TLS*(1961), p.888.

④ Maria Luise Caputo-Mayr und Julius Michael Herz, *Franz Kafka: Internationale Bibliographie der Primär-und Sekundärlitreatur*(*Band I: Bibliographie der Primärliteratur 1908—1997; Band II: Bibliographie der Sekundärliteratur 1955—1977*), München: K. G. Saur, 2000.

⑤ Reiner Stach, *Kafka: Decisive Years,* p.186.

⑥ Reiner Stach, *Kafka: Decisive Years,* pp.186–187.

出的牧歌气息，从一开始就是个神话：毋宁说，卡夫卡学术从一开始就是一个战场——卡夫卡学术史就是“一场战斗的纪实”。在以布罗德为代表的第一批读者那里，布罗德遭遇到的强有力对手就包括本雅明和安德斯(Günter Anders)。本雅明认为布罗德“对卡夫卡生活的观照没有任何特点”，布罗德对卡夫卡著名遗嘱的理解所表现的“无能”尤其“令人反感”，布罗德“对卡夫卡的作品或者写作方式的阐释……无非是些外行的浅陋之见”；然后本雅明亮出了他著名的“椭圆说”——“它遥遥相隔的焦点一个是神秘主义体验(这种体验首先是对传统的体验)，另一个是现代大城市人的体验。”[①]但是，如今来看，本雅明所谓卡夫卡式椭圆的两个焦点，即“神/秘主义”与“人/的体验”之间的“遥遥相隔”，不就是布罗德所说的“人与神的这种歪斜不平”“不可逾越”的(两个焦点之间)“距离”[②]吗？卡夫卡学术的战场也如卡夫卡作品一样诡异。

在布罗德与他所批评的安德斯之间，又有着怎样的“距离”呢？布罗德是这样说的：他布罗德“并不是说”，“安德斯造的这个傀儡与卡夫卡毫不相干，而是‘几乎不相干’”；但他，布罗德，却又认为：“这恰恰是事情危险之处，诱惑之处：一些不太重要的、对于认识卡夫卡真实的本质只有次要意义的特征得到了正确的分析。这些特征既属于真正的、活生生的作家卡夫卡，也属于那无生命的、在这本新书中阴魂游荡的玩偶。要将卡夫卡和那摇摇晃晃的玩偶完全区分开来是办不到的……”[③]在这艰难到几乎语无伦次的表达中，布罗德显得既无法“逾越”自己和安德斯“隔绝”的距离而去“谋杀”之，也难以从安德斯发起攻势的场域(战场)抽身离去——他显得像是一个无法靠近另一个焦点的焦点，游荡于卡夫卡的阴魂游荡其中的椭圆中。在卡夫卡学术的天空中，不难发现由不同的批评者彼此之间的批评所构成的这种奇怪的“椭圆”。美国学者格罗斯说：“或许关于卡夫卡的最好的书并不直接处理卡夫卡和他的作品，而是对于他及他的作品的解读史，也就是说，透过数十年来的时间，来观看和分析卡夫卡的作品被阅读的方式的诸种不断变化而又相互矛盾的方式。”[④]而卡夫

---

① 本雅明：《经验与贫乏》，第382—383页。

② 勃罗德：《〈城堡〉后记》，收入卡夫卡：《卡夫卡全集》(4)，第414页。

③ 勃罗德：《对一个名叫弗兰茨·卡夫卡的玩偶的谋杀》，收入勃罗德：《卡夫卡传》，叶廷芳、黎奇译，石家庄：河北教育出版社1997年版，第281页。

④ Ruth V. Gross, *Critical Essays on Franz Kafka*, Farmington Hills: Cengage Gale, 1990, p.1.

卡学术战场的不可思议性恰恰在于,一旦透过时间来观看,那些观看方式本身的看似“相互矛盾”有时竟不值一提。

本雅明倒是十分赞赏另一个“第一代读者”维利·哈斯(Willy Haas)对《诉讼》的理解:“这部难以理喻的长篇的真正主人公是忘却……忘却的主要特征就在于,它忘却自身……它蕴含在被告这个人物中,是强度最辉煌的角色。”[1]但哈斯最终要说的是,遗忘和记忆其实是一回事,这个把记忆与遗忘合为一体的东西属于一个“神秘莫测的中心”,它源于犹太教;这个“神秘莫测的中心”既是耶和华,也是“礼拜仪式最神圣的一幕”:“耶和华回想着,他的记忆秋毫不爽,能持续到‘第三代,第四代’,直至‘第一百代’”,而“礼拜仪式中最神圣的一幕就是将罪愆从记忆之书中抹去”。[2]据此,我们可以合乎情理地想象:希腊诸神中本应该有个身不由已、失魂落魄但又拥有自知之明的“遗忘之神”,借此形象我们就能够时常提醒自己要假装已经记得。而一旦指出这一点,“记忆”和“遗忘”作为本雅明式神秘椭圆的两个焦点之间的距离,就将不会被“抹去”:我们要用“记忆”提醒自己已经遗忘的东西,我们也要用“遗忘”来使我们重新回忆起来那些已经被遗忘的东西曾带给我们的震惊。

卡夫卡去世快100年了,卡夫卡学术100多年了,100年离“一百代”还远,但也已经不算短。若说我们今天还有机会重温关于卡夫卡和卡夫卡学术的往事和细节,首先需要回忆起来的就应当是那些把卡夫卡所写的和关于卡夫卡所写的文字编成书、编成文集和杂志并不断追述、修正、引用、赞美、解释、批判卡夫卡的卡夫卡学者以及批判其他卡夫卡学者的卡夫卡学者。他们中的许多人可以说几乎把一生或大半生时间献给了卡夫卡,没有他们就没有今天的卡夫卡。他们有的是卡夫卡作品的最早编辑者和翻译者,有的是卡夫卡论文集和卡夫卡手册的编辑者,有的是二战后当代卡夫卡学术的奠基者,有的是卡夫卡学术转向的关键人物,有的是卡夫卡研究组织和卡夫卡学术刊物的创办者,有的是卡夫卡的传记作者。他们来自不同国家、民族和语种,大多也重叠了上述不止一个身份。布罗德的编辑和评论工作(1925年以后直至去世)奠定了卡夫卡学术的基础;穆尔夫妇(Willa and Edwin Muir)的英译本(1930—1940年代)

---

① 本雅明:《经验与贫乏》,第368页。

② 本雅明:《经验与贫乏》,第368页。

为卡夫卡学术的国际化开辟了道路；福劳瑞斯(Angel Flores)在英语世界编选了第一部卡夫卡论文集《卡夫卡问题》(1946)[①]；波利策(Heinz Politzer)编选的论文集(1973)和宾德尔(Hartmut Binder)组织编撰，来自英、法、美、日等多国学者执笔的《卡夫卡手册》(1979)是对20世纪80年代之前的卡夫卡学术的总结；伯恩(Jürgen Born)所编两卷本卡夫卡早期研究文献《卡夫卡生前的批评与接受：1912—1924》与《卡夫卡批评与接受：1924—1938》分别网罗了44位作者的80余篇(则)和40位作者的130余篇(则)评述或消息，提供了难得的早期批评史细节，在很大程度上改变了早期卡夫卡学术的面貌；康格德(Stanley Corngold)在1973年编选的《变形记》研究文献，几乎把此前研究主要成果一网打尽；卡普托-迈尔(Maria Luise Kaputo-Mayr)在1975年协同波利策、索克尔(Waler Sokel)等著名卡夫卡学者，成立了世界第一个卡夫卡研究机构和组织——北美卡夫卡学会(KSA)，并于1977年开始出版《北美卡夫卡学会通讯》(*NKSA*，1982年起更名为《美国卡夫卡学会学刊》*NKSA*)，是为卡夫卡学术组织化、建制化的重要标志。

---

① 其后他还陆续编辑了《今日卡夫卡》(1958，与荷马·斯万德尔合作)、《卡夫卡论争》(1977)、《〈判决〉解读11种》(1977)，此类文选既是英美学界的卡夫卡学术发展的缩影，也是卡夫卡学术经典化的重要方式——到了1990年鲁斯·格罗斯编选《卡夫卡批评文选》(*Critical Essays on Franz Kafka*)时，已经“有不少于50部此类文集”出版了。进入21世纪，格罗斯还与康格德合作编辑了一部《21世纪的卡夫卡》(Stanley Corngold and Ruth Gross, *Kafka for the Twenty-first Century*)。

进入21世纪,随着一系列书目、导读等工具书的出现[①],卡夫卡学术可以说已经进入"后学术时代"。所谓"后学术时代",一是如上所述,卡夫卡学术已经进入总结、整合与反思时代,任何"新"话题的开启其实都意味着对卡夫卡学术积淀中的某个"旧"话题的重新开启;二是和西方文学研究的"文化转向"有关:文学研究在经历(知识精英主导的)后现代哲学思潮和(大众传媒主导的)文化研究的双重冲击之后,大约从20世纪80年代后期开始,卡夫卡学术也在经历和参与这样一个转向。当代卡夫卡学术在研究方法和所关心的问题上较之此前"卡夫卡学术"有明显不同,2000年以后的卡夫卡研究是此前20来年"文化研究"视野的自然延伸[②]——文化研究视野中的卡夫卡就是"后卡夫卡学术中的卡夫卡"。在把卡夫卡及其作品"前置"到他所处的时代的同时,卡夫卡似乎也被"后置"甚至隐没在了他所处时代和当代卡夫卡学者所处时代这双重时代背景中。卡夫卡所谓"把世界提升到真实、纯粹和不可改变的境地"[③]的文学理想比以往任何时候都显得更为遥不可及。

这可以从1977—2014年"北美卡夫卡学会"研讨主题设置上获得一个直观的感知(个别年份未设置主题):卡夫卡研究新方法(1977);卡夫卡与传统(1978);卡夫卡与现实主义(1979);卡夫卡与女性(1981);卡夫卡与现代小说(1982);卡夫卡与现代世界文学:百年视野(1983);卡夫卡与哲学家(1985);卡

---

① 卡普托·迈尔与尤里乌斯·赫尔茨(Julius Michael Herz)编撰《卡夫卡初级文献与次级文献国际书目》(*Franz Kafka: Internationale Bibliographie der Primär und Sekundärliteratur* [Band I: Bibliographie der Primärliteratur 1908—1997; Band II: Bibliographie der Sekundärliteratur 1955—1977], 2000);罗雷斯顿(James Rolleston)等编撰《卡夫卡作品导引》(*A Companion to the Works of Franz Kafka*, 2002);于利安·普利斯(Julian Preece)等编辑《卡夫卡剑桥导引》(*The Cambridge Companion to Kafka*,2002);格雷(Richard T. Gray)等编撰《卡夫卡百科》(*A Franz Kafka Encyclopedia*, 2005);布鲁姆(Harold Bloom)编选"现代批评视野丛书"之《卡夫卡》(2010),雅高与雅豪斯(Bettina von Jagow & Oliver Jahraus)、恩格尔与奥尔科斯(Manfred Engel & Bernd Auerochs)分别与其他学者编撰了两部同名的《卡夫卡手册:生平、作品与影响》(Bettina von Jagow, Oliver Jahraus, *Kafka-Handbuch: Leben, Werk, Wirkung*, Vandenhoeck & Ruprecht, 2008//Manfred Engel & Bernd Auerochs, *Kafka-Handbuch: Leben, Werk, Wirkung*, Stuttgart/Weimar: Metzler 2010)。

② 关于这一点,参见本书第七章相关论述。

③ Franz Kafka, *Diaries*, New York: Schocken Books, 1976, pp.386-387.

夫卡与传记(1986);卡夫卡与精神分析(1987);机械复制时代的卡夫卡(1988);卡夫卡与翻译问题(1989);卡夫卡与他的时代(1992);卡夫卡与表演(1993);后现代视野中的卡夫卡(1994);文化偶像卡夫卡(1995);卡夫卡与文化研究(1996);卡夫卡的地盘:全球化与单一视野(1997);作为文学批评家的卡夫卡(1998);卡夫卡与性别(1999);卡夫卡与电影(2000);卡夫卡与建筑及城市(2001);卡夫卡与记忆(2002);全球的卡夫卡——德语和英语圈之外的卡夫卡接受(2003);卡夫卡与音乐/听觉(2004);卡夫卡与身体政治(2005);卡夫卡与工厂:工业时代的卡夫卡(2006);卡夫卡与流行文化(2007);卡夫卡、布莱希特与劳动(2008);刷新卡夫卡:生活、作品和翻译(2010);卡夫卡短篇小说中的生活(2011);卡夫卡与大屠杀(2012);大屠杀电影和文学中的卡夫卡因素(2013);卡夫卡的另类真实/现实(2014)。

可以看到,“北美卡夫卡学会”从成立之初,其组织者就被现代学术的“创新意识”和基于工业生产模式的“方法论焦虑”所纠缠。我们既可以从中看到国际卡夫卡学术发展的某种“阶段性”,也能够看到这种逐步膨胀起来的话语是如何构成卡夫卡学术自身的“卡夫卡式境遇”的。特别是1988年的话题“机械复制时代的卡夫卡”更有一种象征意味:卡夫卡学术是对当代流行学术话题和话语(翻译、表演、后现代、全球化、大屠杀等等)的“机械复制”,卡夫卡及其作品更像是有待被现代学术工业进一步加工和再加工、生产和再生产的“原材料”。被卷入这一生产过程而成为有待加工的“原材料”的,还包括越来越多的卡夫卡学者。卡夫卡式的境遇对于卡夫卡学者来说,首先就是卡夫卡学术本身——在“卡夫卡学术”中,卡夫卡学者常常会感到“受到自己无法理解、无法左右的力量的控制和摆布,发现自己处在一种不能以理性和逻辑去解释的荒诞神秘的境况中,内心充满恐惧、焦虑、迷惑、困扰和愤怒,但又无可奈何,找不到出路……”①

三

眼下,笔者面前摆放着四本当代西方学者关于卡夫卡的专著:美国现代语

① 谢莹莹:《Kafkaesque——卡夫卡的作品与现实》,《外国文学》1996年第1期,第43页。

言协会学会前会长吉尔曼(Sander Gilman)的《卡夫卡:犹太病人》(*Franz Kafka, the Jewish Patient*, 1995),美国杜克大学法语系教授、《文学世界共和国》的作者卡萨诺瓦(Pascale Casanova)的《卡夫卡:愤怒诗人》(*Kafka en colére/Kafka: Angry Poet*, 2011/2015),以色列希伯来大学、美国加州大学洛杉矶分校教授弗里德兰德(Saul Friedländer)的《卡夫卡:耻与罪的诗人》(*Franz Kafka: The Poet of Shame and Guilt*, 2013),美国耶鲁大学诺斯(Paul North)的《顺从:卡夫卡的非神学宗教改革》(*The Yield: Kafka's Atheological Reformation*, 2015)。

这四本书都是西方卡夫卡学界在20世纪80—90年代以来经历了所谓"文化转向"之后的新成果,都着力于塑造迥然不同的卡夫卡形象。但令人吃惊的是,"新的卡夫卡"在上述四位学者那里也呈现迥然不同甚至截然相反的内涵。吉尔曼笔下因内化了反犹主义话语而造成自我憎恨人格结构、命中注定是一个"犹太病人"的卡夫卡虽然也可以同时看作弗里德兰德笔下"耻与罪的诗人",但显然不是卡萨诺瓦那个"立意在反抗"的"愤怒诗人";作为大屠杀研究者,弗里德兰德虽然和吉尔曼一样,花了大力气挖掘卡夫卡的"罪感和耻感"和对反犹说辞的吸纳,但也极力强调作家和他作品人物之间的区别——"K是个自欺大师,但卡夫卡不是"[①],因为卡夫卡是一个有着自己"诗(的)意(图)"的"诗人",这显然与吉尔曼把作家、人物及其时代的意识形态话语一锅煮的做法拉开了不小的距离;卡萨诺瓦与诺斯虽然都认为卡夫卡对他所处的时代所面临的问题(如暴力、歧视、政治压制、误解、种族仇恨、技术进步的幻想、对工人的征服与压迫等)十分关注,但理解方向上两者却似乎针锋相对(尽管他们彼此并没有直接引用和批判对方):在诺斯看来,尽管卡夫卡思考了上述问题,但卡夫卡的答案"不是与之斗争,而是顺从"[②]。在前言中他更强调说:"本书所讨论的卡夫卡文本中的主人公,如果有这么一个主人公的话,会拒绝使用权力,不想做超人(Übermensch),而宁愿受一个主人的颐指气使,而不是想着去做主人。"[③]相反,卡萨诺瓦极力铺展、渲染和编织了卡夫卡身处其中的"撕裂的、超

① Saul Friedländer, *Franz Kafka: The Poet of Shame and Guilt*, Yale University Press, p.6.

② Paul North, *The Yield, Kafka's Atheological Reformation*, Palo Alto: Stanford University Press, 2015, back cover.

③ Paul North, *The Yield, Kafka's Atheological Reformation*, p.xvii.

级政治化的空间”和“高度政治化的文学场域”[①]，在此背景下突出了一个作为“斗士”的卡夫卡形象——在她看来，卡夫卡的文学首要动机就是为了唤醒同化了的西欧犹太人的民族身份意识：“在德国化的犹太人中间，并没有某种形式的团结一致来使他们能够反抗那种为他们而保留的命运，来保护他们免于遭受那种为他们而保留的命运”[②]；《诉讼》批评的就是这种状况，在其中，“每个人都孤独地经受着被指控的折磨……他们全心关注的是如何为自己辩护，或者证明自己的‘清白’——这样才能被承认为一个普通的德国人——他们忘记了如何为作为一个群体的自己做辩护，也就是说，在他们自身犹太人身份这个特定的基础(the very basis)上为自己做辩护”[③]。

“愤怒诗人”不仅是卡萨诺瓦试图塑造的卡夫卡形象，而且通过这个题名，更表达了她对由其他卡夫卡学者塑造的并不愤怒的卡夫卡形象所感到的“愤怒”。从学术史角度看，这后一种愤怒更为普遍。康格德曾如此表达他对吉尔曼的“愤怒”：“如果卡夫卡的成就比那些复制或生产了占据世纪末中欧主流话语的鸡零狗碎要多一点什么的话，那这多出一点的东西在吉尔曼的书中还真的难以找到。最终要紧的是卡夫卡的作品所嵌入的东西，也就是‘成团的毛发，成堆的骨头’这类反犹主义的诽谤和伪科学的主流话语——作品自身倒是可被忽视的媒介。”[④]康格德的愤怒所揭示的，是他对于“文学神”之化身和“写作之存在”[⑤](Schriftstellersein)的卡夫卡所留下的“闪烁踪迹”的热爱，或许还有他对反犹主义话语的敏感——他的老师保罗·德曼就因在二战初期为纳粹写过近两百篇“反犹主义”的文章而饱受非议。

我们需要一再回忆的事实是：从布罗德对卡夫卡文本的“修订”开始，卡夫卡形象就一直被卡夫卡学术所修订。布罗德在整理、编辑卡夫卡生前未发表的作品过程中，“系统性地将卡夫卡的用词、拼写和标点给规范化了”，而他的

① Pascale Casanova, *Kafka: Angry Poet*, trans. Chris Turner, London: Seagull Books, 2015. p.99, p.115.

② Pascale Casanova, *Kafka: Angry Poet*, p.315.

③ Pascale Casanova, *Kafka: Angry Poet*, p.315.

④ Stanley Corngold, *Lambent Traces: Franz Kafka*, Princeton University Press, 2004, p.200.

⑤ Stanley Corngold, *Franz Kafka: The Necessity of Forms*, Ithaca: Cornell University Press, 1988, p.17.

这些修改,“使得所出版的卡夫卡作品变得单纯、清晰,没有了地域风格”[①];接下来是卡夫卡作品在国际化过程中,特别是在英语化的过程中,也经受了译者的修订——比如《城堡》,“在某种程度上,穆尔夫夫妇基于其宗教观点,用英文塑造了一个比德文版中的K更友善、更富有同情心的K”,“穆尔夫妇将K看成一个寻求救赎的朝圣者,他们倾向于忽视卡夫卡对自己同名人物的批评”[②];最后则是20世纪80年代以来“历史化卡夫卡”[③]对卡夫卡形象的重塑——到2003年,大卫·丹穆若什已经能够宣称:“如果说像卡夫卡和乔伊斯这样具有代表性的现代主义大师,过去通常被视为其腐朽瘫痪的本国社会象征意义上的或实际上的流亡者,那么,现在他们的作品越来越频繁地重返故土,再续文化之根,而此根基,或许并未如人们所想的那样被完全切断。就卡夫卡而言,这位作家作为文化超越者形象,正逐渐被布拉格犹太作家的形象所替代。”[④]

丹穆若什当然也感到时下基于(新)历史主义的文化研究方法对卡夫卡形象的修订所暴露的历史主义本身的问题:“上一辈人将卡夫卡看成一个国际现代主义者,如果我们现在将他视为一个布拉格的犹太人,我们是更接近这位作家及其作品的本质了呢,还是只是把我们当前的兴趣热点投射到了作家和他的作品当中?如果说哈曼(新Schocken版《城堡》译者——笔者)的精于算计、自私自利的K……不像穆尔夫妇笔下天真的K那样,那K的这个新形象是更为准确呢,还是只是更接近我们现在的偏爱而已呢?”[⑤]

对于丹穆若什的看法,或许更成问题的是:就“偏爱”来说,“我们”与“我们”也并不相同,“我们”总是遮蔽着存在于“我们”之间的差异——上述四个学者都有“当代趣味”,但他们彼此之间的“偏爱”显然不同。甚至不同时期可归为同类的“我们”乃至不同人生阶段的同一个“我”,对卡夫卡的理解也并不相同——在长文《超越自我肯定:一生阅读卡夫卡》中,索克尔就对自己长达半个

① 大卫·丹穆若什:《什么是世界文学》,查明建、宋明炜等译,北京:北京大学出版社2014年版,第212页。

② 大卫·丹穆若什:《什么是世界文学》,第221页。

③ See Robertson, “In Search of the Historical Kafka: A Selective Review of Research, 1980—1992”, *Modern Language Review*, vol.89(1), 1994, pp.107-137.

④ 大卫·丹穆若什:《什么是世界文学》,第210页。

⑤ 大卫·丹穆若什:《什么是世界文学》,第221—222页。

世纪对于卡夫卡的理解所经历的变化进行了批判性回顾，其中不乏激进的自我修订。[①]保罗·诺斯对卡夫卡的“非神学阅读”显然和布罗德与肖勒姆对卡夫卡的“神学阅读”属于同一个谱系，尽管他也同意本雅明把布罗德等人的“神学解读”称为“无耻的”——对于卡夫卡形象来说，他认为，“是时候把1917—1918年或在此之后的卡夫卡从未排斥过的‘神学’整合进去了，尽管当本雅明宣称像布罗德和约阿希姆·肖普思(Joachim Schoeps)和其他人的‘神学’是‘无耻’的时候，他在那时无疑是正确的”[②]。如果考虑到本雅明的好朋友肖勒姆对卡夫卡的“犹太神秘主义”的理解其实也是“神学式”的，而本雅明对布罗德的“神学解释”加以批判而对肖勒姆对于卡夫卡的“神学解释”却心有灵犀，那么，本雅明与布罗德的差异，其实也可以看作在“神学解释”内部对卡夫卡解释权的争夺。

四

从阅读效果来看，对卡夫卡的阅读似乎在我们每一个读者心里已经预先装上了一道门。我们每一个读者都可以自认为是这道门的看门人。在这个读者看来，其他读者都是乡下人，他们每个人都向这个读者献上自己的解读，这个读者照单全收，但他会补充说，他之所以收下，不是因为他觉得这些解读正确，而只是要让解读者知道，他们所能做的都已经做了，他还是不认为这些解读能打开他心中由卡夫卡的作品所刻写的“法门”。

某种意义上，一幅照片也是一道门，一幅严格意义的照片就是通向过去的某个精确到不再延伸的空间的门，在这个门内会有某个不再改变的形象。那么，通过照片能进入卡夫卡与卡夫卡学术吗？我国卡夫卡学者曾艳兵教授在“夜深人静”的时候，就“常常对着卡夫卡的照片入迷”，希望照片里的卡夫卡能对他“说些什么”。[③]牛津大学教授卡洛琳·杜特林格尔(Carolin Duttinger)干脆写了一部《卡夫卡与摄影》(*Kafka and Photography*)的著作。而根据布罗德的说

① Walter H. Sokel, “Beyond Self-Assertion: A Life of Reading Kafka”, James Rolleston ed., *A Companion to the Work of Franz Kafka*, New York: Camden House, 2002, pp.33–59.

② Paul North, *The Yield, Kafka's Atheological Reformation*, p.30.

③ 曾艳兵：《卡夫卡研究》，北京：商务印书馆2009年版，第523页。

法,卡夫卡确实很早就喜欢用照片演戏,有一部戏就叫做《照片在讲话》,"这个剧讲的是挂在窗柱上的家庭照片"[①]。卡夫卡迷恋照片,试图通过菲丽斯的照片捕捉菲丽斯;卡夫卡小说里的人物也迷恋照片,老板娘就珍藏着一幅她的老情人克拉姆的信使的照片——杜特林格尔辨认出:这个照片的原型其实是1912年5月18日斯坦福大学跳高运动员乔治·霍林(George Horine)飞跃2米横杆时的瞬间定格。[②]

但是,卡夫卡与他的人物更多时候并不在照片里,他无数的人生片段并没有留下照片,他也明确拒绝把《变形记》中的虫子画成一个"形象"。对于不在照片里的卡夫卡,我们又该如何理解?卡夫卡传记作者施塔赫叹息道:"卡夫卡常常半天半天地躺在床上或沙发上,没精打采,拒人千里,陷入白日梦状态。我们对此真正知道些什么?我们知道很多人后来会为他们在白日梦中梦到的东西惊叹不已。即便最厉害的方法也无法引领传记家抵达形象之形象。"[③]

即便如此,施塔赫仍然觉得分析照片是一个"厉害"的方法:"我们经常会在那些摆拍的照片上发现秘密真相的显现(epiphany)。"[④]他凝视着卡夫卡与菲丽斯著名的订婚照,想要从中"发现些什么":卡夫卡站着,菲丽斯坐着,菲丽斯所坐的椅子要么是一张像吧台里使用的那种高椅子(依稀是《城堡》中弗丽达的形象),要么是摞在一个台子上的;卡夫卡穿浅色的夏装,上口袋里装着一副手绢,白衬衫系着深色图案的领结;菲丽斯穿一条长裙和白衬衫,那个小盒子里可能装有卡夫卡的照片,她腿上放着黑色钱包——很可能900克朗就放在里面;他们几乎没有接触;卡夫卡奇怪地弯曲着手指,压着菲丽斯裙子摊在椅子上的褶皱;两个人都直视镜头,他们的瞳孔里可以看到摄影棚里的两盏灯。但最最重要的是:菲丽斯的嘴巴微张,冲着镜头的眼神有所期待,而卡夫卡的表情则非常不确定——"他在微笑吗?乍看上去似乎是,但又缺少和微笑相关联

① 马克斯·勃罗德:《卡夫卡传》,叶廷芳、黎奇译,石家庄:河北教育出版社1997年版,第12页。

② Carolin Duttinger, *Kafka and Photography*, Oxford University Press, 2007, p.233.

③ Reiner Stach, *Kafka: Decisive Years*, p.13.

④ Reiner Stach, *Kafka: The Years of Insight*, trans. Shelley Frisch, Princeton University Press, 2008, p.168.

的一些表情特征，他的表情就好像是一直在变化的光学效果所造成的一种幻觉。要看出一些意思，需要一次只看卡夫卡的一半脸，这个时候你才会意识到这确实是光学效果。如果你盖住卡夫卡的右半脸，你会看到微笑确定无疑地洋溢在他的嘴角和眼睛；如果你盖住的是左半脸，你看到的是一副严肃专注的无感情的表情。”①

显然，从照片中发现“秘密真相的显现”，只能靠运气。更多时候，“真相”在文字和书信里若隐若现。诺斯注意到《城堡》中的一段文字同时关乎“照片”和“书信”：K所住房间的墙上挂着几幅“圣徒画像”和“士兵照片”(ein paar Heiligenbilder und Photographien von Soldaten)，在读完克拉姆的信之后，他从墙上拿下一幅画，把信挂了上去。②但这能说明什么呢？是不是如诺斯所猜测的，“用一封全然含糊其辞的信取代一幅褪色的照片是一个进步”③，或许我们应该放弃对卡夫卡与卡夫卡学术的“形象描述”？

但“含糊其辞”的卡夫卡的文字，究竟又能在何种意义上成为学术研究的对象？如果我们认真对待《诉讼》中约瑟夫·K对被捕事件的“自我理解”，那么卡夫卡就似乎和卡夫卡学者的“研究”开了一个玩笑。在K被逮捕之后，格鲁巴赫太太特别评述了他的被捕所具有的“学术性质”：“您虽然被捕了，但不是像小偷那样被捕。如果像小偷那样被捕，事情当然很糟，但是这一种逮捕——在我看来是属于某种适合于专家们进行研究的事情(etwas Gelehrtes)……”④对此，K的反应是：“你所说的一点都不蠢……只是我对整个事情的判断比您更敏锐，我认为这件事根本不是什么可被用于专家研究的事情，这根本什么事也算不上。”⑤如果在K被捕这件事上，K的意见也是卡夫卡的意见，那么这就意味着，从一开始，对于K的被捕性质的“学术研究”就是一个错误；他所拉响的“诉讼铃声”，和乡村医生所听到的“急诊铃声”一样，都是骗人的。

---

① Reiner Stach, *Kafka: The Years of Insight*, p.168.

② Franz Kafka, *Das Schloß*, hrsg.Max Brod, Frankfurt am Main: Fischer Taschenbuch Verlag, 1983, ss.27–29.

③ Pascale Casanova, *Kafka: Angry Poet*, p.214.

④ Franz Kafka, *Der Prozeß*, hrsg.Max Brod, *Franz Kafka Gesammelte Werke*, Frankfurt am Main: Fischer Taschenbuch Verlag, 1983, s.22.

⑤ Franz Kafka, *Der Prozeß*, s.22.

五

早在1941年,沃伦就在卡夫卡的书中看到了后世卡夫卡学者的“形象”,他们依稀就是法院或城堡里的“官员”:“这些埋头处理文件的官员都是学者和知识分子;他们的学术生活同他们的生物及情感生活之间看不出有什么关系。”[①]在这一类比中,卡夫卡学者似乎扮演了一个阻碍卡夫卡的读者去理解卡夫卡作品的不那么光彩的角色——这个角色就如同《城堡》和《诉讼》中那些阻碍K进入法院和城堡的官员一样令人大惑不解。尤其当沃伦说出“文件既是恩赐也是诅咒”[②]时,他对卡夫卡学术的“判决”显然是在模仿布罗德对卡夫卡作品的“判决”:布罗德觉得《城堡》谈的是“恩赐”,《诉讼》谈的是“惩罚”——最厉害的惩罚莫过于“诅咒”:梦想被卡夫卡所召唤的卡夫卡“信使”俨然就是被卡夫卡所“诅咒”的卡夫卡学术王国的“土地测量员”,他所缺的,恐怕不止是西西伯爵的一纸聘书。

细察之下,卡夫卡学者对卡夫卡解释权的争夺,这种不那么“光彩”的景观,在《诉讼》中有一个可资参照的模型,即K对“耻辱”的理解。《诉讼》的最后一幕,K预感有一种“耻辱”将比他活得更长久。K担心身后的“耻辱”,昆德拉则担心K的耻辱已经成为卡夫卡的耻辱,而卡夫卡的耻辱,应归咎于布罗德对朋友遗嘱的“无耻”背叛[③]:布罗德打开了“无耻”的卡夫卡学术这个潘多拉之盒……问题的含混性在于,“无耻”(shameless)到底是“耻辱到了根本不知道耻辱”也就是“极限状态的耻辱”,还是根本“没有什么耻辱”也就是“无辜”(无耻)?《城堡》中大桥酒店老板娘曾向弗丽达提到K的“孩子气”(孩子当然是“无

---

① 叶廷芳编:《论卡夫卡》,北京:中国社会科学出版社1988年版,第86页。

② 叶廷芳编:《论卡夫卡》,第87页。

③ 详见米兰·昆德拉:《被背叛的遗嘱》,第243—244页。笔者对卡夫卡遗嘱学术史意义的考察,详见《学术史语境中的卡夫卡“遗嘱”》,《外国文学》2017年第2期。

辜”的)，K后来向佩碧也承认了这一点。[①]约瑟夫在死前感到了“耻辱”，是不是说：他明明知道，自己其实是个什么都不懂的“孩子”，却硬要冒充什么都懂的成年人？

在这混合了孩子与成年人的形象之上，会有一个卡夫卡的形象吗？沃伦的话或许有几分道理：“一个研读过柏拉图和克尔凯郭尔的人写出的这些后期小说的独特动人之处就在于对话中的机智和理智上的悬念。”[②]卡夫卡的作品既表达了对积累起来的知识的厌倦(这种厌倦与我们今天面对卡夫卡学术时所感到的厌倦本质上是一回事)，也表达了通过对话来激活和更新问题的潜力。但拥有这种潜力，需要像卡夫卡一样研读他所读过的经典、思考他所思考过的问题才有可能。同时需要的，或许还有土地测量员K的顽固意志和卡夫卡式的耐心：“只要力所能及，我愿意再保持一阵这种无知状态，并承担其肯定严重的后果。”[③]否则，“悬念”就会成为僵局。

约瑟夫·K早就反对格鲁巴赫太太把他的被捕当作“学术问题”，而如今我们的问题是：“卡夫卡学术”是留在卡夫卡身后、比卡夫卡活得更长久、属于卡夫卡也属于卡夫卡学术的“耻辱”吗？如果布罗德当年误听了卡夫卡的遗嘱，使得卡夫卡和卡夫卡学术从时间的遗忘之海赫然耸立于世界，那么，这将是每个卡夫卡学者的宿命或者诅咒：纠正一个似乎不应存在过的错误以及伴随这个错误而来的无数错误。如果说卡夫卡是一位“罪与耻”的诗人，那么卡夫卡学术也会是“罪与耻”的学术。卡夫卡学术已经比卡夫卡的生物学意义的生命“长久”了一个世纪，并且注定还要更长久。我们既知道这一点，又不能确定这一点到底会在哪一点终止。我们一再回到卡夫卡，而卡夫卡似乎也一再地在卡夫卡学术的催逼下，持续地回到一个或许他自己也并不知道的起点或来源——诺斯断言：“和罗森茨威格及其他人一样，卡夫卡正在回归到一种他几

---

① 在与K的最后一次谈话中，弗丽达援引了老板娘对K的判断：“我没法喜欢他，可是让我扔下他不管我也做不到，谁看见一个还不大会走路可又不知天高地厚一个劲儿往前冲的小孩子能憋得住不去拉他一把？”(赵蓉恒译，叶廷芳主编《卡夫卡全集》(4)，第273页)；K后来把自己与佩碧进行了比较：“我们两个太幼稚、太天真、太不懂事，我们使出吃奶的力气拼命大吵大闹去争取一件东西，……活像一个小孩揪着桌布使劲往下拽，结果什么也捞不着……”(第343页)

② 叶廷芳编：《论卡夫卡》，第88页。

③ 卡夫卡：《城堡》，张荣昌译，上海：上海三联书店2012年版，第55页。

乎不知道的宗教传统,这使他有机会用他想象中它所是的样子来制作出来它,以及,由于有意无意地意识到他正在这样做,他也把它弄得似乎从来没有存在过。”[①]

最后,笔者要说的是,整个卡夫卡学术充满了这样既遮掩又敞开、欲言又止、欲说还休、虚虚实实的花边文字。确实有那么几个瞬间,笔者觉得卡夫卡学术就是一个巨大的谣言:一定有人说了卡夫卡的坏话,因为他没做什么坏事,却在20世纪和21世纪成为一门学问的主人公。

从这个角度理解,可以说,第一个说卡夫卡“坏话”的就是马克斯·布罗德,他所制造的最大谣言就是从中产生了“卡夫卡学术”的那个谣言:卡夫卡其实并不想他的作品被他最好的朋友马克斯·布罗德烧毁,卡夫卡想要被人们“研究”。让我们先澄清这个谣言。

① Paul North, *The Yield, Kafka's Atheological Reformation*, p.24.

第一章　学术史语境中的卡夫卡“遗嘱”

2016年8月,以色列最高法院做出最终判决,马克斯·布罗德(Max Brod)把包括卡夫卡文稿在内的“遗产”赠给其女秘书艾斯特·霍夫(Esther Hoffe)的“遗嘱”无效,布罗德与卡夫卡的文学遗产都应收归以色列国家图书馆所有。至此,这场围绕卡夫卡手稿、历时八年之久的“史诗性”诉讼终于落下帷幕。[①]如果考虑到在当今世界,这场诉讼有卡夫卡的显赫声名和规模庞大的“卡夫卡学术”或“卡夫卡工业”作为背景,其被称为“史诗性”的,或许并不算夸张。当然,这也是一场地地道道的“卡夫卡式”诉讼,因为认真推究起来,这场把遗嘱与手稿联系起来的“诉讼”,其实应该追溯到卡夫卡关于自己手稿的“遗嘱”。近百年来,围绕卡夫卡遗嘱所进行的争论,既是卡夫卡学术的独特景观,也是卡夫卡学术史的缩影,堪称文坛传奇。

法律文书或文学文本

众所周知,布罗德是卡夫卡最信赖和最亲爱的朋友。在卡夫卡对通信者的称呼中,除了菲丽斯(Felice Bauer)之外,卡夫卡只把“最亲爱”的头衔用在了布罗德名字前。毫不夸张地说,对于现代世界文学来说,没有布罗德,就没有卡夫卡——不但没有作为文学大师的卡夫卡,也没有发表过作品的卡夫卡。早在1907年,在卡夫卡发表任何作品之前,布罗德就撰文高调宣称卡夫卡是当

---

① 详见安德烈亚斯·科尔奇(Andreas Kilcher)2016年8月13日关于此事的报道《卡夫卡的遗产:史诗性争讼落下帷幕》(“Franz Kafkas Nachlass: Epischer Streit findet ein Ende”),http://www.nzz.ch/feuilleton/buecher/franz- kafkas- nachlass- epischer- streit- findet- ein-ende-ld.110727.

时德语文学的重要作家之一。[①]布罗德还说，卡夫卡在世期间发表的作品，“几乎全都是”他“劝诱说服或巧施计谋”的成果。[②]没有布罗德，就没有卡夫卡；没有卡夫卡，也就不会有像海边沙粒一样为数众多的卡夫卡学者和读者。

说来不可思议，这一切建立在一桩卡夫卡式公案上：卡夫卡要求布罗德烧毁自己作品的“遗嘱”，以及布罗德对卡夫卡遗嘱的“背叛”。这桩公案让米兰·昆德拉（Milan Kundera）耿耿于怀，他为此还写了一本题为《被背叛的遗嘱》（*Les Testaments Trahis*）的书。弗兰兹·肯普夫（Franz R. Kempf）在其学术史著作《人人都爱卡夫卡：卡夫卡及其短篇小说批评者》（*Everyone's Darling: Kafka and the Critics of His Short Fictions*）最后一章中，在梳理了1929—1994年关于卡夫卡的诸多意见之后，又回到了卡夫卡的遗嘱问题：“从一开始，卡夫卡学术就有了悖论。”[③]这句话的意思可以理解为：充满悖论的卡夫卡学术的真正起点是卡夫卡的遗嘱。

在1925年出版的《诉讼》（*Der Prozeß*）的后记里，布罗德公布了被视作卡夫卡遗嘱的两个文件。而在此之前，他已经将这两个文件先行发表在1924年7月17日的《世界舞台》（*Die Weltbühne*）周刊上。这是卡夫卡“遗嘱”的首次面世。值得注意的是，卡夫卡在这两个文件中请求布罗德在其去世后，烧掉他所能找到的“所有文件”，而在卡夫卡去世一个半月之后，最先被发表的恰是这两个文件。这也是布罗德整理并发表的第一件“卡夫卡遗作”。结合《诉讼》后记中的说明（该“后记”与发表在《世界舞台》上的文章内容基本相同），他要以这样的行动表明两件事：他是卡夫卡指定的文学遗产“执行人”，因此有“执行权”；他的“执行方式”就是“发表”。而第二点并不违背卡夫卡要求他“销毁”的指令——以“发表”的形式，他首先“销毁”了这两个要求他“销毁”的文件，确切地说，是销毁了这两个文件的约束力。

当然，反对意见可以是：卡夫卡要求他销毁而不是保存、更不要说用来发

---

① Max Brod, *Franz Kafka: A Biography*, trans. G. Humphreys Roberts and Richard Winston, New York: Schocken, 1960, pp.61–62

② Max Brod, “Postscript to the First Edition”, Franz Kafka, *The Trial*. trans. Willa & Edwin Muir, New York: Schocken, 1992, p.264.

③ Franz R. Kempf, *Everyone's Darling: Kafka and the Critics of His Short Fictions*, Columbia: Camden, 1994, p.105.

表的,就包括这两个文件;因此,在布罗德发表这两个文件时,他已经背叛了卡夫卡的遗嘱。而对这个反对意见的进一步反对则是:这两个文件到底是指令清晰的"法律文书",还是像卡夫卡的其他作品一样需要进一步解读的"文学文本",这仍是一个问题。波利策(Heinz Politzer)就认为,卡夫卡的遗嘱尤其是第二个遗嘱,"最终意义上是一个文学文本",是"一个要求被解释的寓言中的悖论"[①]。问题要害在于,在卡夫卡的所有"文件"中,这两个文件占有特殊的地位。一方面,它(们)以"法"的威严面目威胁着卡夫卡其他作品(包括书信、日记)的命运;另一方面,又把读者(首先是布罗德)置于"在法之前"的困境,诱惑读者(首先是布罗德)突破"法门",背叛法律。在下文中我们将看到,不但布罗德对这两个文件的理解已经决定了卡夫卡身后作品的命运,而且后世读者和学者的进一步理解还将持续影响对卡夫卡作品性质以及卡夫卡写作意图的理解。面对卡夫卡的遗嘱,难免小径分岔、幻象丛生。某种意义上,对卡夫卡遗嘱的不同反应已经预先决定了将在后世展开来的卡夫卡学术的不同面相。

"遗嘱门"与批评之镜

我们先回到这两个文件本身。严格说来,这两个文件并非法律意义的遗嘱,将其看作两个便条或两封未被寄出的私人信件可能更为恰当。其一用墨水写成,写于1921年秋冬季。据布罗德"非常清楚"的回忆,当时他先对卡夫卡说自己已经立下遗嘱,要卡夫卡在他死后帮他毁掉他"写的一些东西",而巧的是,卡夫卡随即也拿出一张纸,并指着这纸的"背面"对布罗德说:"我的遗嘱很简单——请你帮我把所有一切都焚毁。"而布罗德当即表示自己不会这样做(这构成了他后来公开解释的不执行"焚毁"命令的理由之一)。[②]

另一个文件是用铅笔写的,虽然是写在"已经发黄的、显然是很旧"的纸

① Heinz Politzer, *Franz Kafka: Parable and Paradox*, Ithaca: Cornell UP, 1966, p.301.

② Max Brod, "Postscript to the First Edition", Franz Kafka, *The Trial*, trans. Willa & Edwin Muir, New York: Schocken, 1992, p.267.

上,写作时间却更晚。[①]因为里面所列举可以保存下来的作品中,提到了《饥饿艺术家》(*Ein Hungerkünstler*),而此作写于1922年春,发表于同年10月出版的《新评论》(*Die neue Rundschau*)。卡夫卡权威传记作者施塔赫(Reiner Stach)甚至给出了一个更为具体的日期,即1922年11月29日。[②]这个文件篇幅更长,要求也更详细。除了众所周知的内容外,尤其值得重视的是,卡夫卡在开头部分对“写作”这个文件的“写作行动”所具有的“权力”进行了特别强调:“亲爱的马克斯,这一次我也许真的不能恢复健康了,肺部发烧一个月后,很可能要转为肺炎了,甚至我把它写出来这件事本身也并不能阻止它的推进,尽管写作确实也有一定权力。”[③]这赋予写作遗嘱的行为以清晰的仪式感。

卡夫卡与布罗德的决定都令人困惑,也引发了持久的猜测和争论。若卡夫卡的遗愿是真实的,他为何要这样对待自己的作品呢?布罗德有两个相互联系的解释:卡夫卡为自己的写作设置了自觉难以达到的“最高的宗教标准”,这导致他对自己的作品不满,甚至采取了近乎虚无主义的态度[④];卡夫卡常常觉得已经写出的东西会干扰甚至损害他正在以及将要写出的东西,他很早就倾向于销毁他认为不成熟的旧作来避免这种干扰和损害。[⑤]这样看来,遗嘱中的要求不过是这一逻辑的自然延伸。其后,玛格丽特·苏斯曼(Margarete Susman)与赫伯特·陶博尔(Herbert Tauber)大体继承了布罗德的“宗教标准”说,尽管具体理解有些差异——苏斯曼觉得,卡夫卡的遗嘱表明他的作品关系到犹太教的神正论,而这种东西应该被保持为秘密,“只有上帝之眼才能看”[⑥]——卡夫卡已经达到甚至超过了“宗教标准”,但这恰答意味着某种亵渎和僭越,似

① 此处英译误为“更早”(an obviously earlier note)。Max Brod, “Postscript to the First Edition”, Franz Kafka, *The Trial*, New York: Schocken, 1992, p.266. 中译文参看勃罗德:《〈诉讼〉第一版后记》,孙坤荣译,叶廷芳编:《论卡夫卡》,中国社会科学出版社1988年版,第9页。

② Reiner Stach, *Is that Kafka, 99 Finds*. Trans. Kurt Beals. New York: New Directions, 2016, pp.270–272.

③ Reiner Stach, *Is that Kafka, 99 Finds*, p.271.

④ Max Brod, “Postscript to the First Edition”, p.265.

⑤ Max Brod, “Postscript to the First Edition”, p.269.

⑥ Franz R. Kempf, *Everyone's Darling: Kafka and the Critics of His Short Fictions*, Columbia: Camden, 1994, p.105.

乎焚稿遗嘱是卡夫卡的自我惩罚；陶博尔认同布罗德的看法，但又觉得卡夫卡确实“在某些时刻屈服于阵发性的恐惧”，因而焚稿遗嘱表明他还不够虔诚并且意识到这种不虔诚，而这种不够虔诚肯定表现在他的作品中。[①]

二战后法国学界曾有关于卡夫卡的作品到底“该不该烧”的讨论，其间遗嘱就成为“该烧”的“自供状”。君特·安德斯(Günter Anders)认为，由于卡夫卡的作品仅在反面意义上具有“警世”价值，也就是说，他所描写的是一个“不应当存在的世界”，无论对于他还是对于其他人来说都“没有任何积极的意义”，因此卡夫卡“最终对其作品价值表示怀疑，甚至请求毁掉它”，倒是说明了他还算诚实。[②]安德斯的看法在其后20世纪60—80年代东欧批评家那里获得了强烈共鸣。在后者看来，焚稿遗嘱无非是卡夫卡作为一个逃避主义者和对艺术不抱希望的个人主义者的最后见证。[③]

而在持存在主义立场的埃姆里希(Welhelm Emrich)看来，卡夫卡的遗嘱所见证的卡夫卡的“诚实”，则具有另一种迥然不同的含义。他认为卡夫卡谜一般的作品对应了“真正的宇宙之谜”，销毁作品的遗愿增加了其谜一般的作品的“严肃性”。换言之，通过遗嘱，卡夫卡向读者传达了这样的信息：他不是为了“愚弄读者”或让其作品“显得有趣”才把它弄成谜一般的[④]，这反而使我们更加相信他的作品确实包含了宇宙之谜并进而探究之。

似乎有意针对埃姆里希过分严肃的上述观点，波利策从遗嘱内容的“荒诞”和表述形式的“夸大其词”中看出，卡夫卡也许并不是那么“严肃地”写遗嘱：“他仍在玩游戏吗？在下达命令毁掉自己的作品时他又一次玩起了游戏吗？”[⑤]波利策的观点当然不是空穴来风。“与死亡的秘密游戏”[⑥]确是卡夫卡写

---

① Herbert Tauber, Franz Kafka: *An Interpretation of His Works*, trans. G. Humphreys Roberts and Roger Senhouse, plymouth: The Bowering, 1948, p.xv.

② Günter Anders, *Franz Kafka*, trans. A. Steer & A.K. Thorlby, London: Bowes & Bowes, 1960, p.99.

③ Franz R. Kempf, *Everyone's Darling: Kafka and the Critics of His Short Fictions*, Columbia: Camden, 1994, p.106.

④ Welhelm Emrich, *Franz Kafka*, trans. Sheema Zeben Buehne, New York: Frederick Ungar, 1968, p.16.

⑤ Heinz Politzer, *Franz Kafka*: *Parable and Paradox*, Ithaca: Cornell UP, 1966, p.297.

⑥ Franz Kafka, *Diaries*, p.321.

作的主要灵感来源和操纵读者反应的策略之一。如前所述，卡夫卡的遗嘱具有某种仪式意味，在遗嘱中他也不忘提醒自己：他要以写作来驱赶正在迫近的死亡，他要以“写作的权力”来“阻止它（疾病与死亡）的推进”。当然，在波利策看来，这是一个十分严肃的游戏；卡夫卡或许会“想到把销毁他的作品当作一种宗教行动，一次燔祭（a burnt offering）”，想象中的燔祭会带来一种“神秘的自由”，激发他写出真正值得流传于世的“纯粹而绝对的作品”。[①]

波利策的观点在半个世纪后有了遥远的回应。2010年，美国作家、学者罗杰·卡门尼兹（Roger Kamenetz）在其《烧过的书：布拉茨拉夫的拉比纳西曼与弗兰兹·卡夫卡》（*Burnt Books: Rabbi Nachman of Braslav and Franz Kafka*）中认为，卡夫卡目前流传在世的书已经是“纯粹而绝对的作品”了。在与书名相同的第8章中，作者把布罗德与从火中救出了拉比纳西曼（Nachman）作品的拉比纳森（Nathan）相提并论——和卡夫卡一样，拉比纳西曼也要求十分珍视自己著作的纳森烧掉自己的著作，“拉比纳森就是拉比纳西曼的马克斯·布罗德”[②]。可以说，这个类比一下子把卡夫卡的作品从德语文学中拉入到犹太民族神圣经书之列了。卡门尼兹指出，虽然早在一世纪，犹太拉比已经确定了作为受神启示的神圣经典，但后来肖勒姆（Gershom Scholem）重新解释了这一个问题，认为一部世俗作品也可以被看作经典，只要它经得起“无限的解释”[③]，而卡夫卡的作品符合这一新的理解。卡门尼兹用了一个形象说法来表达自己的意思：卡夫卡在现代的边缘讲述神话，试图把卡巴拉的智慧“走私”到我们的时代。[④]在这一理解中，卡夫卡显然知道布罗德会穿过他遗嘱的“海关”，而不是像那个乡下人一样痛苦地等在门外。

燔祭：“文学神”的自我试探？

波利策关于“燔祭”的说法显然还从另一个角度启发了康格德对遗嘱问题

---

① Heinz Politzer, *Franz Kafka: Parable and Paradox*, Ithaca: Cornell UP, 1966, p.298.

② Roger Kamenetz, *Burnt Books: Rabbi Nachman of Braslav and Franz Kafka*, New York: Schocken, 2010, p.81.

③ Roger Kamenetz, *Burnt Books: Rabbi Nachman of Braslav and Franz Kafka*, p.50.

④ Roger Kamenetz, *Burnt Books: Rabbi Nachman of Braslav and Franz Kafka*, pp.105–109.

的解释。康格德的参照是《创世记》中亚伯拉罕献祭"独子"以撒的故事。在他看来,卡夫卡的遗嘱将布罗德置于和亚伯拉罕相似的道德困局:"在这件事上,布罗德扮演了亚伯拉罕的角色,他注定要违背人间的道德秩序,其目的就是为了要对一种他认为是神圣的命令做出回应,这一神圣的命令把卡夫卡的文学人格(poetic personality)放在了至高无上、压倒一切的位置。对布罗德来说,卡夫卡(的遗嘱)代表的既是一个属人的命令,也代表一个属神的命令。"[①]应当说,这个理解框架本身有一定的合理性,从康格德的解释中也可以看到克尔凯郭尔对亚伯拉罕故事解释的清晰影响,卡夫卡确实也曾在书信中不止一次与布罗德探讨这个故事。但是,康格德把布罗德与亚伯拉罕相类比,又似乎搞错位了:如果布罗德对应亚伯拉罕,神要亚伯拉罕献"燔祭"的"独子"以撒又对应什么呢? 显然,用来献"燔祭"的以撒/作品并不是布罗德的"独子",只能是卡夫卡的"独子":卡夫卡的"文学人格"就是他所说的"作为写作的存在"(Schriftstellersein, being as a writer)。卡夫卡宣称自己并非"爱好文学",他自身即是"文学",他是由文学"做成"的:"除此我什么也不是,也不会是任何别的东西。"[②]不妨说,这是一个"文学神"的自我想象,也是卡夫卡持续地抽空自身以便为文学腾出空间的人格面具。对照亚伯拉罕的故事,要求献祭的与要求被献祭的,分别对应的该是"文学神"卡夫卡与其"独子",也就是他与他的具有物质肉身的"作品":他确实曾说自己"生出"了《判决》[③],还把自己的十一篇故事称为"十一个儿子"[④]。

相比康格德的解释,同样是依托亚伯拉罕故事的框架,美国作家阿维·斯坦贝克(Avi Steinberg)的解释似乎更为合理:"卡夫卡想要表明,他已经做好了燔祭他创作出来的文学孩子的准备,他同时既知道又不知道布罗德会扮演那个天使的角色来干预这件事。"我们注意到,在这个解释里,卡夫卡自己扮演了

---

① Stanley Corngold, *Franz Kafka: The Necessity of Forms*, Ithaca: Cornell UP, 1988, p.1.

② Franz Kafka, *Letters to Felice*, trans. Elisabeth Duckworth and James Stern, New York: Schocken, 1974, p.304.

③ Franz Kafka, *Diaries*. Trans. Joseph Kresh, et al. Ed. Max Brod, New York: Schocken, 1976, p.214.

④ Max Brod, *Franz Kafka: A Biography*, trans. G. Humphreys Roberts and Richard Winston, New York: Schocken, 1960, p.140.

亚伯拉罕的角色，他要试探自己对自己的“文学神”是否有信念。但是，这里的问题是：在卡夫卡的遗嘱故事里，被试探的人却又是布罗德，而不是卡夫卡。况且，亚伯拉罕故事里传达神的声音的天使肯定听到了（或至少以某种方式“知道”了）神的意思，然后才会传达，但布罗德何以“知道”卡夫卡的意思？

或许，我们需要把康格德的解释与斯坦贝克的解释合在一起：卡夫卡对自己是“文学神”的信念需要布罗德的“见证”，正如布罗德从一开始就一再地“见证”的那样。从这一角度看，如同施洗者约翰是耶稣的先知，布罗德就像是卡夫卡的先知——不妨想象卡夫卡/耶稣说：“我若为自己作见证，我的见证就不真；另有一位给我作见证，我也知道他给我作的见证是真的。”（《约翰福音》，5：31）约翰/布罗德则说：“我就是那在旷野有人声喊着说：‘修直主的道路’，正如先知以赛亚所说的。”（《约翰福音》，1：23）天使/布罗德的“干预”，他对“燔祭”的阻止，是为了“修直”卡夫卡的“文学身体”来到世间的道路。引人遐想的是，《创世记》中，神的使者不但阻止了“燔祭”，还传了神的话给亚伯拉罕：“我必叫你的子孙多起来，如同天上的星，如同海边的沙。”（22：17）不妨说，如今那些深受卡夫卡影响的作家、那些打上了卡夫卡式烙印的作品，以及为数众多的卡夫卡学者和卡夫卡论著，都是卡夫卡及其作品的子孙。

谁是“可信赖”的朋友？

现在该谈谈昆德拉对此事的理解了。一个鲜明的对照是：对于布罗德来说是荣耀的事，在昆德拉看来恰恰是羞耻。在《被背叛的遗嘱》中，在谈到卡夫卡的朋友布罗德之前，昆德拉先谈起了自己的一个“冰岛朋友”。他的这个朋友说：“我禁止自己去知道我的朋友的秘密，而我的确不知道。”这让昆德拉一下子“入了迷”——“我听着他，入了迷：从小时候起我就听人说朋友就是你和他一起分享秘密的人，而且他有权力以朋友的名义，一再要求知道这些秘密。而对于我的冰岛朋友来说，友谊却是另一回事：在朋友隐藏私生活的大门前充当守护人；要做永远不开门的人；他不允许任何人把门打开。”[①]对照这一“朋友”的新定义，布罗德显然“不够朋友”：“布罗德的不审慎在我看来无可原谅。

① 昆德拉：《被背叛的遗嘱》，第243页。

他背叛了他的朋友。他违背他的朋友意愿而行事，违背他的朋友意愿的方向和精神，违背了他所了解的他的害羞的本质。"[①]在此，卡夫卡遗嘱事件的性质有了一个戏剧性转变。在昆德拉看来，卡夫卡不是什么"文学神"，而是一个普通人，他最在乎的其实只是自己的"隐私"；销毁作品、信件和日记的决定其实都是为了保护自己的隐私："促使他想毁掉它们的，是耻辱，完全基本的耻辱，不是作家的耻辱那一种，而是一个普通人的，耻于把自己隐私的东西掉在别人眼皮底下，家人眼皮底底下，陌生人眼皮下，耻于被转换为物体，而这耻辱有可能'在他身后依然存在下来'。"[②]昆德拉引号里的文字出自布罗德在卡夫卡身后出版的《诉讼》，约瑟夫·K的耻辱感、昆德拉为卡夫卡所感到的耻辱感以及他对布罗德的"道德义愤"在此混作一团。

有些匪夷所思的是，在卡夫卡身后由布罗德出版的《地洞》("Der Bau")中，叙述者"我"确实想象了一个"值得信赖"的朋友来替他守护"洞口/大门"，并且这个朋友的任务倒很像昆德拉的那位冰岛朋友所愿意接受的任务一样，只是"守护"[③]。如果确如波利策所说，动物的洞穴代表着"卡夫卡的坟墓"[④]，那么《地洞》里的"约定"就像是卡夫卡的"遗嘱"的另一个版本："我会跟这个我所信赖的人约定：在我下去的时候，在下去以后的长时期内，严密观察形势……"[⑤]但是，叙述者"我"与卡夫卡都知道，无论是昆德拉式的朋友还是布罗德式的朋友，最终的"信任"和能被执行的"遗嘱"都是有限度的："只要这样想一想就够了：在我下去期间或下去以后，人生道路上的无数偶然事件，都能阻碍我所信赖的人履行他的义务，而他的任何一个最小的障碍都会给我造成不可估量的后果。"[⑥]笔者相信：肯定有那么几个瞬间，布罗德从中认出了自己的形象。

这难以估量的后果我们今天已经看到了。1939年，在纳粹关闭捷克边境5分钟前，布罗德把卡夫卡的手稿带出了"法门"，但从此进入了另一道"法门"。这些手稿中大约有三分之二保存在牛津的鲍德林图书馆(Bodleian Library)，余

---

① 昆德拉：《被背叛的遗嘱》，第244页。
② 昆德拉：《被背叛的遗嘱》，第244页。
③ 卡夫卡：《卡夫卡全集》(1)，第483页。
④ Heinz Politzer, *Franz Kafka: Parable and Paradox. Ithaca*: Cornell UP, 1966, p.322.
⑤ 卡夫卡：《卡夫卡全集》(1)，第483页。
⑥ 卡夫卡：《卡夫卡全集》(1)，第483页。

下的部分，包括卡夫卡的画作、旅行日记、书信等，在布罗德1968年去世后转给了他的秘书（也被认为是他的情人）艾斯特·霍夫。后者在2007年101岁时去世，去世前把这些资料又遗赠给了两个其时已经70多岁的女儿，即伊娃·霍夫(Eva Hoffe)与露特·威斯勒(Luth Wiesler)。以色列国家国家图书馆认为，根据布罗德的1968年的遗愿，她们无权继承这批资料。而根据布罗德的另一个遗愿(1952年，布罗德还写了一封所谓的赠予信，似乎把卡夫卡所有的文件都给艾斯特了)，姐妹俩觉得自己有权利获得对包括卡夫卡手稿在内的文学遗产……至此，本文开头所说关于布罗德/卡夫卡遗产的史诗性“诉讼”便拉开了帷幕。

延伸入虚构与可能世界里的另类思考

早在1954年，莫里斯·布朗肖(Maurice Blanchot)就感叹说，“布罗德的处境是悲怆的。从一开始就饱受这位可敬友人的纠缠，他让他成了他众多小说里的角色”[①]。60年以后，也就是2014年，美国小说家杰伊·坎特(Jay Cantor)把这个比喻变成了现实：他把卡夫卡与布罗德的故事写进了自己的小说，卡夫卡的文学遗嘱所激发的想象力和争论在虚构世界得以延伸。坎特的《原谅天使——为卡夫卡而作的四个故事》第一篇就是讲述卡夫卡与布罗德故事的《原谅天使》。小说虚构了意大利著名记者奥琳埃娜·法拉奇(Oriana Fallaci)对布罗德的采访，并借前者之口对卡夫卡的遗嘱问题提供了一个“最明显的解释”：“卡夫卡想让这个世界把他作为一个相信绝对的人来纪念他，这个人对受众和名声漠不关心，但他同时也更为强烈地想要拥有因他的作品而来的不朽和名声。所以他要你烧掉作品，同时又明明备好(prepare)你不去这样做。”[②]“备好”在小说中是一个关键词，“献祭”的影射呼之欲出。以卡夫卡为中介，小说建立了两个类比。第一个类比中，上帝派来的“死亡天使”是猫，卡夫卡是被戏弄的鼠；第二个类比中，卡夫卡是猫，布罗德是被戏弄的鼠。以这一方式，卡夫卡同时占据了天使、猫和鼠的位置。卡夫卡觉得自己有义务原谅天使，因此布罗德

---

① 布朗肖：《从卡夫卡到卡夫卡》，潘怡帆译，南京：南京大学出版社2014年版，第195页。

② Jay Cantor, *Forgiving the Angel: Four Stories for Franz Kafka*, New York: Vintage, 2014, p.30.

也必须原谅卡夫卡。小说中的卡夫卡说:"我必须请求你的原谅,布罗德,以前我骗过你。我本来应该告诉你,猫戏弄鼠的原因是备好它。"[①]参照前述亚伯拉罕的故事,不难注意到:通过引入天使、猫和鼠的关系,坎特的双重类比挑明了神圣目的(通过献祭来达成)和世俗意图(通过欺骗来实现)之间的道德张力。如果笔者没有搞错的话,坎特的灵感之一应该来自卡夫卡的一篇遗作《杂种》(*Eine Kreuzung*),这一作品描写了一只"一半像小猫,一半像羊羔"[②]的奇特动物。以这种奇特的方式,《原谅天使》把卡夫卡与布罗德的猫鼠游戏同亚伯拉罕故事中的天使及被献祭的羔羊联系了起来。

不过,也有更直截了当的解读。卡夫卡文稿扫描版编者之一罗兰德·罗伊斯(Roland Reuss)认为,这一切当然都是卡夫卡的精明设计,目的是保证自己的作品流传于世。笔者在此转述詹姆斯·豪维斯(James Hawes)对其论证的概括:第一个遗嘱要求读也不读地就烧毁一切,而这个写有遗嘱的纸条就属于"一切"——布罗德如果知道这个遗嘱的内容,他必定已经背叛了遗嘱,他注定要背叛遗嘱,卡夫卡以这样的方式告诉他应该如何做,那就是"一定"要背叛遗嘱;第二个遗嘱更是完全颠覆了自身,一个人怎么可以有"两个遗嘱"? 卡夫卡是法学博士,他知道一个正规的法律文件应该是怎样的,但两个遗嘱都远不像那么一回事。布罗德早就宣称他不会照着做——在他知道卡夫卡的意思后,但卡夫卡还是以文字的形式表达了他的意思。甚至可以说,早在那个时候,卡夫卡已经在"遗嘱写作"中表明:布罗德已经做好了心理准备要当卡夫卡作品的"继—作者"(step-author),而布罗德也相信自己做好了该如何做的准备。这一点有文字为证——早在1919年8月1日,布罗德就写信给卡夫卡说:既然沃尔夫(Kurt Wolff,卡夫卡的出版商)想要长篇,不想要短篇,那么"我将把你的《诉讼》用我自己的手弄成型"。和坎特小说中的女记者一样,豪维斯希望自己给出的是一个不言而喻的解释:"如果我们把那个不愿发表作品的卡夫卡神话形象抛在一边,事情就变得简单了;我们试着把卡夫卡当作一个拥有正常的思维程序的正常的人类吧——看在上帝分上,我们能思考出他会有怎样另类的

---

① Jay Cantor, *Forgiving the Angel: Four Stories for Franz Kafka*, p.18.

②卡夫卡:《卡夫卡全集》(1),第395页。

思考程序呢?"[①]

但是,"看在上帝分上",卡夫卡难道不能有"另类的思考程序"吗? 这需要再一次回到最初的问题:卡夫卡留下了毁掉自己作品的遗愿,他是认真的吗? 布罗德选择了对朋友遗愿的背叛,他的解释或辩解有效吗? 如果卡夫卡的遗愿表达是一种策略,其真实意图何在? 布罗德恰当地配合了卡夫卡的更复杂的意图吗? 为了更彻底地回答这些问题,不妨假定确实有这么一种"另类思考程序":布罗德执行还是不执行遗嘱,或卡夫卡的作品被烧毁还是留存下来,应被置于一个更大的可能世界或平行世界的框架内加以考量。如果我们以卡夫卡对布罗德的判断(此处的问题是:布罗德是否卡夫卡"最亲爱"也"可信赖"的朋友?)为起点,那么其间的可能性逻辑是:布罗德是卡夫卡真正的朋友,因此他懂得卡夫卡的真实意图,或能够为卡夫卡设定一个卡夫卡所不知道但却真实的意图,这样他就不会背叛卡夫卡——无论烧还是不烧;布罗德不是卡夫卡的真正朋友,因此他不懂得卡夫卡的真正意图,或不能为卡夫卡设定一个卡夫卡所不知道但却真实的意图,这样他注定会背叛卡夫卡——无论烧还是不烧;如果卡夫卡(在判断布罗德是否他的真正朋友这个问题上)犯了错误,那么无论他的作品被烧还是没被烧,都可算是对他自己的惩罚,并且这个惩罚是正当的,因为连一个在身边多年的人是否自己真正的朋友都认不出,其作品如何能"帮助人们"呢? 不妨说,布罗德让卡夫卡留在身后的作品在我们这个世界上运行,无论是卡夫卡与布罗德各自的还是他们共同的"荣耀"或"耻辱",其实都可以理解为投射在莫比乌斯带(Möbius strip)上的影像。不然,布罗德为何要特别强调卡夫卡曾用手指着那写着遗嘱的纸的"背面"给他看呢? 如此看来,比起布罗德,昆德拉对卡夫卡遗嘱的理解倒显得有几分天真。

补遗:关于卡夫卡"遗嘱"的最早争论

写完本章之后不久,笔者又从伯恩(Jürgen Born)所编《1924—1938年卡夫

---

① James Hawes, *Why You Should Read Kafka Before You Waste Your Life*, New York: St. Martin, 2008, pp.117-118.

卡批评与接受文献汇编》[①]中发现,关于卡夫卡遗嘱的最早争论发生在1929年。这场争论的参与者有当时的著名记者和作家埃姆·威尔克(Ehm Welk,1884—1966)、布罗德、朵拉,还有瓦尔特·本雅明,其来龙去脉撮要复述如下。

1929年9月27日,埃姆·威尔克在柏林《福斯日报》(*Vossischen Zeitung*)[②]上发表文章,从作家隐私权问题讨论引发开去,矛头指向布罗德:"不尊重朋友的遗言,(这一行为)在他那里被当作美德。"他认为布罗德以艺术和文化的名义来废除艺术家的最后遗嘱的做法是不可原谅的。他怀疑布罗德的动机:"他们甚至相信这是通向久盼的精神民主王国的道路,但其实不过是为个人生意找借口。"他特别反对公开卡夫卡的私人物件:"伟大人物只是经由他们的作品属于我们;我们所能拥有的他们,仅限于他们所给予我们的。然而,他们向我们隐藏的那个私密的部分,无论如何并不属于我们。"[③]我们没有听错,这的确很像是60多年后昆德拉的声音。

布罗德的信和威尔克的答复同时出现在1929年11月10日的《福斯日报》特设栏目"卡夫卡的遗产"中。布罗德强调卡夫卡的三部长篇不是卡夫卡的私人物件,而是"他的作品"(sein Werk)。布罗德还说,如果不是他公开卡夫卡的焚稿遗嘱,没有人知道此事。(我们会疑惑:布罗德这样说是在标榜自己"诚实"吗? 或者,他隐晦地对公开遗嘱感到"后悔"?)布罗德反过来指责威尔克不懂卡夫卡,更谈不上尊重卡夫卡,威尔克的批评只是表明了"一颗敏感的心灵对于一个复杂事件的全然错误的理解";卡夫卡作品的价值无可否认,除了发表,别无他法可为读者知晓。而威尔克则以他和朵拉的访谈作为答复,显然经过了精心的设计。可以看出,朵拉的表述总体来说对布罗德很不利——她说在出版卡夫卡遗作这件事上,布罗德"只想突出自己",虽然她也强调布罗德的动机"很纯粹",他非常"确信自己在帮助自己已经死去的朋友"。这后一点可以看作她为布罗德进行的辩护,但不可否认,这辩护显得有些矛盾:朵拉所谓的布罗德"很纯粹"的动机并不涉及布罗德是否在"真的帮助自己的朋

---

① Jürgen Born, *Franz Kafk: Kritik und Rezeption, 1924—1938*, S. Fischer, 1983.

② 1617—1934年在柏林发行的日报,福斯(Vossische)是报馆主人的名字。很多有名的作家如莱辛、冯塔讷等人都在此报馆作过编辑。1934年,由于很多编辑人员被禁止工作,福斯日报被迫停刊。

③ Jürgen Born, *Franz Kafka: Kritik und Rezeption*, 1924—1938, ss.215-217.

友”，对这个问题，朵拉显然有不同的理解。

随后，显然是在布罗德的督促下，朵拉在1929年11月17日的《福斯日报》上就她接受威尔克访谈一事发表公开信，试图挽回整个对话对布罗德不利的影响，而威尔克的回应附在公开信的后面。朵拉首先指出对话属私人性质，威尔克没有征求她的同意就发表了——这点其实与卡夫卡的“遗嘱问题”有些联系：卡夫卡的写作是“私人”的，还是“可被公开的”？对于卡夫卡问题的争论往往会复制卡夫卡式的困局。其次她指出，威尔克只是复制和编辑了一些非实质性的内容，而对于她支持布罗德的实质性看法却忽略了（这倒是让笔者想起布罗德对于安德斯的批评——朵拉其实并没否认那些“非实质性内容”的“真实性”，如同布罗德也承认安德斯的某些“不太重要的、对于认识卡夫卡真实的本质只有次要意义的特征”得到了“正确的分析”一样①）。朵拉说，在采访过程中，此人曾“承认自己对布罗德批评建立在错误之上”；他的提问具有误导性，他其实早已注意到在布罗德后记中为自己进行的预先辩护，他知道自己的批评可能是不正当的；但如今她的话被断章取义，成了用来攻击布罗德的武器。从威尔克的回应中能够看出，他不想就这个话题继续纠缠了。他只是不同意朵拉对谈话性质的判断：由于谈话是在一间办公室进行的，因此具有公务性质；谈话的目的就是要谈谈布罗德的动机；他现在也愿意承认布罗德的动机是纯粹的。

此事还有个不小的尾巴。在1929年11月22日的周刊《文学世界》（*Die Literarische Welt*）上，本雅明发话了。他的文章题名为《骑士道德》（*Kavaliersmoral*）。本雅明虽然在此后（卡夫卡十年祭文以及与肖勒姆的通信中）对布罗德没有好感，但此时他觉得威尔克更无聊。本雅明谈及布罗德已经考虑过的“良知问题、内心矛盾和道德律条”，进而把卡夫卡作品的问世比作一个“非法出生的孩子”——似乎这个孩子像卡夫卡一样，在犹豫着是不是要出生/被出版。本雅明的结论很有杀伤力：威尔克对布罗德的攻击表明，他对卡夫卡所反对的东西“一无所知”；他的骑士道德与卡夫卡和布罗德这两个打着哑谜的人没有丝毫关系。②可以说，这个观点把威尔克排除在了谈论这一问题的资格的门槛之外。

---

① 参看导论部分相关评述。

② hrgs. Jürgen Born, *Franz Kafka: Kritik und Rezeption*, ss.224-225.

第二章 《日记》及其“文学空间”

法国后现代思想家莫里斯·布朗肖在其《文学空间》第三章第二节“卡夫卡与作品的要求”的第二段的开头写下“卡夫卡的情况令人困惑不解并且是复杂的”这句话之后，做了一个注：“下面章节中的引文几乎全部来自卡夫卡的《日记》全集……”这可以理解为：卡夫卡的日记是进入“令人困惑不解并且是复杂”的卡夫卡及其“文学空间”的重要路标。在他看来，卡夫卡的日记“并不是今天人们所理解的《日记》，而是写作经历的活动本身——这是从卡夫卡赋予这个词的最贴近其起源和根本意义上讲的，《日记》应当从这个背景中去阅读和提问”[①]。这话听起来像是卡夫卡在《日记》中这一说法的反响：“无论何时我对自己真正进行提问，总会得到某种回应，在我里面总会有某种东西燃烧起来……”[②]《日记》既是卡夫卡向自己“提问”的记录，也是他“里面”的“某种东西”因被“提问”而燃烧起来成为“文学”的记录；也可以说，卡夫卡向自己提问的方式，按照卡夫卡赋予“提问”这个词的意义来说（卡夫卡后来在另一本“日记”即《八本八开笔记本》中写道：“我只是提问罢了”），就是“写作”，并且首要地就是“日记写作”，卡夫卡的《日记》本身也因而成为一部特殊的卡夫卡式的“作品”。由这一作品可以牵出很多线索，对于理解他的作为“写作”之整体的“作品”的不同层面以及他的写作与作品的性质都是重要而有启发意义的。下文拟在考察卡夫卡日记形态的基础上，阐述卡夫卡的日记写作与文学写作之间的关系，并在这一背景中探讨进入卡夫卡《日记》的“文学空间”的路径。出于可以理解的理由及惯例，笔者对卡夫卡日记文本的引述，仍依从布罗德的版本。

---

① 莫里斯·布朗肖：《文学空间》，顾嘉琛译，北京：商务印书馆2003年版，第40页。

② Franz Kafka, *Diaries*, Max Brod ed., New York: Schocken Books, 1976, p.12.

卡夫卡“日记”的形态

对卡夫卡赋予“日记”这个词的“最贴近其起源和根本意义”的理解，需要从卡夫卡日记的形态说起。据马克斯·布罗德在《卡夫卡日记·后记》（中文版全集日记卷未收入）以及理查德·格雷等人编辑的《卡夫卡百科全书》之“日记”词条可知：卡夫卡去世后，布罗德从卡夫卡死前留下的13本对开笔记本中选择了那些最像是日记的条目，编辑而成《卡夫卡日记》——只忽略了“由于其片段性特点而明显无意义的少量段落”和“太过隐私”及“卡夫卡必定不愿公开的对其他人的批评”的内容，①先于1948和1949年分两卷出版英文译本（《卡夫卡日记：1910—1913》《卡夫卡日记：1914—1923》），德文本稍晚，于1951年以《卡夫卡日记：1910—1923》为名出版。《百科全书》的编者认为，“布罗德的这个版本给人造成了卡夫卡确实写日记的印象，这只在部分意义上是对的”，因为“卡夫卡在自己的笔记写各种东西：速写或素描、书信的草稿、故事梗概等等，也在具体日期下写包含个人反思和一些我们会与‘日记’联系起来的东西”。②后来也不断有人编辑不同形式的《卡夫卡日记》，最具决定性意义的当然是1990年出版的由汉斯—戈尔德·科赫、米歇尔·穆勒与马尔科姆·帕斯雷等编辑、作为卡夫卡作品标准版组成部分的三卷本《卡夫卡日记》，据说，后者在权威性上已经取代马克斯·布罗德的版本。

围绕卡夫卡日记版本展开的争论，其意义是让我们看到，在原初形态的卡夫卡的13本对开笔记本与后来编辑而成的各种版本《卡夫卡日记》之间存在差异；但另一方面，过分强调这一差异，其实也会掩盖一个更有意义的问题，即卡夫卡是否“有意识地”“知道”自己写的是“日记”？进而，我们应该按照卡夫卡理解“日记”的方式去解释他的日记还是应该按照对“日记”的通常理解（即将“日记”看成有一系列成规所规定的“文类”）来解释他的日记？

翻开卡夫卡的“日记”，可以发现大量对“日记”尤其是自己的“日记”的思

① Franz Kafka, *Diaries*, p.489.

② Richard T. Gray, Ruth V. Gross, Rolf J. Goebel and Clayton Koelb, *A Franz Kafka Encyclopedia*, Greenwood Press, 2005, pp.264–265.

考和评论。比如:“一个不记日记的人,在日记面前会采取一种错误的态度”[①];“写日记的人的一个优点在于:你对无时无刻不在经受的变易有着令你感到心安的清晰意识”[②]。再比如:“我又读了旧日记”[③];“从今天起抓住日记!定时地写!不放弃!即使不能得到精神与肉体上的拯救”[④];“继续写日记变得十分必要了。我不稳定的脑袋,F.在办公室里精力的衰退,身体上的无能,这些都妨碍了写作,而内心却需要它”[⑤];“稍稍浏览了这本日记,得到了一种如此生活结构的暗示”[⑥]。可以看到,卡夫卡的“日记”具有“元日记”的特点,卡夫卡具有非常明确的“日记意识”,并且这一意识和他的“自我理解”(这一自我理解的动机构成了他写作包括文学在内的“作品”的基本动力)结合在一起。这就需要我们在一个更为宽广的基础上和更为基础性的层面上考察他的“日记”;也可以说,从他的日记出发考察一般意义上的日记,比从一般意义上的日记出发考察他的日记更能深化我们对一般意义上的日记的理解。

就通常形态的日记和对日记的通常理解来说,鲁迅是一个很好的例子。鲁迅写过日记体小说《狂人日记》,他也写日记,但他对日记形式的“文学”和作为一个文类的“日记”都颇不信任:“我宁看《红楼梦》,却不愿意看新出的《林黛玉日记》,它一页能够使我不舒服小半天。”他还说:“日记体,书简体,写起来也许便当的多罢,但也极容易起幻灭之感;而一起则大抵很厉害,因为它起先模样装得真。”[⑦]对鲁迅而言,但并不存在“没有模样”的“真”,小说和日记都是在“做样子”,“模样不同”而已;不同的人其日记的“模样”不同——鲁迅认为自己的日记“写的都是信札往来,银钱收付”,因此就“无所谓面目,更无所谓真假”,[⑧]但其实既在为自己“做样子”,也在为某种日记形式“做样子”。

---

① Franz Kafka, *Diaries*, p.56.

② Franz Kafka, *Diaries*, p.145.

③ Franz Kafka, *Diaries*, p.206.

④ Franz Kafka, *Diaries*, p.180.

⑤ Franz Kafka, *Diaries*, p.219.

⑥ Franz Kafka, *Diaries*, p.316.

⑦ 鲁迅:《怎么写——夜记之一》,王世家、止庵编《鲁迅著译编年全集》(八),北京:人民出版社2009年版,第458页。

⑧ 鲁迅:《马上日记·豫序》,王世家、止庵编《鲁迅著译编年全集》(八),北京:人民出版社2009年版,第179页。

从文学“模仿”的角度来说，“日记”之所以能够把模样“做”得比小说或其他文学样式“更真”，首先就在于日记所模仿的“模样”更“自然”，它所模仿的是日记作者所经历的一个又一个的“日子”。正如“一天”是人生的一个天然“单位”，一天的“日记”也是构成人生写作(life-writing)的一个天然“单位”。一方面，一天包括一个“白天”和一个“黑夜”，一天的“日记”通常会包括一天的“活动”或“经历”以及对这些活动和经历的“反思”；另一方面，写作日记这一“活动”常常会在晚上进行，在夜晚的写作活动中，日记作者会再度经历自我的“白天”和“黑夜”。看起来，“日记”似乎是以一种颠倒的方式，对于一天的“回忆”，对应着“人生”中构成一天的“黑夜”与“白天”——诞生在“黑夜”里的日记一方面以回忆的方式经历或反思自我的白天，另一方面在这种回忆和反思中也融合了在黑夜里浮现出来的更深层的那些经验。如果说，我们是在不断地“从经验中建构意义”，同时又不断地“将形式和秩序赋予经验”，[①]那么，一篇日记就是这种双重运动的一个自然单位——以写日记这种“再度经历”的方式，日记作者在一个又一个的自然单位时间中整合自我的“经历”和“反思”两个方面。粗略地说，这种“再度经历”的方式就是将白天的自我和黑夜的自我结合在一起的方式，也是自传作者为每一天的“自我”所做的“样子”。

从所有的写作都是在一个个“日子”中生产出来的这一意义上来说，卡夫卡的所有写作都是“日记”，而作为被他称为“日记”的13本笔记及在此基础上由后人编辑整理的《日记》，则可以理解为对他这个人以及作为这个人的“文学性样子”的全部作品的一个“模型”。

日记：卡夫卡的“文学之梯”

就大多数写日记的作家而言，日记要么就是“文学”，要么与其“文学”有着一种内在的勾连，而卡夫卡的日记则综合了这两种情况，余华就说过：“卡夫卡的日记很像是一些互相失去了联络的小说片段，而他的小说《城堡》则像是K的

---

① 杨慧林：《宗教社会学研究的“意义建构”》，《基督教文化学刊》第16辑，北京：宗教文化出版社2007年版，第293页。

漫长到无法结束的日记。”[①]在1910年底的一则日记中卡夫卡写道：“我的内部液化（松动）了（目前还只是表面的），并将流溢（释放出）出存在于深层的东西。我内部的小小秩序开始形成，而我不也需要更多的东西了，因为对于天分不高的人来说，混乱就是最糟糕的事情。”[②]此时的卡夫卡还没有创作出“像样的”文学作品，但这则颇有文学色彩的日记对于我们考察他后来写出文学的“样子”却很重要——他的文学就是“从内部”释放出来的“存在于深层的东西”，以及对于这种东西的“秩序化”。

卡夫卡的日记中最重要的主题就是“写作”。他的日记里每一页几乎都写下了关于写作的思考和因写不出他能够满意的东西而产生的焦虑。日记里也有很多关于梦的记录，但即便在梦里，卡夫卡所梦到的大多也是写作；这显示出他的“日记”与“文学”之间的复杂关系。1913年他梦到了一封重要的信，但在看信的过程中他醒了，之后又“在清醒的意识里强制自己再入梦境，这种情况真的又展现出来了，我还很快地读了信上的两三行模糊不清的字，对于这些字我什么也没记住，同时在继续的梦境里也失去了这个梦”[③]。

当然，写日记就已经是写作，但他在日记里不断地谈到无法写作的焦虑，因此就显得日记写作还不是真正的写作；或许真正的写作就是他的“文学”或“小说”？但好像也不是。1917年卡夫卡已经写出了《判决》《变形记》《在流刑营》《乡村医生》等非常“像样的”作品，他在日记中的看法则是：“我仍能从像《乡村医生》这类作品中感到稍纵即逝的满足，前提是我仍能写出此类作品（这是非常不可能的）。但只有我能将世界提升到纯净、真实和永恒中我才会感到幸福。”[④]我们可以认为，卡夫卡在写作中并没有得到这种意义上的“幸福”，因此，以卡夫卡所设置的最高意义的写作标准，他已经写出的东西实质上并没有差别；卡夫卡在“日记”与“写作”之间的区分只是“写作”内部的区分；二者的关系是内在的，理解了一个就能理解另一个，因此首要的问题是理解二者之间的

---

① 余华：《卡夫卡和K》，《温暖和百感交集的旅程》，上海：上海文艺出版社2004年版，第96—97页。高玉仔细数过，《城堡》一共写了K在村庄“六天”时间的生活和经历。参高玉：《论〈城堡〉时间的后现代性》，《国外文学》2010年第1期，第84—90页。

② Franz Kafka, Diaries, p.33.

③ 卡夫卡：《卡夫卡全集》(6)，第272页。

④ Franz Kafka, *Diaries*, pp.386-387.

关系。

在1910年5月17日之前的一则日记里(在此日期之前,卡夫卡的《日记》没有日期,大约可称之为“日记之前的日记”或“前日记”),卡夫卡回忆了自己过去的一段生活:“在我五个月的生命里我没写任何东西”,他接着谈到“对自己说话”,但又觉得总理解不了自己的生活状态和生命状态,“我的状况并非不幸,也非幸福,不是冷漠,不是虚弱,不是疲惫,也不是其他的东西”。卡夫卡将这一状态与写作联系起来:“我对此的无知或许与我无能写作有关。尽管我不知道它的原因,我相信能理解后者。所有那些东西,也就是说,所有那些发生在我的思想里的东西,都不是从根基处而是从半空中进入我的思想的。那么不妨让谁去试试抓住它们,让他去试着抓住、死死地抓住那刚开始从半空生长出来的那丛草。”[①]

卡夫卡的写作所要抓住的就是这丛“从半空长出的草”(或许这就是他的“文学”的一个比喻性说法),为此他觉得必须学学那些日本杂技艺人:“他们在一架梯子上攀爬,这梯子不是架在地上,而是支撑在一个半躺着的人高高抬起的脚掌上,这梯子不是靠在墙上,而只是悬升在半空。”[②]他觉得只要自己每天能够用一个句子抓住一棵出现在半空中的“草”就够了:那个句子瞄准了它,就像“人们用望远镜瞄准彗星”;这个时候他就会感到登上了梯子的“最高一级”:

> 这架梯子是稳稳地立在地上的,依靠在墙上的。可是那是什么样子的地呀,什么样子的墙呀!不管怎么说,这架梯子却没有倒下,我的双脚就这样将它压在地面上,我的双脚就这样将它抵靠在墙上。[③]

在这则日记中,卡夫卡使用了一系列比喻来解释自己的人生状态,但这些比喻构成了复杂的组合关系,仍需要进一步解释。要而言之,无法理解的人生状态需要用写作的无能来进行类比解释,但要进一步解释前者,仍需要有能力写作;写作就相当于用句子瞄准出现在半空中的事物,这需要一架梯子……

---

① Franz Kafka, *Diaries*, p.12.

② Franz Kafka, *Diaries*, p.12.

③ Franz Kafka, *Diaries*, p.14.

“写作”所用的梯子、梯子所立足的地面以及所依靠的墙已经就是一个文学比喻,这个文学比喻由于叠合了之前日本杂技艺人的表演的比喻而显得更加扑朔迷离……

大体可以说:第一个比喻就是第二个比喻的“地面和墙壁”,第二个梯子建立在第一个梯子的基础上;进而,卡夫卡的“文学”是第二个梯子,而他的“日记”是第一个梯子,也是第二个梯子的“地面和墙壁”;“日记”既是卡夫卡的“文学之梯”,也是其“地面和墙壁”;他认为日记是他能抓住自己的“唯一地方”[①],而小说则是“空中的表演”;但“什么样子的地面呀,什么样子的墙呀!”……说到底,日记也是空中表演。

粗略地看,卡夫卡的“日记”与“文学”构成了某种“不确定的二分组合”(indeterminate dyad),即“构成一对组合的事物不是独立的单元,不能被简单地算作‘二’;相反,它们是整体的部分,在某种程度上互相包含对方”[②]。卡夫卡的日记和文学都是其“写作”这一整体的部分。

要对卡夫卡的“日记”和“文学”进行区分,并不容易,但卡夫卡暗示甚至坚持这种区分,这倒是我们理解其“写作”和“人生”之关系的一个线索。卡夫卡所写下的、在他看来尚不是“文学”的“日记”与他的“文学”之间存在某种比例关系,这种比例关系大体就相当于“写作”与卡夫卡的“人生”之间的比例关系;卡夫卡要把“日记”与“文学”分离开来,就相当于他要把“文学性人生”(由他“写作”出来的“作品”为标志)从总体的“生活”中分离出来——他认为“文学”才是他真正的“生命”,与之相比,“生活”无关紧要:

> 我作为一个写作者的命运很简单。我所具有的描绘自己内部那梦一般生活的天分将其他所有事情都推向了后台;我的生活可怕地缩小了,并且还将缩小下去。[③]

卡夫卡对“日记”的态度是复杂的,这种复杂部分地源自他对“日记”可能

---

① Franz Kafka, *Diaries*, p.29.

② 萝娜·伯格编:《走向古典诗学之路》,肖涧译,北京:华夏出版社2007年版,第3页。

③ Franz Kafka, *Diaries*, p.302.

对“文学”产生难以预计的影响的某种忧虑。1911年初的一则日记中，他写道：“这些天我没有写下多少关于我自己的东西，这部分地是因为懒惰(我白天睡得那么多那么沉，这期间我的身体重了很多)，部分地也因为，我害怕暴露我的‘自我理解’。”[①]他害怕在日记中暴露他的“自我理解”，这并不是说“自我理解”不是他所追求的东西，恰恰相反，这种真正的自我理解需要在真正的“写作”即“文学”中被确定下来，这种写作必须包含“最大的完整性，所有的偶然后果以及全然的真实”[②]。但这种任务，“日记”难以完成。他担心，在日记中“写下来的东西”因为“有其自身的目的，也有已经被写下来的东西所具有的优先性”，因此就会取代那些“仍在被模糊地感觉到的东西”；如果这事发生的话，那真实的感觉就在其中消失了，此时再发现那些已经被写下东西的无意义，“就已经太晚了”。[③]他在1911年底的日记更形象地表达了这种“担忧”：

> 一个人在两个地洞前面等待着一种幻象的出现，它只可以从靠右的那个洞里出来。但这个洞正好是在一个模糊不清的盖子下面，而从左边的洞里一个幻象接着一个幻象升起，这些幻象企图把目光吸引到它们那里，最终毫不费力地用它们不断增长的身躯达到这个目的，这身躯最后甚至将真正的洞口遮盖住了，尽管人们十分想阻止这个行动。[④]

这里的“两个地洞”之间扑朔迷离的关系大致可以对应他的“日记”与“文学”之间的关系。可以看到，随着卡夫卡文学天分的不断发展，他的日记篇幅总体上却越来越短，这似乎也对应了他对“生活”的“不断缩小”的描述。从英译本来看，1910年的日记25页，1911年124页，1912年55页，1913年36页，1914年74页，1915年31页，1916年18页，1917年17页，1918空缺，1919、1920年都只有1页，1921年6页，1922年25页，1923年不到半页。他对自己的“日记”大体经历了从依赖到“幻灭”的过程，而经历这一过程的，还有他的“文学”……1923年6月，他留下的最后一则“日记”干脆对所有的“写作”做出了

① Franz Kafka, *Diaries*, p.35.
② Franz Kafka, *Diaries*, p.35.
③ Franz Kafka, *Diaries*, p.35.
④ 卡夫卡：《卡夫卡全集》(6)，第174页。

“判决”：

> 我越写越感到恐惧。这是可以理解的。每一个字词，都由幽灵之手扭结而成——手的这种扭结是其独特的姿态（模样），字词变成了矛，反过来对准了写作者。……唯一的安慰或许是：不管你想还是不想，它都发生了。你所想的，没有帮助。比安慰更多的是：你也有武器。[①]

也正是在这最后一则日记里，卡夫卡的“白天”与“黑夜”之间的结构塌陷，成为一团混沌：“散步、黑夜、白天，无能为力，只有痛苦。”[②]此时的卡夫卡或许更加深刻地感到以“写下来的东西”（文学人生）来取代那些“仍在被模糊地感觉到的东西”（生活）的悲剧性，一年之后，他将因去世而不再有任何感觉；对于悲剧人物来说，“发现”总是“已经太晚”。

卡夫卡日记的“文学空间”

理解卡夫卡的日记，甚至比理解他的全部作品还要困难。用苏格拉底的一个比喻性说法，日记是用密密麻麻的“小字”写成的[③]，这使其成为卡夫卡式“文学空间”的一个压缩版；但对于读者，正如卡夫卡所言，“你也有武器”，这“武器”可能就存放在卡夫卡的日记里面。在1911年的一则日记中他写道：“但愿我能够写大而完整的东西，它从开始到结束都被结构得很好，那么在结束时这个故事将不再从我这里离开，对我来说，平静地、睁大眼睛地、像一个健康故事的血亲听其被诵读就是可能的；但事实是：这个故事的每个小片段都像无家可归一样兜圈子，将我驱向与其相反的方向。——但是，要是这个解释正确的话，我仍能感到幸福。”[④]也就是说，《日记》既象征着卡夫卡写出“大而完整的故事”的意愿，也是对他写作实际情形的展示和解释，并且这种解释很可能是“正确的解释”；进而，无论《日记》是否一个“大而完整”的故事，使解释者感到幸福

---

① Franz Kafka, *Diaries*, p.423.

② Franz Kafka, *Diaries*, p.423.

③ 柏拉图：《理想国》，张竹明译，南京：译林出版社2009年版，第51页。

④ Franz Kafka, *Diaries*, p.105.

的“正确解释”的可能性仍是存在的。笔者解读的努力将局限于发现《日记》中的一些“大字”，这些字之所以显得大些，或因为重复的出现而显得对于这个“空间”有界定作用，或因为与卡夫卡的其他作品有密切联系而有助于更好地理解其作品的总体性质。

对于卡夫卡日记的“文学空间”的理解而言，观察者与这个空间的关系显得至关重要也令人困惑，“外”与“内”、“上”与“下”的空间—位置关系因观察的介入而得以成立，也因观察者的“观察冲动”而变得摇摆不定；正如“绝望总是超出自身”①，“观察”也总是被“观察冲动”所超出：“卡夫卡”总是被“走出卡夫卡的冲动”所超出，此类叙述在《日记》中比比皆是。仅以《日记》开篇为例。《日记》的第一个词就是“旁观者”——“Die Zuschauer / The onlookers”，完整的句子是：旁观者惊呆了，当火车快速开过。②但“观察”总会“观察”到遗漏了某些东西——《日记》的第二个句子就是：“‘要是他永远地向我提问(frägt)’。这个“ä”从句子中滚出来，像一个球在草地上滚动。”③此时我们就会进入“在上面”的卡夫卡对“在下面”的卡夫卡的“俯视”视角：“现在我淡漠地从上面看着他，就像看一场小小的游戏，关于这样的游戏一个人总是对自己说：即便我不能把球弄进洞里又有什么要紧呢，毕竟，这都是我的，这些玻璃杯，这些盒子，这些小球，以及其他的什么东西；我能把它们统统收到我的口袋。”④

如前所述，从“内部”解放自己是卡夫卡写作的基本动力。这里的“空间”意义上的“内部”在“自然时间”的层面上所对应的就是“黑夜”，其灵魂状态的对应物就是“梦和睡眠”，也就是存在于卡夫卡“内部的巨大的不安”。可以理解，为了写作，卡夫卡想睡又不想睡：

> 我告诉自己，作为一个对自己的安慰，我确实不止一次地压制过那存在于我内部的巨大的不安，但也不希望消灭它，我以前在此类情况下也经常这样做；相反，我希望在这种巨大不安最后的一次震撼中保持全然的清醒状态，这我还从未做过。或许以这种方式我才能发现隐藏在我内部的

---

① Franz Kafka, *Diaries*, p.10.

② Franz Kafka, *Diaries*, p.9.

③ Franz Kafka, *Diaries*, p.9.

④ Franz Kafka, *Diaries*, pp.31-32.

那种坚不可摧的东西。[①]

卡夫卡要将自我从内部解放出来,为此不惜将自己的睡眠减少到极限,甚至进入一种"清醒地做梦"的状态。1911年的日记中他写道:"无眠之夜。连续第三天了。我睡得很香,但一个小时后就醒来了,就好像我曾把脑袋放到了一个错误的洞穴中……我的确睡着了,与此同时生动的梦境使我保持清醒。可以说,我睡在我自己的身边……"[②]

卡夫卡睡在自己的旁边,这一意象可以说是理解《乡村医生》中病人与医生关系的一个模型。以这样的方式,卡夫卡将自己的时间撕成最小的碎片,以便能够站在每一个碎片的外面"拯救/解放"自我的每一个碎片;但这只是意味着,为了将自我从内部解放出来,他必须先占据一个外部的位置——内部那些影像,他能够模糊地感觉到,但还必须经过制作("做样子")才能看清楚。但或许他搞不清楚的是,他所描绘的那些影像来自哪里……卡夫卡的问题或许是:柏拉图洞穴中的影像所模仿的真正原型是来自洞穴外部还是另一个隐藏更深的洞穴?无论如何,更可能的是,卡夫卡为了走出现实世界这个"洞穴",就在这个洞穴下面另建了一个洞穴甚至更多的洞穴(就像他笔下的那个小动物),按照他的说法是"我们在挖巴贝尔的竖井"[③]。文学的制作没法改变灵魂的结构,灵魂的结构就是洞穴的结构,洞穴的结构也是身体的结构,因而理解洞穴,就是理解灵魂与身体的这种不确定的二元组合。卡夫卡要撕碎自己以解放内部,无异于要摧毁洞穴的结构、分离身体与灵魂。

但分离身体与灵魂只有在"哈德斯"(Hades)这个洞穴里才能做到。卡夫卡制作"哈德斯"的方法就是对自己的灵魂实行"活体解剖"。在1911年的一则日记里,卡夫卡谈到自己大脑经常的紧张:"它就像一种内部的腐败,这种腐败如果我只想观察而无视其令人不快的一面的话,其给我的印象就像是教科书上的大脑横切面,或者就像对活体进行的几乎无痛的解剖,手术刀——有点冷漠地、小心翼翼地停下又回来,有时静静地不动——剥开了那层比薄纸还要薄

---

① Franz Kafka, *Diaries*, p.63.

② Franz Kafka, *Diaries*, p.60.

③ 卡夫卡:《卡夫卡全集》(5),第237页。

的、紧靠着还在工作着的那部分大脑的覆盖膜。"[①]

从这里我们可以进入卡夫卡文学时间的"空间结构"。与身体化的灵魂之"活体解剖"相联系,卡夫卡写作的"恩典时刻"就是制作"文学空间"的时刻,这种时刻由一架"时间机器"或"时钟"所表征。1911年日记里,卡夫卡感受到了对某种时刻的渴望,预感到"那种正在迫近的某种伟大时刻就要来临的可能性","这一时刻能将我打开,能使我能做成任何事",他进而想到法国大革命,想到一架"时间机器"——"我常常由此联想起巴黎,在被包围及其后的时代、直到巴黎公社时代的巴黎,在那些时候,对巴黎人来说还是异乡人的北方和东方郊区的人群在几个月长的时间里通过互相链接在一起的街道进入巴黎市中心,就像慢慢移动的钟表的指针。"[②]1913年7月已经写出《失踪者》《判决》《变形记》等作品的卡夫卡在日记中描述了一架已经成型的"时间机器":"内部存在的一组滑轮。某处一个小小杠杆秘密启动,起初几乎不能觉察,而后整个机器就运动起来。它屈从于一种不可思议的力量,就像手表屈从于时间,它这里响一下,那里响一下,于是所有的链条都按照预先规定好的路径一个接一个地发出叮当声。"[③]但联系卡夫卡写作的实际情形,这一能够制造"恩典时刻"的"时间机器"的运行状况并非总是良好。1917年的日记中他表达了他能从作品中感到的"满足",[④]而这一时期所写的《乡村医生》描述的更像是一个错误的"时间机器"所报出的一次虚假的"恩典时刻":"受骗了!受骗了!一旦听从了夜铃的一次虚假召唤——事情就永远没法弄好。"[⑤]1922年卡夫卡写作了其重要作品《城堡》和《一条狗的探索》,但在这一年,他经历了四次大规模的精神崩溃,"时间机器"的状况令人担忧。在日记中他详细记录了其内部进程的"疯狂节奏":"钟表们并不能保持和谐;内部的那个以魔鬼般的疯狂速度运转,或者说这种速度是非人类所具有的,外部的那个以惯常的速度蹒跚而行。除了两

① Franz Kafka, *Diaries*, p.271.

② Franz Kafka, *Diaries*, p.61.除了此处的"法国大革命",在《判决》中,他还提到了"俄国革命",或许,"灵魂深处闹革命"是卡夫卡至为激进的自我启蒙和自我解放的前提条件,他要解放自我的每一个最小单位,赋予每一个这样的最小单位以清晰的自我意识、自我表达和自我形象。

③ Franz Kafka, *Diaries*, p.225.

④ Franz Kafka, *Diaries*, p.387.

⑤ Franz Kafka, *The Complete Stories*, Nahum N. Glatzer ed, Schocken Books, 1971, p.225.

个世界之间的分裂之外还能够发生什么呢？它们确实分裂了，或至少以一种可怕的方式撞击在一起。”[①]

和生活中的卡夫卡一样，日记中的卡夫卡拒绝自然的时间结构（日与夜），并且这种拒绝更为激进和彻底（在生活中他至少还有工作时间的自然节奏），他要根据自己的灵魂秩序重建“时间”。在对自然时间的无限分割过程中产生了对他的写作来说至关重要的“幻象”，但这种幻象仍无法逃避自然时间的“白天”（外）与“黑夜”（内）的结构——不知这是否就是他所说的那种“坚不可摧的东西”？

① Franz Kafka, *Diaries*, p.398.

第三章 《致父亲》中的卡夫卡

1919年11月卡夫卡写了长信《致父亲》,试图为长期以来同父亲的关系做一个“了断”。当然,说“了断”,只是就卡夫卡这方面而言,因为父亲从来没有看过这封信,甚至很可能根本不知道他写了这么一封信;即便对卡夫卡来说,这封信也并不是一个彻底的了断,他和父亲的关系在此后相当长时间里仍然晦暗不明。雅诺施回忆了发生在1920年的一件小事:卡夫卡正和他一起散步,从“赫尔曼·卡夫卡商行”的店铺里走出一位高大魁梧的男子,高声喊道:“弗兰茨,回家。空气很潮湿。”卡夫卡以一种“奇特的温柔声音”对他说:“我的父亲。他总为我担忧,常常一脸凶相……”他紧张得没有跟雅诺施握手就跟父亲回家了。[①]而在1924年1月的一封写给母亲的信里,卡夫卡仍然在想象父亲对自己的“责骂”:“他是否责骂过我,他若没责骂,那就说明原因,他若责骂了,那我知道原因。”[②]

《致父亲》是一部很独特的作品。首先,这一作品很难归类,它是书信,但这封信却没有到达收信人手中,它也是自传,但这一作品中的“自我”却是“寄生性”的,是“通过父亲写自传”;其次,无论是书信还是自传,传统上都归为非虚构类作品,但这一封信却很有文学的想象力、感染力以及修辞技巧,充满了生动的细节、戏剧性的场景描绘以及丰富的象征意象,但我们又不能说它是小说,因为它没有无中生有地创建“另一个世界”,作品中的“父亲”首先就应该理

① Gustav Janouch, *Conversations with Kafka*, Goronwy Rees trans, New York: New Directions Publishing Corporation, 1971 , p.24.

② 卡夫卡:《卡夫卡全集》(8),第213页。

解为赫尔曼·卡夫卡。[①]

自我起源与自传资源

为更切近地考察这一文本,有必要获得一种以"卡夫卡的方式"来理解这一文本的视角。他在1912年的一则日记中曾对这一视角有所提示,其中他谈及自传叙述的困境:

> 在自传中一个人会不可避免地在事实上只需要写下"曾有一次"的地方写下"经常"。因为他总是意识到那个"曾有一次"引爆了记忆所牵引出的那个黑暗空间;但尽管如此,这一黑暗并不能完全地被"经常"所驱散,至少在作者看来它还是被保存着;他背负着那些也许在他的生命中从没有存在过的片段,而那些片段却又仅仅是某种甚至他的记忆也不再能够猜测得到的东西的替代物。[②]

这段文字指向一个深不可测的意义空间:在那里似乎存在一个随着思想

---

①在为英文版《儿子们》所写的导读中,安德森(M. Anderson)注意到卡夫卡的文学事业与其个人传记(personal biography)之间存在"复杂、纵深"的关系,他认为可以将此信和他的文学作品同等对待。参看 Mark Anderson, "Introduction", in Franz Kafka, *The Sons*, New York: Schoken Books, 1989, pp.vii-xx,但笔者认为,此信与卡夫卡的一般意义上的"文学作品"并不在同一个层面上,此信虽充满想象力,但并非"虚构"或"小说"(fiction)。

② Franz Kafka, *Diaries 1910—1924*, Max Brod ed., New York: Schocken Books, 1976, pp.163-164.

和语言的不断逼近而无限地向后退却的“真实界”[①]，似乎最深层的记忆也顶多只能为进入这一空间提供一条模糊的线索。这一想象性的空间似乎有着无限的纵深层次：有一个“真实”的终点被设置在某处，你事先已被告知那个终点是幻觉，但同时你又必须相信其真实性，因为只有借助它，你才能想象得更深更远，才能突破那个幻觉。或许可以将卡夫卡设置这一结构的目的理解成他要为一个无限可能的自我空间保持一种开放状态，同时这种开放状态也紧张到极限地要求某种关于“起点”和“终点”的决断。卡夫卡力图为某种甚至还难以想象的可能性留余地，因此他的叙述困境同时也是他的叙述自由。

作为特殊形式的自传叙述（这一点后文详论），《致父亲》的复杂性在开头——文本形式上的“起源/起点”——就已经明白地显示出来：

> 你最近**曾**问过我，为什么我声称在你面前我感到**恐惧**。像**往常**那样，我不知道该怎么回答你……（黑体为笔者所加）

在卡夫卡看来，父亲所提的问题是关于“起源”即“为什么”的问题，但卡夫卡认为起源问题难以回答。他接着谈了两个理由：第一个理由是恐惧本身过大，无法回答为何恐惧正是“出于我对你的恐惧”，因为最大的恐惧就是将感到这种恐惧的人包裹在其中的恐惧，是无法站到这一恐惧的“外面或上面”对其进行言说和解释的恐惧，这样，无所不包的“恐惧”恰恰模糊了其自身真正的“起源”，而没有包含真正起源的“解释”就不是真正的“解释”；在此种意义上，卡夫卡在此信中所传达、解释和叙述的东西确实就像他在致密伦娜的信中所说的“不可传达”“不可解释”的东西，只是“藏在我骨子里的东西和仅仅在骨子

---

① 参考拉康的概念“真实界”(the Real)。马丹·萨洛普不无悖论地解释说：“对拉康来说，解释‘真实界’是不可能的。‘真实界’就是位于‘想象界’(the Imaginary)和‘象征界’(the Symbolic)之外的东西。‘真实界’就是被排除在外因而不可能显示出来的东西。拉康的‘真实界’观念与关于世界本质的假定及‘真实性’(Reality)关系甚小。没有‘象征界’的边界就没有‘真实界’这一概念，而‘象征界’则先于主体的诞生。”(Madan Sarup, *Jaques Lacan*, New York:Harvester Wheatsheaf, 1992, p.104.)正是在此意义上，卡夫卡试图通过冲击“象征界”(语言)的边界来追索自我的起源(“主体的诞生”?)的努力可以获得一种结构主义式的理解：他通过拆解父亲的语言边界来拓展自我的语言边界，但这种拓展是“寄生性”的拓展。

里所经历过的一切”[①]。第二个理由是能够解释这种恐惧的细节或资源过于丰富，“素材之大已远远超过了我的记忆和理解力”，难以“把握”，因而答案“将是很不完整的”，这也使得追求“完整的真实”的卡夫卡陷入“不知怎么回答”的困境：“在写下来时这种恐惧及其后果也会使我在你面前障碍重重”（第237页）。

这一“解释”与“不可解释”之间的张力迫使我们重新注意到，此信开头一段中的“曾”和“往常”实际上包含了整个文本的一个基本结构。整个文本的欲言又止、欲说还休、循环往复的特征可以说正是“曾”和“往常”这一基本结构的展开和复杂化：要在“现时/眼下”解释这个不可解释的、也就是最终的“曾”，就须回到那个可以解释的“往常”，再进入“往常之曾”，但那些“往常之曾”过于丰富和庞大，在某个时刻（比如，在进行某种总结或者结束此信的时刻）又必须浮出“往常”之大海，定位至“现时”的“曾”。于是，不断地在“曾有一次”和“往常”之间进行调整和修正就成为这一作品自传叙述的深层结构，这样也就直接通向此信的结尾，最后的“曾有一次”定格在了卡夫卡对自己写这一封信的意义的认识上：“我认为通过这一些矫正，情况已表达得非常接近事实了，使我们俩都能得到一些安慰，使我们的生与死都变得轻松起来。”（第282页）

因此，不管卡夫卡和他的父亲是否有真正的理解，至少卡夫卡的这封信见证了他“曾有这么一次”与父亲进行和解的努力，又由于这里的“父亲”只是“藏在我骨子里的”和“仅仅在骨子里所经历”的“父亲”，因此又可以说这是一次他与深层自我进行和解的努力。可以说，自传叙述的困境、自传叙述的真实性及其限度和意义都在这一文本中汇集了。

通过建立起“曾有一次”和“经常”之间的深层联系，卡夫卡获得了一种将几乎无限丰富的叙述资源（也就是待“叙”之“事”）结构为一个整体的叙述框架。一个典型的例子就是与朱丽叶·沃里泽克的恋爱和订婚事件，这也是卡夫卡写作此信的一个直接触发点或“起源”。1919年1月卡夫卡和朱丽叶结识，之后感情迅速升温并订婚，并打算于11月结婚，要不是出现了一些意外，二人可能就真的结婚了。朱丽叶的父亲是布拉格的鞋匠，也是犹太教堂的仆役，在卡夫卡的父亲看来，这一社会地位悬殊的结合是不体面的，他觉得唯一合理的

① 卡夫卡：《卡夫卡全集》(10)，第20页。

解释就是儿子被朱丽叶的漂亮和轻浮迷住了。卡夫卡在信中记录了父亲的意见：

> 你大体上是这么说的："她可能穿上了一件精心挑选的上装，布拉格的犹太女人是懂得这一套的，那么你当然就下决心要娶她了，而且想尽可能快，一星期后，明天，今天。我不懂你是怎么回事，你毕竟是个成年人了，住在城市里，却只知道看到一个女的就马上要跟她结婚。难道就没有其他可能性了吗？你要是害怕，我可以陪你去。"（第275页）

赫尔曼暗示，儿子的婚姻动机其实只是出于糟糕的性欲，他认为娶这样的一个女子还不如去逛妓院。父亲的"建议"使卡夫卡一下子觉得自己自青春期以来的20多年白白度过了，自己在精神和情感上没有一点长进。可以说，正是这件事将卡夫卡带入一个相当黑暗的回忆空间，发生在过去的一件事情由此被"经常化"了——"曾有一次"成为"经常"：16岁左右的卡夫卡"曾"在一天晚上和父母散步时谈起青春期的性困惑，结果遭到了父亲的嘲弄。对此卡夫卡记忆犹新："你的应付方法十分简捷，这是与你的素质相符合的，你仅仅大体上这么说，如果我想不担风险地进行这类事情，你也许可以为我出个好主意。"（第273页）父亲暗示儿子可以进行自慰或者找妓女，卡夫卡感到这个答复"严重地损伤了我外表的羞耻心，或者我认为我的羞耻心一定是遭到了伤害"，因为他觉得父亲的话把他"推到这种污秽中去"了（第273页）。"污秽"正是卡夫卡对自身生命晦暗不明的起源的一个典型的或"经常的"表述，性问题只是这整体的"污秽人生"中一个重要的方面。或许，卡夫卡终生对待性的某种近乎偏执的态度——从"污秽"中分离出"纯洁"，从"地狱"中分离出"天堂"——恰恰是在有意地反对父亲的看法，但这有意的反对同时也包含了暗中的认同：反对是表层的，认同是结构性的。

在此，订婚事件是与赫尔曼"曾有一次"问起的问题相对应的一个"曾有一次"，这个"曾有一次"又关联起卡夫卡少年时的"曾有一次"，通过叙述的安排，这两个"曾有一次"就同时被"经常化"了。卡夫卡在对这一事件进行总结时，这同时被"经常化"了的事件就成为对父亲更有力的指控：父亲每一次具体的伤害都笼罩着"经常"的幻影，而"幻影"同时也被"经常化"证明为更深层的"真实"。

在文本中，不仅在这一问题上，而且在其他几乎所有相关的问题上，“曾有一次”的事件总是能够有效地“引爆”那个被“经常化”的黑暗空间，起源的模糊和资源的丰富在此相互支撑，层层叠叠地堆积起对父亲的指控，在这条对父亲的“罪行”进行追踪的路上，虽然看起来像是“小径分叉”——他在这个文本中谈了几乎涉及自己人生所有方面的事情和细节——最终仍是“曲径通幽”地指向了父亲这个“罪人”。在他和“同仇敌忾”的妹妹奥特拉一起谈论父亲的场景中，这场指控的深度和广度由此也获得了某种“最后审判”般的神话色彩：

> 我们坐在一起，真的并不是想要想出什么对付你的办法来，而是为了以全副精力，以幽默，以严肃、以爱、抗拒、愤怒、反感、服从、负罪感，以脑袋和心脏的一切力量来详细研讨那在我们和你之间晃悠的可怕的诉讼，谈一切细节，一切方面，利用所有机会，无论相距远近都来共同谈透这个问题。（第260页）

除了建立不同时期的相似事件之间的联系，“曾有一次”与“经常”之间的相互转化的另一种方式是对事件本身的“厚描”，正是“厚描”使得一次孤立的事件获得了某种普遍的意义。卡夫卡特别记述了他童年时代的一件事，并强调自己所记住的“只有这一件事”：一天夜里他不停地要喝水，结果被恼火的父亲拖到了阳台，让他在阳台上站了一会儿。卡夫卡写道：就是这件事“给我造成了一种内心的伤害”，“许多年后我还经常惊恐地想象这么个场面：那个巨大的人，我的父亲，审判我的最后法庭，会几乎毫无理由地向我走来，在夜里把我从床上抱到阳台上去，而我在他眼里就是这样无足轻重。”（第240—241页）

尽管父亲之“罪”真正的起源无法追索，但从这件事的“影响”就足以使他“认定”父亲的“原罪”：“当时这件事还只是个小小的开端，但这种经常笼罩在我心头的无足轻重的感觉……在很大程度上是从你的影响中产生的。”（第241页）记忆中最早的这一件罪行就这样指向了对父亲恐惧的暧昧“起源”，成为“他的记忆也不再能够猜测的东西的替代物”。

寄生性的自传与自我的寄生性

卡夫卡通过给父亲写信来探索自我"起源"的这"曾有一次"的努力其实植根于他"经常性"的自传冲动。在1911年的一则日记中他写道:"一旦我得以从办公室解脱出来,我将立即着手实现写一部自传的愿望。"[①]在1912年的一则日记里,他又一次产生了一种"独特的自传作家的预感"[②]。联系他对《致父亲》的重视以及这封信自我解释的深度[③],这一作品实际上可以理解为他的一部独特的自传,即"通过父亲写自传"。

卡夫卡之所以要通过写父亲来写自己,首先是因为他很早就意识到,与父亲的关系是他生命中一个难解的"结",解开这个"结"就意味着理清了自己生命中的许多困惑;其次他觉得自己无法单独承受自我失败——他一直觉得自己是个失败者——的责任,在某种意义上,他要找一只"替罪羊"——这样他就能够宣称"我是无罪的"——而父亲这只"替罪羊"在他看来事实上也确实是"罪孽深重",而正由于父亲罪孽深重,他便可以通过宣称父亲"也是无罪的"来显示自己的宽大胸怀。

这一自传以"书信"形式写成可以说具有某种必然性,"在书信中,因为收信者同信作者之间有着特定的关系,这是自传者同读者所没有的,所以信作者的身份意识总是自觉而强烈,但他并非展示自己的一切身份,而总是针对收信者的身份,显示相对应的身份,也通过对这一身份的证明和维护,显示出他的人格和个性"[④]。可以说,在书信中,写信者的身份"寄生"收信人的身份上;在

---

① Franz Kafka, *Diaries 1910—1924*, Max Brod ed., New York: Schocken Books, 1976, p.140.

② 卡夫卡:《卡夫卡全集》(6),第235页。

③ 卡夫卡在与奥特拉的通信中曾提及这封信的艰难写作过程,母亲拒绝转送给父亲后他小心地将其保存起来,后来又曾将此信寄给密伦娜看,以使她能够更好地理解自己:"假如你想知道我以前的日子,我可以把我大约半年前写给父亲,但至今未寄给他的一封长信寄给你",并且说这封信可以帮助她理解自己"那种内心深处对我反叛的力量。"(参看卡夫卡:《卡夫卡全集》(10),第271页)而从卡夫卡的日记中可以看出,"自己反对自己"正是卡夫卡自我形象的一个重要特征。

④ 杨正润:《现代传记学》,南京:南京大学出版社2009年版,第368页。

《致父亲》中，卡夫卡的核心身份认同是寄生在赫尔曼“父亲”身份上的“儿子”。

在这封信的许多段落中，与“最亲爱的父亲”相对应的是一个自我贬低、令人厌恶的“儿子”，他甚至写道：“如果我有（像我）这么一个愚蠢、迟钝、乏味、堕落的儿子，我会受不了的，假如没有别的办法，我会逃走，迁居，就像你在我一旦结婚后想做的那样。”（第278—279页）这一“寄生”的特点在卡夫卡模拟父亲的口气对自己的反驳中（这一反驳也正是卡夫卡所承认的“内心深处对我进行反叛的力量”的一个例证）得到了最直接的表达：“实际上你……对我来说什么也未曾证明，只证明了我的所有指责都是对的，这些指责中还缺少一个特别合乎情理的指责，即说你不正直、阿谀逢迎、寄生的指责。我想不至于搞错，即使这封信也是你靠我过寄生生活的一个明证。”（第282页）书信中赫尔曼的“父亲”身份在根本上就决定了卡夫卡作为“儿子”的“寄生身份”以及他的这一自传文本的“寄生性”。

因此毫不奇怪，在对自我形象的塑造和描绘上，卡夫卡的自我形象就寄生在父亲形象的缝隙中和阴影下：“在打开的世界地图上，你四脚八叉地躺着。于是我感到，只有那些你的肢体未曾盖住或尚够不到的地方才是我的生活可以插入的空地。根据我对你魁梧身材所做的设想，留给我的地方是不多的……”（第278页）这种寄生性深刻地影响了他的思维方式和生活方式：“我的一切思想都处在你的压力之下……所有这些似乎与你无关的思想从一开始就带上了你即将说出的判断的负担”，“只要你表示反对，或只要能够估计到你可能会反对，一切便都告吹；而我做任何事情时几乎都能够估计到你可能会反对的。”（第243页）

莫非卡夫卡在此有意暗示，他的自我分裂、自己反对自己的自我“起源”正是“父亲”？正是作为暴君、法官和猎人的父亲将卡夫卡变成了奴隶、被告和猎物，变成了寄生虫？而根据我们此前的分析，更切近卡夫卡自己的理解或许是：真正的自我“起源”无法追索，所追索到的“父亲”只是一个“替罪羊”，一个象征或替代。

也正是从父亲“未曾盖住”的和“够不到”的那些为数“不多”的“地方”，卡夫卡对父亲发动了一次反攻，在现实层面上，这一反攻的“战场”就是《致父亲》这一文本本身。这是赫尔曼“够不到”的地方，赫尔曼显然不会“写作”。在这一战场上，卡夫卡所向披靡，战无不胜。而在文本的内部，这一“战场”却又恰恰是父亲那简单化的思维和粗糙的情感看起来似乎已经“盖住”的地方。卡夫卡的“反攻”寄生在父亲对卡夫卡的“攻击”的缝隙里，他的“复杂解释”寄生在父亲简单甚至“全然错误”的理解中：

> 我之所以很难作出解释，是因为我在那么多的日夜中反复沉思、掂量一切，以致我现在看到的景象使我也觉得复杂无序，无所适从了。在我看来，或许只有你那对事情的全然曲解能够使我的解释任务容易一些，而稍微修正一个全然错误的理解并非太过困难。(第271页，有改动)

文本的基本结构显示了卡夫卡对父亲“反攻”和自我解释的策略：父亲的“简单化”——混淆了“曾有一次”和“经常”，以就事论事的方式掩盖“起源”问题；卡夫卡的“复杂化”——不断地从“曾有一次”中聚合出“经常”，步步深入地将作为事情本身的“曾有一次”导向“起源”；卡夫卡与他记忆及想象中的父亲所做的反驳经由折中、调和而形成更为“公平”的解释。文本大体上可以分为三个部分，这三个部分之间以及每一部分的内部更细小的部分之间都贯彻了上述解释策略。第一部分引述父亲的提问及对其提问方式进行批评：这种提问方式暴露了父亲简单、自以为是的思维方式：“在你的眼里事情总是显得非常简单。”(第237页)——问题就问得不对，不会提问题，而在卡夫卡看来，思维方式恰是一个人最本质的体现；第二部分由对简单的思维方式的批判引向对简单粗暴的教育方式和行为方式的批判(“力量、咆哮和愤怒”以及“斥骂、威胁、讽刺、冷笑、自怜”)，引向父亲这种整体人格对卡夫卡自己几乎所有人生阶段(童年、少年、青年和成年)和几乎所有生活领域(日常习惯、性行为模式、家庭关系、宗教信仰、职业选择、写作事业、婚姻情感态度等等)的压倒性影响；第三部分是虚拟的父亲的回答及对这一回答的评述，虚拟的回答可以看作赫尔曼对卡夫卡反攻的“反攻”；但由于是虚拟的，因此又被重新聚合为“卡夫卡式反攻”的一部分。这样，以对父亲简单观点的反驳作为基础，文本逐步编织起父亲罪过的致密网络，卡夫卡以此为自己人生的失败做出某种解释，同时他的儿子身份，即便是失败的和破碎的儿子身份，也已经被固定在其中了。

这一文本的“寄生性”也表现在卡夫卡对父亲的语言、动作和思维方式的模仿与戏仿上。对于父亲语言的大量直接和间接的引用(比如：“我要把你像条鱼一样撕得粉碎”“他死了算了，这只疯狗”）、对于父亲动作的描摹（比如，如果“我”对任何一件事感到高兴而在家里说出来，“回答就会是一声嘲讽的叹息、一个摇头的表示、一个手敲桌子的动作”）构成了这一文本趣味和魅力的一个重要因素。而清楚的是，这也是卡夫卡对父亲的“反攻策略”：“为了在你面前显示我还是有点能力的，还有一部分是出于一种报复心理，我很快就开始对我在你身上发现的一些小小的可笑之处进行观察、搜集和夸张。”（第251页）

在模拟父亲的回答对自己的反驳时，卡夫卡也一再地强调，“你”对“我”的不信任还不如“我”对自己的不信任那么严重（第282页），换言之，即便在对自己进行反驳、对自己的性格缺陷进行分析这一方面，卡夫卡认为自己在知性的判断力上也已经远远地超过了父亲。这一指责的杀伤力是很大的，比起指责父亲有意识的“粗暴”还要厉害，因为在前者那里包含了对父亲在智力和情感方面低能的指责与蔑视，而后者则是一个中性的性格问题。卡夫卡实际上所要说的恰是父亲是有“罪过”的：他说父亲“无辜”，因为父亲“无知”——但另一方面，在以能够精细地分析自我、反思自我为美德的卡夫卡看来，对于自己“罪过”的“无知”，无能于“认识你自己”，不正是最大的“罪过”吗？

卡夫卡对虚拟的父亲的反驳所进行的“反驳”实际上包含了对父亲“不许顶嘴”的滑稽模仿。他控诉说：“你很早就禁止了我说话，你那‘不许顶嘴’的威胁和为此而抬起的手从来就一直伴随着我”，“你说：‘不许顶嘴’是想压服我这儿令你不快的反对力量……”（第247页）父亲的这种行为方式深刻地影响了卡夫卡，以至于他以更复杂的方式——这一方式也是赫尔曼“盖不住”和“够不着”的——压制了父亲在自己作品中的“顶嘴”。①

当然，如前所说，在现实层面上，这封信对赫尔曼没有什么影响，但无论如

① 在1910年的一则日记中，卡夫卡写到自己“常常思考”包括父母等等“一群人”如何伤害了自己的“这些事情”：“我对他们所有的人说出了我的谴责，以此将他们互相公之于众，但却不容忍反驳。因为我确实已经忍受够了那些反驳，而且因为我在这些绝大多数的反驳中遭到反驳，我不能有别的选择，只好也把这些反驳纳入我的谴责，并且声明，除了我的教育外，这些反驳在诸多方面也伤害了我。”（参看叶廷芳主编：《卡夫卡全集》（6），第9页）南非作家、诺贝尔文学奖获得者纳丁·戈迪默曾在1984年为不能写作的赫尔曼代言，模仿赫尔曼的口气写了一封《致儿子》，但并没有引起多大重视，因为卡夫卡将这一切都想好了，他的谴责里已经包含了对这些反驳而进行的反驳。

何,卡夫卡在信中对自我进行了深入的分析,有了面对自我的勇气,对自我有了一种新的认识和发现,而这正是这一特殊自传的意义。美国学者华莱士·马丁说:“在某些情况下,自传作者并不打算描写一个他或她已经知道的自我,而是去探索另一个自我。这个自我尽管有所变化,却是从一开始就内在于作者自身,等待一次自我发现,这一发现将会在现在的‘我’中把过去的一切汇聚起来。”[①]可以说,在这一作品中,卡夫卡几乎汇聚了所有的智慧以发现自我——一个寄生在“父亲”身上的自我。

卡夫卡的这一构建是很有反讽意味的,因为他所发现的恰是自我的寄生性和分裂性。正如他在次年的笔记中所说的“自传探索”计划:

> 就像自己的房子已经摇摇欲坠的人要在旧的房子旁边再盖一座新的房子一样,如果可能的话,就用原来房子的材料。但不可否认,可能出现这种糟糕的情况:如果在建新房子的中间,他没了力气,那么他就不再有一座尽管不安全但仍是完整的房子,而是有两座半拉子房子,一座拆了一半,一座建了一半,这就是说,他一事无成。接下来自然就是疯狂,这就是说,就像一个哥萨克人在两座房子之间跳舞,他的不断踢打的脚后跟将泥土片片掀起,最后一间坟墓会在他的身后慢慢成形。[②]

文学性的“父亲”与卡夫卡的文学

在“曾有一次”的层面上,卡夫卡用此信来解决自己和父亲的关系问题并建构自我,而在“通常”的层面上,这封信却将“父亲”象征化了。在这一意义上,《致父亲》描绘的更像是一个梦的世界,一个戏剧化了的世界,一个现实和想象相交错或者被想象所改造了的现实世界。现实的父亲(“曾有一次”的意义上)和卡夫卡想象中的父亲(“通常”的意义上)之间的裂缝是巨大的。正如美国传记作者帕维尔所说:“到了卡夫卡写这封信的时候,‘父亲’与‘父亲形

① 华莱士·马丁:《当代叙事学》,伍晓明译,北京:北京大学出版社1990年版,第82—83页。

② Cited in James Olney, *Memory & Narrative, the Weave of Life-Writing*, The University of Chicago Press, 1998, p.283。参见卡夫卡:《卡夫卡全集》(8),第238页,译文有所不同。

象'之间的缺口已经大得可以容纳整个世界了。一端是赫尔曼可怜的、悲惨的形象……而在另一端则耸现着无所不能、无所不在的收信人的形象,他有些可疑地像是休息日的赫尔曼·卡夫卡——反复无常,充满恶意。一个真正的犹太人上帝。"[①]赫尔曼这个"最亲爱的父亲"更像是卡夫卡笔下的一个文学形象。

卡夫卡从他与自己父亲的关系那里获得了深刻的生命体验和文学创作的灵感,虽然庞大的"父亲形象"并不能"覆盖"卡夫卡的全部,但无疑是通向他人生和作品核心地带的一个重要路标。卡夫卡"通过父亲写自传",以"寄生"于父亲的方式反过来"猎捕"父亲、"覆盖"父亲[②]以构建自我,最终在那幅将在未来打开的"世界地图"上,父亲将和他"共生"——试问当今的卡夫卡研究者,谁又能够真正绕过卡夫卡的"父亲"呢?

卡夫卡既以父亲看待自己的方式来看待自己的作品,也以自己看待父亲的方式看待作品:父亲、儿子、作品三位一体——"作品"既是他的"儿子",也是他的"父亲"。他的小说《十一个儿子》实际上谈的是他的十一部作品。另一方面,"作品"与"写作"也是卡夫卡用来反对赫尔曼这个外部的、尘世的父亲的"内在的本真的父亲",是他的真正的"上帝"。他在早年的信中所宣称的"上帝不让我写,我偏要写"[③]的意思可以理解为:"我将是我自己的上帝,我也将是自己的父亲。"而他所写出的"作品"就是这一个"内在自我"所"生产"的"父亲"。他害怕写作,又渴望写作带来的幸福,就如他害怕父亲,又希望得到父亲的爱一样:"(写作)在我童年时作为预感,后来作为希望,再后来作为绝望笼罩着我的生活,而且——可以说,是它(写作)以你的形象指使我做出了一些小决定。"(第267页,有改动)卡夫卡留下销毁自己作品的暧昧遗嘱也可以理解为卡夫卡对父亲对待自己方式的模仿:父亲对他失望,他也对自己的作品失望,父亲要

---

① Ernes Pawel, *The Nightmare of Reason: A Life of Franz Kafka*, New York: Farrar Straus Giroux, 1984, p.385.

② 参看《判决》中父子之间的对话:"我真的被盖好了么?"——"别担心,你被盖得很好。"(Franz Kafka, *The Complete Stories*, Schocken Books, 1971, p.84.)当然,这一作品中的"父亲"并没有被"盖住",父亲最终判决儿子去死。在某种意义上,《致父亲》可以理解为:卡夫卡通过"判决父亲",对早年的那副"父子地图"进行了修正。而颇有意味的是,在那片敞开的墓地上,卡夫卡没有单独的墓碑,他和自己的父母共同拥有一块墓碑,并且在墓碑上,他的名字确实"盖"在了父亲名字的"上面"。

③ 卡夫卡:《卡夫卡全集》(7),第17页。

把他"踩入地下",卡夫卡也要将自己的作品"统统烧毁"。

通过对上帝/父亲的反抗,卡夫卡确认了自己的"作家"身份,尽管不无挣扎和矛盾,这最终将是他最珍视的身份;也正是这一"寄生"在卡夫卡身上的"作家身份",将最终把他从时间的虚无中拯救出来——不是在他曾存在其中的时间中,而是在他死去之后的时间中。[①]

从这里我们可以进入卡夫卡以文学形式写成的另一个自传性作品——《猎人格拉胡斯》。在这一堪称卡夫卡对自己命运的寓言式描绘和预言的作品中,隐含着卡夫卡看待父亲和自己之间关系的某种神话般的视野。这篇小说写于1917年,此时卡夫卡与父亲的"决定性时刻"尚未到来,但正是这一小说预示了卡夫卡、父亲、作品这三者之间的深层关系。在"黑森林"里从事捕猎事业的猎人格拉胡斯("Gracchus"来自意大利语的"gracchio"一词,意为乌鸦)既是父亲赫尔曼·卡夫卡(捷克语的"Kavka"就是乌鸦,也是赫尔曼商铺所用信笺的图标),也是作家弗朗茨·卡夫卡。"黑森林"既是险恶的、危机四伏的现代社会的隐喻:赫尔曼作为一个犹太屠户的儿子,从社会底层打拼最终成为一个拥有自己商铺的资产者,需要的正是这种残酷而坚韧的猎人意志;"黑森林"也是神秘的灵魂内部或曰潜意识空间的隐喻:卡夫卡作为父亲的猎物,作为一个只能写作的"作家",必须向这个黑暗的空间进攻来索取猎物以获得养料和"食物"来维持精神生命,他所需要的同样是这种残酷而坚韧的猎人意志[②],他彻夜写作以"猎取"作品的行为所显示出的正是一个猎人的形象。

追逐者被追逐,这是一个卡夫卡式的怪圈,如他所说:"一个人能够追逐自己的梦是好事,但又会变成坏事。大多数结局都是这样的:结果变成被自己的梦所追逐。"[③]就他与父亲的关系而言,在现实中,父亲追逐卡夫卡,使其成为猎物,而在文学世界里,卡夫卡追逐作品,在《致父亲》这一作品里,父亲又成为卡

---

① 卡夫卡说:"活着的作家同他们的书有一种活的关系,他们本身的存在就是捍卫它们,或者反对它们的斗争。一本书的真正生命要在作者死后才表现出来,说得更正确些,要在作者死去一段时间后才表现出来,因为这些血性的人在他们死后还会为他们的书斗争一番。然后书就慢慢地孤单下来,只能依赖自己的心脏的搏动了。"参看卡夫卡:《卡夫卡全集》(10),第433页。

② 这种残酷更多的是针对卡夫卡自己,即"作为作家的自己"针对"不是作家的自己"的残酷:"自己反对自己"由此可以得到更直观的理解。

③ 卡夫卡:《卡夫卡全集》(7),第326页。

夫卡的猎物。卡夫卡首先是父亲的猎物，在卡夫卡的想象中，父亲毁掉了自己生活的能力，掏空了自己生活的基础，但在卡夫卡所编织的密不透风、无法挣脱的文字之网里，父亲反过来成为卡夫卡的猎物——文本世界中的卡夫卡步步紧逼，毫不放松，不给父亲以任何喘息的机会，扮演的正是一个穷追不舍的猎人的角色。意味深长的是，成为父亲的“猎物”，被剥夺到一无所有的卡夫卡，正是凭借写作这一向灵魂的黑夜索要真正“猎物”的“狩猎”行为，最终得以克服时间和死亡的“捕获”，用自己的猎物/作品为自己赢得了“不朽”。

死而不死的猎人格拉胡斯的身体到处漫游，已经死去的他最终将自己的命运交给自己的“不死的肉体”：“我在这儿，更多的我就不知道了，我所能做的只有这一点。我的小船没有舵，只有随着从冥府最深处吹来的风行驶。”[①]这一听天由命的“放松”姿态其实正预示了《致父亲》中最后部分虚拟的父亲对自己“寄生性”的想象：“你对你在生活上不能干又何必担心呢？反正我有责任，你尽管放松四肢，无论肉体上还是精神上，任我拽着穿过生命之河。”（第281页）据日本学者平野嘉彦考证，德语Köper同时兼有“身体”和“作品”两层意思，因此格拉胡斯的不死的“身体”也可以看作卡夫卡的“作品”；[②]卡夫卡的作品——父亲赫尔曼的影像，最终引领他穿过了生命的河流。

可以认为，作为作家的卡夫卡的真正生命，是在他本人死去之后，在他与赫尔曼·卡夫卡的现实关系彻底终结之后——因为无论他的内心世界有多么广阔，死亡毕竟终结了它——卡夫卡的作品就是卡夫卡，卡夫卡就是他自己的作品。作品是他的父亲的影像，也是卡夫卡的象征性父亲。在文学这个寓言世界里，“曾有一次”的父亲最终“变形”为具有永恒意义的父亲。

虽然卡夫卡曾写下的这封旨在与父亲和解的信并没有到达父亲手里，但正如他一直保存了这封信一样，他也始终保留了与父亲和解的希望。在日记中他曾写道：“回到父亲那里去。美妙的和好之日。”[③]可以认为，他的这一愿望最终实现了，并且在这一最终和好的视野中，过去曾存在的许多痛苦片段似乎一下子“变形”为天堂般的美好图景。在1924年5月的一封信中，他谈到自己

---

① 卡夫卡：《卡夫卡全集》(1)，第374页。

② 平野嘉彦：《卡夫卡：身体的位相》，刘文柱译，石家庄：河北教育出版社2002年版，第212页。

③ Franz Kafka, *Diaries 1910—1924*, Max Brod ed., New York: Schocken Books, 1976 , p.387.

饮食时写道："亲爱的父亲，这也许会中你的意的，我喝啤酒和葡萄酒。"[①]在此可以比较《致父亲》中的描写："当我大口大口地吃饭时，或甚至还能喝一喝啤酒时，或唱起并不理解的歌时，或模仿你习惯的讲话腔调时，你总是鼓励我，但这一切都与我未来无关。"（第241页）但在生命的最后时刻这一切似乎和他密切相关了，此时的卡夫卡或许才想到能够大口吃饭、大口喝酒是件多么美好的事情，在给父母的最后一封信中他写道："如今在这炎热的日子里我常常回想起，有一度我们曾定期在一起喝啤酒，那是在多年以前，是在父亲带我去平民游泳学校学游泳的时候。"[②]卡夫卡曾向多拉详细介绍当时的情景："你设想看，一个好大的手中抓着一个小小的手学游泳，我们在黑暗的小房间里脱衣服，他把我全身脱光，因为我自己害臊，然后他想用他那所谓的游泳姿势来教我，如此等等。还有那啤酒！"[③]至此，我们所追踪的卡夫卡所进入的和父亲关系的"漫长的黑夜旅程"似乎可以画上一个句号了，至此，照耀在大海和沙滩上的阳光终于也照进了少年卡夫卡与他"最亲爱的父亲"所在的那个"黑暗的小房间"。

① 卡夫卡：《卡夫卡全集》(8)，第231页。
② 卡夫卡：《卡夫卡全集》(8)，第232页。
③ 卡夫卡：《卡夫卡全集》(8)，第187页。

第四章 《致菲丽斯》中的卡夫卡

卡夫卡写给菲丽斯(Felice Bauer, 1887—1960)的书信是他与菲丽斯5年(1912—1917)之久的交往记录。书信的出版富有传奇色彩。二人分手后,卡夫卡没有保存来自菲丽斯方面的书信,但嫁做人妇后又在颠沛流离中最终移居美国的菲丽斯却精心保存了500多封卡夫卡写给她的信以及格蕾特(Grete Bloch, 1892—1944)转交她的部分信件。在布罗德的劝说和请求下,加之晚年经济和身体状况不佳,菲丽斯于1955年将这些信件卖给了邵肯出版社(Schocken Books)。菲丽斯去世后,经由卡夫卡专家海勒与伯恩编辑整理(卡夫卡致格蕾特的另一部分信件也以另外的途径弄到了手),以《致菲莉斯》为名于1967年先出德文版,又于1973年推出英文版,1996年出版的中文版《卡夫卡全集》有一卷半的篇幅留给了卡夫卡写给菲丽斯的书信。

《致菲丽斯》的学术价值

《致菲丽斯》首先是重要的自传资料。考虑到卡夫卡对自传写作的持久兴趣以及所收集书信的单方面性质,更重要的是书信中大量自我刻画、自我分析和日常生活细节内容,不妨称之为“书信体自传”。传记家斯塔克宣称,在卡夫卡的所有作品中,“只有《致菲丽斯》描绘了自成一体的卡夫卡的小世界里的生活画面,充满了如此丰富的细节,以至于那些省略的部分也显得清楚明白。有些日子可以根据这一文献一小时一小时地拼贴起来”[①]。它的出版也为卡夫卡传记质量的提升提供了巨大空间。仅以若干流行较广的卡夫卡传记为例,

① Reiner Stack, *Kafka: The Decisive Years*, Shelley Frisch trans., Princeton University Press, 2005, p.136.

1937年布罗德写了首部卡夫卡传记，但处理卡夫卡与菲丽斯关系的第五章《订婚》只用了不到全书1/8的篇幅。他当时能引用的资料只有卡夫卡日记、卡夫卡写给他的信以及保存在卡夫卡日记中很少的书信片段(他甚至无法确定那些片段是否寄给收信人)。他强调卡夫卡在此期间精神上的自我折磨，使这段经历成为卡夫卡"宗教的发展"(这也是第六章的标题)过程中一个虽然重要但终归是附属性的插曲。而到了20世纪80年代，帕维尔(Ernst Pawel)的《理性的噩梦：卡夫卡传》(1984)和麦卢克斯(Peter A. Mailloux)的《出生前的犹豫：卡夫卡传》(1989)对这段经历的处理则分别占了全书1/3和1/4的篇幅。2002年斯塔克(Reiner Stack)先写出了计划中的"卡夫卡传记三部曲"之二《卡夫卡：决定性的岁月(1910—1915)》，菲丽斯书信的支撑是一个重要原因。

在不少批评家看来，《致菲丽斯》还是颇有分量的文学性作品，虽不同于小说，但有"小说性"。就单个"作品"而言，它是卡夫卡作品中最大的；就"情节"来看，是长篇作品中最完整的(他的三部长篇小说都没有写完)。由于编者颇具匠心的编排方式，《致菲丽斯》读起来更像一部细节丰富、情节曲折的书信体小说："《致菲丽斯》具备小说的一切陷阱"[①]，"是卡夫卡真正完成的一部小说，也是唯一完成的小说"[②]。书信的编者则把他(1912年11月12日)对初次见面(1912年8月13日)的描写与荷马笔下的阿喀琉斯盾牌相提并论，称之为"过分精确到了不真实的地步"，"包含着(卡夫卡)不如此描写便会失去真实的恐惧"，以及他"从词语中得到关于真实保证的焦虑欲望"。[③]

与菲丽斯的关系在卡夫卡写作生涯或作家人生(writing life, a writer's life)中占有一个特殊位置。他与菲丽斯关系的起点伴随着他对作家身份的自我确认。致菲丽斯的第一封信之后的第三个夜晚几乎一气呵成的《判决》就是献给菲丽斯的。这是"将他之前的文学试笔和其成熟之作分离开来的关键时

① Julian Preece, "The Letters and Diaries", *The Cambridge Companion to Kafka*, Julian Preece ed., New York: Cambridge University Press, 2002, p.120.

② Frederick R. Karl, *Franz Kafka: Representative Man*, New York: Ticknor & Field, 1991, p.202.

③ Erich Heller & Jürgen Born, "Introdutory Essay", Franz Kafka, *Letters to Felice*, Elisabeth Duckworth & James Stern trans., New York: Schocken Books, 1973, pp. ix-xx.

刻”[1]。而根据卡夫卡“此地无银”的解释，除了故事中那个“只露了一面的女孩”的姓名的首字母“碰巧”和菲丽斯的一样外（他宣称，即便这一点也是“后来”的发现），“故事内容和你没有哪怕最遥远的联系”，[2]但读者知道，故事中的弗丽达（Frieda Brandenfeld）的身份是主人公的未婚妻，这恰是菲丽斯那不算遥远而转瞬即逝的未来身份。

下文所评述的三项研究中有两项可以看作传记研究：1969年德语作家埃利亚斯·卡内蒂的《卡夫卡的〈致菲莉斯〉：另一场审判》通常被看作专题传记；1991年美国传记家弗雷德里克·卡尔的《卡夫卡：典型的人》是标准的传记，其题名就来自对《致菲丽斯》的分析；另一项研究，即女性主义批评家伊丽莎白·鲍娃的《卡夫卡书信与小说中性别、阶级与种族》种第三章“单身汉的书信”，则显出当代文学研究的某种“跨界”特点，可以看作传记研究的自然延伸。笔者的着眼点则是呈现卡夫卡学术中的“卡夫卡形象”。

“权力大师”卡夫卡？

在那些“点题”的段落中，卡内蒂把读者的视线一再拉回到书信中最具戏剧性的“审判场景”。通过这一场景，卡内蒂一方面试图建立《致菲莉斯》与《审判》之间的互文联系（题名据此也可以理解为“卡夫卡的《致菲莉斯》：另一部《审判》”），另一方面，他也试图由此切入卡夫卡作品中更重大的主题。

由于格蕾特的介入、告密，卡夫卡与菲丽斯的第一次订婚以阿斯堪尼舍豪夫（Askanische Hof）宾馆的当面对质和“审判”的形式告吹。事后格蕾特可能认为卡夫卡对自己“恨意难消”而写信询问之（可以猜测其中夹杂着些幸灾乐祸的得意）。不！卡夫卡在回信中写道：

> 你说我恨你；但这不真实。哪怕人人都恨你，我也不恨你。这不仅仅因为我没权力恨你。是的，在阿斯堪尼舍豪夫，你确实坐在那里审判我——

---

① Russell Berman, “Tradition and Betrayal in ‘Das Urteil’”, *A Companion to the Works of Franz Kafka*, James Rolleston ed., New York: Camden House, 2002, p.85.

② Franz Kafka, *Letters to Felice*, p.12.

对你、对我、对所有人来说这都是可怕的。但这只是看似如此；事实上从那时我就坐在你的位置，直到今天也没有离开。[①]

这是卡夫卡对非常典型的卡夫卡式分裂自我以便观察自我之方法论的文学性描述，也可以看作卡夫卡对小说《审判》主题的预先解释：小说中的牧师指责约瑟夫·K过多地求助于女人帮助自己解脱困境，而这或许只是“看似如此”，其实K从被捕那天起就坐在自己审判自己的位置上，这个位置就是作家卡夫卡坐在书桌前把自己的生活变成文学并以文学来审判自己生活的位置。

从类似的位置出发，作为作家的读者卡内蒂试图还原从作为卡夫卡“传记事实”的“审判”到作为“文学事件”的《审判》的发生逻辑：“从回溯的视角来看也可以这样解释：以这种方式，格雷特试图阻止她所嫉妒的婚约。也可以说卡夫卡以一种明晰的预感引领她去柏林，让她进入一种有力量把他从订婚中解脱出来的状态。”[②]在卡内蒂看来，小说的开头和结尾分别对应与卡夫卡的传记事实可资参照的两次被公开的私人事件：“订婚”对应第一章中的被捕，“法庭判决”则对应最后一章的处决。[③]至少，“订婚”作为“被捕”，有卡夫卡的日记为证——订婚当天他在日记中写道：“手和脚都被捆住，像个罪犯。如果他们用真实的锁链把我铐在角落，让警察站在面前，我就只能在那里呆着，情况也不会更糟了。”[④]

卡内蒂的“回溯式”解释的微妙之处在于：他的“回溯”与卡夫卡的“预感”交织在一起；卡内蒂解释中的格蕾特的恶意行动最终从属于卡夫卡“明晰的预感”。在他笔下，卡夫卡究竟技高一筹。卡夫卡信中所说的“从那时就坐在你的位置”中的“那时”获得了某种诡秘的意味——“今天”之前的“那时”其实也只是“看似如此”，“那时”会持续地回溯到“那时”之前的另一个“那时”。对于将“订婚”理解为“被捕”、将“审判”理解为“处决”的现实对应物的解释来说，

---

① Elias Canetti, *Kafka's Other Trial: The Letters to Felice*, Christopher Middleton trans., New York: Schocken Books, 1974, p.69.

② Elias Canetti, *Kafka's Other Trial: The Letters to Felice*, p.59.

③ Elias Canetti, *Kafka's Other Trial: The Letters to Felice*, p.63.

④ Franz Kafka, *The Diaries of Franz Kafka 1914—1923*, Max Brod ed., New York: Schocken Books, 1949, p.42.

“订婚”是“审判”之前的“那时”,“审判”则是《审判》之前的“那时”。而在“订婚”之前,则有开始与菲丽斯通信的“那时”,再之前则有与菲丽斯第一次相见的“那时”。也就是在这个最初的“那时”一周之后,卡夫卡在日记中写道,对于菲丽斯,他已经有了一个“不可动摇的意见”[①]。似乎从进入与菲丽斯关系的“被捕”状态,到最后采取“引导”格蕾特“审判”自己,都是由他做出的一个不可动摇的“决定”引发的后果——从一开始的“那时”,卡夫卡就已经坐在“你的位置”。只不过到“审判”的“那时”,格蕾特才使得“审判”这一形式从最近一个“那时”中脱颖而出。这一解脱成为卡夫卡写作《审判》的起点。

在卡内蒂看来,卡夫卡的这个传记事件、写作《审判》这一文学事件甚至与世界大战的爆发也有某种联系,似乎卡夫卡的写作活动不但在时间上步步占先,在空间上也具有逐层拓展的结构:“那个审判,他和菲丽斯进行了两年之久的那个审判,现在变成了另一个《审判》……同时,世界也面临着审判:第一次世界大战爆发了。”[②]

场景的拓展与主题的深入相伴而行。世界大战的背景既为卡夫卡写作《审判》增加了纵深感,也使得作为《审判》背景的《致菲丽斯》成为世界大战的缩影;进而,卡夫卡有能力从与菲丽斯的关系中解脱出来,似乎就是因为他在写作中获得了一种洞察世界权力结构的优先位置:“对于一个缺少力量/权力的人来说,在其从各种形式的权力中退出的这种坚定不移的行动中,有着某种至为深刻地令人激动的东西……所有的作家中卡夫卡是最伟大的权力大师。他熟谙其各个方面,他给了这一经验以形体。”[③]

这里暗含着一个暧昧的三段论:知识是某种权力,关于自我的知识是隐蔽而伟大的权力;卡夫卡有非常复杂的关于自我的知识;卡夫卡是伟大而隐蔽的权力大师。这种伟大因为卡夫卡本性上缺少(自然)力量/权力而显得更伟大了。这几乎是无中生有的奇迹。这种奇迹之所以发生在卡夫卡这里,在卡内蒂看来,是因为卡夫卡特殊的心理结构使然——他再次回到卡夫卡的“审判”事件。

---

① Franz Kafka, *The Diaries of Franz Kafka 1911—1913*, p.269.

② Elias Canetti, *Kafka's Other Trial: The Letters to Felice*, p.59.

③ Elias Canetti, *Kafka's Other Trial: The Letters to Felice*, p.80

> 值得再一次提及的是卡夫卡的沉默，他没有像任何其他人都会做的那样进行反驳，考虑到他的敏感，几乎不能怀疑他把那些反对他的话都吸收了。说给他听的那些话并不是被“压抑”了——这个说法对于其他人可能有意义。他所做的是“保存”它，保持充分认识之的状态；他常常想到它，它如此经常地逼迫他以致可以被称为“压抑”的对立面状态。现在被封闭的是可能泄露内部进程的外部反应。他以这种方式保持的东西就像刀一样锋利；但既无恶意也无憎恨、既无愤怒也无不满曾推动他滥用此刀。它保持了某种与情感相分离的状态，一个独立不倚的结构。但就它保持了与感情的距离来说，它也把卡夫卡拖离了权力的界域。[①]

现在我们可以明白，卡内蒂之所以称卡夫卡为“权力大师”，并不是说他是“使用权力”的大师，也并不仅仅说卡夫卡是“认识权力”的大师，而是说卡夫卡在这“另一场审判”中最终具有了能够使自己“被”某种或许不能清楚表达的“独立不倚的结构”拖离无处不在的“权力界域/关系/结构”的能力。

文学“暴君”卡夫卡？

在很大程度上，卡内蒂关于卡夫卡是“权力大师”的论断主导了在其之后的批评家对《致菲莉斯》的理解方向。尽管弗雷德里克·卡尔在其《卡夫卡：典型的人》(1991)中明确表示，埃利亚斯·卡内蒂将菲丽斯与卡夫卡的关系称为“审判”是不恰当的，他的理由却恰恰表明他同意卡内蒂的看法：“菲丽斯不是他的法庭，而是实验室意义上的造物：就好像他突然获得了一个可以相信的动物，他可以测试一下它的能力。当然他也受苦，就像经受审判，但他在这一关系中是主动的，控制着菲丽斯，看起来就是实验室的调度员而非实验的一部分。”[②]“实验室调度员”的说法与“权力大师”其实没有什么本质差异，只是更多了些时代色彩——在卡尔看来，卡夫卡发现了权力的杠杆，但这只是意味着他

---

① Elias Canetti, *Kafka's Other Trial: The Letters to Felice*, p.59.

② Frederick R. Karl, *Franz Kafka: Representative Man*, New York: Ticknor & Field, 1991, p.310.

有资格成为品性卑劣的现代人的“典型”：

> 尽管我们只有卡夫卡这一面的信件，它也能帮助我们将他看成一个20世纪的典型人。卡夫卡发现，他能通过使自己显得卑劣、绝望和可耻来掌控与控制别人……通过贬低自己，他锻造了一种武器，人们也正是受他的这一武器的吸引，受吸引不是出于怜悯，而是由于他的强有力的低视点，或由于他们自己的弱点，也正是由于这些弱点阻止了他们去控制他。通过打击别人的弱点、错误或一时的失误，他发现了权力的杠杆（他始终都在寻求权力），而他自己则始终藏在软弱无力的姿态后面。他不必然有意识地欺骗，尽管也可能是这样。①

卡尔的评述显示：在对卡夫卡的理解上，像他一样的众多评论者不可避免地陷入卡夫卡式的陷阱，由于卡夫卡从来没有就某个具体问题清晰地表述过自己的“发现”，因此对于卡夫卡的“发现”的任何清晰的表述总是具有欺骗意味，尽管评论者并不必然有意识地自欺和欺骗读者（尽管也可能是这样）。

卡尔发现，卡夫卡有能力在两种写作（文学创作与书信写作）之间进行切换，两种写作活动的联系很微妙：在《变形记》中，“卡夫卡通过想象性的创造重构了他实际的生活；与此同时他也以伴随着创造活动的同样的情感强度，追逐着菲丽斯”；作为卡夫卡内部生活中的某个代理人，“格里高尔最终摆脱了他的家人，不是靠出走，而是死亡，家庭成员在卡夫卡看来也可以因为摆脱了烦人的、有自毁倾向的儿子而变得强大，能够步入一个更高的经验平台”②。对照现实生活，卡夫卡最终也摆脱了菲丽斯，不是靠出走，而是靠使死亡的前景清晰可见的疾病；难说摆脱了卡夫卡的菲丽斯比遇到卡夫卡之前的菲丽斯更为强大，也难说此后她步入了一个更高的经验平台，但可以肯定的是，与菲丽斯的通信确实使卡夫卡的文学事业步入了一个更高的经验平台。

和作家卡内蒂比较起来，卡尔的批评性距离要大得多。卡内蒂强调的是卡夫卡在生活中的失败和他罪感的发达，似乎生活的失败以及对敏锐的罪感

① Elias Canetti, *Kafka's Other Trial: The Letters to Felice*, p.308.

② Elias Canetti, *Kafka's Other Trial: The Letters to Felice*, p.330

能够预先抵偿将要展开的“罪行”；那些罪感最终也不会“现实化”为罪行，因为卡夫卡“禁止自己胜利”，“所有算计的起点和终点都是无能为力”。[①]而在卡尔看来，这是为卡夫卡辩护和开脱的姿态，落入了卡夫卡式思维的陷阱。事实上，卡夫卡当然渴望胜利，并且在与菲丽斯的“战争”中，他的胜利还要多些。他赞同精神分析学派传记家安东尼·斯托尔的分析——卡夫卡对菲丽斯生活细节的关心，其动机是要把她变成一个虚构人物：通过发现她生活的每一个方面，包括她穿着的样式和日常的安排，他在他的心灵里重新创造了她，其方式和一个小说家创造一个虚构的人物一样。[②]

这样一个卡夫卡形象当然可怕，因为一旦把菲丽斯虚构化，他就可以以虚构化的菲丽斯为中介，将在想象世界获得的权力延伸到现实世界中的菲丽斯身上。卡尔宣称，在与菲丽斯的关系中，“不管他装得如何善良，他其实是一个发号施令的暴君，他用防御性的姿态，用无能和无力作为进攻的武器”[③]。书信中的卡夫卡有时像个精神病人，向作为精神分析师的菲丽斯倾诉；有时则模仿父亲赫尔曼，要求菲丽斯做他的朱莉·卡夫卡（卡夫卡的母亲），他把赫尔曼对商铺的忠诚转变为他对书桌的奉献，菲丽斯必须服务于他对书桌的基本需求。他所声称的无能其实是带上了假面具的骄傲，在写给菲丽斯父亲（和他写给自己的父亲的信一样，没有寄出）中，他把自己的缺点看成“一种更高必然性在尘世的影像”。卡尔评述说：“蓝胡子也不能说得更漂亮了。”[④]

“蓝胡子”卡夫卡？

鲍娃对卡夫卡书信中与菲丽斯关系的评述延续了卡内蒂、斯托尔及卡尔等人的观点，将二者之间的总体关系看作对抗性的，尽管通信者并非总是如此和有意为之，甚至只是游戏性的与无意识的。鲍娃对此的评述也像是令人感到愉快的文字游戏：“非实体无身体的菲丽斯无法捕捉，实际的有身体的菲丽斯不服从于他的想象；写信者的回答抗拒想象性的控制，但可以在小说中被以

① Elias Canetti, *Kafka's Other Trial: The Letters to Felice*, p.108.

② Frederick R. Karl, *Franz Kafka: Representative Man*, p.323.

③ Frederick R. Karl, *Franz Kafka: Representative Man*, p.355.

④ Frederick R. Karl, *Franz Kafka: Representative Man*, p.361.

无数种的难以觉察的方式加以捕捉,对此菲丽斯没有必要抗拒,因为她从中认不出自己,读者也看不出……"①

但鲍娃却有能力从卡夫卡的小说中看出:《审判》中的格鲁巴赫太太同时关注着约瑟夫·K和碧斯特纳小姐,混合了书信中两个母亲的责任感;信里提到某个孩子气的画家有一个世故练达的妻子,这可能包含了《城堡》里两对夫妇的来源,即伽登娜和汉斯的关系以及米琪与村长的关系;卡夫卡对年轻姑娘的喜爱和对成熟女性的恐惧,与《城堡》中的女性塑造有深层关联,小汉斯有一个来自城堡的少女般的母亲,但在村里却容易生病,老汉斯保持着孩子般的身姿,但他已显老态的妻子还怀抱着不协调的浪漫幻想。

除了卡夫卡的小说,童话、神话和宗教文本也常被鲍娃用来对书信中的片段进行比较解读。不知是否受卡尔影响,她认定卡夫卡在信中宣称的"任何童话中都没有为追求你而进行的战争更为激烈"的那个"童话"所指的其实就是"蓝胡子童话"——似乎卡夫卡想说的是,只有这个童话在其激烈程度方面能与他争夺菲丽斯的战争一较高下。蓝胡子把前妻们杀死,藏在他的城堡里面最深的一个房间里。以一种蹊跷的方式,这个故事被鲍娃与《城堡》及《致菲莉斯》联系在一起。城堡里被禁闭的少女之原型包含了《城堡》的某个起源,K像是一个带着解放被囚禁在城堡的少女之使命的流浪骑士;而城堡里最深的秘密房间则像是被魔法师变了形的卡夫卡的书房。卡夫卡对菲丽斯的要求"听起来就是蓝胡子的要求:不许说话,断绝与外界的联系,偶尔来个霸道的亲吻,最主要的是不能去那个他在其中写作的密室。蓝胡子禁止别人入内的密室存放着前妻们的尸体,在卡夫卡的密室里则掩盖着菲丽斯'非存在'的真相"②。

当然,无论卡夫卡的写作密室存不存在菲丽斯的真相,菲丽斯是《致菲莉斯》的真实接受者、《致菲莉斯》与卡夫卡的文学作品存在深层的联系都已经是真相。在鲍娃看来,这个真相与女性的联系所对应的就是(男性)文学与(女性)缪斯之间的关系。缪斯也可以说是文学形象,但这个文学形象又是文学得

① Elizabeth Boa, *Kafka: Gender, Class, and Race in the Letters and Fictions*, Oxford: Clarendon Press, 1996, p.64.

② Elizabeth Boa, *Kafka: Gender, Class, and Race in the Letters and Fictions*, p.62

以解释自身起源的形象,也就是(男性作家)文学生产活动的秘密:"蓝胡子的城堡藏着一个秘密:要拥有(缪斯)这个形象,蓝胡子就必须杀死女人。"[①]如此,菲丽斯进入卡夫卡文学作品的方式,就可以抽象或具象化为一个缪斯形象的形成过程,在鲍娃看来,这个过程实在微妙:

> 在文本的半开半合之处,菲丽斯作为缪斯之可能性将表明写作不一定仅仅是包裹在想象世界里的活动,而是可以作为(作家)与人类接触、与外界相联系和进行交流活动的一种模式。缪斯可在写作之始启动灵感,也可以无言地盘旋在写作活动之上空,可以成为作品中的一个人物,也可以成为写作的接受者……菲丽斯进入了文本,但这种联系很深奥,卡夫卡在写作之时没有意识,菲丽斯也在其中认不出自己。[②]

如果说,在这个时刻,文学中的女性与产生文学的现实女性也处在一种和谐共存、相互成全而不知情的状态中,那么鲍娃对这个时刻之前的评述和凝视就力图揭示这个文学生产得以形成自身的"侵犯"时刻(鲍娃没说此时侵犯者卡夫卡与被侵犯者菲丽斯是否对此"知情")。她在书信这一特殊的写作形式中发现了可以对这个时刻进行解剖的"样本"。书信写作归根到底是对收信者进行"遥控"的权力行为,菲丽斯的身体被卡夫卡用笔"捉住了":"侵犯性的凝视所具有的效果远非通过细节的积累而使那个人的整体变得更熟悉和更可接近,恰恰相反,细节……反射出那正注视的眼睛流溢出来的附加意义。"[③]

以她所理解的卡夫卡的凝视方式,透过书信细节所反射的卡夫卡的眼睛,鲍娃看到了多年以后卡夫卡在《城堡》写作过程中所看到的更清晰的"附加意义"(其实作为鲍娃的读者,我们只能模糊看到她正注视的眼睛所流溢出来的附加意义,至于她的眼睛是否能反射卡夫卡的注视,另当别论):

> K既向城堡挑战又被其吸引,城堡就是权力的位置,K既寻求从权力

① Elias Canetti, *Kafka's Other Trial: The Letters to Felice*, p.68.

② Elias Canetti, *Kafka's Other Trial: The Letters to Felice*, p.65.

③ Elias Canetti, *Kafka's Other Trial: The Letters to Felice*, p.69.

> 中的解放,也寻求获得权力。这也就是书信关于写作所暗示出来的东西。卡夫卡拒绝为自己确定一个家庭父亲的角色,而选择了写作。写作提供了一种替代性权力,写作能够对女性施加影响,允许他进行探索和钻探,用他自己使用的一个形象,就是像刀子在一个伤口里游荡;即便写作与从压抑性的社会习俗中获得解放相联系,由于这一活动使女性屈服于男性,写作终究把两性置入了一种权力关系的角色之中。①

在此重温上文所引卡内蒂对卡夫卡心理结构的分析,并把鲍娃此处的评述与之对照,可以发现:卡内蒂所说的那种把卡夫卡拖离权力空间的"独立不倚的结构"似乎就是"城堡"的结构,这种被卡内蒂看作卡夫卡心理结构的东西其实和权力结构"同构",因为"城堡就是权力的位置";权力的结构不可改变,作为替代性权力结构的写作所呈现的也是权力的结构;卡夫卡以某种方式"保持"的东西像是他笔下的"城堡"以及所完成的《城堡》,城堡既是权力的符号,也是由构成权力的符号所组成的权力结构,既诱人深入以获取之,也难免卷入而施罚;"刀子"是卡夫卡用以描述文学权力的符号,在此"文学重温伤口""文学造成伤口""文学治疗伤口"的多重意义空间并存,适应不同写作者与阅读者不同状态的需要;卡夫卡既是关于文学权力的大师,也是对权力关系进行文学描写的文学大师,更是在进入权力结构的核心结构过程中遭受折磨的"大师级受难者"——权力和世界一样,其实没有一个可以握住的核心(顶多有一个核心结构),也没有一个可供逃脱控制的地带(人们顶多可以希望离得远些)。具有启示意味的是,卡夫卡写给菲丽斯的最后一封信的最后一个句子,明显针对康德的"永久和平"的世界理想:"我搞不懂康德,但那个句子毫无疑问只能用于国家之间;几乎不能被用于国内战争,而在'内部战争'这里,和平只为人们的骨灰所渴望。"②

---

① Elias Canetti, *Kafka's Other Trial: The Letters to Felice*, p.76

② Franz Kafka, *Letters to Felice*, p.547.

文学对传记的“权力”?

美国《北美卡夫卡协会会刊》于1986年推出了《卡夫卡与传记》(*Kafka and Biography*)专刊,其中一个具有挑战性的论题是:对卡夫卡作品的传记式解读是否太多地肯定了传记对文学的“权力”? 在批评者格雷(Richard Gray)看来,卡夫卡批评中传记主义(biographism)的深层动机是使已经获得“独立自主”的“审美文学”再次臣服或受控于“文学低于生活/传记(life)”的陈旧观念,使卡夫卡的文学文本老老实实地待在由其传记文献划定的圈子里以免“失去控制”;以卡夫卡的名义,格雷进而吁求一种“文学对传记”的权力:“难道不是恰恰这种失控性才是卡夫卡文本的特质吗? 难道卡夫卡的‘意图’不正是要打破那些密布在传统文学中对如何解释进行控制的规范、惯例和机制吗? 把传记批评应用到卡夫卡,不正像卡夫卡一则箴言所言,如同笼子在寻找鸟吗?”[①]但这些强有力的反问的反讽性却在于:一旦诉诸卡夫卡的“意图”,一切便都告吹。

以文学的方式去看《致菲丽斯》,卡夫卡与菲丽斯的通信活动像是由他有意(图)无意(图)地启动的一场“生活实验”,具有“事前策划”的虚构性质。但“事中”和“事后”的发展超出了他的控制,而这种正在失去控制的局面又被他以某种方式持续地写到了“作品”中——有时是书信,有时是小说或故事。从这个意义上来说,通常意义的文学写作(故事、小说)和书信写作(以及日记写作)都是卡夫卡控制生活(首先是自己的生活)的某种方式。如果以宽泛的“文学”来命名卡夫卡所有形式的写作活动,不妨说,他的写作便是文学对人生的“战争”。

对于卡夫卡来说,只有一个地方、只有一种方式能够在生与死之间过一种超越生活的生活,即文学空间(“地方”)与写作活动(“方式”),而写信活动本身就是构建这一文学空间的人生实践。如此理解卡夫卡的书信就为我们理解文学与生活、人生与传记的关系提供了一个模型:卡夫卡首先需要生活,最终需要的却是被以文字的形式记录下来(似乎生活在某个“上面”)或被提升上来

---

① Richard T. Gray, “Biography as Critism in Kafka Studies”, *Journal of the Kafka Society of America* (Special Issue: *Kafka and Biography*), 1986(1/2), p.51.

(似乎生活也在某个“下面”)或被写出来(似乎生活还在某个“里面”)的生活，也就是“文学”——对于卡夫卡来说，不以文字/文学形式存在的生活不算生活；卡夫卡首先需要不同的生活(上面、下面与里面的，或许还有前面的与后面的)，最终需要写出不同的文学。与此同时“写”这一活动所具有的创造性“力量/权力”在标准的文学写作活动开始之前与之后，已经置入卡夫卡的写信与写日记活动中了。

卡夫卡与菲丽斯通信关系的终结也是二者情爱故事的终点，伴随着宣判了他生物学意义之死刑的肺结核确诊。卡夫卡其实在与菲丽斯交往过程中老早就感到他们之间空气的“震撼”，“就好像有人拿着刀剑挥舞”①。被确诊的肺结核既像是最终现身的“那人”，也像是卡夫卡挥舞的“刀剑”，彻底斩断了他与菲丽斯的联系。在某种意义上这刀剑也斩断了他与“这个世界”的联系，因为卡夫卡曾说，“这世界——F.是它的代表”②。卡夫卡的写作也由此进入一个新的阶段——在结束与菲丽斯的关系之后不久他写道：“恶最为有效的诱惑之一就是征战的召唤。这就像是与女人的战争，在床上结束。”③

但“斩不断，理还乱”。和菲丽斯分手之后的卡夫卡“与女人的战争”并没有结束——此后朱莉、米伦娜、朵拉都依次进入他的人生；他也没有对“征战的召唤”充耳不闻，其后他变本加厉地听从写作之诱惑的召唤，拖着看得见终点的病躯写了许多听从“召唤”而“征战”的人生故事——《乡村医生》中的乡村医生听到了古老战场传来的“急诊铃声”，《城堡》中的K则听到了来自城堡的“任命”，临终的卡夫卡也还在床上校阅手稿，写作的诱惑与以写作形式进行的战斗并没有在“床上”结束。甚至他的遗嘱也没有斩断与这个世界的联系，相反，以他的作品为纽带，他与这个世界的联系正变得越来越密切，并且召唤越来越多的人就他与他的作品进行征战——在卡夫卡学术的战场上，“和平”似乎也“只能为人们的骨灰所渴望”。

---

① Franz Kafka, *Letters to Felice*, p.443.

② Franz Kafka, *Dearest Father*, p.139.

③ Franz Kafka, *The Zürau Aphorisms of Franz Kafka*, p.9.

第五章　卡夫卡的死亡想象

在《与死者协商》中，加拿大当代作家玛格丽特·艾特伍德提出了一个假设：不只是部分，而是所有的叙事体写作，以及或许所有的写作，其深层动机都是来自对"人必有一死"这一点的畏惧和惊迷——想要冒险往地府一游，并将某种事物或某个人带回人世。[①]她举了许多古代和现代文学中的例子来说明这一点：如神话和史诗中的德墨忒耳、俄尔甫斯、奥德修斯、埃涅阿斯都曾下到冥界"与死者协商"，试图带回亲人、爱人或者某种神秘的知识；但丁创作《神曲》的主要目的就是为了瞥见死去的贝雅特里采，想在自己的诗作中让她死而复活；老哈姆莱特则从冥界给儿子带去了复仇的诫命；里尔克认为诗人就是可以把冥界的知识带回人世的人，诗人的"广大天性来自幽明两界"；D. H.劳伦斯则祈祷说，"递给我一朵龙胆，给我一只火把！让我用这花的蓝色火舌指引自己，走下愈来愈黑暗的楼梯，蓝得又黑又蓝，甚至到普西芬妮去的地方……"[②]

卡夫卡显然也有这种下到冥界的强烈冲动，说他的文学想象的深层动力就在于此也不过分。听听他那让人毛骨悚然的文学宣言吧："创作是……深眠，即死亡。正像人们不能将死人从坟墓中拉出来一样，深夜也不能把我从写字台前拉开。"[③]他设想了一个非常宽敞而绝对寂静的墓穴般地窖，从那里他能够下降得更深，"我会从怎样的深处将它们挖掘出来……"[④]这里的"它们"既指他渴望写出的作品，也指那些他渴望与之亲密接触的幽灵，他似乎想通过写作挖一条通向冥界的通道——"我们在挖巴别的竖井"[⑤]，在死者那里或许保存着

① 玛格丽特·艾特伍德：《与死者协商》，严韵译，上海：上海三联书店2005年版，第113页。

② 玛格丽特·艾特伍德：《与死者协商》，第124—126页。

③ 卡夫卡：《卡夫卡全集》(9)，第389页。

④ 卡夫卡：《卡夫卡全集》(9)，第213页。

⑤ 卡夫卡：《卡夫卡全集》(5)，第236—237页。

某种秘密的知识,“我常到死人那儿做客”[①],卡夫卡在笔记中写道。

但真的有死者住在那里吗？死者那里真的拥有宝藏吗？艾特伍德说：“死者或许守着宝藏,但这宝藏是无用的,除非它能被带回人世,再度进入时间……”[②]在通向冥界的旅途中,卡夫卡及其作品中的人物究竟下降到了多深的深处呢？再度返回时间/世间的他或他们——如果还愿意并且能够回来的话——又从那里带回了什么呢?

在进入第一个创作高峰的1914年,卡夫卡确认了想象死亡的能力对他的写作所具有的至关重要的意义,在日记中他写道:“我写下的最好的东西都建立在……有能力满意地面对死亡的基础上。所有这些精美有力的篇章里都处理了某人将死时的情形,……对我来说,由于我相信我应该能够满意地躺在我的死床上,这些场景因此成了秘密的游戏;事实上,在被表演出来的死亡中我获得了自己的死亡,因此我精心利用了读者对于死亡的注意力(我推想他将在死床上大声地哀悼),从而获得了比他更为清晰的一种对于死亡的理解。”[③]可以说,“满意地面对死亡的能力”、与死亡的“秘密游戏”、获得“自己的死亡”以及一种“更为清晰的对于死亡的理解”,包含了卡夫卡小说世界的一个秘密,也隐藏了他的死亡想象或曰冥界之旅的一条线索。

冥界之旅(一)

卡夫卡的冥界之旅是以约瑟夫·K的一场梦为起点的。这毫不奇怪,因为除了以做梦和巫术的形式,活人还能以怎样的方式进入“死”的世界呢？这一以《一场梦》为题的小说叙述了约瑟夫·K正在做着的一场梦:他滑行在一条“设计得非常精巧、不切实际地迂回曲折”的道路上,仿佛漂浮在一条湍急的河流上,来到了一座新堆积起来的坟丘前,四周传来风吹旗帜的拍打声和送葬乐队的钟声,两个男人将墓碑砸进地里,一个艺术家在墓碑上写下金光闪闪的大字:“这里安息着——”然后,艺术家用手指挖开了薄土覆盖的坟穴,此时,“K感

① 卡夫卡:《卡夫卡全集》(1),第552页。

② 玛格丽特·艾特伍德:《与死者协商》,第128页。

③ Franz Kafka, *Diaries*, ed. Max Brod, New York: Schocken Books, 1976. p.321.

到被一股轻微的气流从背后推动了一下，随即坠入洞中。当他在下面脑袋还竖立在脖子上便被这看不透的深渊接纳的时候，而在上面，他的名字正以巨大的花体字疾书在那块墓碑上”。在小说的结尾处，约瑟夫·K“被这景象所陶醉，便醒过来了”。[①]

但被死亡世界所诱惑的约瑟夫·K真的就此“醒”过来了吗？这一点很难确定。但小说既然写他“正在做梦”(was dreaming)[②]，那么他的醒来也可能仍是梦中的“醒来”；他可能只是由此而进入另外一个梦境，在那个梦中，他下降到一个死后的世界里。或许正是在这个意义上，我们可以将长篇小说《审判》所描绘的场景看作他的冥界之旅的继续，看作他继续做的一个长长的梦，对他的逮捕、审判和最后处决都是发生在“另一个世界”的事情。

主人公从梦的通道下降到死亡世界，在梦的层面上，约瑟夫·K此时虽已死去，却并不知道自己已经死了，他仍然带着尘世的幻觉继续他的日常生活。他是一家银行的高级职员，在和副经理的明争暗斗中甚至略占上风，但在30岁生日早晨突然被宣布逮捕这件事对他却是一个必要的提醒，提醒他已进入“另一个世界”，他尽可以继续停留在尘世的幻觉中，但审判将继续，最后判决随时都会到来。在此之后他的生活开始变得陌生，直到最后完全脱离了他的控制。他证明自己无罪的种种努力恰恰成为对自己种种罪行的有意无意的展示，他所遭遇的这个世界的居民如看守、监督官、房东太太、比斯特纳小姐、打手、叔父卡尔、胡尔德律师、女仆列妮、商人布洛克、画家蒂托雷里、神父等人轮番上场，或以身作则或现身说法或苦口婆心或声色俱厉或循循善诱，对他从各个方面进行了由浅入深的“死亡教育”，以便让他放弃自欺、认识真相、接受这里的“新生活”。他最终意识到，“这个世界”的“逻辑(法)是不可动摇的”，他找不到可以无罪地活下去的依据——“活”从“死”的角度来看就是根本的罪，但他又无法接受一种有罪的耻辱生活，他最终接受“死”的判决因此就是必然的，但即便这样他仍无法摆脱耻辱，因为无法“生”而死去也是一种耻辱，正如小说最后所说，“耻辱在他死后还将持续下去”[③]。

---

① 卡夫卡：《卡夫卡全集》(1)，第196—198页。

② Franz Kafka, *The Complete Stories*, ed. Nahum N. Glatzer, New York: Schocken Books, 1971, p.399.

③ Franz Kafka, *The Trial*, trans. Breon Mitchell, New York: Schocken Book, 1998, p.231.

在这个死亡之梦的框架中,《审判》以精确的细节描写营造出一种冥界的氛围,小说中和法有关的人物似乎都带着一种冥界的气息(残雪称其为“从冥府深处走来的家伙”),它的发源地就是法院。在小说的第三章里,约瑟夫·K出于好奇,参观了法院的办公室,那里就是一个“死”的模拟世界:长长的走廊里几乎没有光,甚至没有可供呼吸的空气,诚惶诚恐的被告个个好像幽灵。K在这里感到窒息,似乎就要死了,不得不让两个官员架着走在过道里,“他好像置身于一条在大浪中颠簸的船,翻滚的波涛冲击着两边的墙壁,过道深处仿佛传来海水咆哮的声音,过道本身好像要翻转过来,而坐在两边的当事人似乎一会儿被淹没,一会儿又浮出水面”[①]。来到门口,“一股清新的风向他涌来”时,他才似乎活过来,而此时架着他出来的那两个官员却无法适应新鲜的空气,那个姑娘在这样的空气中甚至差点昏死过去。生与死两个世界的尖锐对抗和不可通约,在此通过对空气的截然不同的反应得以表达。由于此时的K还没有做好接受“死”的准备,他无法呼吸这里的空气,这个死的世界里的空气是可怕的,它可能随时用翻滚的波涛摧毁生命之舟。

大教堂的神父为约瑟夫·K上了最后一堂死亡教育课,他所引述的那个关于“欺骗”的故事《在法的门前》可以看作一个关于“死”的寓言:法的大门敞开着,但门前有门卫;这一大门不是公共的大门,是专为乡下人而开设的,但乡下人在门前等待了一生都没能得到进去的许可。这个门就是“死”的门,法为每个人活着的都建立了这样一道属于自己的“门”,“死”就是“生”的法,是“生”的意义的最后规定,但由于“死”的大门无法现实地进入,“生”于是只能以自欺的、想象的方式为自己立法。乡下人用了一生的时间来等待“死”,是一种比较平庸乏味的“生”的方式,也可以说是海德格尔“向死而生”的一个反讽版本;但他若不顾一切地进入大门,他也只能获得一幅“闭上眼睛的图像”,他在门内所发现的也只是用想象之光才能勉强照亮的黑暗,因而也只是另一种想象死亡的方式,仍是“自欺”,如作品中的K所说,“谎言构成了世界的秩序”[②]。

怀着深深的耻辱感而死去的K会不会又一次“被这景象所陶醉,便醒过来了”呢?虽然世界的逻辑(死)捕获了他,但毕竟他反过来也以同样的逻辑捕获

---

① 卡夫卡:《卡夫卡全集》(3),第60页。

② 卡夫卡:《卡夫卡全集》(3),第117页。

了自己的"耻辱",这就是想要活下去的欲望:"虽然世界上的逻辑是不可动摇的,但它无法抗拒一个想活下去的人。"[①]既然如此,K为何一定要抗拒想要将这个"死下去"或者"活下去"的梦继续做下去的愿望呢?其实,将《审判》和《城堡》连接起来的正是那个下降到死亡的梦,那个试图从自我中分离出死亡、进而进入死亡以便最终能够重新与之合而为一的梦。残雪对此看得很清楚,"他在自虐的撕裂中体验着完美的梦,那梦就是他本身的一部分"[②],《城堡》所写的就是"被审判判处了死刑之后重又复活过来的K所做下的事情"[③],与死亡的"秘密游戏"于是得以继续进行下去。[④]

冥界之旅(二)

从《一场梦》到《审判》再到《城堡》,K以梦的接力的形式更深地进入死亡的世界,在这个越来越难以深入的世界里,在他紧紧抓住城堡信使巴纳巴斯的胳膊走向他想象中的城堡的途中,K"浮想联翩思绪纷乱"[⑤],回忆的根须蔓延到童年与故乡:故乡中心广场有一座教堂,教堂周围有墓地,墓地外面又有高墙;在一个有着"耀眼的阳光"的上午,K从一处"他曾多次失败的地方"奇迹般地爬上了高墙,"他把旗子插在墙头,风展旗,旗飘飘,他举目远眺,他俯视地面,他回首顾盼,他看地上似乎要沉入地面的一个个十字架;此时此地没有谁比他更高大了"[⑥]。K位于空间之高处,低处则是墓穴和十字架,高处和低处在此构成了征服和被征服的关系。这一象征性地和想象性地征服死亡的叙述如果与《一场梦》联系起来看,其深层意义将更为明显:死亡的恐惧早在童年时期就占据

① 卡夫卡:《卡夫卡全集》(3),第183页。

② 残雪:《灵魂的城堡:理解卡夫卡》,上海:上海文艺出版社1998年版,第299页。

③ 残雪:《灵魂的城堡:理解卡夫卡》,第276页。

④ 帕特里克·布里奇沃特为两部小说主人公的内在联系找出了两个文本中的证据:在《审判》的结局部分,约瑟夫·K的衣服被整齐地叠了起来,"仿佛它们什么时候还会派上用场",其实就是要被用在《城堡》中;此外,K往城堡方面打电话时也曾谎称自己是土地测量员的老助手"约瑟夫",参看 Patrick Bridgwater, *Kafka's Novels: An Interpretation*, Amsterdam-New York, NY, 2003, p.206。

⑤ 卡夫卡:《卡夫卡全集》(4),第32页。

⑥ 卡夫卡:《卡夫卡全集》(4),第32—33页。

了K的心头,借助"耀眼的阳光"、飘舞的旗帜以及俯视的视角,他曾经战胜过这种恐惧,而在《一场梦》中,K的位置下降到了墓地,通向死亡的道路危险如湍急的河流,象征胜利的旗帜成了K自己的幡旗,他看到墓碑上正在书写自己的名字。这里的含义就是:要真正克服死亡的恐惧就必须和自己的死亡"面对面"。但无论如何,他在童年时期的那场胜利中体验到了一种自豪感。虽然他最终没能进入"城堡",但在这条通向它的"设计得非常精巧、不切实际地迂回曲折"的道路尽头,他已经能够用这样的平静而清晰的眼光来与它对视了:

> 当K观看城堡时,他时常好像在观看某人,这人静坐在那里,凝视着空幻,但并没有因陷入沉思而与世隔绝,而是自由自在,无忧无虑;就好像他是孤独一人,无人观看他;尽管无法逃避有人正在观看他的这一事实,然而这丝毫也不能打扰他的泰然自若;当然——不知是原因呢,还是结果——观看者的注视终究还是无法固定在那里而移向别处了。[①]

进入城堡就是进入自己的死亡世界。K为自己设定了"土地测量员"的"职业",他到此一游,其目的就是要测量冥界的土地,绘制一幅冥界地图,没有结尾的《城堡》在此意义上就是未完成的关于冥界的想象的地理学研究。但这是一幅怎样的地图啊,"在这里,女人们大都成了一些终日飘来飘去的苍白的影子,或在阴暗处动作迟缓的怪物,男人们则都是死气沉沉的活尸。K看不到一个活人"[②]。和城堡有关的形象几乎都和死亡有关系。城堡的主人威斯特威斯特伯爵在德文中的意思是"死神之死",刚住到村子一个小酒店里的K被一个叫施瓦泽尔(Schwarzer)的年轻人叫醒了,让他出示证件,这个年轻人的名字和"死,或魔鬼"有关,K一心想见的城堡官员克拉姆(Clamm)的名字有"深谷、峡谷、钳子、锁"等意[③],而将K和弗丽达联系起来的正是克拉姆这把"死之钳"。弗丽达对K说:"对我来说,最大的幸福就是呆在你身边,永不分离,没有间断,没有尽头,我经常梦见,这世界上没有一块净土让我们在那里不受干扰地相爱,

① Franz Kafka, *The Castle*, trans. Mark Harman, Schocken Books, 1998. pp.98–99.

② 残雪:《灵魂的城堡:理解卡夫卡》,第232页。

③ 马丁·赛莫尔·司密斯:《欧洲小说五十讲》,罗显华、魏素先译,成都:四川文艺出版社1991年版,第360页。

村里没有，别的任何地方都没有，所以我向往着一座坟墓，一座又深又窄的坟墓；在那里我们俩像被钳子夹住一样紧紧拥抱在一起，我把脸紧贴着你，你也把脸紧贴着我，谁也看不到我们。”[①]

弗丽达和K的爱情故事是这部小说最温柔也最残酷的部分，也是K的冥界之旅的一个核心情节，爱情在《审判》中还没有出现过，在那里K虽然也被女性和欲望包围着，但没有爱。克拉姆就是弗丽达的死神，她无法忍受他，但又离不开他，他的气质就体现在她的眼光里，渗透在她和K的爱情里。助手们包围着她，他们从小就是她的朋友和情人，因此他们也带上了克拉姆的气息，“从他们眼里发出的那种有时叫我不寒而栗的眼神，就是克拉姆的目光！”[②]她有她的被埋葬的过去，但K“从没问起过”[③]，她有在山坡上和伙伴一起玩耍的童年记忆，或许也有对未来的美好想象，但她的克拉姆，也就是她的“死”，过早地从遥远的未来入侵了她的生命，埋葬了那些曾经的美好愿望，因此她成了一个（如余华所说的）“随心所欲的形象”[④]，一个对“生”已经没有感觉因而变得超然的“活死人”，她对K说，生活对她而言“似乎是好多年前发生的事，或者事情根本不是发生在我身上或者我只是听别人讲过，或者我自己已经把这事全忘了”[⑤]。或许促成她的这一转变的过程里有着不堪回首的悲伤往事，因而被克拉姆“锁”在了深深的死亡“峡谷”。但K的到来使得事情发生了变化。

就小说的中的爱情主题而言，K的城堡之路和希腊神话中俄尔甫斯的冥界之旅在此可以做一比较。音乐家兼诗人俄尔甫斯前往冥界寻找亡妻尤瑞蒂丝，他成功地与冥界的统治者谈判、协商，他用迷人的歌声感动了他们，后者最终同意让他带尤瑞蒂丝回去，条件是俄尔甫斯在领着她走回人世的路上不要回头看。但他没能坚持到底，于是尤瑞蒂丝又飘回到黑暗的地底。相比之下，K进入城堡世界的真实目的却有些暧昧不清。最初他显然是准备“带些什么东西回去”的，他说：“谁要是像我这样离开妻子和孩子旅行得这么远，他总是想

① 卡夫卡：《卡夫卡全集》（4），第152页。
② 卡夫卡：《卡夫卡全集》（4），第153页。
③ 卡夫卡：《卡夫卡全集》（4），第276页。
④ 余华：《卡夫卡和K》，《读书》1999年第12期，第42页。
⑤ 卡夫卡：《卡夫卡全集》（4），第60页。

带些什么东西回去吧。”[①]但遇到弗丽达之后，他似乎又不想回去了，“我到这里来就是为了留在这里。我一定要留在这里。……要不是有留在这里的强烈愿望，还有什么能把我吸引到这个荒凉的地方来？”[②]

但弗丽达却是想要K带她离开的，从小说的叙述来看，她将K看作“拯救者”，是她最后的情人，她请求K把她带离这个死亡之地，“这里的日子我真是受不了啦。如果你想我留在你身边，那么我们得离开此地，不管哪儿，法国南部，西班牙，都可以”[③]。但这个拯救者和情人的目光最终要越过她，要把她当作与她的死神协商、谈判的筹码，以便能够继续向“城堡”的更深处行进，而恰恰不是像俄尔甫斯带离尤瑞蒂丝那样带离她。他千方百计要见克拉姆，而“接近克拉姆的目的也不是和他在那里待着，而是越过他到城堡里去”[④]。但是他见克拉姆有什么愿望要满足呢？“当然是谈弗丽达”，他最先这样告诉老板娘，后来又说：“不过我想求他点什么很难说。首先，我想亲眼见见他，再就是想听听他的声音，另外还想知道他对我和弗丽达结婚抱什么态度。还想再求什么，这就要看我们谈话的进展如何才能决定了。”[⑤]他似乎什么也不愿带走啦——“我是到这里来长住的。”[⑥]多么危险的打算啊！

K的情形似乎是这样的：至亲至爱的情人和海枯石烂的爱情是抵挡死亡恐惧的最后幻象，而那个所抵挡的对象其实正是无意识所真正渴望的对象；那个情人之后的情人、爱情之后的爱情或者如残雪所说“最后的情人”[⑦]，就是“自己的死亡/死神”；K的冥界之旅的目的是要带回“最后的情人”，亦即“他自己的死”，他要“亲自（而不是其他什么人）带着自己的（而非其他什么人的）愿望”来达到这一目的，他就是带着这样的骇人目的来到尘世的边界。K一定要和弗丽达的死神“谈谈”，因为他认为他自己其实并不能代替后者：如果弗丽达和克拉

① Franz Kafka, *The Castle*, p.5

②③ 卡夫卡：《卡夫卡全集》(4)，第150页。

④ Franz Kafka, *The Castle*, p.111.

⑤ 卡夫卡：《卡夫卡全集》(4)，第94页。

⑥ 卡夫卡：《卡夫卡全集》(4)，第265页。

⑦ 残雪：《最后的情人》，广州：花城出版社2005年版。“最后的情人是谁呢？”残雪在此书的序言中将谜底留给了读者，其实封面上的话“我们共同猜一个不解之谜，猜到死”其实已经包含了谜底：猜到了“死”。

姆之间存在情人关系，“那么这种关系……怎么可能因为我而遭到破坏？”[①]在此意义上K和弗丽达已经不能“共有一个死”：钳子一样的拥抱只是令他们绝望地体验到共有一死的痛苦渴望以及这一渴望的不可能。说到底，K的“死”和弗丽达的“死”有关系，但最终又有什么关系呢？最终他还是要将她的“死”抛在身后，弗丽达仍将停留在“她这里”；他对弗丽达说，“你会留在这儿的，这里不是你的家乡吗？”[②]就如同尤瑞蒂丝再次飘回地底，弗丽达也最终和她的老情人——那个幽灵般的助手、已经面目全非的童年幻象耶米里亚携手离K而去；与绝望地和俄尔甫斯诀别的尤瑞蒂丝不同，决绝的弗丽达“根本不再回头看K一眼”，她对K说，那“只是我的房间，我禁止你进去”[③]。

作家笔下那条试图通过节食来猎取来自死亡的“美丽幻象”和“崇高情感”的狗感叹说：“这是我的饥饿，我在这一阶段无数次地告诉我自己，似乎我想说服自己我的饥饿和我是两种不同的事物，而我可以像甩掉一个难以承受的情人那样甩掉它，但事实上我们仍是痛苦地融为一体……”[④]饥饿是为了体验死亡，追逐死亡，但饥饿还不是死亡；虽然饥饿似乎是获取死亡的不可缺少的环节，但最终还是一个在走向死亡的路上被“甩掉”的“情人”……在此意义上，弗丽达就是K进入死亡城堡所必然经历的、和他痛苦地融为一体但又必须分离出来的“饥饿”。

最后的寓言

艾特伍德概括了经历冥界之旅的英雄通常会带回来的四样东西：一是财宝；二是知识；三是与邪恶怪兽作战的机会；四是你所爱并失去的人。[⑤]但卡夫卡的主人公从死亡世界里带回了什么呢？财宝肯定没他的份，再说他并不是“为了过上体面、平静的生活才来到这里的”[⑥]，也好像不是“与邪恶怪兽作战的

---

① 卡夫卡：《卡夫卡全集》(4)，第57页。
② 卡夫卡：《卡夫卡全集》(4)，第150页。
③ 卡夫卡：《卡夫卡全集》(4)，第282—283页。
④ Franz Kafka, *The Complete Stories*, p.308.
⑤ 玛格丽特·艾特伍德：《与死者协商》，第120页。
⑥ 卡夫卡：《卡夫卡全集》(4)，第167页。

机会”,因为那个看上去“自由自在,无忧无虑”的城堡并不像是怪兽们的聚集地。如果说K的冥界之旅的目的是要带回“最后的情人”,亦即“他自己的死”,那么这与第四项倒是比较接近,虽然从表面来看,他抛妻别子,深入不毛之地,后来又离开新的情人,与寻找并带回失去的至爱这一目的相去甚远。这其实也是他所要的“知识”——“死者在时间之外”[①],而K想得到的知识就是关于“处于时间之外”的自己的知识。但一个无论在何种微弱的程度上尚在时间之内的“旅行者”,一个死亡世界的“外乡人”,又如何能够真正走出时间呢?如果没有真正走出时间,那么“处在时间之外的自己”就还只是一个悬而未决的空洞概念而不是知识,而一旦走出时间又如何能够回来呢?

在《审判》手稿中一个被作者删掉的段落里,K却似乎真的走出了时间,看到了自己的“死”。画家蒂托雷里答应带他去法院大楼,他们“快步登上楼梯,不过并非一直往上走,而是忽上忽下,K一点也不觉得费力,他好像坐在一条小船里,在水面上轻轻漂浮。……这美妙的运动在他奔波忙碌的一生中从未经历过……”[②]此时的生命之舟不再感受到死亡的威胁,倒像是度过冥河去开始新生,后来他惊奇地发现,“在走廊的一面墙上开着一扇大窗户,窗户旁的一个角落里堆着他过去穿过的衣服,那件黑色的上衣,瘦腿的裤子,最上面是他的衬衣,两只袖子张开,在轻轻地颤抖”[④]。这里描写的似乎是一个“灵魂出窍”的场景,此时K的可能已经变形为赤条条的灵魂看到了由他的衣服所象征的他的“死”,他和他的死站在了一起。

当然作为被删除的部分,删除行为本身已经显示了作者的某种否定,否定的理由里可能就包括了这一描写暗示了某种肤浅的拯救幻觉的实现;而当卡夫卡说“我们的拯救是死亡,但不是这个死亡”[⑤]时,他的真正意思或许是:永远都不是“这个死亡”,因为还怀着“活下去”的愿望的人会从死亡之梦中一再地

---

① 玛格丽特·艾特伍德:《与死者协商》,第121页。

②④ 卡夫卡:《卡夫卡全集》(3),第197页。

⑤ Franz Kafka, *The Blue Octavo Notebooks*, ed. Max Brod, trans. Ernst Kaiser and Eithne Wilkins, Cambridge: Exact Change, 1991, p.53.

醒来，因为他并非死心塌地地“死下去”。这也正是他在《猎人格拉胡斯》[①]所讲述的故事。

猎人格拉胡斯真正痛苦或许在于，他死后发生的那些事情并不是他生前所希望发生的事情。他在追捕羚羊的过程中堕下悬崖、流尽鲜血而死，这一切都是“按正常顺序发生的”，因此他并不感到难过，“我曾愉快地活过，也曾愉快地死去……我迅速穿上那件寿衣，就像一个姑娘穿上结婚礼服一样”（死亡/情人的隐喻），但他之所以能够幸福地迎接死亡，是因为他相信按照同样的“正常顺序”，会有一只小船送他到“下一个世界”（the next world）以便使他能够“死下去”。但意外出现了，“究竟怎么回事我不知道”，他的小船没能驶入另一个世界，因此在某种意义上已经“死了”的他只好作为尸体留在了世上，随着小船四处漂泊，他所拥有的只是关于死后的、不断地从中醒来的梦：“我总是处于通向另一个世界的大阶梯上。我就在这漫无边际的露天台阶上游荡，忽上忽下，忽右忽左，始终处在运动中。我从猎人变成了一只蝴蝶……每当我使出全身的劲儿往上腾跃、看到大门已向我闪闪发光时，我就在我那只停泊在尘世的某一条河流的旧小船上醒了过来。”[②]

这段描写和《审判》中被删除段落之间的相似是很明显的，这里也有忽上忽下的美妙运动，猎人甚至变成了蝴蝶[③]，而“蝴蝶”无论在古希腊神话那里还是在庄周那里都有“灵魂”的象征意义。但其中的不同也是明显的，《审判》中

---

① 《猎人格拉胡斯》写于1917年，现存有两个较长的稿本，主体部分都是对话，一为里瓦市长与格拉胡斯的对话，一为匿名的海商或水手与格拉胡斯的对话，如果再加上日记中更短的一个片段，则有三个稿本。本文对这一作品的探讨以第一个稿本为依据。关于《猎人格拉胡斯》版本、研究评述以及这一作品的文学渊源的考察，可参看 Erwin R. Steinberg, “The Three Fragments of Kafka's ‘The Hunter Gracchus’”, *Studies in Short Fiction*, 15(1978), pp.307–317; 以及 Guy Davenport, “The Hunter Gracchus”, *The New* Criterion, 14(1996), pp.27–35。

② 中译文参卡夫卡：《卡夫卡全集》(1)，第372页。从上下文来看，猎人无法进入的这“另一个世界”(the other world)更可能是冥府，而不是中译本所理解的“天堂”，其“大门”也并非是“天堂的大门”，而更可能是冥府之门，此处引文根据英文译本进行了改动，参见 *The Complete Stories*, p.228。

③ 据考证，卡夫卡在这里化用了马丁·布贝尔的《庄子》译本：“I, Zhuangzi, once dreamed I was a butterfly-a butterfly fluttering here and there”。参见曾艳兵：《卡夫卡与中国文化》，北京：首都师范大学出版社2006年版，第79页。

的段落中K"真实地"越出了尘世的边界,而在作者看来这恰恰就成为"不真实的"了;在猎人这里,只有梦中的"越界"冲动,一旦要真正实现"越界",格拉胡斯便会醒来,他不断地做着进入死亡大门的梦,但又不断地在门前醒来。

在经验的或现实的层面上,这个死而不死的故事只能理解为一个寓言,格拉胡斯的死最终仍是"假死",或者他的"死"其实是一个还怀着活下去愿望的人实际上无法进入或不愿进入"真死"的一个寓言式表达。或许,这里就隐含着卡夫卡的死亡想象的深层结构?

对这一问题的思考把我们引向卡夫卡的一篇叫作《论寓言》[1]的寓言,在这个关于寓言的寓言里,卡夫卡先是区分了寓言世界和现实世界这两个对立的层面:"智者的话往往都只是寓言,在日常生活中却用不上,而我们却只有这种生活。"当智者说"越过去"到"那边"时,他并不是指向"某个实实在在的地方",而是一个他说不清楚、我们更不知道的"神话"空间,因此他的话"根本不能在哪怕最微不足道的意义上对我们有所帮助"。但接下来,寓言世界和现实世界之间的转化发生了:

> 关于这一点,有人曾经说:为什么这样不情愿呢?只要跟随寓言,你自己就会成为寓言,这样就能摆脱所有日常的忧虑了。
>
> 另一个人说:我敢打赌,这也是一个寓言。
>
> 第一个人说:你赢了。
>
> 第二个人说:但很不幸,只是在寓言世界里赢了。
>
> 第一个人说:不,在现实世界中:在寓言世界里你已经输了。

由于寓言世界处在时间之外的"那边",因此也就是"死"的世界;我们可以认为,寓言世界中的这两个人都在与"死"打一个赌,这个似乎可以无限地打下去的"赌"——因为第二个人可以接下去说,"我敢打赌,这也是一个寓言"——只有那个同时超越了寓言世界和现实世界的真正的"死"才能够最后终结;但由于这个"死"已经被先验地设定在了时间之外,因此在处在时间之内的现实中并没有真正的"死"。这个关于寓言的寓言揭示了寓言世界的深层结构,即

---

① Franz Kafka, *The Complete Stories*, p.457.

“假死”，因此成为“最后的寓言”，寓言世界中的“死”实际上是“假死”，最后的寓言在此是以“输掉”自身来“赢得”现实世界、肯定“生”的。卡夫卡在笔记中对此有更直接的说明：“谁曾经假死过，他就能够叙述些可怕的事，可是死后是怎么样的，这他可说不上来，他实际上并不比其他人离死亡更近一些，从根本上看他只是‘经历’了某种特别的事……”[①]在这一意义上，《猎人格拉胡斯》中那个准备“跟随寓言”而死，但又无法在“寓言世界”中“真实地”死去，无法进入“死”的猎人，在寓言世界中“已经输了”：他不停地做着关于“死亡”的梦又不停地从梦/寓言中“醒来”（即返回到寓言世界的“现实层面”）。猎人所经历的就是“假死”这种发生在寓言世界里“特别的事”，它没有按照“寓言世界”的正常“顺序”发生，而是出现了“意外”。这个特别的事反过来否定了他试图居身其中的寓言世界，而自身则成为一个“最后的寓言”。

但存在着“最后的寓言”吗？跟随这个“最后的寓言”本身不也是一个寓言吗？或许，我们所拥有的只有不同层次的寓言世界或不同层次的现实世界，而无论是怎样的世界，它终究受限于我们的尘世边界，受限于我们关于世界的知识视野……为什么卡夫卡生前没有发表《猎人格拉胡斯》？可能就是因为他不能确信这是否是一个最后的寓言，是否真的是他想要从“假死”中带回来的东西——“死”是否能够在最后一瞬间、甚至在没有时间的时间里开放出永恒的花朵？在最后的寓言之后是否会有“新神话”？寓言世界中的猎人和K真的“输掉”了和死神的这场赌赛吗？

与死亡的赌赛

或许我们可以把《城堡》理解为卡夫卡对尘世（现实？）边界的更为有力的冲击。他这只文学的乌鸦固执地盘旋这个边界上，一再地飞进和飞出，他过着醉生梦死、死去活来的日子，因此看到了他所能够看到的幽明两界的种种可能的图像。《城堡》中K到城堡一游，虽然归根到底是到死的想象界一游，他所获得只是对于生与死的一种更为清晰的眼光，但另一方面，用这种眼光所看到的东西，也就是到从死的想象世界里所带回的东西，难道还不足够多甚至足够好

① 卡夫卡：《卡夫卡全集》（5），第263页。

吗？他闭上了肉身的眼睛，却睁开了灵魂的眼睛，如小说中所说："假如人们眼力好，可以不停地，在一定意义上可以说是眼睛一眨不眨地注视着那些事物，那么人们就可以看到许多许多，但是一旦人们放松注意，合上了眼睛，眼前立刻便变成漆黑一团。"[①]卡夫卡从"冥界"带回的东西，就是由他那被马克斯·布洛德称为"始终睁着"的眼睛所凝视的、清晰得令人难以忍受但又极富诱惑和真实也极度危险的图像。

对于卡夫卡而言，这种诱惑性和危险性在于：一方面，死亡幻象引诱着他去追逐，他认为自己作为一个生活在"黑森林"——既是现代社会也是潜意识的隐喻——里的作家/猎人的使命就在于捕获来自生命底层（死亡）的幻象，这幻象由于来自深处（冥界）而被认为是真实的和拯救性的生命信息，是真正的生命所需要的食物或猎物；另一方面，幻象也使他恐惧，幻象弥漫开来，他融入其中，再也无法区分幻觉和真实，他最终被幻象所追逐，追逐者最终成为猎物，被拘禁于幻觉的世界里；他拆毁了原来的房子，却又害怕居住在他所建造的这个鬼影绰绰的新的房间里，在这个房间里他看不到真实的人，在每个肉身的人背后都站立着一个由他/她的死所幻化出来的无法触摸的幽灵。他更深层的恐惧则在于："他不得不带着可怕的恐惧死去，因为他还没有活过"，而"通过写作我没能将自己赎回来"。[②]

因此，现实生活中卡夫卡的拯救并不在作品之内，而在作品之外。借助"假死"所带来的对于生死边界的清晰眼光，卡夫卡完成了寓言世界和现实世界的分离与转化。说到底，现实世界的卡夫卡并不真的愿意住在寓言世界中，寓言世界里没有时间，而在时间之外实际上就是死者所处的世界。他坦言："有时我们会希望在保证可以回来的情况下，在'往来自由'的前提下经历假死者的经历或者摩西的经历，我们甚至盼望死亡，可是我们从来没有想过活着躺在棺材里或在西奈山上，毫无回来的可能留在那里。"[③]因此，在放弃写作《城堡》之后，他又一次地无法抵御"活下去的愿望"，而一场迟暮的爱情也奇迹般地向他迎面走来。在寓言中他分离出他的情人而去拥抱死亡，而在生活中他

① 卡夫卡：《卡夫卡全集》(4)，第415页。
② 卡夫卡：《卡夫卡全集》(7)，第485—486页。
③ 卡夫卡：《卡夫卡全集》(5)，第264页。

则分离出他的死亡而去拥抱真实的爱人；在寓言中死亡是“最后的情人”，在生活中他最后的情人则是活生生的多拉·迪芒；他在作品中让他的“已死”的化身，也就是K，如其所愿地留在了“城堡”的死亡之梦里，而生活中的卡夫卡自己却忍不住再一次醒来了……当小说中K听弗丽达说她早先是在“大桥”酒店喂牲口的女佣时，他对她说：“难道就用这双这么娇嫩的手喂牲口吗？”[①]当现实世界中的卡夫卡在波罗的海的度假营地看到多拉·迪芒在掏鱼的内脏时，他几乎说了同样的话：“多么温柔的一双手，干的活又是多么血腥。”[②]在这一刻，似乎让人产生了这样的幻觉：留在暗夜里的弗丽达和K从寓言世界、从被魔法诅咒的城堡中走了出来，走进了时间，他们破除了魔法，来到了阳光照耀下的大海和沙滩……

同样，寓言世界中的卡夫卡的拯救也不在作品外，而就在作品内。他称自己的“所有这些写作都是对边界的冲击”，是“对尘世的最后边界发动的冲击”[③]，他预言说：“凡是我写过的事将真的发生。”[④]他认为写作没能将他从寓言世界中“赎回来”，但这或许同时也意味着他相信在这个世界中他已经“不死”。在此意义上，《猎人格拉胡斯》正可以解读为他对自己作为一个作家命运的寓言式预言，而且，这个寓言事实上已经在今天的现实世界中如他所预言的那样“真的发生”了。猎人格拉胡斯（“Gracchus”来自意大利语的“gracchio”一词，意为乌鸦）就是作家卡夫卡（捷克语的“Kavka”也是乌鸦），那个“听从我的天命的召唤”（followed my calling）[⑤]而成为“黑森林”地区的猎人，也就是那个同样听从自己的而非天命、宣称“上帝不愿我写，然而我偏要写”[⑥]的作家。卡夫卡的写作和猎人的猎杀在隐喻的意义上也是相似的，两者都浸透了死的气息，都带有某种“残酷性”和暧昧不清的“罪性”，只是作为猎人的作家在写作活动

---

① 卡夫卡：《卡夫卡全集》(4)，第42页。

② 尼古拉斯·默里：《卡夫卡》，郑海娟译，北京：国际文化出版公司2006年版，第273页。

③ Franz Kafka, *Diaries*, p.399.

④ 卡夫卡：《卡夫卡全集》(7)，第485—486页。

⑤ Franz Kafka, *The Complete Stories*, p.229.

⑥ 卡夫卡：《卡夫卡全集》(7)，第17页。

中所捕获的,更多的是猎物所感受的恐惧和痛苦。[①]据日本学者平野嘉彦考证,德语Köper/Corpus同时兼有“身体”和“作品”两层意思,因此卡夫卡的“作品”反过来说也可以看作格拉胡斯的不死的“身体”;格拉胡斯所说“原来只想生活在山区的我,死后竟周游世界各国”,也让人联想到卡夫卡死后这么多年他的作品在世界各国被翻译、研究的盛况,“这难道不寓意着作者死后其作品也周游世界吗?”[②]寓言世界于是一次又一次地被现实世界激活,卡夫卡的作品吸引着批评家们去解释,批评家们成为从中猎捕意义的猎人,“每个季节这些猎人都会带着更多的技巧回来,他们一次次地杀死它们;但它们仍旧不会死”[③]。在此,我们愿意承认,在和“死”的赌赛中,寓言世界和现实世界中的卡夫卡都“赢了”。

---

① 在大约和《猎人格拉胡斯》写于同一时期的《杂种》中,卡夫卡想象了一个集猎人和猎物于一身的“奇特的动物”,它“一半像小猫,一半像羊羔”,“见了猫,它就逃走,见了羊羔,它就发动进攻。……它能够在鸡舍旁守候好几个小时,却从来没有利用时机去杀害一只鸡”。这个“只有屠夫的屠刀”才能够解救的动物或许可以看作卡夫卡“猎人/猎物”双重形象的一个绝佳比喻。见《卡夫卡全集》(1),第395—397页。

② 平野嘉彦:《卡夫卡:身体的位相》,刘文柱译,石家庄:河北教育出版社2002年版,第212页。

③ Ruth V. Gross, “Hunting Kafka out of Season: Enigmatics in the Short Fictions”, in James Rolleston ed., *A Companion to the Works of Franz Kafka*, Camden House, 2002, p.253.

第六章 《变形记》早期评论回顾

《变形记》(*Die Verwandlung*)写于1912年11月17日至12月7日,最初投给了《新评论》(*Die neu Rundschau*),该刊嫌篇幅太长,要求卡夫卡删减。双方沟通未果,拖延之中,卡夫卡撤回了稿件。最终,在布罗德的协调下,新创刊不久的《白色书页》(*Die Weißen Blätt*)在1915年10月发表了这一作品,是为《变形记》首刊。紧随其后,莱比锡的沃尔夫出版社出版了第一个单行本,为该社先锋文学系列"末日/审判日"(Der jüngste Tag)[①]丛书第22/23卷。这个版本配有奥托马·施塔克(Ottomar Starke)设计的著名封面画。

"评论者的绝望"

回看百年来《变形记》的评论和解读,笔者的感觉就如同《审判》中与神父探讨了《在法的门前》的种种意见之后约瑟夫·K的感觉:这些意见令人"疲倦",他"无法仔细考虑从这个故事中引出的所有结论","那简单的故事逐渐变得模糊了,他想要摆脱它的缠绕"。[②]某种意义上,置身于由卡夫卡的作品滋生出来的"卡夫卡学术",很像是卡夫卡作品里的人物被作品本身的叙述活动所纠缠。《变形记》的研究文献虽然众多,但要从中找出一些清楚明白的"意思"又让人觉得有些"意思",并且把这些"意思"弄成一个线索清晰的叙述,殊非易事。康格德在1973年提供了128位作者的141篇学术性评论的摘录或编译(英译文),这些文献几乎涵盖了1970年之前西方批评界关于这一作品的所有意见。

---

① 其字面意思是"最年轻的一天"。笔者觉得这个字面意思可能更符合现代派文学的自我理解。柳冬妩在《解密〈变形记〉》一书中作"美丽清晨"(广州:花城出版社2014年版,第36页)。

② 卡夫卡:《卡夫卡全集》(3),第177页。

但他觉得难以从中梳理一条可以接受的线索,以至于他对这些文献采取了一个最令人诟病的编排方式,即按作者姓氏的字母顺序排列(采用文献出现的时间顺序排列或者对文献进行分类处理的方式显然会更合理些)。而他本人撰写的两篇导论性的文字谈的更多的则是作为书名的“评论者的绝望”而非学术史意义上的梳理。连这个书名都是出自《审判》中的神父:“写在纸上的东西是不会改变的,不同的看法往往反映的是评论者的绝望。”[①]

其实最初感到这种“绝望”的,还不是专业的学者。1917年4月柏林一个银行经理西格弗里德·沃尔夫(Siegfried Wolff)博士向卡夫卡写了一封颇有卡夫卡式风格的求助信。这封表达“解释之绝望”的信可以看作《变形记》评论史的一个悖论性开端:

> 亲爱的先生,您令我不快。我买了本《变形记》作为礼物送给外甥女。但她不知道如何理解这个故事。我的外甥女把书给她母亲看,她也不知道该如何理解。母亲又把它拿给我另外一个外甥女看,她同样无法解释这个故事。现在她们给我写信了。她们要我解释这个故事,因为我是这个大家庭中唯一有博士学位的人。但是我也一筹莫展。先生!我曾经好几个月在满目疮痍战场上穿梭于俄国人的枪林弹雨,从没有退缩过,可眼下我在侄女们中的威望和名声就要毁了,我受不了这个。现在只有您能帮我了。您必须帮我,因为正是您使我陷入了这个麻烦中。所以请您告诉我,我该如何向我的外甥女解释您的《变形记》。[②]

沃尔夫的信让笔者最感到意外的因素与他的“忧虑”的性质相关:解读《变形记》竟成了这个家庭的“日常忧虑”,不但给其家人带去不安,甚至也危及沃尔夫先生由学历、职位及战争经历所奠定的在这个家庭中的“威望和名声”。但他为什么要送这么一本奇怪的书呢?对于沃尔夫先生来说,《变形记》显得像是一种将其从这个家中“异化”出去的“病毒”;就其推至深处的效果而言,有些诡异的像是导致格里高尔“变形”的东西,径直侵入他的日常生活进而成为

① 卡夫卡:《卡夫卡全集》(3),第175页。译文有改动。

② Reiner Stach, *Kafka: The Years of Insight*, Princeton University Press, 2013, pp.129-130.

其忧虑对象，成为以文本形式出现的“格里高尔”。沃尔夫先生及其家人/亲人对《变形记》这一文本感到的无所适从的“绝望”，依稀就是作品中格里高尔的家人面对“变了形”的他/它而不知所措的“绝望”的映像。

更切近地看，沃尔夫先生本人有些像是格里高尔与老萨姆萨形象的混合。作品中悬挂在客厅里的照片中，服兵役时的格里高尔所表现出的“军人风度”和身上的“制服”与沃尔夫先生的战争经历同样曾令人“尊敬”；沃尔夫先生是其信中提及的唯一男性家庭成员，其外甥女的“父亲”，也就是沃尔夫先生的妹妹或姐姐的“丈夫”，在该信的文本中奇怪地缺席；而在《变形记》的结尾，萨穆萨夫妇的“梦想”就是为已经成年的女儿找一个“丈夫”；沃尔夫先生在银行工作，老萨姆萨后来也找了个在银行的工作（他在睡觉时甚至穿着银行的“制服”）。沃尔夫先生若想要像老萨姆萨一样恢复在家中的地位，是否也需要像老萨姆萨“解决”变了形的格里高尔一样解决《变形记》呢？现在他有些恼火地求助于卡夫卡。

从学术史角度看，或可认为，沃尔夫先生有意无意地挑明了“文学解读成为日常忧虑”这一问题。对《变形记》解读史的回顾不妨从他开始。他可以说就是后世为数众多的卡夫卡学者的原型或先导，预示了那些（如传记家施塔赫所说的）“倾泻到他（卡夫卡）身后作品的东拉西扯的庞大的话语波涛”的出现：“即便最成功的作家，就其作品接受情形而言，开端往往就是终结：作品一旦脱离作者的手，不知情的人们便一拥而上。卡夫卡也不能避免这一情形。至于都有哪些东西被读进了他那些简练的文本，说起来令人吃惊，有些时候则令人甚觉怪诞。”[①]

话说回来，对于由卡夫卡式的文学所决定的卡夫卡式学术来说，“（从外部）读进的东西”与“（从内部）读出的东西”的区分在很多情况下确是一桩难事。沃尔夫当时还只能向卡夫卡求助，而今天的读者则面临由庞大的“卡夫卡工业”（Kafka industry）所提供的更为幽深复杂的意义丛林。幸耶？不幸耶？对于决心要进入其中经历一番的读者来说，这一经历的复杂程度和危险程度都不亚于一场“变形记”，他/她需要时常像格里高尔一样提醒自己——“这可不是梦……”，然后耐心等待“幻觉的消失”。在同时追踪格里高尔之“变形”与对这

① Reiner Stach, *Kafka: the Years of Insight*, p.130.

一变形之种种理解的过程中，理解“不能理解的东西”的“学术性忧虑”与那些必须与之作斗争的“日常性的忧虑”本是不同类型的“忧虑”，又难以避免地混合成为一种忧虑。限于篇幅，也便于更清楚地呈现这一关系，下文所评述的文献范围大体限定在20世纪50年代之前。

卡夫卡在世时的反应

在卡夫卡1924年去世前，批评界对《变形记》已有关注，数量虽不多(计有7篇)，但已展现出这一作品在专业读者那里所引发的多方面兴趣，而诸如这一作品与欧洲文学传统特别是德国文学的关系问题、犹太性问题、与精神分析之间的关系等话题，都将在其后的评论中持续地被复杂化和具体化。1915年德国表现主义理论家卡斯米尔·艾兹施密特(Kasimir Edschmid)[①]在《法兰克福人报》(*Frankfurter Zeitung*)发表评论，是为《变形记》第一篇评论。该文将《变形记》的“超自然和奇迹因素”与梅林克(Gustav Meyrink)的作品相提并论，并对二者进行了比较：“梅林克把艺术世界提升到超自然的境界，这是他的目标，而卡夫卡则使超自然因素降落地上，将其编织入近乎平凡的人性故事中。”[②]这个看法在奥斯卡·瓦尔泽(Oscar Walzel)随后发表的《奇异之中寓逻辑》(1916)一文中得到了呼应。他把《变形记》的“奇异性”追溯至德国浪漫主义沙米索和霍夫曼，强调卡夫卡在叙述方法的革新——故事的叙述“像是一个逻辑序列的具体展开”，对读者而言具有某种强制性效果：“变形这一让人反感的与不可信的面相在我们的意识里退却了，退到了被抛出他所熟悉的世界的那个人的可怜的精神折磨的后面——他必须目睹他在他人那里所引发的不断增长的厌恶，并且认识到，甚至那些他所供养的人是多么快地就无法忍受他了。”[③]这一年《新评论》刊登了罗伯特·穆勒(Robert Müller)的文章。他认为作品深得德国文学

---

① 从刊载《变形记》的《白色书页》当期目录可知，该评论家的文章与卡夫卡的《变形记》登在同一期，他最早做出反应当在情理之中。

② William J. Dodd ed., *Kafka: The Metamorphosis, The Trial and The Castle*, London & New York: Longman, 1995, p.37.

③ Stanley Corngold, *The Commentators' Despair: The Interpretation of Kafka's Metamorphosis*, Kennikat Press, p.242.

的精髓，并从格里高尔身上辨认出“基督徒的灵魂和一个好人的软弱性”，但他对作品的艺术趣味（指大虫子的怪诞意象）持保留意见，“我们被要求吞下太多的东西”[①]。

与强调这一作品的欧洲传统不同，马克斯·布罗德的文章《我们的作家和我们的集体》（1916年10月号《犹太人》）特别指出了这一作品的“犹太性”，他尤其对其中的“虫子”意象赞不绝口，认为《变形记》“创造了萦绕现代犹太人灵魂的痛苦和疏离感的象征符号”，尽管“犹太人”这个词没有出现在作品中。[②]

卡夫卡十分关注人们对《变形记》的评论。在1916年10月7日致菲丽斯的信中他不无幽默地评述了穆勒与布罗德几乎是构成对照性的看法：“顺便提一句，你能说出我究竟是什么吗（was ich eigentilich bin）？在上期的《新评论》提到了《变形记》，并被合乎情理地加以否定了，而后那个作者又写道：‘K的叙述艺术倒是有一些根深蒂固的德国风格。’而另一方面，马克斯的文章却写道：‘K的作品是我们时代最具犹太性的文献。’一个棘手的案件。难道我是一人骑二马的马戏团骑手吗？遗憾的是，我并不是骑手，只能躺在地上。”[③]

1916年4月9日的《布拉格日报》发表了尤根·洛温斯坦（Eugen Loewenstein）的书评，此文最早从精神分析理论评述作品的主题。作者认为：整个作品的核心就是“父亲问题”，是“儿子对父亲的痛苦而古老的指控”，而所有的痛苦最后凝聚成为一个儿子的“虫子幻想”；格里高尔可被看作一个生活在“儿童游戏室”的人，他不能从这一禁闭中走出来。[④]从学术史的角度看，除了精神分析的视野，“幻觉说”和“儿童游戏说”在后来的解读中也有回响：1950年柏斯纳（Friedrich Beissner）坚持认为整个故事其实是格里高尔的“幻觉”（详后），1990年马克·安德森（Mark Anderson）则把格里高尔解读为一个拥有儿童心态的“行为艺术家”。[⑤]

---

① Stanley Corngold, *The Commentators' Despair: The Interpretation of Kafka's Metamorphosis*, p.173

② William J. Dodd ed, *Kafka: The Metamorphosis, The Trial, and The Castle*, p.38.

③ Franz Kafka, *Letters to Felice*, p.517

④ William J. Dodd ed, *Kafka: The Metamorphosis, The Trial, and The Castle*, pp.38–39

⑤ Mark M. Anderson, "Sliding Down the Evolutionary Ladder? Aesthetic Autonomy in The Metamorphosis", Harold Bloom ed. & intro., *Franz Kafka's Metamorphosis*, Infobase Publishing, 2008, pp.81–90.

在对《变形记》进行病理学理解方面，有一件轶事值得提及。1917年9月卡夫卡写信给菲利克斯·韦尔施(Felix Weltsch)："在威廉·施台克尔的《性生活和感情生活中的病态干扰(手淫和同性恋)》第二卷中，名字可能略有出入(你是知道这个维也纳人的，他到处用弗洛伊德来装潢自己的门面)，有五行谈到《变形记》。你如果有这本书，那就帮个忙，把这段话抄给我。"[①]

施台克尔(Welhelm Stekel, 1868—1940)的书出版于1917年，括号里的书名是该书的第二卷，卡夫卡需要的文字出现在该书一个脚注里。施台克尔在提到一个叫作西格玛(Sigma)的病人的症状时举了格里高尔的例子："在自由联想中，病人西格玛提到了成为一只虱子的感觉。(卡夫卡故事里一个人变形为一只虱子的意义，具有明显的虐待症的特点。)西格玛一段时间以来，如同所有的同性恋者一样，特别害怕肺结核。我们已经熟知这一点：肺结核代表着邪恶、肮脏、乱伦和同性恋。"[②]不确定韦尔施是否为卡夫卡抄录了这段文字，也难以猜度卡夫卡读到这段文字时的反应，但让笔者感到有些吃惊的却是以下几个事实：此时卡夫卡的肺结核刚刚确诊；他所用来命名格里高尔所变成的动物的词Ungeziefer包含着"肮脏的动物"的含义；格里高尔在倾听妹妹音乐演奏的过程中所产生的幻想包含着清晰的关于"乱伦"的弦外之音；把肺结核、同性恋与犹太人形象联系起来也是当时"反犹话语"的套话——吉尔曼1995年出版的颇有争议的专著《卡夫卡：犹太病人》正是对这个话题的全面展开。如果说卡夫卡的包括《变形记》在内的写作"内化了"当时的"反犹话语"，施台克尔的简要评述则显出当时的精神医学话语与道德、性别、种族话语的纠葛。

这一时期的评论中也有全面否定的意见。1917年的一则匿名评论就认为这个故事非常"乏味""缺乏想象力"，"以没有生命力的方式讲述了一个怪诞的故事"。[③]

① 卡夫卡：《卡夫卡全集》(7)，第214页。

② Stanley Corngold, *The Commentators' Despair: The Interpretation of Kafka's Metamorphosis*, p.228.

③ William J. Dodd, *Kafka: The Metamorphosis, The Trial and The Castle*, p.42.

从布勒东的"梦文本"到凯泽的"三个房客"

各西方语言的《变形记》译本大都出现在卡夫卡去世后至二战爆发前，评论也随之展开。1925年《西方杂志》(*Revista de Occidente*)发表了据说出自青年博尔赫斯之手的西班牙语译本。1928年出现了维阿拉特(A. Vialatte)的法文本。在相当长的时期内，法国评论家把这一作品理解为超现实主义的梦文本或存在主义哲学在文学世界的预先表达。布勒东(André Breton)在1937年指出其所包含的梦的力量；[①]1942年加缪在《卡夫卡作品的希望和荒诞》一文中认为《变形记》是"一部明察秋毫的伦理学的惊人的画卷，但它也是人在发觉自己一下子变成动物时所经验的那种骇异感的产物"，因而最终是一部"荒诞作品"。[②]第一个意大利语译本出现于1934年，译者是罗多尔佛·帕奥里(Rodolfo Paoli)，意大利学者波吉奥里在1939年发表的文章强调了主人公格里高尔"永恒感和罪恶感"和"良心的觉醒"，认为其变形是"不可救药的内部灾难，是使一个人的精神结构发生永久性改变的地壳构造上的地震"。[③]1936—1938年间，美国作家、翻译家尤根·约拉斯(Eugene Jolas, 1894—1952)在他的文学杂志《转变》(*Transition*)以连载的形式发表了第一个英译本，而罗伊德(A. L. Lloyd)的译本则是第一个单行译本(Parton出版社，1937)。英美新批评代表人物奥斯丁·沃伦1941年的文章论及《变形记》，认为故事的"令人恐怖"之处：一是格里高尔并不认为所发生的事是"不可能的"；二是格里高尔竟然还努力"让自己去适应一种令人痛苦的境遇"。[④]

在20世纪30年代的德语评论界，赫尔穆特·凯泽(Hellmuth Kaiser)发表于精神分析专业杂志《意象》(*Imago*)的长篇论文《卡夫卡的地狱：惩罚幻想的心理学解释》(1931)在研究方法和评论风格上具有代表性。如其题目所示，凯泽把格里高尔的变形事件解读为其"因反对父亲而引发的自我惩罚"，而文本不

---

① Simon Ryan, "A Selective Survey of the Reception of The Metamorphosis", James Whitlark ed., *Critical Insights: The Metamorphosis by Franz Kafka*, Salem Press,2012,p.103.

② 叶廷芳主编：《论卡夫卡》，第104—105页。

③ 叶廷芳主编：《论卡夫卡》，第75页。

④ 叶廷芳主编：《论卡夫卡》，第88页。

过是这个“惩罚幻想”的文学表达:“格里高尔的‘变形’把这两个阶段分开了,这是一个自我惩罚的结构——儿子通过自我变形来惩罚自己对父亲的取代。”[①]父亲对变形后的儿子所表现出来的愤怒是儿子对父亲所怀敌意的错置(displacement);变形后的格里高尔从家庭中的中心位置退却,似乎也丧失了象征男性权力的生殖器,他在这场家庭戏剧冲突中败给了父亲;变形后的格里高尔对肮脏的东西并不感到恶心,是退回到性心理发展的“肛门期”的表征;母亲的衣服一件一件地掉落并和父亲融为一体的场景,其实是“初始事件”[②]的再现:格里高尔似乎要退回到“出生之前”去观看导致自己出生的父母的那次具有决定意义的性行为,他的眼睛在此刻变得“模糊”应该就是非要去看那不该看(其实也看不到)的场景的自然反应。

凯撒的分析无疑是“重口味的”,他对老萨姆萨两次惩罚格里高尔的解读可说是精神分析向“欲望地狱”的最底层舞台发起的一次冲击:“两次打击均从‘背后’发起,这种性受虐的方式和肛门区相联系。父亲从‘背后’进入,以这种方式使儿子受孕(impregnation),模仿的是昆虫交尾的方式;而以这种方式,儿子也获得了父亲的阳具/菲勒斯,作为它所失去的东西的代替。”[③]同性恋、乱伦欲与受虐欲在这一分析中得到了一个高度浓缩而又令人惊诧的概括。

对于凯泽的重口味分析,偏重审美与修辞批评的康格德的反应比较强烈。但笔者认为,对解读史进行梳理的意义之一就在于发现解读的空白以及诸解读之间的意义联系。或许凯泽的分析如同格里格尔所变成的大虫子一样令人“恶心”,但既然变形后的格里高尔“对肮脏的东西并不感到恶心”,作为评论者也需要多些耐心。细察之下,可以发现凯泽的论证中一个“空白”是:儿子的“受孕”是什么意思?儿子所获得的“新阳具”在哪里?凯泽虽然没有回答这个问题,但在28年之后的1959年,彼特·韦伯斯特(Peter Dow Webster)在精神分析专业杂志《意象》发表的另一篇解读《卡夫卡的〈变形记〉:死亡与复活幻想》重启这一话题。他注意到,“苹果事件”之后,格里高尔的家里多了“新东西”,即“三个房客”。在格里高尔被“判处死刑”之前,他们俨然成为这个家庭

① Stanley Corngold trans. & ed., *Franz Kafka: The Metamorphosis*, p.149.

② Stanley Corngold trans. & ed., *Franz Kafka: The Metamorphosis*, p.151.

③ Stanley Corngold trans. & ed., *Franz Kafka: The Metamorphosis*, p.152.

的"新权威":"通过吸纳三个抽雪茄的房客的统治性形象,父亲取得了菲勒斯的身份(phallic identity)。"[①]

但笔者认为,韦伯斯特把三个房客与父亲联系起来的看法需要修正。三个房客与格里高尔而不是父亲有更为内在的联系。卡夫卡对三个房客的描写其实包含着一个黄色笑话:三个房客其实就是格里高尔在变形中"异化出去"的性器组合。在经历了最严厉的"惩罚"后,他用"思想"召唤了它(他)们,而它(他)们的到来,则是格里高尔试图重新占据中心地位的最后一次努力。卡夫卡的用词显得别有用心:"三个人全都蓄着大胡子","坐在中间的那一位,看起来被另两个视为权威"。"中间的那位"[②]的表述使用了8次之多,他还几乎是唯一的发言人。他与格里高尔的联系值得注意:随着格里高尔"以比妹妹更坚决的意见自愿离开这里",房客们也被"驱逐"出家门。"那我们就走吧","中间的那个"在对同伴这样说时,甚至需要"抬头看着萨穆萨先生,仿佛在一阵突然袭来的谦卑中要为这个决定获得新的批准似的"。有些突兀的"新的批准"似乎意味着之前他们来到这里的行动曾得到格里高尔的"旧的批准"。

至此,《变形记》解读史上的一个难题也解决了。批评家曾不止一次地把《变形记》与果戈理的《鼻子》联系起来进行比较阅读[③],但一直对一个核心问题视而不见:从情节来看,《鼻子》是"一变二"(主人公变成了他本人和他的鼻子),但《变形记》中的主人公却是"一变一"(格里高尔变成了大虫子)。如果《变形记》与《鼻子》是可比的,那么《变形记》中"鼻子"的对应物是什么呢?根据以上的分析,不妨说这个对应物就是"三个房客"。

---

① Stanley Corngold trans. & ed., *Franz Kafka: The Metamorphosis*, p.155.

② 包括 welcher in der mitte, der mittlere der Herren, der mittlere Herr 等,英译作 the middle one,中译全集版译为"中等个头的那个",当为失误。

③ Idris Parry, "Kafka and Gogol", *German Life and Letters*, n.s. VI(1953), pp.141-145; Vitor Erlich, "Kafka and Gogol: Note on Realism and Surrealism", In *For Romen Jakobson: Essays on the Occasion of His Sixtieth Birthday*, ed., Morris Halle et al., Mouton, 1956.

本雅明的“遗忘”与柏斯纳的“幻觉”

瓦尔特·本雅明在1934年纪念卡夫卡去世10周年的评论影响深远，其自身也已成为学术研究的对象。他有意回避精神分析与神学解读，表现出“对于介于犹太传统神秘经验与日常城市生活之间的张力的欣赏”[①]。他的行文有意模仿卡夫卡的含混。比如，他一方面说“神话世界比卡夫卡的世界年轻多了，它已给卡夫卡世界许诺了解救。卡夫卡没有被神话世界所诱惑”[②]，似乎卡夫卡已经摆脱了神话；另一方面又说“卡夫卡没有完全摆脱神秘主义的诱惑……他从不尽心竭力地写可以阐释的作品，反倒使劲浑身解数，使他的作品成为不可阐释的”[③]，似乎卡夫卡又创造了新的神话。这可以看作他的解释技艺的夫子自道。就《变形记》而言，他特别注意到，《变形记》第二部分父亲的头深陷在胸前，这个姿态是卡夫卡笔下权威形象的典型姿态；在他看来，理解《变形记》的关键在于理解“灵魂与身体”的关系以及灵魂不可避免的“遗忘”本性：现代人生活在自己的身体里，但这身体滑脱他，敌视他，“人们一觉醒来，可能就变成了甲虫”[④]；格里高尔的变形是他对自己灵魂的“遗忘”所采取的“形式”[⑤]。

“遗忘说”暗示了通常被视为“真实/事实”的事物的“虚幻性”，但揭示“虚幻”并不意味着发现“真实”，而更可能只是记起了曾被“遗忘”的东西更深刻的“不真实”。不止一个批评家不止一次地被诱惑着把整个作品当作主人公的一场梦或一个被拉长了的“幻觉”。马塞尔·勒孔特(Marcel Lecomte)从作品开篇对格里高尔“梦”与“醒”状态的含混描述看出，故事的起点是“格里高尔还在玩弄他的梦思”，故事的展开不过表明“游戏被拉长了，格里高尔深深地进入了他的梦，他有能力想象自己变成了一只虫子，自始至终都是如此清晰”[⑥]。保罗·

① Simon Ryan, “A Selective Survey of the Reception of The Metamorphosis”, James Whitlark ed., *Critical Insights: The Metamorphosis by Franz Kafka*, p.102.

② 本雅明：《经验与贫乏》，王炳钧等译，天津：百花文艺出版社1999年版，第353页。

③ 本雅明：《经验与贫乏》，第359—360页。

④ 本雅明：《经验与贫乏》，第362页。

⑤ 本雅明：《经验与贫乏》，第371页。

⑥ Stanley Corngold, *The Commentators' Despair: The Interpretation of Kafka's Metamorphosis*, p.158.

朗茨伯格(Paul L. Landsberg)则认为,“格里高尔及其家人对这一事件的反应迫使我们把这一事件接受为真实”,这种叙述效果迫使我们进一步思考更为“可怕的事实”:在睡眠中我们的身体和我们自己在字面的意义上经历着变形,“每天早晨我们都得经由某种特定的过程把身体和灵魂弄在一起使我们能够适应周遭的世界……我们时间中的造物,被囚禁在持续的变形中,我们只在特定的时刻意识到这一点。这种遗忘来自于对于死亡的恐惧,激发我们通过仪式和重复来保持幻觉”。[①]

总体来看,在作品所引发的情绪以及所激发的思考方面,早期的评论显得过于贴近作品主人公格里高尔的视角。这固然说明了作品在营造幻觉方面所取得的巨大艺术成就——《变形记》的逼真性非常深刻且富有诱惑性,迫使几乎所有的批评家继续营造关于存在于作品中的“更深层真实”的幻觉;但另一方面,这种近乎强制性的把读者带入作品的方式也令像沃尔夫这样的普通读者和像康格德这样的专业读者感到不安:“在《变形记》中,我们完全沉浸在虫子的视野中,以至于只能逐字逐字地理解他,并且总是像是第一次去理解他;我们被限定在文本里面。”[②]

“幻觉说”与《变形记》的叙述视角有内在关系。叙述视角的问题在20世纪50年代由德国学者柏斯纳提出,但迄今难有定论。柏斯纳认为,理解卡夫卡作品的一个特别重要之处是把握其叙述角度:“迄今人们还没注意到卡夫卡的叙述是从一个独特的角度展开的,不管是第三人称还是第一人称。”他声称,卡夫卡“在一个被上帝抛弃的世纪里写出了史诗性作品,史诗对象从外部世界转向了自我,在其广度和可能性上并不亚于外部世界”[③]。这意味着什么呢?我们知道,荷马史诗叙述的“权威”来自诸神的权威特别是缪斯关于神性知识和叙述技艺的权威,但卡夫卡式的史诗里没有上帝和诸神,其叙述的支点在哪里呢?柏斯纳的回答是:“由于在他的主人公的主观世界之外,并没有什么地方

① Stanley Corngold, *The Commentators' Despair: The Interpretation of Kafka's Metamorphosis*, p.156.

② Stanley Corngold, *The Commentators' Despair: The Interpretation of Kafka's Metamorphosis*, p.36.

③ Stanley Corngold, *The Commentators' Despair: The Interpretation of Kafka's Metamorphosiss*, p.70.

可为他提供一个观察点，于是他就叙述他自己，他把自己变成了约瑟夫·K，变成了土地测量员K……要点在于，他的叙述来自这样一个地方：其作品的主要人物的意识内部。”[①]顺理成章的是，作者成为叙述者，叙述者成为格里高尔，《变形记》成为作者与叙述者“隐蔽的自传”——不管是第三人称还是第一人称：《变形记》的视角“严格地与主人公的主观世界保持一致。对于叙述者因此也对于读者来说，格里高尔被变成了一个大虫子。但这变形实际上主人公的幻觉，尽管故事内部对此没有暗示”[②]。

严格来说，这个意见很难被推翻。康格德指出，柏斯纳有意混淆了“卡夫卡的诗艺意识、主人公的意识以及读者的意识”，而“从一开始，真实情形的更清晰理解对于读者来说是可能的，对于灾难的受害者来说是不可能的”。[③]但解读史业已表明，读者/批评家所看到的诸多“真实”并不相同，有的也不相通，很难说比格里高尔对自己状况的自我理解更清晰和真实。甚至可以说，否认整个故事被包裹在格里高尔的意识里（或幻觉里）的论断，毋宁说是表达了一种由“批评意志”激发出来的“幻觉”而非“事实”。霍金斯（Desmond Hawkins）干脆断言：这个故事“可以被理解为精神特异之人（spiritually alien）所导演的戏剧，他们在不自知的情况下毁掉社会的安慰、习俗和规范”，这个人既是格里高尔，也是叙述者卡夫卡，归根到底是一个现实意义上的“精神病人”，是“可憎疾病的受害者、严重不适应环境的人”。[④]这个意见听起来就是故事中“妹妹”的意见的回声：“我们必须设法摆脱它……”[⑤]如果说在生活的自然真实与文学对生活的表现或再现之间，存在某种不言自明的界限的话，那么，《变形记》则迫使批评家把这一界限复杂化，并将其拓展、膨胀为有待进一步澄清的意义空间。

---

① Stanley Corngold,*The Commentators' Despair: The Interpretation of Kafka's Metamorphosis*, p.72.

② Stanley Corngold,*The Commentators' Despair: The Interpretation of Kafka's Metamorphosis*, p.72.

③ Stanley Corngold,*The Commentators' Despair: The Interpretation of Kafka's Metamorphosis*, p.72.

④ Stanley Corngold,*The Commentators' Despair: The Interpretation of Kafka's Metamorphosis*, p.133.

⑤ 卡夫卡：《卡夫卡全集》(1)，第150页。

第七章　《变形记》晚近评论回顾

及至20世纪70年代末，诸如犹太—基督教神学、存在主义哲学、精神分析心理学及传记学、文学社会学、马克思主义、形式—结构分析、文本—语言学，等等，都已经在《变形记》的批评活动中演练过了。[①]在具体的解读实践中，这些理论与方法往往形成程度不等的勾连，产生"视野融合"的效果。从学术史角度看，这种效果既是"滚雪球"式的累积，也是德勒兹所谓的"块茎式"增生，有时则像各种理论元素之间产生的化学反应——文本倒像是某种"催化剂"。80年代以来，随着后结构主义和后弗洛伊德的方法以及新历史主义对批评方法的改造，卡夫卡的作品与同时代之间的关联得到了更为具体深入的关注，不妨称之为卡夫卡研究的"文化转向"。美国学者鲁尔福·戈贝尔(Rolf J. Goebel)指出：文化研究的跨学科视野为卡夫卡学术提供了新的批评范式——在文化研究视野中，"作为语境的材料与卡夫卡小说的关系"得到了重新理解。[②]关于这一点，马克·安德森在其专著《卡夫卡的衣服》中说得更明白："我试图把本雅明所称的'constellations'，也就是一大堆相互关联的、其自身(in their own right)也是非常有趣的历史文献，集合在一起；这些文献与卡夫卡所处的境况有平行关系，但并非总是实际地影响了他。因此这一研究既是关于卡夫卡的，也是关于当代文化问题的。"[③]下面以西方学界尤其是美国学界对《变形记》的解读为中心，对解读活动中浮现出来的话题和问题进行梳理和评述。

---

① Simon Ryan, "A Selective Survey of the Reception of The Metamorphosis", in James Whitlark ed., *Critical Insights*: The Metamorphosis *by Franz Kafka*, pp.99-118.

② Rolf J. Goebel, "Kafka, Contextualization, and Cultural Studies", *Journal of Kafka Society of America*, 1996(1—2), pp.14-15.

③ Mark Anderson, *Kafka's Clothes: Ornament and Aestheticism in the Habsburg Fin de Siécle*, Clarendon, 1992, p.17.

爱欲、审美与性别

安德森写过两篇论《变形记》的专文，一篇是1983年的《卡夫卡与莫索克》，探讨"实际影响"了《变形记》的一个"文学文本"，即虐恋作家莫索克(Leopold von Sacher-Masoch)的代表作《穿裘皮大衣的维纳斯》(1870)，与19、20世纪之交的性别权力及爱欲问题相联系；另一篇是1992年的《从进化的阶梯下降？〈变形记〉中的审美自治》，用来参照解读《变形记》的则是一个"未必有实际影响"的文本，即当时的德国生物学家、达尔文主义者海克尔(Ernst Heinrich Haeckel)的《自然的艺术形式》。

在《卡夫卡与莫索克》一文中，安德森从莫索克《穿裘皮大衣的维纳斯》解读《变形记》，认为后者是以前者一再出现的场景为基础的："一个男人—动物被'捆绑'在床上，一个穿毛皮衣的女人高高在上地向他举起威胁的拳头。"[①]其文本证据是出现在《变形记》第二段中的一幅画：这是"一个女士的画像……"这个画像出自《穿裘皮大衣的维纳斯》。莫索克作品里的"画"也出现在开篇处，画面上有一个"黑色的裘皮大衣裹住裸体""右手摆弄一只皮鞭"的女人，在她的光脚下是一个"仰望着她，眼中流露出殉教者一般的狂喜和虔诚"的男人。[②]莫索克小说的核心情节是画中的男女主人公萨乌宁与旺达的虐恋游戏或历险，画中的男人在这场历险中还得到了一个新名字："从现在开始，你的名字不再叫作萨乌宁，而是——格里高尔(Gregor)。"(《穿》：68)。最后一个受虐场景中的格里高尔"像一条被人任意践踏的虫子"(《穿》：132)，似乎叠合了《变形记》中同名主人公的形象。通过楔入莫索克的作品，并"厚描"男性主人公变形之后的"受虐快乐"——在安德森笔下，甚至那只打入格里高尔后背的"带电"的苹果也引发了此类"享受"[③]，安德森的解读把现代文学艺术中性别权力之争和爱欲秩序重组问题放在了一个突出的位置上。

---

① Mark M. Anderson, " Kafka and Sacher-Masoch", *Journal of Kafka Society of America* 1983(2), p.8.

② 莫索克：《穿裘皮大衣的维纳斯》，徐虹译，合肥：安徽人民出版社2012年版，第6页。

③ Mark M. Anderson, " Kafka and Sacher-Masoch", *Journal of Kafka Society of America* 1983(2), p.12

作为这一话题的延续，安德森在第二篇论文中进一步把格里高尔“升格”为现代艺术家特别是行为艺术家的化身。在他看来，格里高尔的“变形”俨然是一个行为艺术家的揭幕演出：变形后的格里高尔并不害怕甚至还很期待一次公开的“亮相”；格里高尔在床上有节奏地摇晃自己，“更像是一种游戏而不是艰苦的劳动”；后来他还像一个优秀的体操家一样在天花板和墙上行走，这个形象既是此前《判决》中格奥尔格的复现，也是后来的作品中那些马戏团的空中飞人、骑手以及空中漫游狗与“饥饿艺术家”的前身——拒绝进食的格里高尔成为“空气动物”，他在字面意义上“漂浮在人类时间的交通活动之上”。[①] 格里高尔的这一“新形象”特别地与19、20世纪之交“以审美代替宗教”的时代氛围相契合，而这一时代氛围特别地得到“世纪之交那些改革家和教育家的哲学”的支持。[②]基于达尔文理论，德国生物学家海克尔在文学艺术领域引入了一个颇有原创性的“艺术冲动”(artistic impulse)观念。据称，这种“冲动”或“意志”存在于所有自然生命现象中，在每一个细胞中都有一个努力塑造自我、实现自我的“灵魂”。换句话说，成为“艺术家”具有“生物学意义上的必然”。在这方面，低等动物和高等动物“站在同样的灵魂活动的梯阶上”[③]。根据这一理论，格里高尔变为虫子，其实质是脱去“俗世衣服”、戴上“艺术面具”。[④]

安德森的解读是把卡夫卡研究拖入“文化战场—剧场”，或者在卡夫卡的文本中发现隐蔽的“文化文本”的突出例子，本身就具有操练意识和表演性：一个又一个“文化文本”似乎就隐藏在《变形记》的字里行间，随时可以被批评家发现并调动起来，为“文本剧场”增添新的剧情。这对女性(主义)批评家特别有启发。妮娜·施特劳斯(Nina Pelikan Straus)注意到，开头哥哥的“不安的梦”与结尾处关于妹妹的“新的梦”之间的对比，开头的“可怕的害虫”与结尾处的

---

① Mark M. Anderson, “ Kafka and Sacher-Masoch”, *Journal of Kafka Society of America* 1983(2), p.88.

② Mark M. Anderson, “Sliding Down the Evolutionary Ladder? Aesthetic Autonomy in *The Metamorphosis*”, Harold Bloom ed. & intro., *Franz Kafka ' s Metamorphosis*. Infobase Publishing, 2008, p.81.

③ Mark M. Anderson, “Sliding Down the Evolutionary Ladder? Aesthetic Autonomy in *The Metamorphosis*”, Harold Bloom ed. & intro., *Franz Kafka's Metamorphosis*. p.80.

④ Mark M. Anderson, “Sliding Down the Evolutionary Ladder? Aesthetic Autonomy in *The Metamorphosis*”, Harold Bloom ed. & intro., *Franz Kafka's Metamorphosis*. p.90.

“富有青春魅力的身体”之间的对比，都说明作品存在一种“有意而为的反射关系”，“变形后格里高尔成为一个女性化的存在，性别角色的转换暗示了卡夫卡的幻想”[①]。埃里克·桑特纳(Eric Santner)发现，作品有两幅画像/照片，分别是穿皮衣的女人和拿军刀的男人，二者之间存在对位关系：“可以把皮衣中的女人看作(格里高尔的)‘自我认同’而不是‘欲望对象’，或者说，体现了另一幅画也就是他当军官时的照片的‘无意识真相’。”[②]而“虫子”及其所发出的“动物的声音”(Tierstimme)是在“厌女症”和“同性恋恐惧症”的压力下所采取的形象，是彼时社会文化正在经历的“女性化进程”的症候。[③]在她看来，动物般的声音还和卡夫卡对种族话语的“借用”或“内化”有关，因为流行的“反犹话语”正是通过此类奇怪的声音把“犹太人和同性恋倾向联系起来”的。[④]

反犹话语与进化论

对《变形记》中的“反犹话语”的更大规模发掘来自美国现代语言协会(MLA)前会长桑德尔·基尔曼(Sander Gilman)。在《卡夫卡：犹太病人》(1995)中，他断定，和卡夫卡及其笔下的许多人物一样，格里高尔也是一个“犹太病人”。《变形记》反映的是由弥漫于当时欧洲特别是布拉格的“反犹话语”和反犹现实所塑造的犹太人对“自己的身体”所感到的陌生、恐惧甚至“憎恨”。根据19、20世纪之交的观念，在“同化”的压力下，犹太人对于自己身体的“彻底转变”是“可欲的”(desirable)，但却内在地“不可能”。“格里高尔可怕地变成了一个可怕的虫子”就是这种不可能的一个例子：一旦“转变/变形”，格里高尔就进入了一种“下降”，失去了人类的认识框架和内部语言。[⑤]基尔曼认为，这同时反映了当时犹太人的和反犹主义者的共有信念：“犹太人变不成真正的德意志

① Nina Pelikan Straus, “Transforming Franz Kafka’s *Metamorphosis*”, in Stanley Corngold trans. & ed., *The Metamorphosis: Translation, Backgrounds and Contexts, Criticism*, p.129.

② Eric Santner, “Kafka’s Metamorphosis and the Writing of Abjection”, in Stanley Corngold trans. & ed. *The Metamorphosis: Translation, Backgrounds and Contexts, Criticism*, W. W. Norton & Company, 1996, p.206.

③ Eric Santner, “Kafka’s Metamorphosis and the Writing of Abjection”, p.206.

④ Eric Santner, “Kafka’s Metamorphosis and the Writing of Abjection”, p.208

⑤ Sander L. Gilman, *Franz Kafka: The Jewish Patient*, Routledge, 1995, p.13.

人;他们的德国性是冒牌的。”[①]他特别地把格里高尔的情形与著名的德雷福斯事件联系起来。在流行的反犹话语中,犹太人被称为“虫子”(Ungeziefer),“其灵魂已经败坏”,灵魂的败坏也反映在生病的身体尤其是“皮肤”上;德雷福斯的皮肤和格里高尔变形后的身体都有问题,二者共有的“结痂并感染的皮肤硬壳”就是其作为“贱民”的外部标识。[②]

当然,对于以“政治正确”为潜规则的美国学者基尔曼来说,揭示作品中“内化”了的“反犹话语”(基尔曼认为这种“内化”是造就卡夫卡“自我异化”或“内部分裂”心理结构的一个重要原因)并不意味着支持这种话语。但他一再强调卡夫卡无法摆脱由犹太人的身体所引发的“命定感”,以及卡夫卡试图抹去自己作品中的“犹太痕迹”以把自己伪装成为“高级现代主义者”之努力的失败(这种“失败”乃至作为失败之前提的“努力”或“企图”,其实也正是他所要达到的效果),倒多少印证了美国犹太裔批评家哈罗德·布鲁姆关于文化研究是“憎恨学派”的说法。

但不管出于何种心态的“憎恨”和“恐惧”,在最后的分析中都是需要“净化”的病态情绪。退一步说,即便反犹话语对犹太人的“憎恨/恐惧”确实已被卡夫卡转化或内化为“自我憎恨/恐惧”,但这种抹去了犹太痕迹的“自我憎恨”和“自我清除”,本来也可以看作卡夫卡以文学写作来“净化”或“升华”此类情绪的努力,而基尔曼的“揭露”无异于使得这种憎恨重新成为令人不安的对象,因而需要再次“净化”。

从这个角度看,詹姆斯·维特拉克对《变形记》的“人类学解读”可以被视为这样一次尝试。维特拉克认为,“反犹话语”是把卡夫卡的作品与他的时代联系起来的一个线索,但这个线索本身也属于更大的历史语境和话语网络的一部分,其意义也受到总体话语网络的限定与决定;对《变形记》与其时代之关系的更充分的理解,需要进入这个更大的历史文化话语系统。他提供了可从“人类学”角度参照理解《变形记》的三个共时性“世界性事件”。这三件事与《变形记》的写作(1912)几乎同时:装甲车(armored vehicles)在1911—1912年的意土战争首次使用,这场战争的结果就是“巴尔干屠场”——几周之内20万士兵丧

---

① Sander L. Gilman, *Franz Kafka: The Jewish Patient*, New York & London: p.13.

② Sander L. Gilman, *Franz Kafka: The Jewish Patient*, p.80.

生;1912年发生在俄罗斯的针对东欧犹太人的种族屠杀;1912年首届优生学(Eugenics)国际会议召开。[①]

这三个事件以及它们与《变形记》之间是否有什么联系?后两个事件之间的联系比较明显,彼时"优生学"与"种族卫生学"特别是排犹、反犹的理论话语有很深的联系。一般认为,"20世纪初德国的优生学者提出了种族卫生学,宣传北欧人是优秀人种,防止优秀的雅利安人血统被劣等民族污染等主张,后来发展到与纳粹的排犹种族主义同流合污,实际上为希特勒在40年代初'最终解决''犹太人问题'而大规模屠杀犹太人提供了舆论准备和理论根据"[②],而维特拉克把这两个事件与意土战争列在一起,意在指出弥漫于一战前夕的"世界性不安"。

这种不安能够从达尔文的进化论所引发的社会心理效应那里获得一个解释。在流行观念中,"进化论"之"进化",是一个"向上"的运动,其终点或顶点是一种高居于甚至超脱于动物世界"各物种"之间战争状态的"人类"。与此乐观的想法相反,也存在一种担心:到了理想顶点之后,由于"人类"自身的缺陷并不能被人类与其他物种的生存斗争所消除,人类这个"物种"会不可避免地走向"退化"。犹太复国主义者马克斯·诺道(Max Nordau)的《退化》(*Entartung*, 1892)就持这种观点。他认为,当代艺术家的所谓"创新"就是堕落与退化,其作品无非是"神经官能症"和"歇斯底里症"的表达(卡夫卡对此类症状并不陌生)。[③]那么,"自然"若要阻止这种"退化",必定会在不同种族与群体的"人类"之间安排"适者生存"的竞争/战争。

或许并非巧合的是,卡夫卡在《致父亲》中提到:"世上有两种战争,一种是骑士的战争(ritterlichen Kampf),这是两个独立对手间的相互较量,各自为阵,

---

① James Whitlark, " On *The Metamorphosis*: A Neo-Anthropological Approach to Its Conflicts", James Whitlark ed., *Critical Insights*: *The Metamorphosis by Franz Kafka*, Salem Press, 2012, pp.3–4. 需要指出的是,维特拉克的行文暗示多于论证,且多有跳跃,因此笔者下文的评述侧重对其思路的梳理和解释,也补充了一些能说明问题的材料,考虑到行文的可读性,不一一标明。

② http://baike.baidu.com/link?url=MMhMH_rKFrEjUgdf_wABWXmFzoNGyCMA__b6JdShlPunYGMZky-YCowYKH7PN_62n6UkuoSuuWUU_-JVKHXXR_

③ James Whitlark, " On *The Metamorphosis*: A Neo-Anthropological Approach to Its Conflicts", James Whitlark ed., *Critical Insights*: p.4.

胜败都是自己的事。另一种是虫子的战争(Kampf des Ungerziefers),这虫子不仅蜇人,而且还吸血以维持生命。"[①]可以推论:对于人类"进化"(至少不"退化")的"自然目的"而言,形成"适者生存"的"自然秩序"需要"骑士/战士式"的战争,而不需要"虫子式的战争";相反,倒是需要一场消灭"虫子式战争"的战争,也就是要消灭会导致"人类"退化的"虫—人"。这段话至少表明,卡夫卡作品中无论是否有基尔曼所谓"内化了的反犹话语",他对反犹主义话语及其逻辑心知肚明。对于"进化"之反面的"退化"的恐惧似乎把上述三件事与这三件事所包含的"两种战争"联系起来了。

因此,以几乎不可思议的方式,《变形记》把两种战争联系了起来;甚至,在现代语境中,两种战争其实是一种战争。维特拉克提请读者注意:上述三件事不但与《变形记》的写作时间贴得很紧,也与文本的若干细节相通。《变形记》的写作始于1912年11月17日(可以认为他在这一天陷入关于虫子的想象),而在其后给菲丽丝的信中,他连续两天(18、19日)谈到"士兵和军队";《变形记》开篇所描写的格里高尔所变成的"虫子"有"盔甲般"(panzerartig)的后背,这个用词清晰地指向作为坦克(Panzer)前身的"装甲车";文本中还出现了一副格里高尔"服兵役时的照片","当时他是少尉,他的手按在剑上,脸上挂着无忧无虑的笑容,分明要人家尊敬他的军人风度和制服"[②]。而据布罗德的回忆,意大利对土耳其宣战后的一天晚上,他和卡夫卡在剧院里,卡夫卡显得烦躁不安,休息时突然说:"现在意大利的装甲战舰停靠在没有设防的海岸旁了。"[③]格里高尔从一个"军人(战士)"变形(退化)成为可怕的"虫子",不但混合了"两种战争"的形象(具有军事学与动物学双重语义背景的"甲壳/盔甲"建立了两个形象之间具体的、可见的联系),而且也迫使我们思考发生在故事之外的世界大战(《变形记》在1915年发表时,世界大战正进行得如火如荼)与故事中家庭内部战争的相似性。[④]

---

① 卡夫卡:《卡夫卡全集》(8),第281页。译文略有调整。这段话是卡夫卡假想中的"父亲"的"反驳"。

② 卡夫卡:《卡夫卡全集》(1),第118页。

③ 马克斯·勃罗德:《卡夫卡传》,叶廷芳等译,石家庄:河北教育出版社1997年版,第44页。

④ James Whitlark, "On *The Metamorphosis*: A Neo-Anthropological Approach to Its Conflicts", *Critical Insights: The Metamorphosis by Franz Kafka*, p.3.

战争:文本内外与古今之间

令人意犹未尽的是,维特拉克并未充分重视文本内部的“战争”,对此问题的探讨点到为止。笔者在此打算延伸维特拉克的思路,展开《变形记》中的两个“战争”场面,以深化对这个问题的理解,不妨视为评论之评论的“块茎式增生”。

在《变形记》第二部分结尾处,身穿“绷得紧紧的金纽扣蓝制服”的老萨姆萨对身披“盔甲”的格里高尔发动了攻势。有意思的是,对这场“攻击”的预备阶段的描绘似乎有意模仿了荷马《伊利亚特》中阿基琉斯对赫克托耳的追逐[①]——格里高尔在此扮演了被追逐者赫克托耳的角色,追逐所发生的空间由赫克托耳的父亲普里阿摩斯的“都城之外”,变为格里高尔的父亲萨穆萨的“家门之内”,而追逐者则成了他的父亲:“他便在父亲面前奔走,父亲站住就停下,只要父亲一动便又急忙向前奔走。他们就这样在房间转了几圈,没有做出什么重大的动作来……”[②]但这场攻击的后半段表明,这并非手持“长枪”和“利剑”的战士之间的战争。在某个意味深长的时刻,老萨姆萨突然开始用“像带了电”的红苹果“轰炸”(bombardieren)像是装甲车的格里高尔,并使后者遭受了致命的打击。

结合上文的分析,这个场景看起来叠合了两种类型的现代战争,既像是当时国家与国家之间争夺生存权利的国际战争,又像是旨在消灭“虫子”族类的屠杀。或许,这个叠合了两类战争的微观图景要表达的意思就是:进化论生存竞争视野中的“现代战争”与古典形态的“英雄主义”无关,尽管现代战争会“征用”后者“盔甲”上的光环来掩盖其退化、堕落的性质——虫子外壳般的装甲车是古代战士盔甲的堕落版,它无法保护虫子般的人类;而虫子般“蜇人”的“带电的红苹果”也可视为曾引发了特洛伊战争的“金苹果”的退化了的影像。《变形记》中的这段描写几乎可以作为20世纪战争小说中“非英雄主义”的一个注脚。

---

① 关于卡夫卡对《伊利亚特》的熟悉程度,参见本书第十二章。

② 卡夫卡:《卡夫卡全集》(1),第138页。对勘《伊利亚特》的相关诗行:“赫克托耳一见他心中发颤,不敢再停留,……一个逃窜一个追,……绕着普里阿摩斯的都城,迈着快腿绕了三周……”卷22行136—166,见罗念生、王焕生译本,人民文学出版社1994年版,第504—505页。

"反犹话语"与这个战争场景联系虽然清晰,但其意义仍需要在一个更大的世界图景中予以辨认。可以看到,卡夫卡既阐明又限定了这种联系的意义。1920年卡夫卡在给密伦娜的信中写道:"现在每天下午我都在街上度过,沐浴在对犹太人的仇恨(Judenhaß)中。一次我听到某人把犹太人称作'污秽的族类'。离开如此为人所恨的地方,难道不是一件不言自明的事吗(在这个问题上,犹太复国主义或民族主义情感倒根本没必要)?这种英雄主义,这种一定要待在这里的英雄主义,只不过是蟑螂的英雄主义,它们甚至无法被从浴室清除干净。"[①]或许,在卡夫卡看来,犹太复国主义或民族主义最好的结果也无非是更大规模地卷入虫子与虫子之间的国际战争;如果战争在最终意义上意味着对人类的仇恨并将其从其生活的地方驱逐出去或消除干净,最终无他处可去,那么一定要"待在这里"的"人类"所表现出的英雄主义倒确实与蟑螂的英雄主义无异。

另一个"战争"场景是格里高尔与其家人之间的最后"决战",这场伴随着引发幻觉的音乐的最后决战,同样在微观层面复杂化了"世界战争"的性质。文本的措辞表明,由音乐所激发的格里高尔的行动具有明显的宣战意味:起初,格里高尔受到妹妹的琴声的吸引,"壮起胆向前爬了几步",进攻的态势伴随着"尘土"的"飞扬",格里高尔俨然是一个战士——众目睽睽之下,他"毫不畏惧","决心一直推进到妹妹跟前"。[②]但细察之下,这场战争的"性质"却几经"变形"。

在格里高尔的想象里,这首先将是一场"解放战争":他要把妹妹从家庭的牢笼里解救出来。他早就"秘密盘算着"要把"酷爱音乐"的妹妹送到"音乐学院"去。[③]而现在,他则觉得只有自己才是妹妹的"知音",在送她去音乐学院之前,不妨先把她从父母那里"解放入自己的房间"("他决心一直推进到妹妹跟前,去扯她的衣裙,以此向她暗示,她可以带着她的小提琴到他的房间里来,因为这里谁也不像他那样欣赏她的演奏");但这最终却意味着,这场解放战争将

① Franz Kafka, *Brief an Milena*, New York: Schocken Books, 1952, s.240; *Letters to Milena* (expanded and revised vision), Philip Boehm trans., New York: Schocken Books, pp.212–213; 现有中译文把"沐浴在对犹太人的仇恨(Judenhaß)中"误译为"沐浴在悠闲的气氛之中",卡夫卡:《卡夫卡全集》(10),第412页。

② 卡夫卡:《卡夫卡全集》(1),第147页。

③ Sander L. Gilman, *Franz Kafka: The Jewish Patient*, p.128.

变成一场“抵抗入侵”的“保卫战”(“他不愿意再让她离开他的房间,至少他活着就不愿意;他的恐怖形象他将第一次派上用场;他要同时守卫他的房间的各扇房门,向来犯者怒吼……”)。[①]而另一方面,根据妹妹后来向父亲对格里高尔行动动机的解释,格里高尔的行动从一开始就是一场“侵略战争”:这只虫子显然是要“迫害我们”,甚至“占领整幢寓所,让我们露宿街头”。[②]从妹妹和家人的角度来说,对待这只入侵的虫子,需要的只是一场“歼灭战”:“我们必须设法摆脱它……”[③]可以看到,随着视角的转化和深化,格里高尔与家人对峙的场面呈现了解放战争、侵略战争、反侵略战争、歼灭战等变幻不定的多重面貌。

《变形记》中“战争”性质的复杂性至少说明:这个文本并置了多重视角,编织了多重话语线索,叠合了多个意义空间。这种单一的话语体系无法解释清楚的文学逻辑或许也是更贴近生活和历史真相的逻辑。比如,从对“反犹话语”的挪用或“内化”来看,作为虫子的格里高尔对其家人生活的“入侵”和“污染”,似乎构成他/它“必须被消灭”的正当理由,但他所用来入侵的武器(也就是“他自身”)似乎又包含着对欧洲现代文明代表性成果(这为欧洲犹太人提供了“同化”的压力与动力)的批判:正是“资本”的自由运作把他变成了“旅行推销员”,进而使他成为“虫子”,而虚幻的精神自由则被存放在“音乐学院”,而后者其实也是“世界公司”的一个部门(同属一个“世界公司”的当然还有《致科学院的报告》中的“科学院”);格里高尔的高度发达的“移情能力”和“推理能力”无助于他认识自己及家人的真实境况,反而常常陷入更深的幻觉——这种幻觉甚至还延伸到他死后的叙述:结尾处一家三口乘坐的空荡荡的电车就像是一辆“幽灵车”。

《变形记》的“当代应用”

在齐尔考斯基(John Zilkosky)看来,《变形记》中的“电车”(Elektrischen)或“街车”具有特殊的重要意义。这个形象与开头频繁提及的“火车”形成了对位

---

① Sander L. Gilman, *Franz Kafka: The Jewish Patient*, p.147.

② Sander L. Gilman, *Franz Kafka: The Jewish Patient*, p.150.

③ Sander L. Gilman, *Franz Kafka: The Jewish Patient*, p.150.

关系，似乎寄寓了卡夫卡的某种正面理想。他认为，格里高尔的变形是由火车的震动引起的，《变形记》从一个具体的维度揭示了现代科技产品对人的身心异化的影响。他的考察把读者带回到了20世纪之交欧洲医学界关于火车对人的神经系统和身体的影响的讨论。早在19世纪60年代，英国、法国和德国的研究者就发现，许多铁路工作人员和乘客表现出许多症状，如肌肉的紧张和关节的震颤等，似乎火车和铁轨的碰撞所产生的有节奏的震动能直接传递给身体并持续地影响身体，经常乘坐火车的人甚至在结束旅行后的睡眠中仍会继续颤抖。前文提及的诺道在其《退化》中就认为，火车的“震动”(Erschütterung)所引发的神经官能症是现代文明造成人类“退化”的证据之一。1908年一个德国研究者确认，经常乘坐火车能造成某种神经官能症，同时期的弗洛伊德也把铁路的机械性“震动”所引发的“震惊”作为“创伤性神经官能症”的病因之一。[①]作为佐证之一，在《乡村婚礼筹备》中，作为格里高尔前身的爱德华·拉班之所以还没有变形，是因为他很少坐火车，去乡下会见未婚妻是他的第一次旅行，此前他“从来不旅行”(Ich bin nie gereist)。格里高尔是“一个旅行者”[②]，火车把格里高尔变为一个他所不认识的身体，而这个身体所覆盖的盔甲就像变了形的火车皮。

对于晚近许多批评家而言，《变形记》的复杂性只是一个起点。他们认为更应该思考的是，《变形记》能为当代读者提供哪些启示。文化研究让我们看到卡夫卡处理他所处的时代所面临问题的方式，现在该轮到批评家从卡夫卡的作品中探寻对于当代问题的启示了。借用维特拉克的说法，这个话题可以称为《变形记》的“当代应用”(application to the present)。[③]和这一作品入选我国高中语文教材的情形相似，《变形记》也是美国高中生必读书之一。中学教师布瑞恩(Margaret Sönser Breen)觉得，这一作品对于“911”之后的美国读者来说具有特殊的重要意义，有助于帮助他们缓解对“他者”的恐惧。她认为，《变形记》从引发恐惧和不安的“虫子”视角内部探索了这种恐惧，因此能够使读者对

---

① John Zilcosky, “‘Samsa war Reisender’: Trains Trauma and the Unreadable Body”, in Stanley Congold and Ruth V. Gross eds., *Kafka for Twenty-First Century*, pp.180–181.

② John Zilcosky, “‘Samsa war Reisender’: Trains Trauma and the Unreadable Body”, p.181.

③ James Whitlark, “About This Volume”, in *Critical Insights*: *The Metamorphosis by Franz Kafka*, p.vii.

所恐惧的对象有更真实和内在的理解:《变形记》能使青年人特别是中学生对那些被妖魔化的人和事物(比如残疾人、外国人和同性恋者)保持同情。这个怪物表现得富有同情心,也被富有同情心地加以表现,如果读者能够对格里高尔产生好感,那么他们或许会拓展这份宽厚之情。[①]

从"言说""表达"和"交流"的角度看,由于《变形记》言说了通常无法言说的属于"非我"的东西,是对"不可表达的东西"的边界的冲击,因而特别对表达创伤性体验具有启发甚至"治疗"效果。1986年度诺贝尔和平奖得主、大屠杀幸存者、作家埃利·威塞尔(Elie Wiesel)在读过卡夫卡的《变形记》后,才获得了写作的勇气。布瑞恩认为,她从《变形记》中所获得的最重要、也是应该传达给学生的教益就是,"通过语言构建意义是一个政治性过程,一个将持续地为主体的可怕变形提供包容(habor)之可能的政治性过程"[②]。《变形记》是关于交流之不可能的悲剧,但也可以读作一个鼓励交流的励志故事,在表达"不可能交流"的苍凉感的同时,也能激发交流的愿望。关于这一点,维特拉克有个近乎无厘头的说法:格里高尔在糟糕的环境中总是试图与家人沟通,但他做得还不够:"如果他读过《变形记》,他或许被鼓励做更多的努力,而不仅仅是急躁地和含混地做出各种姿势。"[③]

---

① Margaret Sönser Breen, "Reading for Construction of the Unspeakable in Kafka's *Metamorphosis*", in James Whitlark ed., *Critical Insights: The Metamorphosis by Franz Kafka*, p.119.

② Margaret Sönser Breen, "Reading for Construction of the Unspeakable in Kafka's *Metamorphosis*", p.130.

③ James Whitlark, "About This Volume", *Critical Insights: The Metamorphosis by Franz Kafka*, p.ix.

第八章 《变形记》:“异化”抑或“认同”?

似乎主要针对我国学者对于《变形记》的解读,邓晓芒教授曾抱怨:“人们摆弄着‘异化’、‘荒诞’这几个词,以为这就穷尽了小说的全部意蕴。”[①]虽然邓教授对用“异化”来解释这一作品颇有些不以为意,但即便在西方学界,坚持从这一解读思路理解《变形记》仍不乏其人,其中就有重要的卡夫卡专家索克尔(Walter H. Sokel)。我国学者对索克尔其实并不陌生,他的《反抗与惩罚——析卡夫卡的〈变形记〉》早在20世纪80年代就被收入叶廷芳先生组织编译的论文集《论卡夫卡》[②]中了,他也因此为我国卡夫卡学者所熟悉。但此篇发表于1956年,所使用的方法更多是弗洛伊德主义的,而他写于近30年后、从马克思异化理论出发解读《变形记》的另一篇力作《从马克思到神话:〈变形记〉的“自我异化”结构与功能》(1983),反倒不为非常熟悉马克思异化理论的我国读者所知。从某种意义上说,此文与本书上一章所论及的安德森的解读《从进化阶梯的滑落?——论〈变形记〉的艺术自治》(1992)恰好构成某种对照。笔者觉得,这两篇解读文章进行比较性阅读是很有趣的——如何展示两种似乎针锋相对的解读是如何能够同时成立的,对这两篇文章的分析或许可以提供一个难得例证。或许以这种方式,我们能够更好地理解为什么卡夫卡的作品是难以被“穷尽全部意蕴”的,以及在我们试图穷尽其意蕴的过程中,我们是如何成为自己的对立面或敌人的。对于这两篇文章,我们首先可以问的问题是:格里高尔的“变形”是其自我的“异化”(alienation),还是其自我的“认同”(identification)?以下的分析将展示:两位作者的立论虽然各执一端——索克尔“自我异

---

① 邓晓芒:《新批判主义》,北京:北京大学出版社2008年版,第226页。

② 索克尔:《反抗与惩罚——析卡夫卡的〈变形记〉》,杨武能译,收入叶廷芳选编:《论卡夫卡》,第238—254页。

化说”的基础是道德神学，而安德森“艺术自治/自由说”的实质则是审美神话，但两者并非没有联系。

异化的道德神学

索克尔认为，《变形记》“系统地”使用了马克思关于创造性的劳动/工作与真正的自由之间具有同一关系的看法，因而可借此参照、解释格里高尔及其家庭处境。根据马克思关于自由劳动的观点，格里高尔的劳动/工作的性质不令人乐观：他在劳动中没有感到快乐也没体现创造性（或许只有木工活是个可怜的例外），因而只是由一种外在于这个工作的“债务”所决定的“自我异化劳动/工作”；更可悲的是，格里高尔的劳动主要是为父母还债，是为双重异化的劳动：不但“异”于其真正的兴趣，其收入也不归自己所有。[①]不仅如此，家庭关系还是更大范围的社会关系的缩影，父亲与格里高尔的关系构成马克思所描述的资本家与工人之间的剥削关系，小说中对“资本”一词的使用即是明证。父亲所欠的“债务”与积累的“资本”本质上是一回事，是导致格里高尔“变形”的真正原因，而“债务”和“资本”则与更大的“世界—公司”或“公司化的世界”相联系，也就是“渗透到家庭关系和一切日常角落的资本生产关系”[②]。

索克尔的论证至此还可以说是“现实主义”的，但似乎是模仿卡夫卡的笔法（从某个时刻开始，卡夫卡的叙述会从现实领域进入神话与梦的领域），索克尔此后对“债务”来源的追索把其论述拖入了一个迥然不同的方向。他对故事中由于父亲的“破产”导致的“债务”（正是这债务使得格里高尔从事了最终导致他“变形”的工作）进行了寓意解读：最初的“债务”其实可以理解为“原罪”（德文“die Schuld”兼有“债”与“罪”两个意思），最初的父母的“债务”就是《圣经》中第一对男女的“原罪”。“罪”的实质在于：这一对男女经由成为夫妻进而

① Walter H. Sokel, “From Marx to Myth: The Stucture and Function of Self-Alienation in Kafka's *Metamorphosis*”, in Harold Bloom ed. & intro., *Franz Kafka's Metamorphosis*, p.107.

② Walter H. Sokel, “From Marx to Myth: The Stucture and Function of Self-Alienation in Kafka's *Metamorphosis*”, in Harold Bloom ed. & intro., *Franz Kafka's Metamorphosis*, p.118.

成为父母,有了"父父子子"的肉身生育。这样,索克尔的论证就把"父母的债务"(Die Schuld der Eltern)这一"日常焦虑"一下子"变形"为"父母的原罪"这一"神学焦虑"。语义含混的"罪/债"建立了格里格尔异化命运与被逐出伊甸园的隐喻关系:这个由于父母的"负罪"而欠了(父母的)"债"的儿子必得"汗流满面"地劳作;更糟的是,此时的世界是一个"在其中人与人是剥削关系的地狱般的世界,而这个世界则被资本原则所统治"①。至此,索克尔给出的是一个《旧约》版本的"变形前记"。

进一步来看,"变形"后格里高尔的遭遇似乎对应了《新约》中耶稣的故事。"变形"对格里高尔的首要意义在于:他不用再还债了,他自己变成了那个"债务"。在他变形后,文本没再提过这个债务,公司办公室主任也一去不返。变形后的格里高尔成为原罪的客观对应物,象征成为字面上的事实;在第二部分结尾处,父亲"打入"格里高尔身体并最终导致后者死亡的"苹果",则以蒙太奇的方式把发生在伊甸园的被逐场景和耶稣被钉十字架的受难场景叠合起来:"引发炎症的苹果不但再一次指向'第一对父母的罪过',还承担了把父亲的'罪过'直接物质化的功能;格里高尔所承担的债务最初是经济和法律意义上的债务,在变形中整合并变形了这第一种意义上的债务,将其拓展、深化成为异化生活/人生的具体可见形式。"②不妨说,这个"债务/罪过"就是生活本身,格里高尔作为罪过的"肉身化",其形象和耶稣的形象"钉"在一起。《变形记》至此又变形为一个新约版本的拯救故事。

从格里高尔(耶稣式地)"被钉"到(耶稣式地)"吐出最后的气息"这两个具有神话色彩的情节,构成了一个跨度有"一个多月"的"时间括号"。在索克尔看来,夹在这个括号内的情节是对马克思"经济决定论"的论证,展示的是"小资产阶级家庭被无产阶级化的过程:父亲所积累资本的利息不足以维持家庭的生机,失去了小资产阶级的经济独立地位";而三个房客仅凭其所付的租金就占据了家庭的主导地位,"则以一种更为直观和夸大的形式呈现了很早前这

① Walter H. Sokel, "From Marx to Myth: The Stucture and Function of Self-Alienation in Kafka's *Metamorphosis*", p.119.

② Ibid., p.121.

个家庭就被那个商业世界所控制的情形”[①]。

索克尔认为，马克思关于历史的观点本来就包含了道德的神学维度(受苦—正义)。在经济决定论的背后可以瞥见由无产阶级所扮演的牺牲者—拯救者(martyr-savior)角色，“无产阶级要像耶稣一样经受受苦的命运并完成救赎的使命。今天是替罪羊，明天就是救赎者。无产阶级要拯救的，就是那个它在其中遭受最大不义并最终要为之牺牲的社会。这就是马克思的神话”[②]。在作品所描写的那个小资产阶级世界里，格里高尔扮演了无产阶级的角色。作为不被家庭成员承认的一员，格里高尔对应了资本主义秩序中被牺牲的无产阶级。马克思笔下的无产阶级通过解放全人类来解放自己，而卡夫卡笔下的格里高尔的解放只能通过彻底的牺牲，也就是替罪羊的自我消灭来完成。

格里高尔最后的一个动作，也就是从“公用的起居室”转向“自己的房间”，在索克尔看来，其实意味着从马克思主义的经济决定论“前景”情节转向它从中出来的神话构架(mythic frame)的“背景”情节：“个体通过牺牲自己也牺牲了它所体现的罪行，允许集体进入一个新的生活阶段并享受新的梦想。”[③]这一结论倒和卡夫卡最后对他所属的那一类型的作家的理解十分符合：作家是“人类的替罪羊”，“使人类有可能享受罪行而无罪感”，而写作过程即是给予作家的“甜美绝伦的报偿”。[④]

可以看出，索克尔试图用他所理解的马克思主义与基督教神学混合而成的“道德神学”来印证、包容、拓展《变形记》所展示的“自我异化”结构。他似乎在说，一旦这个神话式或寓言式的结构被格里高尔认识到，他与家人的最后和解就得到了理解。从作品对格里高尔的临终心理描写来看，他是理解这个“自我异化”结构的——他内化甚至强化了一个消灭他自己的立场：“他怀着深情和爱意回忆着他的一家人。他认为自己必须离开这里，他的这个意见也许比

① Walter H. Sokel, “From Marx to Myth: The Stucture and Function of Self-Alienation in Kafka's *Metamorphosis*”, p.122.

② Walter H. Sokel, “From Marx to Myth: The Stucture and Function of Self-Alienation in Kafka's *Metamorphosis*”, p.114.

③ Walter H. Sokel, “From Marx to Myth: The Stucture and Function of Self-Alienation in Kafka's *Metamorphosis*”, p.115.

④ Franz Kafka, *Letters to Friends, Family and Editors*, trans. Richard & Clara Winston, London: John Calder Ltd., 1978, pp.333–335.

他妹妹的意见还坚决呢。”[①]通过这种理解,格里高尔进入某个“神话世界”,享受了他的“道德”;而他的家人将继续面对日常世界的梦想、快乐和忧虑,他们也将得到或自以为得到神话世界里的格里高尔的“同意”甚至“鼓励”。但更可能的是,他们并不知道或无法知道甚至并不需要这种同意和鼓励,因为一旦他们中有人“知道”这种同意和鼓励,他们也将知道被同意和鼓励之事中所必然包含的罪,从而不能充分地“享受罪行”。

审美空间里的自我解放

几乎和索克尔的解读完全相反,马克·安德森从格里高尔的“变形行动”中看出的却是另一种“享受”:格里高尔的“审美享受”。他反对把格里高尔的变形解释成一个“悲剧”,一个“通过仪式性的牺牲,其家庭得以解放”的悲剧。在他看来,“家庭关系”才是一个悲剧性空间,是“个体的被囚禁之所”,一旦进入其中,个体就会像变形前的格里高尔一样“把自己的人格牺牲给一个抽象的秩序”。在资本主义条件下,进入家庭关系意味着进入“由工作、性和商业”所界定的“交通”(Verkehr)中,而格里高尔则通过“变形”而获得了独立自由:“无论变形的原因是什么,其潜在的、未言明的目的都是审美性的,也就是把穿衣服的人的身体变形/转变成为纯粹的、独立自主的艺术作品。”[②]安德森认为,卡夫卡让格里高尔脱去“俗世的衣服/肉身”,并不是为了揭示一个“本质性的自我”或向宗教式的隔绝状态“隐退”;与19、20世纪之交“以审美代替宗教”的处境相一致,《变形记》为艺术戴上了古怪的面具,格里高尔所进入的动物外壳,其实是作为审美世界之象征的形式。[③]

安德森笔下的格里高尔俨然成为现代艺术家的化身。在他看来,作为故事起点的“变形”不是灾难,倒像是一个行为艺术家的揭幕演出:“这个动物是无辜的,他的变形更接近一次重生,一次孩子般的醒来,一种专注自我的游戏

① 卡夫卡:《卡夫卡全集》(1),第152页。

② Mark M.Anderson, “Sliding Down the Evolutionary Ladder? Aesthetic Autonomy in *The Metamorphosis*”, in Harold Bloom ed. & intro., *Franz Kafka's Metamorphosis*, p.91.

③ Mark M.Anderson, “Sliding Down the Evolutionary Ladder? Aesthetic Autonomy in *The Metamorphosis*”, p.90.

和玩耍”，变形后的格里高尔并不害怕，甚至还很期待一次公开的“亮相”。[①]安德森似乎认为，索克尔解读模式所假定的那种解放“全人类”的愿景太过邈远，实现起来太过困难，甚至有危险，而作为人类精英的一小部分先锋艺术家，不妨先把自己从人类中“解放出来”。索克尔所理解的由牺牲—拯救逻辑构建的“神话世界—日常世界”的相互证成的和谐关系，被安德森转化为“审美世界—日常世界”的对抗关系。

同样是对“苹果场景”的解读，与索克尔借以揭示格里高尔的“牺牲精神”不同，安德森看到的是一个艺术家应当汲取的“惨痛教训”。艺术家要解放“全人类”，有可能反被“人类”消灭：“变形后的格里高尔本来开启了一个返回无辜童年的运动，或用圣经式的表达，返回到吃苹果之前的伊甸园状态。父亲投掷的苹果打断了这一运动，象征着对其审美天堂的侵犯。”[②]可以理解的是，作为受到“人类”打击的“艺术家”，格里高尔自然就爬不上墙，也爬不上天花板了。

安德森在论证中集中“展示”(show)了格里高尔的“艺术时刻”和“极乐状态”，以此来厚描作品里的审美空间。格里格尔的变形事件在他的生活中割开了一个口子，这个口子向一个“乌托邦式的游戏空间”开放——格里高尔的行动具有“无所事事、孩子般的无知与无辜之性质，颇与19世纪末期对于审美体验的界定相契合”[③]；格里高尔为数众多的昆虫腿“舞动”与“被解放”，他在床上有节奏地摇晃自己，“更像是一种游戏而不是艰苦的劳动”；后来他还像一个优秀的体操家一样在天花板和墙上行走，这个形象既是此前《判决》中格奥尔格的复现（不妨想象一下他以跳水选手的优美身姿笔直地落入水中而几乎没有水花溅起的情形），也是此后作品中那些马戏团的空中飞人、骑手、空中漫游狗与“饥饿艺术家”的前身；拒绝进食的格里高尔成为“空气动物”，他在字面意义

① Mark M.Anderson, “Sliding Down the Evolutionary Ladder? Aesthetic Autonomy in *The Metamorphosis*”, p.88.

② Walter H. Sokel, “From Marx to Myth: The Stucture and Function of Self-Alienation in Kafka's *Metamorphosis*”, in Harold Bloom ed. & intro., *Franz Kafka's Metamorphosis*, p.89.

③ Walter H. Sokel, “From Marx to Myth: The Stucture and Function of Self-Alienation in Kafka's *Metamorphosis*”, p.85.

上"漂浮在人类时间的交通活动之上"[①];格里高尔从妹妹的音乐演奏中所产生的幻觉似乎是他审美体验的高峰:"他是一个动物吗,既然音乐能使他如此感动?他感到通向他所渴望的无名食物的道路正在他面前浮现。"[②]安德森评述说:"格里高尔这个'孩子—动物'想要与他的妹妹共同'游戏/玩耍',这样他就进入了艺术的秘密地带,因为他的身体正渴望一种失重、缥缈的和谐(musical)状态。这次艺术冲动的结果就是第三次也是最后一次在审美演出背景下身体所进行的自我展示。"[③]

对于安德森的解读,笔者的困惑是:格里高尔"进入"艺术秘密地带的能力(也就是被音乐所感动的能力)为什么特别地需要以"进入"一只奇怪的动物身体为前提呢?回头再看安德森的论文正标题"从进化的阶梯下降?"中的问号,更让人不解,格里高尔的这种"进入"动物身体的行动是一种"进化/上升"还是"退化/下降"呢?在进化的阶梯上,为了更好地进化/上升,有时候也需要下降/退化一下吗?和"自我展示"联系在一起的审美神话就是这种"为了上升的下降"吗?或许只有"下降"到安德森论证的逻辑起点,我们才能看得清楚些。

退化的"进化",或为了上升的"下降"

在安德森笔下占据很高地位的艺术家的"享乐/审美权力"有一个很普通的来源,即其论文题目中达尔文及其追随者恩斯特·海克尔(Ernst Haeckel)的"进化论"。从达尔文关于所有生命现象有某个共同的"起源"的理论出发,海克尔在文学艺术领域引入一个"艺术冲动"(artistic impulse)的观念。据称,这种"冲动"或"意志"存在于所有自然生命现象中,在每一个细胞中都有一个努力"塑造"自我、实现自我的"灵魂":"人们可以把原生生物界的这种艺术冲动描述成

---

① Walter H. Sokel, "From Marx to Myth: The Stucture and Function of Self-Alienation in Kafka's *Metamorphosis*", p.88.

② "War er ein Tier, da ihn Music so ergriff?"(Was he an animal, that music could move him so?)的意思非常含混:既可指"他是一个动物,因为音乐能打动他",也可指"既然音乐能打动他,那他就不是个动物"。Stanley Corngold, "Kafka's *The Metamorphosis*: Metamorphosis of the Metaphor", p.104.

③ Mark M.Anderson, "Sliding Down the Evolutionary Ladder? Aesthetic Autonomy in *The Metamorphosis*", p.89.

一种'活性细胞的可塑本能'(plastic cellular instincts),原生生物们和那些更为人熟知的更高等、更复杂的多细胞动物和植物站在同样的灵魂活动的梯阶上"[①]。安德森高度评价这一理论,认为"艺术冲动或意志"的说法不仅"意味着一种民主平等的可能性,还是一种从所有生命体的深处升腾起的生物学意义上的必然——这里就存在着世纪之交那些改革家和教育家的哲学"。[②]

一种有趣的论证效果出现了:既然这种"艺术冲动"是从生命体的"深处"升腾而起的,似乎就可以认为,就所有种类的生命体而言,某类生命体所处的进化阶梯之梯级越低,其升腾的"冲动"就越强烈有力(或许所升腾的高度也越高)——格里高尔所变的动物虽然并非处在最低梯阶,但由于"起源不明",因此显得比"最低等"的动物还要更低,其被安德森的"审美意志"特别青睐可以由此得到理解;而就"人类"这类生命体而言,其可以追溯并能被理解的生命阶梯之最低梯阶就是"儿童",安德森一再称赞的格里高尔在审美活动中所表现出来的儿童特点由此也得以解释。但另一方面,上述由"生物学的必然"所决定的"民主平等"的"哲学"也将随之解体——作为艺术意志或艺术冲动得到最完美实现的"种类","艺术家"与非艺术家的"人类"之间的对立和冲突必定难以调和:"尽管格里高尔的意识落后于他的艺术形式的激进性(他生命的最后仍对家庭和父母怀有忍耐和原谅之情),身体本身就已经宣告了先锋或现代作品的进攻性姿态:艺术是对生活的攻击,而不是对于生活的乡愁和无能力生活的病症;艺术作为古怪的、抽象的和最终是不可理解的东西,已经把自己抽离于布尔乔亚社会秩序之外了。"[③]

至此,呈现在安德森论证里的格里高尔与他亲手制作的"美丽"画框里的"穿裘皮大衣的维纳斯"已经叠合在一起。这个形象将是(后)现代艺术的美神与爱神。在安德森看来,格里高尔扑向画像的可怕动作虽然不是审美动

---

① Mark M.Anderson, "Sliding Down the Evolutionary Ladder? Aesthetic Autonomy in *The Metamorphosis*", p.80.

② Mark M.Anderson, "Sliding Down the Evolutionary Ladder? Aesthetic Autonomy in *The Metamorphosis*", p.81.

③ Walter H. Sokel, "From Marx to Myth: The Stucture and Function of Self-Alienation in Kafka's *Metamorphosis*", in Harold Bloom ed. & intro., *Franz Kafka's Metamorphosis*, pp.91-92.

作,但可以作为审美对象来观看:"事实上,格里高尔的变形实现了每一个世纪末艺术家的艺术梦:不但成为艺术家,还要成为艺术作品,成为可视的图像自身。"[①]

安德森此处的论证面临的困难在于,作为艺术家化身的格里高尔的审美行动并非全然"无辜",变成"低等生物"的格里高尔比安德森似乎还要更多些"罪疚意识"(安德森对格里高尔临死前仍怀有伦理情感表示遗憾)。在对格里高尔包含"受虐欲望"[②]在内的"非道德行为"进行辩护时,他行文的困难尤为明显:"实际上,那个有受虐爱欲的人(masochist)把他的情妇变成了女演员,而他自己则是她的观众。他将其纳入艺术的'框架':一方面在他的现实与身体受虐之间建立了不可逾越的界限,另一方面也在他的审美自由与所施加的权力之间建立了不可侵犯的界限。那个'画框'因此也就是受虐爱欲者的绳索和锁链。"[③]但显而易见的是,要在"审美自由"和"权力的滥用"之间建立"界限",所需要的远比一个"自由的灵魂"更多;要在充满日常忧虑的现实中完成这一系列"思想动作",比卡夫卡笔下的杂技表演所需要的"艺术"有更高的难度系数——作品里的格里高尔把自己的整个身体急乎乎地扑在玻璃画框上的举动,其实并不像是一个"审美动作"。

当然,退一步来看,安德森为格里高尔的"非道德动作"所进行的"美学辩护"倒也可以理解为一个"道德"行为——他为作品中的"受虐爱欲"标划"不可逾越的界限"的论证行动,其实也是他为自己的审美批评"画—框"或"立法"的伦理行动。从这一角度看,安德森凭着"审美意志"从"日常道德的世界"的下降,最终只是为了向"自治伦理的境界"上升。耐人寻味的是,对于笔者此处的论题而言,卡夫卡在《对罪、受苦、希望和正道的思考》中的一段话似乎是个预先回应:"殉道者们并不低估肉体,他们让肉体在十字架上高升。在这一点上,

---

① Walter H. Sokel, "From Marx to Myth: The Stucture and Function of Self-Alienation in Kafka's *Metamorphosis*", p.85.

② 包括安德森在内的一些学者认为,出现在小说开头处的一副穿皮衣的"女士画像",其实来自虐恋作家莫索克的代表作《穿裘皮大衣的维纳斯》;这里提到"色欲行动",除了格里高尔扑在画像身上以保护其不被取走,还有格里高尔在倾听妹妹音乐演奏时想象亲吻妹妹脖子的场景(暗示乱伦爱欲)。详见本书上一章相关评述。

③ Mark M.Anderson, "Sliding Down the Evolutionary Ladder? Aesthetic Autonomy in *The Metamorphosis*", p.87.

他们与他们的敌人是一致的。”[①]不妨说，这句话把索克尔与安德森的观点“钉”在了一起。

① Franz Kafka, *The Blue Octavo Notebooks*, Max Brod ed., Ernst Kaiser and Eithne Wilkins trans., Exact Change, 1991, p.89.

第九章 《变形记》与"灵魂轮回"

卡夫卡的《变形记》在题名处包含了一层关于"轮回"的语义——"Die Verwandlung"具有基督教神学内涵[①],Wandlung指圣餐仪式上的面包和酒一次又一次地变成耶稣的肉和血的过程;通行的英译名"The Metamorphosis"既指向奥维德的《变形记》[②],也指向与身体的变形相对应的另一个词语"metempsychosis"(灵魂转世)。就后一种理解来说,意地绪语诗人米勒·拉维奇(Melech Ravitch)将这一作品的题名译作"Der Gigul"颇能说明问题:这个词的意思也是"灵魂转世"。[③]而关于作品主人公的"姓",早在20世纪60年代,库尔特·威宁伯格发现:萨穆萨(Samsa)可能有一个捷克语来源:"sám(alone,孤独)+jsem(I am)='我是孤独的'。"[④]此外,据法国作家、批评家莫里斯·布朗肖猜测,这个名字可能还有一个梵文来源:"《变形记》的主题(以及动物性的挥之不去的想象)是一种模糊回忆,是对旧约全书作传统解释的灵魂转生的影射,这可以由我们去想象的,即使尚不能肯定'Samsa'就是忆及'Samsara'。"[⑤]Samsara的意思即为"生死轮回,灵魂转世"。当然,这两种理解可以结合起来:《变形记》写的既是一个"孤独的艺术家/作家"灵魂之旅,也是卡夫卡对于"人类灵魂"普遍经历的寓言

---

① Osman Durrani, "Editions, Translations, Adaptations", Julian Preece ed., *The Cambridge Companion to Kafka*, Cambridge University Press, 2002, p.215.

② 有学者猜测,卡夫卡选择了Verwandlung而不是Metamorphose(二者在德语中是同义词)作为自己作品的题名,或许就是为了有意与奥维德作品拉开距离。当然被作者有意"拉开"的距离又可以被解读者有意地"弥合"起来。参看:Patrick J. O'Neill, "Kafka's Metamorphosis: Texts and Textualities", James Whitlark, ed., *Critical Insights: The Metamorphosis*, California: Salem Press, 2012, pp.48–49.

③ Roger Kamenetz, *Burnt Books: Rabbi Nachman of Braslav and Franz Kafka*, p.225.

④ Stanley Corngold trans. & ed., *Franz Kafka: The Metamorphosis*, p.60.

⑤ 莫里斯·布朗肖:《文学空间》,顾嘉琛译,北京:商务印书馆2003年版,第56页。

式描写。美国学者马克·安德森注意到,卡夫卡在写完《变形记》两天后,曾问女友菲丽斯是否知道斯特林堡的自传性作品《孤独》,而这个作品的结尾就是"灵魂的变形":"孤独最终就是把自己缠入自己灵魂的丝线,把自己藏于自己的茧之中,然后等待一场变形,这必定会发生。"[①]

格里高尔变成了什么?

《变形记》最为通行的英译名和中译名分别是 *The Metamorphosis* 和《变形记》,引发的都是对"变形"过程也就是"如何变形"或一次"变形动作"的描述(亦即"记")的期待。但作品本身显然并没有满足这一期待,因为作品开始时,"从梦中醒来"的主人公的"变形"其实已经完成。其实,即便没有题名译名所引发的期待,对于读者来说,解释"为何变形"以及想象"如何变形"也是一个自然的心理需要。文本对这一过程的省略一旦被读者意识到,其要求解释的需要就会成倍地增加。令人期待的是,纳博科夫曾在大学课堂上邀请他的听众(读者)去观看这个过程:"让我们更仔细地观察一下变形的过程吧。虽然令人震惊,令人感到刺激,但变化并不像初看时感觉的那么怪。"[②]但他却奇怪地让我们什么也没看到。

小说开头用来描述格里高尔所变成东西的两个用词"ungeheures Ungeziefer"进一步增加了理解的困难:"ungeheuer"有"无边界的、巨大的、骇人的、难以容忍的、毫无节制的以及怪异的"等意思,而"Ungeziefer"则有"不适于做牺牲的肮脏的动物"的意思——这个语义与篇名的宗教内涵构成反讽性张力。两个词都很抽象,能引发深广的联想,但难有恰当的英译(穆尔夫妇与康格德分别译作 gigantic insect, monstrous vermin)和中译(全集版译作"巨大的甲虫")。"Ungeheures Ungeziefer"在生物学目录上也无对应物,以至于学者们对于格里高尔到底变成了一个什么样的动物争论不休——蟑螂、螳螂、屎壳郎(作品里的老妈子就是如此称呼之,但没有得到格里高尔的回应)、巨型的虱子(台湾的一个译

① Mark M. Anderson, "Sliding Down the Evolutionary Ladder? Aesthetic Autonomy in *The Metamorphosis*", Harold Bloom ed. & intro., *Franz Kafka's Metamorphosis*, p.92.

② 纳博科夫:《文学讲稿》,申慧辉等译,上海:上海三联书店2005年版,第224页。

本译作"巨大的跳蚤")、甲虫,诸如此类,莫衷一是。纳博科夫相信格里格尔变成了一只硬壳下有翅膀能飞翔的甲壳虫,只是令人遗憾地,格里高尔没有发现自己的隐形的翅膀。[①]米歇尔·莱文评述说,虽然这两个词带有否定前缀(un-),但它们又都不是复合词,去掉否定前缀的这两个词并无意义,"并不能像把果戈理笔下的主人公和他的鼻子那样分开",因此"把这两个否定前缀去掉并不能回复到什么东西,并不意味着在其之前还有什么东西。这两个带着否定前缀的词也并不能产生稳定的身份,只是意味着翻了倍的否定性"。[②]这种无法回到肯定状态的否定状态,似乎就意味着这个否定状态的来源不明甚至不可能——格里高尔不可能有一个"前变形"的状态吗?格里高尔"变形"为一只含混的虫子只是某种看不见因而并不现实地存在的东西的"突然现身"?

什么变成了格里高尔?

格里高尔"如何变形"以及"为何变形"的问题可以转化为一个相对简单些的问题:格里高尔变形前发生了什么?从传记学角度理解,问题还可以问得更彻底些:在创造注定要变形的格里高尔之前,卡夫卡在做什么?或者在他身上发生了什么?

不妨从后一个更容易理解的问题开始。据传记家弗雷德里克·卡尔考察,《变形记》中发生的"变形"可以从当时被多重现实挤压的卡夫卡(包括与女友菲丽斯越来越糟糕的关系及暗淡的结婚前景,办公室的压力以及因公旅行的苦楚)对自己的"想象性观看"那里找到一个解释。他对此进行了惟妙惟肖的想象:"卡夫卡焦虑地等着邮件,担心菲丽斯会丢下他,他还发泄着对家庭生活的不满,认为自己是一个被公司和工厂的工作弄得人不人鬼不鬼的可鄙的家伙。在他的这种感觉中,他似乎就变成了格里高尔:卡夫卡看进镜子,觉得他那快30岁的可鄙身体令他难过,其重力中心似乎刚离开地面。他那颤巍巍的手和脚,又瘦又弱,变成了无数的昆虫肢体。他那可鄙的身体流的不是血,而

---

① 纳博科夫:《文学讲稿》,第223页。

② Michael G. Levine, "The Sense of an Unding: Kafka, Ovid, and the Misfits of Metamorphosis", Harold Bloom ed. & intro., *Franz Kafka's Metamorphosis*, p.217.

是某种肮脏的棕黄色液体。他对自己身体的仇视和羞耻感觉使其变形为某种所有人都厌恶的某种东西。"[①]

"镜子"在卡尔以卡夫卡的方式所想象出来的卡夫卡与之遭遇的时刻，就成为一个《变形记》从中产生的"有深度的表面"。而透过"文本/书页"这面想象之镜，我们可以把视野延伸得更为深远些——格里高尔变形前发生了什么？

从文本来看，变形后的格里高尔在回顾自己的生活时，谈到了发生在5年前的一件决定性的事件（父亲生意上的破产），正是这个事件把他抛入最终导致其"变形"的旅行推销员的生活。《变形记》写于1912年底，5年前也就是大约1907—1908年间，这也正是卡夫卡写作《乡村婚礼的筹备》的时刻。主人公爱德华·拉班（Edward Raban）[②]一开始就谈到工作的劳累，"要费很大的力气才能走完到车站去的路"，他也早已知道"旅行会把我弄病的"；他想象自己"躺在床上"，相信自己"具有一只大甲虫的外形，一只鹿角虫或者一只金龟子的形态"。在某个富有启示意味的时刻，在一个商店的橱窗前，透过一块"湿玻璃"，他陷入更生动的想象："一个大虫子的模样，不错。我得假定它正在冬眠，我把我的那些细腿贴在隆起的肚子上。接着，我低声说些话，对我可怜的身体发布指令，它就在我身边站着，弯着腰。我很快吩咐完毕——它鞠躬，匆匆离去，在我休息期间，它会把一切处理得好好的。""如果这个身体摇摇晃晃地出了我房间的门，那不是因为出于害怕而是由于它的虚无。如果它绊倒在楼梯上，如果它一边走一边啜泣，最后含着眼泪吃晚饭，那也不是兴奋的表示。"而与此同时，"我躺在自己的床上，全身覆盖着棕黄色的被子，吹着从微开的窗户进来的小风。街上闪亮的地面上，马车缓慢地行驶，人们迟疑地走路，因为我还在做梦。马夫和行人都怯生生的，每往前行动一下都要征求我的同意。我鼓励他们，他们便行走无碍"[③]。

这个形象与《变形记》开头部分对旅行推销员格里高尔的描写之间的联系

---

① Frederick R. Karl, *Franz Kafka, Representative Man*, Boston: Houghton Mifflin Company, 1991, p.325.

② 人物命名方式也显示出两部作品之间的联系：Raban指向德文Rabe、英文raven与捷克文kavka，其意思都是"乌鸦"。

③ Franz Kafka, *The Complete Stories*, Nahum N. Glatzer ed., Schocken Books, 1971, pp.56–57.

如此清晰，几乎不需要进行进一步的论证。可以肯定的是，格里高尔从拉班"变形"而来。甚至，在《乡村的婚礼筹备》里，拉班就已经开始了这一变形过程，《变形记》里所描写的格里高尔变形过程只不过是这个早已开始了的变形过程的最后阶段——在《变形记》里，格里高尔变形的"终点"是一具"扁平"的尸体。

从躯壳分离躯壳

但细察之下，问题随之而来：拉班"变形"为两个东西：一个是美丽的甲虫，一个是空洞的躯壳——《变形记》中的格里高尔是由哪个变化而来的呢？是那个躺在床上沐浴惠风的"甲虫"，还是走在结婚旅途中的空洞身体呢？弄清第一个变形的逻辑过程或可为解开格里高尔变形之谜提供一条线索。

拉班"变形"的逻辑过程及后果可概述如下：在拉班（透过模糊的玻璃窗的）想象里"生产"出来的甲虫进一步（在想象里）"生产"出了一个穿衣服的空洞而又虚无的身体与之并列在一起，这个空洞的身体有些诡异地就是拉班；更准确地说，从这一时刻起，这个接下来赶去乡村"结婚"的身体就既是也不是爱德华·拉班了，因为似乎有个纯粹的意识以美丽的甲虫的形象（或许这个甲虫才会长出纳博科夫所暗示的"翅膀"）留在了那个凝视橱窗的动作中。

此处形象之间关系的复杂性值得注意。即便如弗雷德里克·卡尔所言——"这个故事（《乡村的婚礼筹备》）讲的是一个人想要脱离他的躯壳、一个被困在躯壳想要打破之的故事"[①]，这个脱去躯壳的"虫人"和它所脱去的"躯壳"其实也并未脱离联系。前者所处的"不能理解的自由世界"与后者所处的"充满操心忧虑的日常世界"虽是两个世界，但却共享一个"不确定之二"（interterminate dyad）的结构：在温暖的被窝"躯壳"里吹着自由之风的"甲虫"显然也并未完全脱去"躯壳"，也显然"操心忧虑"着那些在它看来其实只是"空洞躯壳"（包括拉班在内）的"人们"和"行人"——它需要对"他们"的行动发出"同意和鼓励"，因而也分有了日常世界的"操心忧虑"；而在充满日常忧虑的世界里不断"绊倒"进而经常"啜泣"的拉班的躯壳必定在某个时刻会进一步要求一个脱离自己的"躯壳"的自由行动；但在开始这个行动之前，作为躯壳的拉班需要

① Frederick R. Karl, *Franz Kafka, Representative Man*, p.201.

先完成作为甲虫的拉班所"鼓励"和"命令"的"结婚"这一并不自由的行动。

如此来看,5年后《变形记》开头以可怕的大甲虫现身的格里高尔是5年前那次婚姻行动的一个结果吗?更准确地问:"变回甲虫"的格里高尔是5年后作为躯壳的爱德华·拉班在那个致命的早晨"从不安的梦中醒来"后进一步要求分离出一个他能对之发出命令的躯壳而发生的一次不算意外的意外吗?有些诡异地,这个将要被分离出来的躯壳像是萨穆萨夫妇所盼望的、可能正在途中赶来的将要与格雷特"结婚"的"好丈夫"……但是,那个由拉班凝视玻璃橱窗的动作所凝视出来的美丽甲虫会"同意"甚至"鼓励"这一似乎是绵延无尽的分离行动吗?又或者,那个"头一歪,从鼻孔呼出了最后一丝微弱的气息"[①]的格里高尔是否以某种方式又回到那个拉班所凝视出来的美丽甲虫身边与之合二为一了呢?从"橱窗幻想"中回过神来的拉班该何去何从呢?他还要继续赶路以完成在乡村的"婚礼"吗?

格里高尔的神与弟兄

"头一歪,从鼻孔呼出了最后一丝微弱的气息"的描述对卡夫卡学者与比较文学学者来说是个诱惑,诱惑他们将格里高尔与新约叙事中的耶稣联系起来。"他(格里高尔)暗示了约翰笔下的耶稣"[②],斯坦利·康格德如是说。

笔者认为,格里高尔"死亡"之前所想象的最后一幅场景与《约翰福音》中耶稣"复活"之后所叙述的第一个场景倒有着更为不可思议的联系。把玛丽进入墓穴认出已经"变形"但还没"回到父亲那里去"的耶稣与《变形记》中格里高尔所想象的和妹妹在洞穴般的房间共同生活的场景对照来看,后者所依托的某种"神学结构"将更清楚地得以呈现。

根据《约翰福音》(20:11—17),进入墓穴的玛丽在认出耶稣后似乎做出了

---

① Stanley Corngold trans. & ed, *The Metamorphosis: Translation, Backgrounds and Contexts, Criticism*, 1996, p.39.

② 他所指的是《约翰福音,19:30》对耶稣之死的记述。Stanley Corngold, "Kafka's *The Metamorphosis*", in Stanley Corngold trans. & ed., *The Metamorphosis: Translation, Backgrounds and Contexts, Criticism*, p.104. 另可对照《马太福音,27:50》《马可福音,15:37》与《路加福音,23:46》的描写。

一个拉住耶稣的动作，这使得耶稣说：“你不要拉住（或扣留）我，因为我还没有上到并返回到父亲那里。你往我的弟兄那里去，告诉他们：我要上去见我的父亲，也就是你们的父亲；去见我的神，也就是你们的神。”[①]与之构成颠倒镜像的是，卡夫卡笔下的格里高尔想“拉住”妹妹格雷特并要把她“扣留”在自己的房间里，但格雷特的选择则是与她的父亲老萨穆萨站在一起。可以猜测的是，呼出最后一口气的格里高尔如果想要并能够“返回”某个地方，是否就是去往乡村婚礼路上的拉班所想象出来的那只把他“派到”此处来的美丽甲虫那里呢？此时，它显得既是他的真正的“父”和“神”，也是他的“弟兄”。

就与格里高尔构成复杂关系的“弟兄们”来说，“乡村医生”也可入列。《乡村医生》所写的其实是“变形后记”——躺在床上的格里高尔除了提及5年前的事，还想到5年或6年后的事（到了那个时候，格里高尔将还清“父亲（所欠）的债务”）。这差不多正是卡夫卡写作《乡村医生》的时间：《乡村医生》写于《变形记》之后的第5年。《乡村婚礼筹备》《变形记》与《乡村医生》若干片段之间的联系值得注意：其一，格里高尔的家人曾为“生病”的格里高尔请“锁匠”和“医生”，格里高尔后来自己弄开了门，因而取消了锁匠到来的意义，而“医生”则要到在5年后才来，那时“重病人”仍会躺在床上，他将从一个大虫子将变成一个伤口里满是“虫子”的病人，妹妹那时将已经长大为姐姐——乡村医生所听到的神秘“铃声”其实源自《变形记》里的召唤和邀请；其二，格里高尔在对音乐的倾听中所“召唤”的乱伦梦想（他要与妹妹一起生活）在《乡村医生》中有个“客观对应物”：医生与罗莎共有一个庭院，从废弃多年的猪圈里“生”出来的人—马混合物（一人二马）即是乱伦结果的比喻；其三，《变形记》的结尾处，父亲的“思想”为格雷特召唤了一个“丈夫”，这个“未婚夫”仿佛就是准备去往乡下结婚的爱德华·拉班（老萨穆萨就是在“郊区”产生了要给格雷特找个丈夫的念头）；其四，《乡村医生》中医生与病人正面相遇，褪去“衣服/躯壳”，赤身躺在一起，俨然当年那只大甲虫与它所派出身体的合一，是为另一场“乡村婚礼”。这场奇怪的“婚礼”与拉班要往乡下参加的“乡村婚礼”并置、叠合在一起，似乎是要解决一个难以解决的问题——成问题的“灵魂的爱欲”与“自我的起源”的问题——提供一个双重的解释：病人和医生的“婚礼”所表现的像是灵魂和身体

---

① 译文综合参照英文NIV、GNT版与中文“和合本”“现代中文译本”。

的结合，而拉班要参加的婚礼则是父母/男女两性的结合。

“变形”与犹太灵魂戏剧

据专门考察卡夫卡与犹太文化联系的学者依瑞斯·布鲁斯的说法，布朗肖第一个指出了《变形记》与犹太故事神秘传统的联系。[①]而布朗肖所依据的思想资源则直接来自犹太神秘主义哲学家肖勒姆(Gershom Scholem)。肖勒姆把“灵魂转世”这一观念特别地犹太民族的流亡或放逐经验(exile)尤其是1492年的西班牙大放逐联系起来：“流亡的可怕反映在卡巴拉关于灵魂转世的教导中，这种教导由于强调灵魂流亡需要经历诸多阶段而深得人心。”[②]在这一理解视野中，“变形”实际上是灵魂流亡的形式，所表达的是“流亡的真实性”(the reality of Exile)[③]，犹太人的历史境遇只是更逼近于这个“真实”而成为一种象征化表达；可以认为，只存在不同程度的灵魂“变形”，而“灵魂被罚进各种陌生牢狱中，进入野兽、植物和石头之中，则被认为是流放的特别可怕的形式”[④]。格里高尔变成一只可怕的虫子，似乎就可以看作这种“特别可怕”的流放形式。

布鲁斯区分了两种不同的犹太文化背景中的“变形”：一是以信仰和(希伯来)圣经教导为基础的“经典形式”，一是从19世纪中后期开始的受启蒙运动影响的“世俗形式”。[⑤]前一种形式更为严肃，后者则带有幽默或反讽格调，卡夫卡的《变形记》实际上混合了这两种形式。一方面，在经典犹太故事中，“变形”一般和堕落、犯罪及其后的惩罚相连，而在《变形记》中可以发现这个僭越和惩罚的模式：“每个人都卷入这个模式，在整个家庭场景中，画满了下降和上升的循环”[⑥]。另一方面，格里高尔的变形也可以被解读为对其家人人性的考验，而他的家人没能通过这个考验。这个深有意味的“失败”，加上对变形的幽默处

① Iris Bruce, “Elements of Jewish Folklore in Kafka's *Metamorphosis*”, Stanley Corngold trans. & ed., *The Metamorphosis: Translation, Backgrounds and Contexts, Criticism*, p.113.

② Gershom Scholem, *Major Trends in Jewish Mysticism*, New York: Schocken Books, 1995, p.250.

③ Gershom Scholem, *Major Trends in Jewish Mysticism*, p.281.

④ Gershom Scholem, *Major Trends in Jewish Mysticism*, p.282.

⑤ Iris Bruce, “Elements of Jewish Folklore in Kafka's *Metamorphosis*”, pp.110–111.

⑥ Iris Bruce, “Elements of Jewish Folklore in Kafka's *Metamorphosis*”, p.122.

理,似乎都在支持一个现代立场——《变形记》总体上是“对创世—启示—救赎(这是犹太神学戏剧的本质形式)的颠倒”:第一部分写的是某种不洁的东西的“创造”,第二部分被“启示”出来的东西不是律法(Torah)而是“原罪”,第三部分则是对救赎之可能性的“深刻怀疑”。[①]

在布鲁斯所引述的用以映照《变形记》的诸多故事中,犹太作家I.L.派瑞茨(I. L. Pereyz)的一个故事颇引人注意。这个叫作《你不要贪求》(*Thou Shalt Not Covet*)的故事收在该作家出版于1913年的一本书中。卡夫卡在1916年曾把该书送给菲丽斯,让其用作柏林犹太儿童学校的读本。虽然和布鲁斯引述的其他故事一样,这个故事初看上去与《变形记》并无直接联系,但笔者觉得其中包含了对《变形记》进行参照理解的一个精细想象,值得考察。

故事起点是某项“原理”:“你们都知道,每一个犹太人都必须履行所有律法。在这一世中没能做到的,就要在下一世中完成。此世所犯错误在来生中要更正,因为灵魂必须完好地、没有错误地回到荣耀的宝座上,纯净而没有污点。”当然,由于各人天资不同,所需要的轮回次数也不同:“大圣人进入肉体一次就行了(顶多两次),而那些普通的人(但愿你不要有此命运)则需要一百次或更多次地进入肉体。”而故事最后要说明的道理却是圣人最终也只是普通人:一个“好拉比”过了一辈子的“纯净”生活,当报偿到来、死亡天使来使灵魂离开身体时,拉比身体的所有成员(all the individual memebers of the rabbi's body)都怒而反对,闹起了革命,拉比的灵魂苦不堪言,于是渴望一个“容易的死”;但“容易的死”也属“贪求”之列,于是再次轮回……[②]可以想见,拉比身体的“每一个成员”将依次要求或同时要求有一个“被轮回”的机会。

“自己的鬼魂”与卡夫卡的写作

在写给格蕾特(此人是菲丽斯的闺蜜,不无巧合的是,与《变形记》中的妹妹名字相同)的一封信中,有一个片段可以看作卡夫卡对“身体的所有成员”的灵魂学或鬼魂学解释。卡夫卡首先引入了一个“人们的意见”,即父母“从自己

① Iris Bruce, “Elements of Jewish Folklore in Kafka's *Metamorphosis*”, pp.119-120.

② Iris Bruce, “Elements of Jewish Folklore in Kafka's *Metamorphosis*”, p.111.

的孩子"那里可以得到"自己正在老去"的深切感受;但他却觉得,要彻底感受这一点,还需要借助"自己的鬼魂们":

> 年轻的时候,我试着引它们出来,它们却几乎不露面;我更努力地尝试,没有它们我很烦,但它们就是不来,我觉得它们永不会来了。为此我常常诅咒自己的生命。后来它们出现了,时不时地,来的时候总是居高临下的,必须向其鞠躬致意,尽管它们还显得很小;常常并不是它们,只是看起来或听起来是它们。它们真来的时候倒也很少显得凶恶……再后来,它们长得更大了,它们随意来访并住下,纤弱的鸟背变成了巨人的脊梁,它们从每道门闯入,关着的门被推开;巨大的、瘦骨嶙峋的鬼魂,为数众多;可以与其中之一斗,但无法与包围你的所有鬼魂斗。如果此时你正在写作,它们就是善意的神灵,如果你没在写作,它们就是鬼怪……①

派瑞茨故事中的拉比不是"作家",因此只能在故事中"现实地"进入无尽头的轮回;书信中的卡夫卡是一个作家,他因此就能以把自己里面的一个个"成员/鬼魂"写入"纸的深处"的方式实现轮回,从而避免"现实地轮回";但现实中是个作家的卡夫卡也需要把自己里面的"一个个成员/鬼魂"用一个个故事的方式"轮回"那些成员的"人生故事",一个个的故事因此也成为卡夫卡式灵魂轮回的方式,卡夫卡文学中的灵魂轮回成为现实中灵魂轮回的结构性复制……笔者耳边不禁响起两则卡夫卡的文学宣言:"我的头脑里有庞大的世界。但如何在不被撕成碎片的情况下同时解放我自己和这个世界呢?宁愿被一千次地被撕成碎片也不愿将其扣留在我里面或将其埋葬。我就是为此而存在的,对我来说这是清楚的。"②"我现在有、从今天下午开始就有的一个伟大渴望就是:完全写出我里面的全部的焦虑不安,将其写入纸的诸多深处,就如同它来自我的诸多深处,或者就以我能够将所写下来的东西(再度)拖入我里面的方式将其写出来。"③

---

① 卡夫卡:《卡夫卡全集》(9),第601页。译文有修订。

② Franz Kafka, *Diaies*, ed., Max Brod, New York: Schocken Books, 1976, p.222.

③ Franz Kafka, *Diaies*, ed., Max Brod, p.134.

这一线索将把我们引向《变形记》的“诸多深处”以及由这些深处联系起来的迷宫：作为卡夫卡“写出来”的形象，格里高尔自然属于卡夫卡“里面”的“焦虑不安”“瘦骨嶙峋”的鬼魂，一个怪物；这个存在于“纸的深处”的鬼魂即便在“纸的世界”里也被禁止走出“房门”——格里高尔三次走出其“房门”的行动随即受到惩罚。尤其让人觉得诡异的是，在倾听妹妹小提琴演奏中，格里高尔陷入幻想：

> 他决心要一直推进到妹妹跟前，去拉她的衣裙，以此向她暗示，她可以带着她的小提琴到他的房间里来，因为这里谁也不像他那样欣赏她的演奏。他不愿意再让她离开他的房间，至少他活着就不愿意；他的恐怖形象他将第一次派上用场；他要同时守卫他的房间的各扇房门，向来犯者怒吼……①

不难看出，这个幻想（“他要同时守卫他的房间的各扇房门”）所映照的，恰是卡夫卡“与（自己的）鬼魂们的搏斗”的行动（“它们从每道门闯入，关着的门被推开”）；格里高尔是“瘦骨嶙峋”的鬼魂，但他不也是那个带有强迫性地使卡夫卡“偏要写他”并在其“正在被写”的时候陪伴着正在写作的卡夫卡的“善意的神灵”吗？

“迷宫/墙”：卡夫卡与奥维德

在米歇尔·莱文看来，爱欲与自我起源的困惑建立了卡夫卡《变形记》和奥维德《变形记》的内在联系。他在作品的题名处也有一个有趣的发现：卡夫卡作品精心选择的题名Verwandlung在“中间”包含着一道“墙”（Wand/wall），而奥维德的《变形记》“正中间”一卷也就是第8卷的开篇所讲的就是“墙”的故事。奥维德这一卷的前260行罗列了若干有松散联系的故事和场景片段：属于墨伽拉城堡的一段音乐墙——当年阿波罗曾把七弦琴倚在那里；墨伽拉王的女儿斯库拉爱上了正在围攻墨伽拉城堡的克里特王弥诺斯，她出于对弥诺斯的爱

① 卡夫卡：《卡夫卡全集》(1)，第147页。

情割掉了父亲的一缕红发(据说有神力),但这一背叛父亲的行为遭到弥诺斯的咒骂;斯库拉因爱生恨,声称弥诺斯的父亲其实不是什么朱庇特或宙斯变成的公牛,而是一条地地道道的野牛;弥诺斯回到克里特后让技艺高超的建筑师代达罗斯造了迷宫,把王后和一头公牛所生的牛首人身怪物弥诺陶洛斯关了进去。

奥维德为说明迷宫之“迷”,使用了一个类比:“就像佛律癸亚平原上的麦安德尔河,往返曲折地流着,像戏耍似的,它回过身来就望见自己的另一段从对面流过来;它一会儿向源头方向流,一会儿向大海方向流,永远在改变方向。代达罗斯也是这样在迷宫里造了无数曲曲折折的墙,连他自己也几乎找不到通向入口的路,这建筑可真能把人迷住。”[①]莱文惊叹于这个类比,因为它把此前若干似乎联系得并不紧密的片段“贯通”成一个整体——正如河流的每个“片段”都看到自己的另外“片段”迎面走来,河流的比喻也赋予每个情节片段以清晰的“自我意识”:

> 正如麦安德尔河并不一往无前,而是常常折回自身,与弥诺陶洛斯相关的丑闻也能折回到米诺斯那里,从而使得他的血统成为问题。弥诺斯没有简单地向外驱逐这个怪物,而是把它驱逐入自己家庭内部的一个封闭迷宫里,可能就是因为国王既不能充分地隔离也不能充分地接受那些质问他父亲真实身份的声音。[②]

我们看到,构成奥维德笔下“迷宫”的复杂的墙被卡夫卡还原为格里高尔房间里的“四面熟悉的墙”(小说第二段开头)——四面墙拉开来当然也可以是一段墙;这既可分成很多段同时又能构成一段的墙被进一步比喻成一条蜿蜒曲折、似乎属于自己的某个片段会迎面走来或离自己而去的“河流”。在题名处和开篇处,卡夫卡文本的“深处”也包含一个奥维德式的场景:当妹妹格蕾特决定把格里高尔房间里的所有家具清空时,格里高尔就处于与弥诺陶洛斯相

① 奥维德:《变形记》,杨周翰译,北京:人民文学出版社1958年版,第153—157页。

② Michael G. Levine, “The Sense of an Unding: Kafka, Ovid, and the Misfits of Metamorphosis”, Harold Bloom ed. & intro., *Franz Kafka's Metamorphosis*, p.134.

似的境况中了——"当格蕾特清空房间,格里高尔把自己藏在一个沙发底下,沙发所覆盖的布所具有的复杂褶皱隐藏格里高尔可怕身体的方式,与迷宫里层层叠叠的墙壁隐藏弥诺陶洛斯的方式相同。"①

不妨说,奥维德把弥诺斯、弥诺陶洛斯、代达罗斯、迷宫、音乐墙与麦安德尔河的故事编织在一起,这种"分段编织"的方式既是对代达罗斯建造"迷宫"的方式的模仿,又是对这种方式的拓展——弥诺斯的身世指向神、人、动物之爱欲关系的含混性(宙斯变成公牛的模样与欧罗巴交合生出弥诺斯),弥诺陶洛斯的身世指向艺术家、人、动物之间爱欲关系的含混性(代达罗斯造了木母牛使王后与真正的公牛交合生出弥诺陶洛斯),而迷宫和音乐墙作为性质不同的"墙"的并置则映照出艺术家的建筑技艺与神性启示(以阿波罗的琴为标示)的关系。可以说,上述每种关系都像一个迷宫,而由诸多迷宫所"封闭"的爱欲和血统的诸多困惑在麦安德尔河流的比喻里被贯通,成为一条河流的"自我困惑"。熟悉卡夫卡作品的读者会记得,在《变形记》之前的《判决》开头处,格奥尔格在进入父亲所在的房间/迷宫之前,曾在自己的房间向窗外"凝望"一条他将在小说结尾处掉落其中的"河流",而在《变形记》之后的《一场梦》的开头处,约瑟夫·K则行走在像是一条"湍急的河流"的"设计得非常精巧、不切实际地迂回曲折"的道路上,在这条道路的终点有一个"艺术家"正在书写约瑟夫·K将要掉落其中的墓穴上的碑文:约瑟夫·K。

"分段建造"当然就是卡夫卡的方式。可以说,《变形记》虽然还只是一座"家徒四壁"的迷宫(与他将要建造的"法院"和"城堡"的迷宫相比不免简陋了些),但通过对墙面上的画像(格里高尔从画报上剪下来的"穿皮大衣的维纳斯")和照片(身穿军装、手握军刀的格里高尔)的凝视,通过对回荡于四壁之间和字里行间的暧昧音乐的倾听(妹妹演奏小提琴的"音乐会"是故事的高潮),通过对格里高尔所留下的模糊痕迹的追踪和冥想,不难发现这的确已经是一座地地道道的文本迷宫。②格里高尔最后变成了一具又干又平的尸体,像是一张扁平的书页或一本扁平的书,而《变形记》如今已变成一本世界文学名著——

① Michael G. Levine, "The Sense of an Unding: Kafka, Ovid and the Misfits of Metamorphosis", p.135.

② 对上述细节的解读,详见拙文《卡夫卡<变形记>中的爱欲戏剧》,《浙江师范大学学报》(社会科学版)2015年第5期。

根据斯坦利的直白说法，格里高尔的形象就是“卡夫卡里面的作家”，也就是“作为文学的存在”（Schriftstellersein）的标志性形象，亦即“怪物”[①]；比较起来，莱文的表达方式更有诗意：“如同一副消失于墙壁的壁画，格里高尔的形象淡入叙述的表面。他或它融入文本之墙，融入扁平的书页，融入日常语言的表面。”[②]

① Stanley Corngold, “Preface”, Stanley Corngold trans. & ed., *The Metamorphosis: Translation, Backgrounds and Contexts, Criticism*, p.xi.

② Michael G. Levine, “The Sense of an Unding: Kafka, Ovid and the Misfits of Metamorphosis”, p.132.

第十章 《变形记》初版封面画

在某种意义上,《变形记》这个文本就如同德勒兹笔下的"欲望机器",兼具欲望冲动的本能性和语言叙述逻辑的强制性,一旦开动,便长驱直入西方文学批评的迷宫,与各种批评方法纠缠在一起——似乎文本有强烈的"被解释"的欲望,也引发解释者强烈的"解释"欲望。在这双重欲望的含混地带,文本的叙述视野、主人公格里高尔的意识视野与解读者的理解视野产生了复杂的联系。一个问题随之而来:《变形记》文本本身是否包含某种类似于"欲望机制"(机器之成为机器,归根到底是由于存在某种机制或程序)的东西,而这种东西同时也决定了"文本"与"文本之外"的东西发生联系的机制?

凑巧的是,在《变形记》出版史及解读史上,恰好有一个既属于作品一部分、同时又是这个作品"外部"的东西,即库尔特·沃尔夫出版社的初版单行本《变形记》(1915)的"封面画"。以一种非常具体的方式,这个封面进入作者意图表达、出版商及画家的策划、读者及批评家的解读活动等多个环节,牵涉诸如文学作品的自传性、作品的互文性以及文学批评的"幻觉性"等问题。而从传记学角度看,如果说在作家对自己作品的自我理解(或曰"自传式理解")与对作家之自我理解的理解(或曰"传记式理解")之间,传记事实与对传记事实的解释之间,或者在更一般意义上,在事实与虚构之间,存在某种界限的话,那么,这个传记性插曲就以具体而微的方式表明了这个界限本身也可以膨大、成为一个意义构建的空间。

这个插曲的起点是卡夫卡在1915年10月25日写给库尔特·沃尔夫出版社的信:

> 您最近来信说,奥托马尔·施塔克(Ottomar Starke)将为《变形记》设计封面。我产生了小小的恐惧。但就我从《拿破仑》上对这位艺术家的认识

> 而言,这种恐惧也许是多余的,我是说,由于施塔克真的要动笔了,于是我想到这样的问题,他会不会去画那个虫子本身?别画那个,千万别画那个!我不是想限制他的权力范围,而仅仅是根据我对这个故事显然是更深的理解提出请求的。这个虫子本身是不可画出的。即使作为远景也不行。如果这样的意图并不存在,因而我的请求变得可笑——那倒巴不得。若能转告并强调我的请求,我将十分感谢。假如允许我对插图提建议,那么我会选择诸如这样的画面:父母和商务代理人站在关闭的门前,或者更好的是,父母和妹妹在灯光明亮的房间里,而通向一片黑暗的旁边的那个房间的门敞开着。①

卡夫卡在这封信中的态度异乎寻常的坚定("千万别画""不可画出")和自信(他"显然"对故事"有更深的理解")。解读者对《变形记》进行解读的努力常常伴随着"不可解读"的挫折,是否与卡夫卡所说的"不可画出"这一"更深的自我理解"有内在的联系?以他的"更深的理解"为尺度,是否意味着:任何"画出/读出"的理解活动其实都是"幻象/幻觉"?是否有可能存在比卡夫卡"更深的理解"还要"更深"甚至"最深"的"理解层面"的"画出"与"解读"?这些问题难有定论。但无论如何,即便要理解卡夫卡所谓的"更深的理解"也非易事——根据他的"更深的理解",他其实提出了"两个"建议/选择。而有意思的是,其中一个"选择"与另一个"更好的选择"之间也有微妙但清楚的区别:第一个选择中的"关闭"的门预设了作品中存在一个超越格里高尔的视角(此时格里高尔被隔离在门内,看不到门外的人),第二个"更好的选择"中"敞开"的门则允许格里高尔的视线穿越"门"而与叙述者视角合二为一。在卡夫卡对作品的"更深"的理解视野里,同时存在对故事叙述角度的两种理解。

如卡夫卡所希望的,施塔克最终设计的封面上没有虫子,但他是否采纳了他的两个具体建议却很难说。如果施塔克知道卡夫卡的两个建议,并且有意对其进行了改造,那么这一改造的"用意"实在耐人寻味:画面上是一个青年,在他的背后,两扇门既没有全部"敞开",也没有全然"关闭",而是开了一扇,关

---

① 卡夫卡:《卡夫卡全集》(7),第171—172页。"甲虫"改为了"虫子";卡夫卡此处用的是"Insekt",而非《变形记》中的"Ungeziefer",后者的含义更为含混。

了一扇;在“一片黑暗”的门外(假定青年在“门内”)看不到有父母和妹妹,这个青年倒是在“灯光明亮”的房间内(姑且如此认定),因为地面有他留下的清晰的影子。也即是说,对照卡夫卡的两个建议,施塔克的这个封面画既打通了门内与门外的隔离,又颠倒了光明与黑暗在人物身上的布局,似乎出色地混合了卡夫卡建议的两个场景。这种处理方式是否传达了画家对作品的比卡夫卡“更深的理解”还要“深”的理解?这里是否包含画家力图超越作家之自我理解的“艺术意志”?从现有的资料看不到卡夫卡对这个封面的任何意见,在此后的许多年里也看不到有其他人关注它。

但38年后,波澜再起。这一次,封面画卷入文学批评家与画家的一场争论:批评家使用封面画作为论据解读作品,但他对封面画的解读遭到了画家本人的否定,我们在此遭遇了理解活动中“艺术意志”与“批评意志”的对抗。1952年,德国学者弗里德里希·柏斯纳(Friedrich Beissner)在其专著《叙述者卡夫卡》(*Der Erzähler Franz Kafka*)里提出了一个重要的看法。他认为理解卡夫卡作品的一个特别重要之处是把握其叙述角度:“迄今人们还没注意到卡夫卡的叙述是从一个独特的角度展开的,不管是第三人称还是第一人称。”他声称,卡夫卡“在一个被上帝抛弃的世纪里写出了史诗性作品,史诗对象从外部世界转向了自我,在其广度和可能性上并不亚于外部世界”[①]。但这意味着什么呢?我们知道,荷马史诗叙述的“史诗性权威”来自诸神的权威特别是缪斯关于神性知识和叙述技艺的权威,卡夫卡式的史诗里没有上帝和诸神,其叙述的支点在哪里呢?柏斯纳的回答是:“由于在他的主人公的主观世界之外,并没有什么地方可为他提供一个观察点,于是他就叙述他自己,他把自己变成了约瑟夫·K,变成了土地测量员K。……要点在于,他的叙述来自这样一个地方:其作品的主要人物的意识内部。”[②]

① Freiderich Beissner, “Der Erzähler Franz Kafka”, in Stanley Corngold, *The Commentators' Despair: The Interpretation of Kafka's Metamorphosis*, p.70.

② Freiderich Beissner, “Der Erzähler Franz Kafka”, in Stanley Corngold, *The Commentators' Despair: The Interpretation of Kafka's Metamorphosis*, p.72.

顺理成章的是，作者成为叙述者，叙述者成为格里高尔，《变形记》成为作者与叙述者"隐蔽的自传"——不管是第三人称还是第一人称："《变形记》的视角严格地与主人公的主观世界（*subjectivity*）保持一致。对于叙述者因此也对于读者来说，格里高尔被变成了一个大虫子。但这变形实际上主人公的幻觉，尽管故事内部对此没有暗示。"[①]但暗示也并非全然来自故事"外部"。在柏斯纳看来，"封面画"其实是故事的一部分：

> 暗示来自奥托马尔·施塔克的封面画，或许并非没有作者的同意，甚至很可能与作者进行了合作或应作者要求而画出来的。封面画上是一个穿着长袍和拖鞋的男子掩着面大步走向房间中间，他向着读者方向走，他离开了开着的门，那开着的门不是为他而开的，那外面是黑暗，是虚无。这个男子只能是格里高尔，这由黑头发和大踏步的力度可以看出，这必定是格里高尔，在故事的第一个句子里就被变形为一个大怪物的格里高尔。卡夫卡通过封面画揭示了故事的意义。[②]

施塔克很快做出了回应。他在1953年5月10日《新文学世界》（*Neue literarische Welt*）《卡夫卡与封面画》一文中发表声明，语气有些轻描淡写甚至傲慢，摆出一副要与卡夫卡及其《变形记》撇清关系的姿态：作为一个已有"近40年艺术实践"的画家，他个人"并不认识卡夫卡"；从他这方面来说，也没有"迁就"卡夫卡关于这个插图的"任何要求"，他"从来没打算画格里高尔"，他画的"只是一个恐惧地逃离某个可怕灾难的形象"。[③]

在柏斯纳看来，施塔克试图抛开卡夫卡以强调其绘画艺术的独立性与原创性的心情可以理解，但恐怕不符合事实，也有悖常理。他在1958年的专著《诗人卡夫卡》（*Kafka Der Dichter*）重启这一话题，一方面坚持自己之前对作品的理解，另一方面也驳斥了施塔克关于封面画的说法，暗示后者撒谎，或至少

---

① Freiderich Beissner, "Der Erzähler Franz Kafka".

② Freiderich Beissner, "Der Erzähler Franz Kafka".

③ Ottomar Starke, "Kafka und die Illustration", in Stanley Corngold, *The Commentators' Despair: The Interpretation of Kafka's Metamorphosis*, p.226; Freiderich Beissner, "Kafka the Poet", in Franz Kafka, *The Metamorphosis*, Stanley Corngold trans and ed., p.183.

出现了记忆错误——虽然施塔克的艺术生涯已“近40年”,但38年前为《变形记》设计封面时他还是一个“新手”,以现在著名艺术家的虚荣心态去回忆过去的事情难免会出问题。他指出,尽管施塔克不同意从卡夫卡的角度结合封面画来解释文本的可能,但至少不能排除这一可能:卡夫卡确实看了并同意用这个图样作封面;相反的假设——也即是说,考虑到卡夫卡的出版商沃尔夫对他的无限尊敬,把《变形记》的封面完全交给那时还很年轻的施塔克处理——是难以想象的。

> 十有八九是这样的:沃尔夫同意卡夫卡的意见,或者就根据了卡夫卡的意见,向施塔克建议了这个封面。与此同时我们也有了施塔克对他执行这个封面之意图的叙述,他确实并不意在把变形当做生病了的主人公的幻觉。他的意图毋宁说是要把《变形记》的内容压缩成一句口号式的东西:可怕!绝望!……那个正在逃离的人头发是黑的是因为背景是白的……但如果施塔克坚持认为画面上的形象从来没有出现在小说中,那他的记忆肯定出了问题,那个男子的头发是黑的也不是因为背景是白的,而是因为他的头发是黑的背景才被设置成为白的。①

笔者觉得柏斯纳的猜测大体上是有道理的:施塔克无法否认他读过卡夫卡的作品,也不能否认他的画与《变形记》之间有实质性联系——说到底,封面寄生于作品,也以某种方式引导或激发读者/批评家对作品的理解。这里有趣而复杂的是:我们在此同时遭遇了作家的意图、画家的意图和批评家的意图,而如前所述,画家的意图本来也可以被批评家解读为对作家意图的进一步理解,但批评家的这一努力却被画家本人否定了,而反过来,批评家却依旧有道理坚持自己的理解。

从批评史或学术史角度来看,柏斯纳把作品理解为格里高尔的“幻觉”的看法既有支持者,也有坚定的反对者。完全支持和彻底反对“幻觉说”,其实都会遇到极大的困难。如反对者康格德就指出:这种理解有意混淆了“卡夫卡的诗艺意识(poetic consciousness)、主人公的意识以及读者的意识”,而“从一开

---

① Freiderich Beissner, “Kafka the Poet”, p.183.

始，真实情形的更清晰理解对于读者来说是可能的，对于灾难的受害者来说是不可能的”。[①]但解读史业已表明，读者/批评家所看到的诸多“真实”并不相同，有的也不相通，很难说比格里高尔对自己状况的自我理解“更清晰”；而否认整个故事被包裹在格里高尔的意识里（或幻觉里）毋宁说是表达了一种由“批评意志”激发出来的“幻觉”而非“真实”。另一方面，支持者罗道尔夫·拜尼恩（Rudolph Binion）认为柏斯纳的解读非常有启发——“故事确实提供了足够的内部证据，表明卡夫卡意在把格里高尔的病理解为心理性而不是身体性的”，格里高尔记得很多东西，封面画中的场景“很可能就是他生病之前的一个画面”；但同时他也觉得，相关证据“在最好的情况下也是模棱两可的”，不管如何解释，“总有些细节与故事是对不上的”。[②]

笔者觉得，封面画对柏斯纳的解读来说是一个便利的起点，但还不能充分解释这个解读所面临的核心困难。从文本叙述脉络来看，对柏斯纳看法的实质性挑战有二：一是需要解释故事在格里高尔死后延伸的部分——格里高尔的视角如何在这个视角所依附的“肉身”死亡之后继续存在呢？二是需要弄清文本是如何暴露自身其实是被包裹在主人公的幻觉里的。如英格堡·汉尼尔（Ingeburg Henel）所说，“如果变形被认为是生病主人公的幻觉，只具有主观的真实性，那么读者要相信这一点，就必须从主人公的角度推导出这一点”[③]。

我们先看第二点。文本内部其实还真的有一个“铁证”，能够证明这个故事是主人公的一个“幻觉”或“梦”；相比这个证据，其他让人觉得可疑的细节倒可以暂且忽略不计——比如，没有下文的“父母的债务”、请而不来的“锁匠”与“医生”、忽重忽轻忽大忽小的格里高尔的身体等等。之所以是个“铁证”，是因为这个证据关乎“时间”这个衡量“存在之客观性”的尺度。也就是在这个问题

① Freiderich Beissner, “Der Erzähler Franz Kafka”, p.72.

② Stanley Corngold, *The Commentators' Despair: The Interpretation of Kafka's Metamorphosis*, pp.73–74.

③ Stanley Corngold, *The Commentators' Despair: The Interpretation of Kafka's Metamorphosis*, p.134.

上，文本的叙述逻辑出现了无法弥合的断裂。[①]有些诡异的是，这个致命的断裂恰是由文本的开头几页非常精确的时间刻度标示出来的：格里高尔醒来的时候是6:30，他本来要乘坐5:00的火车以便在7:00前赶到公司上班——公司甚至还特地安排了一个听差来确认格里高尔是否乘坐该班火车抵达公司的；但不可思议的是，7:10公司办公室主任就亲自来到他家责问他为何不去上班了，似乎他能够像莎士比亚笔下的哈姆莱特一样"驾着像思想和爱情一样迅速的翅膀"，或像《乡村医生》中的"乡村医生"一样驾着"非人间所有的神奇马车"在几乎"没有时间的时间"（考虑到办公室主任至少还需要在出发前与经理谈论格里高尔的时间，以及走上通向格里高尔家门的楼梯的时间，那么他在路上就没有了时间）来到了这里。鉴于觉得自己变成虫子的格里高尔曾"急于想知道，他今天的幻觉将会怎样渐渐消逝"，或许我们可以猜测，一旦他意识到这个时间的裂口，他就会"回过神来"或"醒过来"，重新变回整装待发的旅行推销员格里高尔；或者，更可能的是，变回一个沮丧的、宁愿待在自己的房间里掩面而泣也不愿走进"外部的黑暗"的青年，也许真的就和施塔克的封面画一模一样。

第一点解释起来更复杂一些。如果说，在格里高尔死去之前小说的绝大部分叙述里，要从中分离出格里高尔的意识与理解几乎就是不可能的事，那么在他死去之后，这种分离并没有变得简单，而是更为复杂了——笔者的感觉是，与格里高尔分有（share）叙述声音的叙述者的声音及伴随的视野在脱离格里高尔的肉身之后仍在延伸。在小说的尾声部分，没有了身体牵绊的叙述者的视野跟随余下的一家三口乘坐电车"走出家门"，来到"郊外"。但呈现在这个视野中的事物并不比此前的火车、办公室主任和三个房客更真实："随后三个人便一起离开寓所，他们已有好几个月没这样做了，他们坐电车到郊外去。这辆电车里只有他们这几个乘客，温暖的阳光照进了车厢……"只有这三个乘客的空旷的电车像是一辆幽灵车，似乎专门为这一家人而安排的，就如同那辆5:00的火车专门为格里高尔安排的一样；温暖的阳光也和在火车终点守候的听差一样虚幻。毋宁说，故事中没有格里高尔的结尾部分才真正揭示了整个

① 据笔者所见，我国学者赵淳首先注意到这个问题并进行了认真思考，称其为《变形记》"最具意义的象征"。参见《哲学三题：析卡夫卡〈变形记〉》，《四川外语学院学报》1997年第4期，第19—24页；《存在之无意义：析卡夫卡〈变形记〉中最具意义的象征》，《四川外语学院学报》2001年第6期，第25—27页。

故事的幻觉性质——有格里高尔的那部分故事至少允许我们猜测存在格里高尔视野之外的"真实/现实"。如今,这个充满"温暖阳光的车厢"倒像极了卡夫卡关于封面画的第二个建议中的"灯光明亮的房间",而被抛在身后的家门,则像"通向一片黑暗那个房间的门"一样让人不安。

关于施塔克的封面画,还有一个特别引人遐想的回声。中文版《卡夫卡全集》的编者对于这幅画有一句话介绍,出现于《变形记》正文首页脚注:"封面上的图像画的是一个孤苦的青年哭泣着走出家门。"[①]读者会注意到,在"门内"与"门外"的关系上,以及这个青年行走的方向上,这个描述基本上是对柏斯纳描述的颠倒。但这点其实并不重要,重要的是:在我们谈论的话题语境中,中文版编者的描述似乎以一种更激进的姿态支持了整个故事是这个青年(且不论这个青年是不是格里高尔)的幻觉的意见——"走出家门"意味着把家门之内的"黑暗的房间"与"明亮的房间"同时抛在身后,意味着走出萦绕在"家门之内"的晦暗纠缠,其意义堪比作家易卜生笔下的娜拉的出走与迟暮之年的作家托尔斯泰的出走。

从卡夫卡的写作史角度看,稍微向后拓展一下时间的范围,可以看到的是:这个"哭泣着走出家门"的动作早已被包括在卡夫卡的另一部自传性作品中主人公的幻觉里了。在其身后出版的那部可被称作"变形记前传"或"变形前记"的《乡村婚礼筹备》(其写作时间比《变形记》早5年左右)中,我们可以读到彼时正走向乡村打算参加自己婚礼的主人公拉班的幻觉或想象:"当我的躯体摇摇晃晃地走出我的房门时,这摇晃并非表示恐惧,而是表示这躯体的虚无。当这躯体跌跌绊绊地走下楼梯,呜咽着乘车去乡下,哭泣着在乡下吃晚餐,这一切并非表示心情激动。因为我此时此刻正躺在自己的床上……"[②]

① 卡夫卡:《卡夫卡全集》(1),第106页。

② 卡夫卡:《卡夫卡全集》(1),第311页。

第十一章 《乡村医生》学术史评述与解读

卡夫卡的《乡村医生》[①]约写于1916年12月14日至次年1月中旬之间的某段时间，最初刊载于1918年《新文学》(*Die neue Dichtung*)年鉴上，次年收入同名小说集《乡村医生》。[②]这是卡夫卡非常重视的一篇作品。在写于1917年的一则被广为引用的日记中，他提到自己能从中得到“满足”的作品时，只点了《乡村医生》的名：“我仍能从像《乡村医生》这类作品中感到稍纵即逝的满足，前提是我仍能写出此类作品(这是非常不可能的)。但只有我能把世界提升到纯净、真实和不可改变的境地，我才会感到幸福。”[③]鉴于难以确定卡夫卡是否从他的其他作品中得到他所说的那种“幸福”，《乡村医生》在其文学事业中的位置就更有一番特殊意味。

但解读这一作品却面临很大的困难，一个重要的原因是卡夫卡在这一作品中将其梦幻性写作的特点发挥到了极致。第一人称叙事所带来的“直接性”(immediacy)由于被包裹在梦幻般的氛围中反而强化了“不透明”的效果；分号的大量使用(据笔者统计，短短几页文本分号使用达68次)将本来已经很短的句子切割成更小的单位，这也增加了将其进行整合的困难。[④]因此我们可以理

---

① 下文对《乡村医生》的引用同时参照德文本(Franz Kafka, *Das erzählerische Werk*, Berlin: Rütten & Loening, 1983, ss.134- 140)、英译本(Franz Kafka, *The Complete Stories*, Nahum N. Glatzer ed., New York: Schocken Books, 1971, pp.220-225)和中译本(卡夫卡:《卡夫卡全集》(1)，第157—163页)，因作品篇幅不大，为免繁琐，不再另行注释。

② Richard T. Gray, Ruth V. Gross, Rolf J. Goebel & Clayton Koeld, *A Franz Kafka Encyclopedia*, Greenwood Press, 2005, p.175.

③ Franz Kafka, *Diaries*, pp.386-387.

④ C. K. Hillegass, *Cliff Notes on Kafka's The Metamorphosis & Other Stories*, Cliff Notes, Inc. 1973, pp.39-40.

解的是,在小说发表近40年后,海因茨·波利策仍然觉得有理由宣称,这一作品“不连贯,没有内在一致性”,是对一个噩梦的“直接誊写”[①],卡夫卡“没能掌握其形式”,“基本上不可理解”。[②]

其实,从“不可理解”这个层面上说,小说开篇第一句话就已经预先对解释者发出了警告:如果听从“理解不可理解的东西”的卡夫卡式召唤,解释者将像那个医生一样“陷入极大的窘境”,其结果也将如小说结尾医生的哀叹:“受骗了!受骗了!一旦听从了夜铃的一次虚假召唤——事情就永远没法弄好。”[③]但所有这些,并没能阻挡卡夫卡及其后的众多解释者对这一作品进行解读。

从卡夫卡出发

卡夫卡对这一作品的理解为进入这一作品提供了线索。除了前引评述,他还在日记和书信多次提及这一作品,其中比较重要的有两次。1917年肺结核确诊之后不久,他就写信给马克斯·布罗德,说自己其实早已“预言”了自己的“命运”:“你还记得《乡村医生》中那个开放的伤口吗?”[④]1922年初他感到自己的写作需要“召唤新的力量”时,很自然地想到了这个作品中的情节:“经验证明某种东西会从虚无中出现,(就像)那个马夫和他的马从破旧的猪圈中爬出来。”[⑤]有意思的是,随着时间的推移,文学对人生的“无意识预言”成为卡夫卡的“文学人生”需要有意识地从中汲取力量的“经验”。在这个意义上,《乡村医生》与卡夫卡对这一作品的解释就揭示了作家与作品之间的某种结构性联系,这种联系用哈罗德·布鲁姆的精炼表达就是“体现在作家身上的作品”(the work in the writer):“作家聆听自己,好像他/她是另一个人似的。接着,想要变

---

① 据说查尔斯·尼德尔最早认为《乡村医生》是“对一个梦的誊写”(Charles Neider, *Frozen Sea: A Study of Franz Kafka*, New York: Oxford U. Press, 1948, p.80)。See Hanlin C. Todd, “Franz Kafka's Landarzt: ‘Und heilt er nicht...’”, *Modern Austrian Literature*, Vol. 11, No. 3/4, 1978, p.343.note.8.

② Heinz Polizer, *Franz kafka: Parable and Paradox*, Ethaca: Cornell, 1966, p.89.

③ Franz Kafka, *The Complete Stories*, Nahum N. Glatzer ed., Schocken Books, 1971, p.225.

④ Franz Kafka, *Letters to Friends, Family and Editors*, trans. Richard and Clara Winston, John Calder Publishers Ltd, 1978, p.137.

⑤ Franz Kafka, *Diaries*, p.406.

化的意愿便开始运作，支撑着我们的力量包括我们已经完成的以前的作品，还有未被我们遣散的梦和醒时的幻象。”[①]

进一步来看，这一结构在《乡村医生》的文本内部也已经被揭示了。在发现猪圈里的马夫和马之后，女仆说了一句让她自己和医生“笑起来”的话：“人往往不知道自己家里还会有些什么东西。”可以说，《乡村医生》首先就是卡夫卡在自己的“家里”所发现的东西。日记是卡夫卡最重要的“家”。他曾说日记是他能在其中“抓住自己”的“唯一的地方”[②]，同时这也是个梦和幻象云集的地方。桑德尔·吉尔曼解读《乡村医生》的论文[③]首先提到的就是卡夫卡1922年一则日记的梦：“下午梦见面颊上有一个溃疡。在正常生活和看起来更为真实可怖的生活之间持续震荡的边界。”[④]

其实，从情节及细节来看，1911年日记的两个梦与《乡村医生》之间显然更明晰。10月9日的梦记录开头谈到的是感到的“巨大的梦的满足”[⑤]——对梦的“满足”与卡夫卡对自己写作的“满足”密切相关，接着是梦中人“我”在距离地面有二到三层楼高的一长排房屋之间快步穿行（“如同穿行在火车车厢之间”）的情景；在尽头的一间房屋里，“我”和马克斯各自与一个妓女待在一起；当妓女抬起上身将背转向他时，“我”恐惧地发现：“她的背上布满了带着苍白边缘、被火漆烫红的大圆圈和在这些大圆圈之间喷射出来的红色的溃痕”，“她的身体上全是这些印痕，我的大拇指在她的腿股上就触摸过这样的斑痕，这些红色的块块在我的手指上留下了像是破碎图戳的印记”。[⑥]11月19日的梦记录写的是在剧场的情形——在演出过程中，从观众席上去一个姑娘：“她正从我的位子旁边跨越椅背，她的后背完全裸露，皮肤很不清洁，右跨上部甚至出现被抓破的血痕，有门把手那么大小。但后来，当她转向舞台以纯洁的面孔出现的时

① 哈罗德·布鲁姆：《体现在作家身上的作品》，张龙海译，《南方文坛》2002年第3期，第12页。

② Franz Kafka, *Diaries*, p.29.

③ Sander L. Gilman, “A Dream of Jewishness Denied: Kafka's Tumor and ‘Ein Landarzt’”, James Rolleston ed., *A Companion to the Works of Franz Kafka*, Camden House, 2002, pp.263–280.

④ Franz Kafka, *Diaries*, p.417.

⑤ Franz Kafka, *Diaries*, p.71.

⑥ 卡夫卡：《卡夫卡全集》(6)，第73页。

候，她演得非常好。这时，一位唱着歌的骑士从远处骑着马从远处急驶而来，一架钢琴模仿着马蹄的声音，人们听到越来越近的狂热的歌唱。”[①]歌声来自“顶层楼座”，他“从上面沿着顶层楼座跑向舞台”。[②]

这两个梦与《乡村医生》的联系非常明显，在此只需稍加勾连：梦中不同房间之间的快速“穿行”与小说从一个场景到另一个场景的“穿越”——“好像病人家的院子就在我家的院门口似的”——之间的对应；小说里的“伤口”似是两个梦中的“溃痕”“血痕”和“血块”的某种综合和深化，二者的某些细节也有对应，比如“血痕”的位置（胯骨右侧）、“手”的意象（《乡村医生》——“手掌那么大的溃烂伤口”“小手指一样粗的蛆虫”等）；“姑娘”身上的伤痕也为小说中罗莎与男孩之间的联系投下了一线光亮（女仆罗莎与男病人关系的含混性就曾使得一位研究者误认了病人的性别）；小说中“学生合唱队”所唱的对医生加以“诅咒”的“简单曲调”就像是对“顶层楼座”歌手“狂热的歌唱”的某种反讽。

最后一个细节如果联系小说集《乡村医生》的第三个故事《在剧院顶层楼座》[③]，其意义将得以显现：该故事似乎是从第二个梦中“流溢”出来的，在梦中居于背景位置的“顶层楼座”的年轻人成为主角，故事的前半部就笼罩在他的“拯救”幻觉中：他觉得正在表演的那个女骑手是“羸弱而患病”的，她“骑着一匹摇摇晃晃的马，在不知足的观众面前，被冷酷无情的数月不停地挥鞭驱赶着绕场奔跑”，于是他打算“穿过层层座位”，冲进马戏场，打断为伴奏的乐曲，大喊：“停下！”但实际情形恰恰相反，他自己倒像是一个需要被从“一场沉重的梦”中拯救出来的可怜人，于是“他不知不觉地哭了”。[④]

两篇小说和两场梦之间的交错关系大体可以这样说：《乡村医生》是对两场梦的某种综合，而第二场梦则同时包含了两篇小说的某些结构和意象。就两篇小说的关系而言，《在剧院顶层楼座》的第二个场景中，其实也包含了“危险的旅行”：剧院经理“小心翼翼地”把他最钟爱的孙女扶上马，就好像她“启程做一次危险的旅行”……由此来看，波利策关于《乡村医生》是对梦的“直接誊

① 卡夫卡：《卡夫卡全集》(6)，第133页。

② 卡夫卡：《卡夫卡全集》(6)，第133页。

③《乡村医生》是同名小说集的第二个故事，中文全集版稍有调整，将开篇的《新律师》与第二篇《乡村医生》进行了互换。

④ 卡夫卡：《卡夫卡全集》(1)，第166—167页。

写”的说法需要修订:梦的“誊写”不可能是“直接”的,誊写的过程总是“改写”的过程;“梦”似乎会从一个房间穿行、流溢到另一个房间。对于像卡夫卡这样一个对梦的自我意识之独立性(就好像梦是“另一个人”似的)保持高度清醒的作家来说,《乡村医生》就好像是“体现在梦幻身上的清醒”,也像是对他的那些梦幻所居住房间的重新“分区”。

精神分析的视野

可以理解的是,由于《乡村医生》所营造的梦的氛围以及医生和病人关系的强调,精神分析理论成为后来解读者解释这一作品的最重要参照。从笔者所收集的1957—2007年间英美学界20来篇专门解读的论文来看,或多或少都有精神分析的影响。埃里克·马森与凯易思·里奥帕德的《卡夫卡、弗洛伊德与〈乡村医生〉》(1964)、卡伦·J.坎贝尔的《解释之梦:卡夫卡〈乡村医生〉的来源》(1987)值得先做一番评述。

马森与里奥帕德的独到之处在于:他们并没有将小说置于弗洛伊德理论框架的“内部”对其进行解析,而是更多地从“外部”对二者之间的关系进行平行考察,甚至可以说,该文主要不是从精神分析解释《乡村医生》,而是从《乡村医生》去解释精神分析。作者认为,虽然《乡村医生》在形式及技巧方面与弗洛伊德关于梦的理论有很多联系,甚至是对弗洛伊德理论的“有意识地应用”,但更重要的是,这篇小说也以一个“超级笑话”的方式对弗洛伊德梦的理论进行了戏仿,“是对卡夫卡关于精神分析一系列问题的精巧的掩饰性描绘,如精神分析的起源、弗洛伊德这个人、精神分析过程的诸多方面以及精神分析治疗的失败和无效等等”[①]。

由此来看,小说第一部分“医生的困境以及如何解决这一困境”即对应了精神分析的创始人弗洛伊德所面临的“窘迫”任务:传统医学方法不能治疗某些没有器质性的原因但有身体方面症状的病人,因此“急需”一种全新的方法;由于在这一领域缺乏知识体系,弗洛伊德被迫利用他的自我去创造精神分析,

① Eric Marson & Keith Leopold, “Kafka, Freud, and ‘Ein Landarzt’”, *German Quarterly*, 37(2), 1964, p.160.

在此过程中深入他自己的潜意识："当乡村医生踢开了他自己家里的、久已废弃的猪圈时，他同时也就做出了使用他的自我并进入他的潜意识以抵达他的病人的决定"。[①]小说第二部分"医生对失去罗莎的悔恨和愤怒，以及他不情愿地决定在那个健康的孩子身上发现一个伤口"则对应了由弗洛伊德抛弃传统的"灵魂"观念所引发的一般心理感受；灵魂在传统上被视为人类构造中的玄虚和神圣的因素，它现在被弗洛伊德所解剖和分析，"其以往不被知道的、常常令人反感的潜流现在被窥探并被无情地加以图绘"[②]。小说第三部分的核心是"伤口"，作者认为，卡夫卡在此"复制或再现了弗洛伊德在遭受歇斯底里症折磨的病人时所面对的情形。他用传统方法检查他们，没有发现器质性病变，但当他用新的心理学技术检查病人时，可怕的病灶就变得可见了"，"伤口里的蛆虫代表着被压抑但仍有活力的经验，它们居住在无意识领域，它们通过浮现在意识领域而引发疾病，意识领域也就是伤口的上部分"。[③]小说最后部分描述了医生从病人家里逃走以及他的命运，其意义就是："精神分析引发了它并不能控制的力量，这些力量不但没能治好人的病，而且还切断了其发现者与他的过去之间的联系，他再也不能回到发现之前的状态中了。"[④]孩子们唱的歌"Freuet euch, ihr Patienen"（高兴吧，病人）被认为是卡夫卡对弗洛伊德开的一个玩笑，也包含着讽刺：精神分析就是一首"新的但却是错误的"治疗幻想曲。

如果说马森与里奥帕德的研究拉开了《乡村医生》与精神分析的批评性距离，坎贝尔则努力将这一文学文本"拉向"弗洛伊德理论的奠基性文本《梦的解析》。他指出，《梦的解析》作为弗洛伊德所"誊写"并加以分析的诸多典型梦场景的集合体，包含了"迄今为止被忽略的一些段落"，这些段落与《乡村医生》的主要情节"如此相近"，甚至让他觉得可以说卡夫卡就是从中"具体地借取了"这一小说的"来源和构建"。[⑤]这些段落包括《梦的解析》第一章中希尔德布兰

---

① Friederich Beissner, "Der Erzähler Franz Kafka", in Stanley Corngold, *The Commentators' Despair: The Interpretation of Kafka's Metamorphosis*, p.151.

② Friederich Beissner, "Der Erzähler Franz Kafka", p.152.

③ Friederich Beissner, "Der Erzähler Franz Kafka", p.154.

④ Friederich Beissner, "Der Erzähler Franz Kafka", p.157.

⑤ Karen J. Campbell, "Dreams of Interpretation: On the Sources of Kafka's 'Landarzt'", *German Quarterly*, 60(3), 1987, p.421.

特的三个"闹钟梦"(Weckrträume)、第五章中弗洛伊德"教皇死了"的梦、第三章中弗洛伊德及他的一个同事佩皮·H先生的"便利梦"。

坎贝尔对希尔德布兰特的三个梦与《乡村医生》的共通之处进行了阐述:"第一个梦中主人公向邻村旅行,在那里他遇到了拿着圣歌书的村民们;第二个梦中他裹上厚厚的毛皮大衣准备乘一个马拉的雪橇穿越雪封的郊外,开始时遇到了一些障碍;第三个梦中,他为尽职尽责的女仆因处在危险处境中感到焦虑——正当她通过门槛时,不幸发生了。"他的一个特别发现是:《乡村医生》中的女仆帮忙递给马夫的"马具"与第三个梦中女仆所拿的"陶瓷餐具"其实是同一个词"Geschirr"。这三个梦也有一个共同之处,即主人公都是被闹钟从梦中惊醒,而所对应的梦境里的声音则分别是教堂的钟声、雪橇的铃声和餐具摔碎的响声。

相形之下,在弗洛伊德的"教皇梦"里,做梦人没有被教堂的钟声惊醒,他用"教皇死了"(因此也就在梦里消除了教堂钟声响起的可能性)这个梦使自己继续"梦下去"(坎贝尔认为这有助于理解《乡村医生》中"夜铃"的作用);在佩皮的梦中,坎贝尔发现了一个有趣的"情节":梦里的佩皮为了继续睡下去,就做了一个躺在病床上的梦,化身为一个"病人",这样他就在《乡村医生》占据了一个位置;在弗洛伊德"教皇死了"的梦与乡村医生对"神职人员/牧师"的"批评"中也有一种微妙的呼应,二者都表达了对"竞争对手"的某种敌意,只不过相比于前者的"沾沾自喜",后者显得更为低调些:"他们已经失去了旧有的信仰……可是医生却被认为是万能的。"①

在坎贝尔看来,"夜铃"的意象对于理解《乡村医生》的"来源和构建"尤其具有深层的揭示意义:"以最具根本性的方式把梦的各个'誊本'与《乡村医生》联结起来的东西,同时也就是把这些'誊本'在《梦的解析》中集合在一起的东西:它们共同的来源是一个具体的刺激——闹钟或铃或提醒起床的声音"。②小说分别在开头、中间和结尾处提及"夜铃",每一次都包含着抱怨,最后一次抱怨甚至具有膨胀成为某种"宇宙般的广度"("在这最不幸的时代严寒

① Karen J. Campbell, "Dreams of Interpretation: On the Sources of Kafka's 'Landarzt'", *German Quarterly*, 60(3), 1987, p.424.

② Karen J. Campbell, "Dreams of Interpretation: On the Sources of Kafka's 'Landarzt'", *German Quarterly*, 60(3) p.425.

里……")。和许多论者过于严肃地看待这一场景的"悲剧性"不同，坎贝尔认为，若联系整个作品的真正起源（梦媚/梦魅（traumreiz）—夜铃），这里更多地包含着某种"喜剧意味"（comic overtones）："在一个对弗洛伊德式的梦如此直接而充分地加以模仿的故事里，看到梦得以产生的幻象风格和方式中有一种不透明的'内部笑话'（in-joke），才是自然的。"[①]

但或许这还不是"最内部"和"最自然"的"笑话"，因为不管是马森、里奥帕德还是坎贝尔，都力图站在精神分析与《乡村医生》的"外面"去看"笑话"。要看到更"内部"的笑话，还必须更深入细致地进入文本；在这一方向上，彼得·M.坎宁的论文《卡夫卡的神秘铭文：〈乡村医生〉中的伤口》（1984）是一次难得的探索。

语言"变形记"及其解码

坎宁的解读方法如其标题所示，可称为"语言学—精神分析"（linguistic-psychoanalytic）的探索。[②]在他看来，文本的"意义"只不过是"我们被符号之流所'击打'而在我们内部所产生影响的动量和质量"；"如果我们能够弄出包含于文本元素中精细的结构关系，并且展示出它们是如何在运动中整合在一起以便在我们内部生产出'意义'的，那我们就有了一些分析的基础和技术；而经由符号象征力量所形成的主体间场域共鸣线，这些关系也会在他者内部生产出意义；或者这一产生意义的过程也发生在作者内部，但现在解释者也参与到了文本意义的生产过程中了。"[③]笔者注意到，在"伤口"这个用词上，坎宁也玩

① Karen J. Campbell, "Dreams of Interpretation: On the Sources of Kafka's 'Landarzt'", *German Quarterly*, 60(3), 1987, p.425. 或许这个"笑话"对于卡夫卡来说也是"内部"的：西奥多·泽奥尔考斯基指出，卡夫卡"对醒来的危险"有一种着迷（Theodore Ziokowski, *Dimensions of the Modern Novel: German Texts and European Contexts*, Princeton: Princeton Univ. Press, 1969, p.43）。这一点从《日记》中对于睡眠和醒来的无数关注也可看出。

② Perter M. Canning, "Kafka's Hierogram: The Trauma of the 'Landarzt'", *German Quarterly*, 57(2), p.199.

③ Perter M. Canning, "Kafka's Hierogram: The Trauma of the 'Landarzt'", *German Quarterly*, 57(2), pp.198–199.

了一个语义双关的游戏：他没有用更通常的“wound”而用了“trauma”，这后一个词与德文中的“梦”（Traum）只一个字母之差。该文既是对卡夫卡铭刻在这一文本“伤口”以及文本中病人身上的“伤口”的“神秘铭文”所进行的语言学解读，也是一场更深入的“梦的解析”。这一点从他对同名小说集开篇故事《新律师》的主人公的名字的解读中得到了佐证。他认为律师的名字“布塞法鲁斯”（Bucephalus）其实是卡夫卡的一个文字游戏：Bucephalus就是Buch-cephalus，一本“书”（Buch）的“开—头”（cephalo-，源于希腊语kephalē，头）。这种命名方式或许就是卡夫卡对如何阅读《乡村医生》的一个暗示：“这个文本是一个谜，一个需要借助其声音和字母进行解码的梦。”①

坎宁的解读从小说的第一句话“Ich war in großer Verlegenheit”开始。在他看来，整个作品可以看作“Verlegenheit”这一主题的各种变体的展开，或者是对该词释义的多层次扩展：裸体和暴露的“尴尬”；不知该如何达成目标或不能将事情想清楚的“困惑”；被牺牲和献祭的“羞耻”……此外，在中古高地德语中，这个词还有“因久躺而遭受损害或损伤”的意思，而这就是那个男孩的情况；该词还有“出版、延迟及把东西放在记不起来的地方”等含义，这些义项在作品中都有回响。比如，整个叙述看起来就是对因“胡乱放置”而“脱节”状态进行整合的努力：医生最初的“Verlegenheit”与最后的“暴露”有连续性，最后他整个人也是字面上的不在一起，他的各部分错位、分离，衣服挂在马车后面（因此也可以说“没弄好”）。

但文本正在“做”它所“说”的事。在开始时就有某种对医生的“自我构成”来说非常重要的东西丢失了，他必须恢复那个部分，重新连接那个部分。这个东西既是那个病人，也是罗莎：接下来急迫的“旅行”（Reise）引发了Rosa的联想，而她直到第49行才被马夫命名；另一个开始就缺少的东西是“马”，但这个东西也早在文本中了：在“großer”中我们就同时听到了Rosa与马（Rosse，德语“马”的另一形式）。在字面上，罗莎已经与两匹马（马夫称其为兄妹/姐弟）合在一起了，她的信号灯是对后来病人的姐姐所发出信号的预先回应，她同时是妹妹或姐姐，是身份循环中的部分，这种循环几乎将所有形象悖论性地包含在其

① Perter M. Canning, “Kafka’s Hierogram: The Trauma of the ‘Landarzt’”, *German Quarterly*, 57(2), 1984, p.199.

分离运动之中：当马夫喊"老兄、老妹"时，似乎也在称呼站在一起大笑的医生和罗莎。

但这令人眼花缭乱的身份循环运动意义究竟何在呢？坎宁发现，小说第一个场景对马夫和两匹马从猪圈出来方式的描写（冒着热气、腿紧缩在身体下面、从跟身体差不多大小的门洞里挤出来）是对"出生"场景隐喻式再现，这似乎为理解医生和罗莎的关系投下了一道光线："他们一起生产了两匹马和一个马夫……兄妹之间的（乱伦）结合生产了一对新的兄妹。但那个讨厌的马夫立刻就成为一个问题，他生下来就是一个成人，一个男人。他要得到罗莎，他是'父亲'的竞争者，将罗莎当作妹妹。"[①]医生和马夫是"二位一体"：他们都发怒；马夫好像知道他在想什么；罗莎同时为两个人做出了牺牲：其中一个在享乐，另一个（与她一起）受苦。马夫成为父亲的噩梦，他一出生就是个成年男人，他要像一个与父亲进行竞争的兄弟一样取代父亲，他是儿子、父亲、兄弟三个男性形象的压缩和混合："这多少有些喜剧性的恐怖场景存在于乱伦天堂的底层：父亲和儿子与他们的姐妹—母亲。"这大概可算作坎宁所发现的一个"内部笑话"。

对第二个场景的分析把我们带入又一个"内部笑话"。坎宁注意到：第一个场景中马从猪圈"生出"，就如同第二个场景中蛆虫从伤口中"涌出"；第一个场景中叙述者"踢开"（"stieß...an"）了猪圈，第二个场景中他则认为病人应该被"踢"（"mit einem Stoß"）下床，也可以说，他用"思想"在病人身上"踢"出了一个伤口；有血的伤口里蠕动的"蛆虫"（"Wümer...windensich"）呼应着第一个场景中的"热气"（Wärme）；罗莎（Rosa）被一个从牲口棚的"伤口"（wound）里出来的男人所袭击，这一袭击在由医生（用"思想"）对一个男孩发起的袭击那里得到了重复，袭击所产生的伤口（'Rosa'）里的生命正在杀死其宿主——"所有这些融合在一个事件中：交接、怀孕、出生、走向死亡、一切都是'变形记'（Verwandlung）"。[②]

第一个"变形记"如何"变形"为第二个"变形记"的呢？对此坎宁从小说对于伤口的描写所体现出的"感知方式"（perception）和"观察角度"（perspective）

① Perter M. Canning, "Kafka's Hierogram: The Trauma of the 'Landarzt'", *German Quarterly*, 57(2), 1984, p.203.

② Perter M. Canning, "Kafka's Hierogram: The Trauma of the 'Landarzt'", *German Quarterly*, 57(2), 1984, p.205.

找到了线索:伤口被由远而近加以观察,开始时被比作一个"矿山上露天矿的表面"(offen wie ein Bergwerk obertags),接下来观察角度发生了转变,"就好像他现在进入了这一矿场"——坎宁在此想到了同名小说集中另一篇小说《视察矿山》(*Ein Besuch im Bergwerk*);坎宁觉得这一"内部"观察角度就来自第一个场景,在那里,当马夫对罗莎的强暴达到高潮时,医生同时也在感受着"侵入所有感官"的强度刺激,"当这种强度变得无法忍受时,场景就突然转向一个更为'初始'的、由一个男孩和他的困境构成的场景";这样,在第一个场景向第二个场景"变形"过程中,"伤口"已经由"侵入"这个动作在医生"内部"形成了,而在第二个场景中,"他将其转移到另一个受害者那里"。[①]

跟随坎宁的思路至此,可以看到,医生和男孩的关系是由"罗莎/伤口"建立的。医生从第一个场景转到第二个场景,就如同从第一个梦转入第二个梦;男孩作为"梦中人",其对应物就是第一个场景中罗莎身上的"伤口";由于"伤口"不会自我表达,男孩就成为伤口的自我表达或人格化;罗莎从第一个场景中的女性变为第二个场景中的男性,对应的是第一个场景中被难以承受的"感官刺激"所分离出来的医生(另一个被分离出来的部分即是强暴了罗莎的马夫,他被留在了第一个场景);在第一个场景中同时感受罗莎的痛苦和高潮的那个医生现在成为一个身上有着"罗莎"的男孩;男孩在第一个场景中作为"夜铃声"将医生从罗莎身边拖开,但在第二个场景中显示为另一个"罗莎";医生现在和身上长着一个"罗莎"的自己面对面了;两个场景转换中,医生在伤口里内置了一个自我的视角,也就是说,在第二个场景中,他既在自己外面,也在自己里面。

这一"自己和自己面对面"的情形就意味着医生对自我处境的进一步"发现";坎宁的"语言—精神分析"的发现是:"男孩"其实是"男孩"和"姐姐/妹妹"的混合物,"Schwerkrankers Sterbebett"(重病人的临终床)就包含着一个语言游戏,即"姐姐/妹妹的床"(Schwesterbett);接下来所描写的其实是一场"婚礼筹备":男孩将是"新娘",医生将和他躺在一起,马的嘶鸣是喜庆的婚歌,"伤口"(及其中的生命)是全部的"陪嫁"……就如同他曾从"罗莎"那里逃开,医生也要从身上有一个"罗莎"的男孩这里逃开,但这次他却无处可逃了——医生要

① Perter M. Canning, "Kafka's Hierogram: The Trauma of the 'Landarzt'", *German Quarterly*, 57(2), 1984, p.206.

逃避而又无法逃避的其实是“婚姻”和“生育”。

坎宁觉得现在是到了逃出文本来面对作家卡夫卡的时候了：“现在写作的问题成为我们的关注点，也就是作家自发的创造或自我生殖（auto-genesis）与通过婚姻和性来生育之间的对抗关系。”①

他觉得，这一问题一旦提出，围绕文本所产生的种种“幻觉”将被破除。通过考察卡夫卡写给菲莉丝以及父亲赫尔曼的信，坎宁发现：“婚姻对卡夫卡来说就是他自己和父亲——内化了的父亲——所蓄意构建的一个可怕圆环，一个莫比斯环，没有通向或逃向外面的出路，因为内部和外部没有区别，婚姻里有完满和创造，但也意味着要在其中产生‘俄狄浦斯’；进入父亲竞争的婚姻领域要牺牲独立的（艺术）创造，还要带来一个儿子。”②甚至在孩子们所唱的歌中就编织了这一信息：“Und heilt er nicht, so tötet ihn”（如果他治不好，就把他弄死）的意思就是“heiraten”（结婚）。结婚不是拯救，而是死亡；“写作”对于卡夫卡来说就是与自己“结婚”；虽然他的情况与“一个健康的人”不同，但实质上并没有差别，其“陪嫁”都是一个“致命的伤口”。如此看来，坎宁为我们提供的走出这一文本的出口就是卡夫卡的这则日记：“我睡在我自己的身边，我还必须与那些梦作战……我在一个健康的人真正入睡之前的那种状态中度过了整个夜晚。”③这一发现倒并不令人意外。

文学之家、被充满的空间与受伤的身体

卡夫卡作品的魅力之一在于：读者常常会发现自己所处的困境往往就是作品主人公的困境，作品的情节就是文学阅读困境的寓言式再现；对于《乡村医生》的精神分析—传记解读来说，解读者无疑要“与（卡夫卡的）梦作战”，并努力从其“沉重的梦”中醒来，但往往又会像主人公一样落入更深的梦境。坎

① Perter M. Canning, “Kafka's Hierogram: The Trauma of the ‘Landarzt’,” *German Quarterly*, 57(2), 1984, p.206.

② Perter M. Canning, “Kafka's Hierogram: The Trauma of the ‘Landarzt’,” *German Quarterly*, 57(2), 1984, p.208.

③ Perter M. Canning, “Kafka's Hierogram: The Trauma of the ‘Landarzt’,” *German Quarterly*, 57(2), 1984, p.211.

宁将医生的话"亲爱的朋友(Junger Freund),你的错误在于没有总体的视野"解读为卡夫卡对荣格—弗洛伊德(Jung-Freud)的精神分析所开的一个玩笑[①],可以说深谙其中三昧。[②]似乎是为了避开卡夫卡式的圈套,不少评论者另辟蹊径,试图绕开卡夫卡和他的梦来解读这一作品。

这些努力大体可分为比较研究与寓意解读、结构及意象分析两大类;当然这只是粗略的划分,在具体的研究中往往交错在一起,或可说后一类型的研究更加关注"文本本身",前者更关注文学及文化传统。就前者而言,有将卡夫卡的这一作品与屠格涅夫同名小说进行比较的[③],也有将小说中的"伤口"与霍桑《红字》中"A"相提并论进而结合圣经原型分析人物所包含的道德寓意的[④],还有将在森林中飞舞的"斧子"与加缪《局外人》中那来自暗淡未来的"缓慢而持久的风"联系起来进行存在主义式思考的("它告知,人生来就是要死的……如此形成的伤口就是导致人的毁灭的黑暗的花朵")[⑤],有从犹太哈西德教派的故事书、《旧约》以及福楼拜的小说《圣于连的传说》出发为小说情节"寻根"并进行宗教意蕴阐释的;[⑥]也有从医生形象中辨认出了"寻找圣杯的英雄帕西法尔"和"替罪羊"两个原型,甚至从蠕动在病人伤口中的蛆虫身上辨认出了古代英

① Perter M. Canning, "Kafka's Hierogram: The Trauma of the 'Landarzt'", *German Quarterly*, 57(2), 1984, p.206.

② 另一个试图对这一作品进行精神分析解读的学者艾提·格隆姆—布里格曼最后只好声称:"从移情—反向移情的角度来看,读者最初试图理解这个作品的挫折感本身就是理解这一不可理解的文本的关键所在。"Etti Golomb-Bregman, "No Rose without Thorns: Ambivalence in Kafka's 'A Country Doctro'", *American Imago*, 46(1), 1989, p.84.

③ Lainoff Seymour, "The country Doctors of Kafka and Turgenev", *Symposium*, 16:2 1962: Summer, pp.130-135; Roman S. Struc, "The Doctor's Predicament: A Note on Turgenev and Kafka", *The Slavic and East European Journal*, Vol. 9, No. 2, 1965, pp.174-180.

④ William M. A.White, "Reexamination of Kafka's 'The Country Doctor' as Moral Allegory", *Studies in Short Fiction*, Spring, 1966, pp.345-347.

⑤ Hans P. Guth, "Symbol and Contextual Restraint: Kafka's 'Country Doctor'", *Publications of the Modern Language Association of America*, 1965(4), pp.427-431. 此类存在主义解读还有 John J. Brancato, "Kafka's 'A Country Doctor: A Tale for Our Time", *Studies in Short Fiction*, 1978, Vol. 15 Issue 2, 173-176。

⑥ Von Bluma Goldstein, "Franz Kafka's 'Ein Landarzt': A Study in Failure", *Deutsche Vierteljahrsschrift für Literturwissenschaft und Geistesgeschichte*, 42(4), 1968, pp.745-759.

雄贝奥武甫和西格里夫特与之作战的“恶龙”的影子的。[①]种种丰富到几乎令人眩晕的联想倒是一再验证了小说中罗莎的话:“人往往不知道自己家里还会有些什么东西。”

由此来看,就如“梦”一样,“文学”之家的各个房间也是相通的:斯蒂芬尼·英格尔斯坦就从克莱斯特的小说《马歇尔·库尔哈斯》中找到了《乡村医生》的一个“起源”:“人们可以跟随马和马夫,穿越卡夫卡笔下的猪圈,进入克莱斯特的《马歇尔·库尔哈斯》。在这一小说中,一个健康的马夫和他的健康的马消失在一个猪圈中,他们重新出现并进入其中的文学原野有些诡异地相似于他们抛在身后的那个景观。”[②]这样说也许并不奇怪:写在《乡村医生》伤口之上的“神秘铭文”或可看作科尔马斯最后吃掉的那个纸条所写的秘密。

在结构分析方面,劳伦斯·O. 弗莱的论文《重构:卡夫卡的〈乡村医生〉》(1983)可稍作介绍。如他所说,其方法主要是“结构主义的”[③]。标题中的“重构”不仅指对《乡村医生》的“重构性解读”,更指向小说构建自身的方式——“文本有一个经过修正的自我重复的结构……第一个场景中的各构成部分在第二个场景中被重新构建。”[④]卡夫卡的微型作品《普罗米修斯》为他提供了分析模型:“岩石包含着普罗米修斯的真理,但他的真理与石头已经融为一体”,从《乡村医生》中,“我们可以找到两块普罗米修斯式的石头,一个是猪圈场景,一个是伤口场景”。[⑤]文本的叙述像是一架“机器”,把第一块石头加工成第二块石头,“整个马厩场景被重构在伤口场景中了”:罗莎和马夫经历了最为显著的再加工,罗莎分解成为伤口的颜色,并且,作为一个处所或空间,她现在采取了一种隐喻性的存在方式(由花朵和伤口之间的联系而建立);马夫的(可怕)

① Stephen Harroff, “The Structure of ‘Ein Landarzt’: Rethinking Mythopoesis in Kafka”, *Symposium*, 1980(1), pp.42–45.

② Stefani Engelstein, “The Open Wound of Beauty: Kafka Reading Kleist”, *The Germanic Review*, 2006(4), p.341.

③ Lawrence O.Frye, “Reconstructions: Kafka’s ‘Ein Landarzt’”, *Colloquia Germanica*, vol. 16, 1983, p.321.

④ Lawrence O.Frye, “Reconstructions: Kafka’s ‘Ein Landarzt’”, *Colloquia Germanica*, vol. 16, p.321

⑤ Lawrence O.Frye, “Reconstructions: Kafka’s ‘Ein Landarzt’”, *Colloquia Germanica*, vol. 16, p.324.

形象也被解体重组，他从在一个孔洞（猪圈）里面、带着动物（马）的形象被重构为一个有着动物（蛆虫）的孔洞（伤口）表面；作为（可怕伤口的）表面，他与某种叫作“罗莎”的东西保持了联系；蛆虫形象复现了马的形象，而马自身同时作为两个场景的见证者，其存在获得了某种永恒性。

与坎宁相比，弗莱更加关注场景转变的结构特点，即伤口场景对猪圈场景进行了“微型化”和“内在化”处理，具体来说就是，“从一个封闭的大的空间的门里出来的大动物变成了人身体内部的、小的、难以看清楚的动物”。这样，伤口场景就“把整个构架变成了一个小的、封闭的空间，也变成了更为直接的人性联系——一个人对他自己的体验”。[①]

这个“微型化”和“内在化”的重构过程将“马”放在了“外面”。也就是在马从“外面”向“里面”推开窗户的动作中，弗莱看出了“另一种节奏”：“巨大的、反讽性的扰乱首先是由马显示出来的，它们不但打开了窗户，还堵住了窗户，看着医生和病人”。空间向“内部”开放就使得这一空间成为“充满”的空间，甚至成为“没有空间的空间”。从这一“节奏”来看，蛆虫的处境与医生的处境就是同构的：蛆虫向光亮处扭动，但总是被困在里面，它们只是成功地填满了开口，而不是从开口中出去；医生跳出了病人的房间，但也只是走到那个被“充满”了的外部空间，在这个空间他难以行走，难以找到“开口”或“回（去的）路”。跟随弗莱的指引，我们近乎绝望地看到，“空间视野被翻转了，医生成为被困在充满的空间的动物，病人房间的开口就是通向挫折的出口”[②]。

沙哈尔·加利利的论文《碎片与受伤的身体：卡夫卡跟随克莱斯特》（2007）则试图借助“伤口”这一意象分析小说的形式特征：“作为缺乏和不完美的见证，碎片如同受伤的身体，具有被撕裂的形式，碎片是断裂的或没有完成的文本，是历史中危机和丧失的‘寓言式表现’。”[③]伤口“暗示了一种不同的传记—人生形式，某个人的生命被压缩到一个场景中，被压缩到一个暴力的时刻中，

① Lawrence O.Frye, “Reconstructions: Kafka’s ‘Ein Landarzt’”, *Colloquia Germanica*, 16, 1983, p.330.

② Lawrence O.Frye, “Reconstructions: Kafka’s ‘Ein Landarzt’”, *Colloquia Germanica*, 16, 1983, p.332.

③ Galili Shahar, “Fragments and Wounded Bodies: Kafka after Kleist”, *German Quarterly*, Fall 2007, p.449.

在其中理性与对话都被悬置起来了”①。加利利认为,《乡村医生》“具有伤口的质地和纹理”,“它包括两个来自不同空间的情节,但这二者又同时被同一个符号所压缩和标示;‘罗莎’是那个伤口的名字,它是分裂的文本伤口的符号,标示了同一个叙述中的两个不同情节的切口和缝合处”。②

“切口”和“缝合”的说法倒是让笔者联想起柏拉图《会饮》中的阿里斯托芬所讲述的“爱欲”神话:人类的“爱欲”其实源于医神阿波罗奉宙斯之命对“圆球人”的“切割”与“缝合”。③根据罗森的解读,这一制作“新人类”的手术很难说是完美的,“阿波罗完成了第一次手术,宙斯本人则操刀第二次手术,表明这次手术尤为困难和重要”④。可以理解的是,面对《乡村医生》中“伤口”,解读者也会产生干脆“切除”之的“欲望”——亨利·苏珊发现,文本内部其实就提供了切除工具:“如果说伤口是对含混的文本织体的形象化——这种织体是由结构、主题、句法等诸多层次之间的变速杆运动造成的,那么斧子则通过其切割功能承诺了从不确定性中的解脱。”⑤她觉得完全可以从另外一个角度来解读医生对病人所说的话:“在关键时刻,斧子的双重挥舞可以将病人从他的该隐之遗产中解脱出来……斧子的两下决定性运动就可以使囚徒从他的双重束缚中解脱出来,或许,将避免那条俄狄浦斯与他父亲相逢的狭路。斧子是乡村医生的全部保证。”⑥用斧子击穿生活的冰封的表面以窥探其幽深的内部,确是卡夫卡对自己写作事业的自喻。苏珊的解读倒是一了百了。

---

① Galili Shahar, “Fragments and Wounded Bodies: Kafka after Kleist”, *German Quarterly*, Fall 2007, p.451.

② Galili Shahar, “Fragments and Wounded Bodies: Kafka after Kleist”, *German Quarterly*, Fall 2007, p.461.

③ 柏拉图等:《柏拉图的〈会饮〉》,刘小枫等译,北京:华夏出版社2003年版,第47—54页。

④ 斯坦利·罗森:《柏拉图的〈会饮〉》,杨俊杰译,上海:华东师范大学出版社2011年版,第184页。

⑤ Henry Sussman, “Double Medicine: The Text That Was Never a Story: *A Reading* of Kafka's ‘Ein Landarzt’”, *MLN*, vol.100, no.3, *Geman Issue*, 1985, p.648.

⑥ Henry Sussman, “Double Medicine: The Text That Was Never a Story: *A Reading* of Kafka's ‘Ein Landarzt’”, *MLN*, vol.100, no.3, *Geman Issue*, 1985, p.648.

第十二章 《乡村医生》与希腊古典

《乡村医生》是卡夫卡颇令解读者“头疼”的一篇作品，对于该作的解读，彼得·M. 坎宁在20世纪80年代的看法仍是有代表性的：“《乡村医生》编织了一面非线性(nonlinear)的挂毯，……其意图只能被部分地揭示出来，就像海中的群岛，它们之间的联系深入海面。”[①]解释者所面临的“窘境”就像是小说中乡村医生命运的寓言式再现：“一旦听从了夜铃的一次虚假召唤，事情就永远没法弄好。”[②]

笔者认为，对由卡夫卡作品所内在地规定了的解释者“命运”的理解，需要考察卡夫卡对“命运的形式”的理解。在1921年致布罗德的一封信中，卡夫卡半是玩笑地谈及“两种形式的命运”：一种是“以历史的方式发展出来的命运”，另一种是“以非历史的方式发展出来的命运”。他觉得，自己的命运就属于这后一种“非线性”的“历史”：

> 有时出于自娱，我就想象一个无名的希腊人，他根本就没有打算去特洛伊却去了那里。当他发现自己已经身处战场深处时，仍是一头雾水。连诸神也不知道问题所在，而他就挂在一辆特洛伊战车上被拖拉着绕着城市转圈。这事发生在荷马吟诵他的诗篇很久之前；他目光呆滞地躺在那里，要么躺在特洛伊的尘土里，要么躺在停尸床上的垫子上。这是为什么呢？赫卡柏对他来说当然没意义，海伦也说不上有什么要紧。其他希腊人被诸神所召唤并在诸神的保护下征战沙场，而他的情况则是被父亲

① Perter M. Canning, “Kafka’s Hierogram: The Trauma of the ‘Landarzt’”, *German Quarterly*, 57(2), 1984, p.210.

② Franz Kafka, *The Complete Stories*, Nahum N. Glatzer ed., Schocken Books, 1971, p.225.

用脚踢出家门并在父亲的诅咒下进行战斗。好在战场上还有其他希腊人,否则的话,世界历史将被封闭于他父母的两个房间以及将这两个房间分离开来的门槛。①

细察之下,这段文字恰是通往《乡村医生》的一个"入口","召唤"出一条通过希腊古典作品进入《乡村医生》的道路。在这条道路上,卡夫卡及其乡村医生化身为一个"无名希腊人"去经历其"非历史的命运"。在与西方文学古老先辈们的相遇处,卡夫卡的"乡村医生"的身世和问题将获得更为纵深的理解。在下文中,笔者先分别阐述《乡村医生》与索福克勒斯《奥狄浦斯王》及荷马《伊利亚特》之间的文本联系,然后参照古典作品,尝试理解《乡村医生》的核心问题。

《乡村医生》与《奥狄浦斯王》

尽管没有点名/明,"被父亲一脚踢出家门"、带着父亲的"诅咒"并且被封闭于"父母家的两个房间"的希腊人,显然是奥狄浦斯;"父亲的诅咒"与"诸神的召唤"并置,显得二者有内在联系;理论上,"父母"住在"一个房间",但卡夫卡说有"两个房间",因此将这两个房间分离开来的那道"门槛"可能只存在于"理论"层面:奥狄浦斯父母的房间——这个房间后来又成为奥狄浦斯和母亲的房间——只是"一个房间",其间并不存在门槛。卡夫卡用一道"门槛"把父母的房间隔开,其用意尚晦暗不明。卡夫卡对"著名"的奥狄浦斯的"无名"解读耐人寻味。

《乡村医生》对《奥狄浦斯王》指涉最为明显的一处是"病人"对"医生"所说的话:"你不是用你自己的脚走到这里来的……我最想做的就是挖出你的眼睛。"但索福克勒斯笔下的奥狄浦斯明明是用自己的脚走到他父母房间的,甚至为了来到这里,奥狄浦斯还"凭了天象测量了科任托斯的土地。"②笔者不免

① Franz Kafka, *Letters to Friends, Family and Editors*, trans. Richard & Clara Winston, London: John Calder Ltd., 1978, p.270.

② 索福克勒斯:《奥狄浦斯王》行794—827。本文《奥狄浦斯王》引文采用罗念生中译文(北京:人民文学出版社2002年版)。在引文后以括号标注行数,不另注。

想起《城堡》中的土地测量员。这双有能力观测天象的眼睛明明也是奥狄浦斯自己弄瞎的。医生和病人的关系让人生疑。

医生和罗莎“在一起”，并且医生从猪圈这个房间“踢”出了马夫，根据坎宁的解读，这一场景其实是说：医生和罗莎这一对“父母”生出了马夫这个当诅咒的“儿子”。[①]接下来文本所描写的、呈现在医生感官里的“儿子—马夫”对“母亲—罗莎”的施暴情形，以某种恐怖夹杂戏谑的风格，近乎精确地模仿了《奥狄浦斯王》：

> “不！”罗莎叫喊起来，并跑进屋里，预感到自己将遇到无可逃避的厄运；我听见她拴上门链发出的叮当声；我听见钥匙在锁孔里转动的声音；我还可以看到她先关掉过道里的灯，然后穿过好几个房间把所有的灯都关掉……我听到马夫冲进我屋子时把房门推开发出的爆裂声，接着一阵连续击打我所有感官的暴烈激流使我变聋变瞎。

在《奥狄浦斯王》中，观众曾“听见”传报人对伊俄卡斯忒行动的报告：“这件事最惨痛的地方你们感觉不到，因为你们没有亲眼看见，我记得多少，告诉你多少。她发了疯，穿过门廊，双手抓着头发，只向她的新床跑去；她进了卧房，砰的关上门……”接下来又报告了奥狄浦斯行动：“好像有谁在引导，他大叫一声，朝着那扇门冲去，把弄弯了的门杠从承孔里一下推开，冲进了卧房。”而后传报人还“看到”：奥狄浦斯“屡次举起金别针朝着眼睛狠狠刺去”（行1237—1262）——眼睛所流出的“雹子般”黑血，似乎对应了乡村医生所感受到的“连续击打”。

刺瞎双眼后的奥狄浦斯看到了不可看也不忍看的“冥府”以及其中的“父母”和“子女”：“假如我到冥土的时候还看得见，不知当用什么样的眼睛去看我父亲和我不幸的母亲，既然我曾对他们做出死有余辜的罪行。我看着这样生出的儿女顺眼吗？”（行1371—1374）《乡村医生》第二个场景/房间具有冥府般的氛围，在那里，医生看到的就是“父母”和“儿女”，并且，他看得显然也很不“顺眼”。

---

① Perter M. Canning, “Kafka's Hierogram: The Trauma of the ‘Landarzt’”, *German Quarterly*, 57(2), 1984, p.203.

自盲其目后的奥狄浦斯补充说:"如果有方法可以闭塞耳中的听觉,我一定要把这可怜的身体封起来,使我不闻不见;当心神不为忧愁所扰乱时是多么舒畅啊!"但在身体层面上,和"堵塞"视觉的方法相似,也有"堵塞"听觉的方法,即"推倒"那道"门"("耳膜"),这样他就能使自己的身体变成一个"坚固的监狱"了,他在里面可以"隔离悲伤"。奥狄浦斯说"没有办法",只是意味着,上述隔离(外部)或堵塞(内部)还不是彻底的隔离或堵塞。因为眼睛即便被隔离于光以及被堵塞了视觉,耳朵被隔离于声以及被堵塞了听觉,眼睛和耳朵还是能"看见"黑暗、"听到"寂静——这黑暗是"沐浴着血的黑暗"而非真正的黑暗,这寂静是"震耳欲聋的寂静"而非真正的寂静;身处这种黑暗和寂静的身体将像《乡村医生》里的那个比喻("洪水里的木头")一样无法歇息。

奥狄浦斯和乡村医生"看到"冥府并非偶然。对于《奥狄浦斯王》中的冥府场景,古典学家伯纳德特评述说:"冥府是诗人的创造,哈德斯(Hades)是影像之真实的存在之所,它是诗人的自然之家。"[①]可以说,和索福克勒斯一样,卡夫卡凭靠诗艺进入了"冥府",小说第二个场景因此是对奥狄浦斯冥府想象的模仿和对第一个场景的"重新观看"。

在论及陀思妥耶夫斯基笔下的梅思金与卡夫卡之间的精神联系时,刘小枫指出,诗人化身为悲剧人物这一事件"历史性地"发生在"卡夫卡身上":在梅思金那里"正痛苦地变为一个思想"的"奇怪感觉",在卡夫卡那里终于"生成为一个思想";这个"感觉"是梅思金在泪流满面地拥抱杀死了娜斯塔霞的罗果静时产生的:"或许罗果静根本就没有罪,只是陷入不幸罢了;或许'我'与罗果静根本就不是'情敌',而是一对'情人'或孪生兄弟;或许罗果静正是自己的替身,干出了梅思金不能干却又想干的事。"[②]"感觉"变成"思想",说白了就是:"感觉"获得了"自我意识",而获得自我意识的"奇怪感觉"则要进一步分离出这种"奇怪"。

在卡夫卡这里,化身为悲剧人物的"无名希腊人"所要分离出的这个"奇怪"就是邪恶的马夫:"乡村医生"逃离马夫,选择了在第二个场景中和"病人"

① Seth Benardete, "On Greek Tragedy", in *The Argument of the Action*, The University of Chicago Press, 2000, p.135.

② 刘小枫:《拯救与逍遥》,第274—275页。

以情人或兄弟的方式拥躺在一起。若考虑到陀思妥耶夫斯基作品的“复调”性质,其实也可以说,诗人化身为悲剧人物这一事件已经发生在陀思妥耶夫斯基身上了。但另一方面,虽然我们可以想象奥狄浦斯和吃人的斯芬克斯之间或“情人”或“兄弟”般面对面地出谜、猜谜的情形,却难以想象索福克勒斯化身为奥狄浦斯的情形。从古典悲剧到现代悲剧/小说,奥狄浦斯式的人物似乎也身不由己地化身为诗人。

《乡村医生》与《伊利亚特》

写作《乡村医生》前不久(1916年10月),卡夫卡在致菲丽斯的信中回忆了中学时古希腊语文老师讲授《伊利亚特》的情形:

> 孩子们不应被推向对其而言必定显得不可理解的东西中。但与此同时也应该记得这一点:即便这种不可理解的东西有时候也能产生令人叫绝的结果……我想起一个教授在给我们读《伊利亚特》时说:“很可惜必须对你们读这个。你们不可能理解;即便你们以为能理解,也还是不能理解。即便要理解那么几行,你们也必须预先经历很多东西。”当时这些话……对我这个冷淡麻木的年轻人所产生的印象比《伊利亚特》与《奥德赛》加在一起的印象还要强烈。这个印象虽使人太过谦卑,但也有实质性意义。①

这个印象对于卡夫卡的“实质性意义”首先体现在:在经历过“很多东西”之后,他对荷马史诗《伊利亚特》进行了“改写”——他既是那个“无名希腊人”,也是荷马之前的“诗人”,因为荷马很晚以后才开始吟诵他的诗篇;他还声称诸神不知道他的命运的意义。仅仅以这种“声称”的方式,卡夫卡轻而易举地取代了荷马的位置,并直面诸神。其代价是:他把《伊利亚特》变成了“自传”,他不得不同时扮演那个希腊人、荷马和诸神。

---

① Franz Kafka, *Letters to Felice*, eds. Erich Heller & Jügen Born, trans. James Stern Elisabeth Duckworth, NY:Schoken Books, 1973, p.519.

但这个“希腊人”是谁呢？在《伊利亚特》中，被挂在一辆战车上“拖拉着绕着城市转圈”的是赫克托尔，但赫克托尔不是希腊人，他反而被挂在希腊人的战车上；先是“躺在特洛伊的尘土里”后又躺在“停尸床上的垫子上”的，则同时是帕特洛克罗斯与赫克托尔。这个“无名希腊人”是帕特洛克罗斯与赫克托尔形象的混合？

帕特洛克罗斯如何能与赫克托尔相混合呢？根据伯纳德特的解读，是阿喀琉斯，或更确切地说，是阿喀琉斯的“衣服”（盔甲）将赫克托尔与帕特洛克罗斯联系在一起：赫克托尔杀死穿着阿喀琉斯衣服的帕特洛克罗斯之后，剥下后者的衣服穿在自己身上，因此阿喀琉斯最后其实是与穿着自己衣服的赫克托尔决斗。三者的关系因此而变得扑朔迷离：“他（赫克托尔）既与阿喀琉斯分有杀死帕特洛克罗斯凶手的身份，又与帕特洛克罗斯分有阿喀琉斯的某种相似性。”[①]“无名希腊人”若要完成赫克托尔与帕特洛克罗斯的混合，他里面还必须有个阿喀琉斯。

对于阿喀琉斯来说，老王后赫卡柏“当然没意义”，倾城美女海伦“也说不上有什么要紧”，因为他关心和喜爱的是“美颊的布里塞伊斯”，也就是那个被以不义的方式从他手里夺走的女子、他的女仆/俘。[②]此外，他还关心和喜爱那个先是躺在“特洛伊的尘土里”、后又躺在“尸床的垫子上”的帕特洛克罗斯，后者曾穿着他的衣服作战，如今那衣服已被剥去。不经意间，我们来到了《乡村医生》的庭院。

可以说，《伊利亚特》带给卡夫卡的一个“令人叫绝”的结果就是《乡村医生》。以某种诡异的方式，《乡村医生》使用了《伊利亚特》的某些意象，并以高度浓缩和变形的方式模仿了《伊利亚特》的情节。

先看最明显的因素。众所周知，《伊利亚特》的主题是“阿喀琉斯的愤怒”。对应上述阿喀琉斯的两个“关心”，《伊利亚特》以阿喀琉斯的“两次愤怒”搭建起了情节框架：一次为女仆“美颊的布里塞伊斯”，阿喀琉斯眼睁睁地看着她被从自己的营帐/房间抢走；另一次是为好友帕特洛克罗斯，他穿着自己的衣

---

① Seth Benardete, *Achilles and Hector: The Homeric Hero*, St.Augustine's Press, 2005, p.124.

② 布里塞伊斯被阿伽门农夺去后，阿基琉斯声称：“我从心里喜爱她，尽管她是女俘。”荷马《伊利亚特》卷9行343。《伊利亚特》引文采用罗念生、王焕生译文（人民文学出版社1994年版），在引文后以括号标注卷数和行数，不另注。

服被杀死。这两次愤怒及相关联的场景与《乡村医生》的两个场景有呼应：第一个场景中，当着医生的面，他的美丽女仆罗莎先是在“脸颊”处被咬出了两排血痕，后又在自己的“房间”被强暴；第二个场景则写他面对一个有致命伤口、正走向死亡的病人，伤口里蠕动的“蛆虫”有《伊利亚特》的回声。阿喀琉斯重装上阵前，曾向母亲表达自己的忧虑：“我担心这时苍蝇会来叮吮墨诺提奥斯的勇敢儿子身上被铜器砸破的伤残，在那里滋生蛆虫，毁坏他的机体，使肉腐烂，因为生命已经离开他。”(卷19行23—27)

《乡村医生》里两匹“神马”显明了更多的东西。驾着两匹神马飞驰的医生并不大像去救人，倒更像参加一场战争，而“神马”就出自《伊利亚特》。它们是阿喀琉斯的战马：“众所周知我那两匹战马最俊美，它们是不死的神马，波塞冬把它们送给我父亲佩琉斯，我父亲又把它们送给我。”(卷23行276—278)帕特洛克罗斯出征时所乘的也是阿喀琉斯的战车：

> 奥托墨冬给他驾起两匹捷速的快马，克珊托斯和巴里奥斯，快如风驰，风暴神波达尔革拉当年在环海边的牧地吃草时为风神泽费罗斯生育了它们。奥托墨冬又驾上纯种的佩达索斯作骈马，阿喀琉斯攻下埃埃提昂时夺得它，它虽是凡马，却能与神马并驾齐驰骋。(卷16行148—154)

对照《乡村医生》，可以发现：“风暴神”所生的神马与冲击乡村医生所有感官的“风暴般”的激流有某种联系；乡村医生那匹过度劳累而死的马指向了“凡马”佩达索斯，后者死于帕特洛克罗斯与萨尔佩冬的战斗；这场战斗发生在帕特洛克罗斯被杀死之前，乡村医生家里那匹马则死于被病人“召唤”之前的头天晚上；根据医生的判断，病人身上的伤口是被“斧头呈锐角砍了两下”形成的，颇像帕特洛克罗斯杀死萨尔佩冬时荷马所用的一个“荷马式比喻”：“萨尔佩冬当即倒下，有如山间橡树或白杨或高大的松树倒地，被伐木人用新磨的利斧砍倒准备材料造船。”(卷16行482—484)

医生探查病人时，两匹马顶开了窗户，“每一匹马都从一扇窗户探进头来注视着病人”，之后又开始嘶叫哀鸣。这一场景像是两匹神马哀悼死去的帕特洛克罗斯情景再现：“埃阿科斯的后裔的战马这时站在远离战祸的地方哭泣，当它们看见自己的御者被赫克托尔打倒在尘埃里。”(卷17行426—438)

《伊利亚特》中,“神马”与“诸神”的关系值得注意。紧接上述引文就是宙斯对神马说的话:“可怜的畜生啊,你们本是永生不老,我们为何把你们送给了有死的佩琉斯?为了让你们去分担不幸的人们的苦难?在大地上呼吸和爬行的所有动物,确实没哪一种比人类更艰难……”(卷17行443—447)当阿喀琉斯严厉吩咐它们要把自己安全载回时,赫拉又赐予克珊托斯以预言:“勇敢的阿喀琉斯,今天我们会把你平安载回,但你命定的期限已经临近……”(卷19行399)

卡夫卡笔下的乡村医生先是“不知道”马夫和马从哪里来,而后在第一次检查病人时又猜测这是诸神的礼物:“在这种情况下,诸神还真是肯帮忙……”[①]在第二次检查病人时则将马的嘶鸣视为“高天”[②]的安排。与《伊利亚特》不同的是,“诸神”在《乡村医生》中被封闭和内化在医生的意识或无意识层面,“诸神”因而不能走出医生的意识而获得“知道问题所在”的解释能力。在《乡村医生》的最后部分,时态转为“永恒的现在时”[③],没有结束也没有回归,应该是“诸神”被“内化”而无法走出医生的意识/无意识的一个自然结果。

拯救与爱欲

早在少年时代的想象里,卡夫卡就对这种“救人的战争”进行过不止一次“军演”:“虽然还是个孩子,但为了摆脱中学平淡无奇的生活,他在进入梦乡之前想象自己带着大队人马,开进犹太人街区,‘发出一个威严的手势,救出一个遭受鞭笞的美丽少女’,然后带着她乘坐马车离去……”[④]《乡村医生》似乎是对这一少年想象的更为复杂的模仿和更为幽深的推进。差异在于:这里还没有“病人”。“病人”的出现与《乡村医生》“拯救少女”的失败似乎有必然联系,那么少女和“病人”什么关系?这个问题很难回答,因为从小说情节来看,如果没有

---

① 原文中“die Götter”用的是复数,中文全集版误译为“上帝”。

② 原文中“höhern Orts”直译为“更高的位置或地点”,英译为“heaven”(天),中文全集版译为“上帝”,笔者觉得理解为希腊诸神所在的“奥林波斯山”更切合文脉些。

③ 对《乡村医生》叙述时态变换的研究,详见 Dorrit Cohn, “Kafka's Eternal Present: Narrative Tense in ‘Ein Landarzt’ and Other First Person Stories,” *PMLA*, vol.83(1), 1968, pp.144-150。

④ 达尼埃尔·代马盖斯:《卡夫卡与少女们》,管筱明译,郑州:河南人民出版社2005年版,第33页。

“病人”,就不会有少女需要“被拯救”——尽管少女长期以来没有得到医生的“关心”,但平静的生活显然也不需“拯救”。一种可能是:“病人”早就存在了,此时才需要“被救”;少女被救的需要显得“后于”病人被救的需要,只不过是因为,在医生和少女组成的共同生活中“需要被救”的某种东西还没有获得“自我意识”,而病人就是这种“自我意识”的“人格化”;一旦这种东西获得“意识”或“知道”自己需要“被救”,它就要“先于”少女的“被救”了。少女在发现猪圈里的马夫和马时所说的“不知道”由她和医生组成的“家”里“还有什么东西”的“这种东西”,似乎与“病人”有着难解的纠缠。我们参照《伊利亚特》来理解这些困难。

对照《乡村医生》中少女和病人的关系问题,不妨这样问:布里塞伊斯与帕特洛克罗斯什么关系?荷马对此的叙述可谓“不吝笔墨”。一看到帕特罗克洛斯的尸体,布里塞伊斯便哭诉说:

> 帕特洛克罗斯,不幸的我最敬爱的人,我当初离开这座营帐时你雄壮地活着,人民的首领啊,现在我回来却看见你躺在这里,不幸一个接一个地打击我。我曾经看见父母把我许配的丈夫浑身血污,被锐利的铜枪戳杀城下,我还曾看见我那母亲为我生的三个亲爱的兄弟也都惨遭灾难。当捷足的阿喀琉斯杀死我丈夫,摧毁了神样的米涅斯的城邦,你劝我不要悲伤,你说要我做神样的阿基硫斯的合法妻子,用船把我送往佛提亚,在米尔弥冬人中隆重地为我行婚礼。亲爱的,你死了,我要永远为你哭泣。(卷19行287—300)

布里塞伊斯“最敬爱”帕特洛克罗斯,也就是说布里塞伊斯不那么“敬”也不那么“爱”阿喀琉斯,甚至可能“最憎恨”阿喀琉斯。布里塞伊斯是阿喀琉斯“在毁灭吕尔涅索斯、特拜的城墙,射死塞勒波斯的孙子、欧埃诺斯的儿子、强大的枪手米涅斯和埃皮斯特罗福斯的时候,辛辛苦苦从吕尔涅索斯把她抢到手”(卷2行690—693)的。米涅斯是布里塞伊斯的父亲为其指定的丈夫。布里塞伊斯在被阿伽门农从阿喀琉斯手里抢走之前,先是被阿喀琉斯从她的“合法丈夫”手里抢去的。因此,从源头来说,阿喀琉斯充满义愤的复仇行动,源于不义的爱欲,并且这爱欲还可能是虚假的——在帕特洛克罗斯战死沙场后,阿喀琉斯甚至诅咒他所抢来的布里塞伊斯:“愿当初攻破吕尔涅索斯挑选战利品时,阿尔忒弥斯便用箭把她射死在船边。”(卷19行59—60)这不禁让人怀疑,阿喀琉斯“救人的爱欲”和“杀人的血气”是否有一个共同的“来源”?

把“杀人的血气”与乡村医生联系起来有些怪诞,笔者只考察“救人的爱欲”。就乡村医生“爱欲行动”而言,阿喀琉斯“救”帕特洛克罗斯的行动确也是个难得的参照——柏拉图《会饮》恰好涉及这个问题。

《会饮》中两次引述阿喀琉斯“救”帕特洛克罗斯的例子。[①]第一次出于斐德若的讲辞:在论证爱神(Eros)有使爱者“肯替被爱者去死”的力量时,斐德若举了三个例子,其中两个有异性恋背景,分别是阿尔刻斯提替自己的丈夫去死和俄耳甫斯走入冥府救妻子,阿喀琉斯救帕特洛克罗斯的例子是第三个,有同性恋的背景。第二次出自苏格拉底与第俄提玛的对话:第俄提玛使用了斐德若的第一个和第三个例子,但认为其真实动机是爱不朽的声名,有自恋欲的背景。第俄提玛略去了斐德若讲辞中诗人俄耳甫斯的例子,但接下来就把诗人归入“凭灵魂生育”一类,似乎诗人的“爱欲”属于更高“级别”,尽管这种爱欲所“爱欲”的,仍是不朽的声名。

对照来看,乡村医生的“爱欲”是什么性质?很难说阿喀琉斯与布里塞伊斯会有“婚礼”,但卡夫卡笔下的乡村医生和病人倒像是在进行一场“婚礼”[②];在这场“婚礼”之前,乡村医生曾隐晦地提及“写作问题”:“写处方(Rezepte schreiben)是容易的,但与人们达成理解却是难事。”这是否是说,为了“与人们达成理解”,诗人“凭灵魂生育”的写作活动也需要某种“结婚”?

---

① 这两次引述分别参见柏拉图《会饮》179e—180c与208d—208e处,中译文参见《柏拉图的〈会饮〉》,刘小枫等译,北京:华夏出版社2003年版,第24—26页,第87页。

② 坎宁的“语言—精神分析”的发现是:“男孩”其实是个混合物,“Schwerkrankers Sterbebett”(重病人的临终床)就包含着一个语言游戏,意思是“姐姐/妹妹的床”(Schwesterbett);小说第二个场景所描写的其实是一场“乡村的婚礼筹备”:男孩将是“新娘”,医生将和他躺在一起,马的嘶鸣是喜庆的婚歌,“伤口”是全部的“陪嫁”。See Perter M. Canning, “Kafka's Hierogram: The Trauma of the ‘Landarzt’”, *German Quarterly*, 57(2), 1984, p.208.

自我起源与爱欲秩序

在谈到“非历史的命运”之前，卡夫卡把自己的状况与刚“结了婚”的布罗德、菲利克斯和奥斯卡的情况进行了比较：“跟你们相比，我就像一个在成人森林中流浪的孩子。”[①]考虑到他曾说自己的人生就是“出生前的犹豫”[②]，他的“流浪之旅”似乎并不指向某个终点，倒是对自我起源的困惑：“如果有灵魂的轮回，那我就还没有进入最初的那一轮。”[③]现在清楚的是，卡夫卡在“理论上”把父母的房间用一道“门槛”隔开，是为了避免自己的“出生”和“轮回”，以便让自己永久地停留在自我的“起源处”。

但如果某个具体的“自我”有“一”个起源，那这个起源必定不在这个“自我”所能够理解的空间。从犹豫着要不要出生但最终出生了的“孩子”所走的方向看，它被孕育的瞬间就是“二”成为“一”的时刻，但它在自觉到成为“一”之后，又会从“一”而不是从“二”去理解作为理解之效果的“一”的起源；也就是说，它会觉得，在它由“二”现实地成为“一”之前，先已经是“一”了；它因此倾向于对“人是/源于什么”这个问题给出“一”个答案。但这个作为来源的“一”难以解释身体和灵魂的二分性，这个二分性仍需借助“生出”了“自我”的“父—母”二元性背景或这样一个异质的“次级来源”来进行理解。

奥狄浦斯从科任托斯走向忒拜，这一行走方向和他行走中的感觉或可说明这一双重理解必然包含的错乱(乱伦)。奥狄浦斯所恐惧和逃避的“杀父娶母”，可以理解为他所恐惧的，其实是自我起源的这个“二分性”，他不接受这种“二分性”，想要逃避这样一个“二分性”；这种恐惧和逃避所显明的，是一个“纯粹的心智”或“赤裸裸的灵魂”理解自我的方式——他所走向的那条道路通向他的起源，但他发现这个起源却是一个“二”(分岔口)；如果他看到这个起源又恐惧于这个起源，就只能让“纯粹的理智”抽离出来；但他若不能从这个二元世界也现实地“抽身”出去，其“纯粹的心智”的要求将进一步要求一个单一的起

① Franz Kafka, *Letters to Friends, Family and Editors*, p.270.

② Franz Kafka, *Diaries*, p.405.

③ Franz Kafka, *Diaries*, p.412.

源，这个单一的起源将排除和母亲相联系的“父亲”以及（或）和父亲相联系的“母亲”；他要求一个作为自身单一起源的单一的“父亲”或“母亲”，也就是要求“自己生出自己”；“自己生出自己”的欲望就是“对于（成为自己的）母亲或父亲的爱欲”。

《会饮》中的苏格拉底针对阿伽通所作的赞美“爱神”的讲辞，玩笑式地提出了一系列相互联系而又不断进行修正的问题：爱神是否对某人（某种东西）的爱欲抑或不是？爱神是否就是某个人对母亲或者父亲的爱欲抑或不是？父亲是否就是某个儿子的父亲，而父亲本身也意味着他自己是某个父亲的儿子？[①]刘小枫注意到，苏格拉底把问题引申到母亲兄妹的语词含义上绕过一圈后，又回到了第一个问题，可见苏格拉底的问题是认真的：“针对兄妹的爱欲当然也是乱伦。苏格拉底对阿伽通的提问实际上是对前面所有讲辞的立论基础的质疑，一针见血地点出他们赞美爱欲的颂词展示的都是爱神的丑相：从同性恋、乱伦到自恋欲。”[②]可以说，爱神的诸种“丑相”与赤裸裸的灵魂欲把“自己生出自己”的欲望加以“肉身化”（“欲成肉身”）的要求有着内在的联系；这种“赤裸裸的灵魂”一旦出生，其“赤裸裸”的爱欲不但将不能忍受自己的“肉身”，也将无法忍受社会的“肉身”对自己“肉身”的限制。[③]

但仍有一个出路：有了身体的奥狄浦斯需要将那个作为起源的“一”理解为“纯粹的理智”。可这样一来，他就不能“现实地”统治，更极端地说，他就不能现实地“生活”——按照卡夫卡的理解，最适合这种“不现实”“非历史”生活的“生活方式”就是“在宽阔、锁闭的地窖的最里面的房间里”[④]写作。

退一步来看，《会饮》已经在回答《伊利亚特》、《俄狄浦斯王》和《乡村医生》的核心问题：如何“拯救”早已成为窘迫问题的“爱欲”？参照《会饮》中的“爱欲秩序”，大体可以这样说：《伊利亚特》处理的问题是爱欲的次高层面，要害在于

---

① 柏拉图：《会饮》，199c—200a处，中译文参见《柏拉图的〈会饮〉》，第67—68页。

② 刘小枫：《从〈会饮〉看后现代审美文化的品质》，载《文艺研究》2011年第9期，第13页。

③ 刘小枫的《沉重的肉身》（上海人民出版社1998年版）对现代文艺中的爱欲问题进行了考察，其书名的英译“Unbearable Body”回译成中文则是“难以忍受的肉身”。

④ Franz Kafka, *Letters to Felice*, p.156.

爱欲与血气的关系[①];《奥狄浦斯王》将爱欲主题向下延伸到性和生育问题,向上则延伸到哲学问题,奥狄浦斯以斯芬克斯的方式追问"起源",最后问到自己的起源即"出生"问题,最高的问题和最低的问题联系在一起,但斯芬克斯式的哲学对生育(性)和诸神视而不见[②],这同时造成了哲学和爱欲的悲剧。《会饮》指出了拯救爱欲和哲学的途径,即将最高意义的爱欲行动理解为追求智慧的爱欲行动,即最高意义上的"哲学";最高的哲学是对自然爱欲的人世结构和宇宙秩序获取智慧的哲学,亦即最高意义上的政治哲学。而考虑到《会饮》是对"爱—神"的赞颂,也不妨说,这一哲学也是最高意义上的政治神学。

卡夫卡从《乡村医生》中获得了某种"满足",或许是因为这一文本接通了与西方文学之父们的精神联系,而这一满足之"稍纵即逝",则与他所处的虚无主义语境有内在联系。阿喀琉斯的马车拖曳着曾穿着自己衣服的赫克托尔,他穿进皮带拖拉赫克托尔尸体的位置正是刚出生的奥狄浦斯被父母刺穿的地方;卡夫卡笔下的无名希腊人赤身裸体地骑在松松垮垮的由神马驾辕的战车上,车后拖拉着他的尘世衣服;他在猪圈中看到了成问题的"生育",而后又在冥界看到了成问题的爱欲的可怕伤口,他窘迫的拯救之旅就被封闭其中,没有归路,也无终点。他已不是荷马笔下的阿喀琉斯,他没有赫淮斯托斯所造的第二副盔甲和盾牌,而那面在其上标划了人世边界的盾牌,本来也可以为他抵挡那似乎绵延无尽的空虚暗夜的袭来,如今,他只能"肉搏"之。

---

① 参见拙文《神意的模型与英雄的肃剧——论伯纳德特对〈伊利亚特〉的解读》,《国外文学》2012年第3期,第11—19页。

② 在《奥狄浦斯王》开场所描写的由"三类人"组成的请愿代表团与斯芬克斯之谜构成了潜在的对照,前者强调的"神与性(生育)"参照系体现了城邦—政治视野对人的理解,而斯芬克斯与奥狄浦斯自然—哲学视野对人的理解则有"非神与非性"特点。详见伯纳德特《索福克勒斯的〈奥狄浦斯王〉》,收入刘小枫、陈少明主编:《索福克勒斯与雅典启蒙》,北京:华夏出版社2007年,第138—154页。也可参看拙文《〈奥狄浦斯王〉中"晦暗的东西"》,《国外文学》2017年第1期。

第十三章 《地洞》学术史评述与解读

《地洞》(*Der Bau*)是卡夫卡写作生涯中倒数第二篇规模较大的作品(最后一篇是《约瑟芬,或耗子家族》),但生前没有发表。马克斯·布罗德编辑出版了这一作品,题名也是他拟定的(评论者普遍认为这个题名非常恰当)。该作1928年首次发表于杂志*Witiko*,1931年收于布罗德所编的《中国长城的建造》。卡夫卡女友朵拉回忆说,该作绝大部分篇幅完成于1923年冬天的一个夜晚,卡夫卡"在傍晚时候开始写,一直到第二天的早上才完成,后来又进行了修改"[①]。这种通宵写作并且一气呵成的情况,在有文字记载的卡夫卡写作史上,只有《判决》堪与之相提并论——卡夫卡对《判决》的写作过程有详尽的、一遍又一遍的记述,他觉得写《判决》时"身体和灵魂的全部敞开"[②]的状态,才是真正的写作状态。如果朵拉的记忆可靠,那么在相似状态下创作的《地洞》无疑属于卡夫卡的上乘之作。

《地洞》:"无所不包的隐喻"

研究者的反应证明了这一点。20世纪五六十年代,第一代卡夫卡学者中的埃里希·埃姆里希、海因茨·波利策和瓦特·索克尔在各自大部头著作中,都不吝篇幅解释这一作品,索克尔甚至认为《地洞》是卡夫卡的"文学人生之总括"[③]。美国卡夫卡学会前任会长苏斯曼在1979年出版了《卡夫卡:隐喻的几何

---

① Dora Diamant, "Mein Leben mit Franz Kafka", Hans-Gerd Koch, Heraus, *Als Kafka mir entgegenkam: Erinnerungen an Franz Kafka*, Berlin: Wagenbach, 1995, s.199.

② Franz Kafka, *Diaries*, p.213.

③ Walter H. Sokel, *Franz Kafka-Tragik und Ironie*, München: Albert Langen Geog Müller Verlag, 1964, s.370.

学家》,分析《地洞》的一章是用来压卷的,篇幅也最大,用的标题则是“无所不包的隐喻”。①值得提及还有,德勒兹和瓜塔里在1975年发表的《卡夫卡》被认为开辟了卡夫卡研究的“地下转向”②,其借助的理解模型也来自于《地洞》:“卡夫卡仿佛是一块根茎,一个地洞”,而地洞“是卡夫卡本人设下的陷阱;整个地洞的描写全是为了哄过敌人”。③在这一理解中,《地洞》成为卡夫卡学者的欲望对象或幻象:不管其中有没有“秘密”,在德勒兹之后,打算探究卡夫卡文学秘密的批评家已经自觉自愿地成为有意欺骗敌人和设置陷阱的卡夫卡的注定被骗的敌人。

围绕着《地洞》,还有两个与三个哲学家相关的传说,增加了这一作品的神秘感。一是据说法国哲学家雅克·拉康曾在1962年3月21日的研讨班上谈论过该作,将其作为主体和他者之间关系的寓言。④二是根据当今正热的意大利哲学家吉奥乔·阿甘本的说法,他在1966年曾参加过海德格尔的一次讲座,并问后者是否读过卡夫卡的作品,海德格尔回答说只读过为数不多的卡夫卡的东西,而给他留下非常深刻印象的就是《地洞》。⑤

这一作品甚至引起了神经学学者的关注。耶鲁大学神经学学者阿伦·米沙拉认为,在《地洞》等一系列作品中,卡夫卡的文学写作为一门新的学科“文学神经科学”(literary neuroscience)提供了基本原理,“其作品所记录的进程不受限于特定历史语境中的个体自我的经验,也不受限于个体的‘自传性记忆’,而是自我在梦象中超越和转变人类自我结构(the structure of human self)的进

① Henry Sussman, *Franz Kafka: Geometrician of Metaphor*, Madison: Coda Press, 1979, pp.147-181.

② Franz Kempf, *Everyone's Darling: Kafka and the Critics of his Short Fiction*, Camden House, 1994, p.81.

③ 吉尔·德勒兹、菲力克斯·迦塔利:《卡夫卡——什么是哲学》,张祖建译,长沙:湖南文艺出版社2007年版,第1页,

④ Mladen Dolar, “The burrow of sound”, in *Differences: A Journal of Feminist Cultural Studies*, vol. 22, 2011(2—6), p.112

⑤ Anke Snoek, *Agamben's Joyful Kafka: Finding Freedom Beyond Subordination*, NY: Bloomsbury, 2012, p.56.

程本身"[①]。在他看来,《地洞》写的其实是"自我"在异常的意识状态下所发生的倍增(doubling)和再生(rebirth)现象,而恰是这种异常的意识状态将自我的结构展示为"自我超越的"和"主体间的"。[②]

以后见之明视之,卡夫卡没有出版该作这一事实颇令人不解。虽然卡夫卡留下了让布罗德销毁其手稿的遗愿,但留下遗愿之后的卡夫卡仍继续写作和发表作品。1924年,卡夫卡审定了其最后作品集《饥饿艺术家》的校样,但《地洞》并未被收入。有研究者指出,《地洞》与收入《饥饿艺术家》的《约瑟芬,或耗子家族》存在足够清晰的联系。这种联系既是结构性的,也是意象性的——比如,《地洞》里的地洞主人即"动物—我"[③]谈到自己对耗子们所挖的通道"因势利导",将其整合入自己洞穴;[④]又如,《地洞》后半部分中令动物—我感到不安的声音被描述为pfeifenn,这也是《约瑟芬》中用来描述约瑟芬歌声的用词。似乎收入这一作品更能增强作品集的内在统一性,不收入反而显得没有道理。[⑤]

卡夫卡不发表《地洞》,应该不是因为觉得这一作品本身在思想和艺术方面有明显缺陷。另外的可能性值得考虑:或许他觉得这一作品过于复杂——在其中不但展示了他对"世界作为地洞"的理解(在此意义上《地洞》成为柏拉图"洞穴寓言"的现代版),也揭示了身在其中的叙述者自身也是一个"地洞"。卡夫卡或许还进一步意识到,这一作品在揭示深层自我方面过于丰富,从而触

① Aaron L. Mishara, "Kafka, Paranoic Doubles and the Brain: Hypnagogic vs. Hyper-reflexive Models of Disrupted Self in Neuropsychiatric Disorders and Anomalous Conscious States", *Philosophy, Ethics and Humanities in Medicine,* vol.5, 2010(1), p.3.

② Aaron L. Mishara, "Kafka, Paranoic Doubles and the Brain", *Philosophy, Ethics, and Humanities in Medicine,* p.3.

③ 即the "animal Ich",这是不少研究者对叙述主人公的称呼,本文从之,为免烦琐,下文不再标注引号。

④ 卡夫卡:《地洞》,《卡夫卡全集》(1),第472页。本文所引《地洞》文本,如无特殊说明,均出自本版本,将随文括号标出页码;另引文中所夹带原文为笔者所加,所依据版本为Franz Kafka, *Nachgelassene Schriften und Fragmente Ⅱ*, hrsg. v. Jost Schillemeit, S. Fischer Verlag, 1992, ss.576–632。研读过程中同时参照与核对了Stanley Corngold的英译文(Stanley Corngold trans.& ed., *Kafka's Selected Stories*, New York: W. W. Norton & Company, 2007, pp.162–189.)。行文中对页码的统计依据的是中文本。

⑤ 米尔登·多拉尔甚至认为,《地洞》和《约瑟芬》构成了一副"对折画",具有某种"遗嘱或见证"(testament)的意义。See Milden Dolar, "The Burrow of Sound", p.112.

发了他心理上的自我保护机制,因此不愿出版。

就自传性或自我揭示来说,《地洞》与《约瑟芬,或耗子家族》在叙述方式上的差异颇能说明问题。美国学者柯尔柏的看法是个佐证:虽然两个作品中的叙述者都是"我(Ich)",但《约瑟芬,或耗子家族》的叙述者不是故事中的中心人物,"我"只是在非常有限的程度上直接参与了所叙述的事件,毋宁说只是一个观察者和评论者;也就是说,和《地洞》比较起来,在读者和主人公的声音之间,《约瑟芬,或耗子家族》插入了一个额外的语言层面,"当我们倾听挖洞者的声音时,我们直接听;但我们听约瑟芬(发出声音)时,我们得透过其他倾听者的倾听"[①]。《约瑟芬,或耗子家族》增加出来的一个语言层,从作家的"自我保护"角度来看,或许可以理解对其"文学建筑"进行"重建"或"加固"的一种措施。而这一点,也正是《地洞》中的主人公梦寐以求的:"有时我做梦,梦中我已经把它重建了,一夜之间以巨人般的力量,神不知鬼不觉地,迅速而彻底地把它改造了,这下谁也攻不破了。"(478)

如果说,在《地洞》中的动物—我建造洞穴以保护自我(的身体),与卡夫卡通过写作来保护自我(精神世界的某种秘密)之间有一种对应关系,那么,在卡夫卡不愿公开发表《地洞》与动物—我不想暴露自己"地洞的入口"之间或许也有一种对应关系。从《地洞》开头处对于"地洞入口"的描写入手,或许也正是进入这一文本的恰当方式。

迷失在"出/入口"

研究者对于"地洞入口"的困惑,其实正来自动物—我在描述自己"进出"这个关口时所感到的困难——首先是从这个"入口"来到外界(此时"入口"其实已经变成"出口")过程中所感到的折磨,其次是准备再次通过这一入口进入地洞过程中所感到的恐惧。可以发现,这个艰难的、也让人很难理解的"出—进"行动构成了作品前半部分的叙述活动。

---

① Clayton Koelb, "Kafka Imagines His Readers: The Rhetoric of 'Josefine die Sängerin' and 'Der Bau'", in James Rolleston ed., *A Companion to the Works of Franz Kafka*, Camden House, 2002, p.353.

先看动物—我经过出口离开地洞的情形。动物—我离开地洞的理由据说是“让自己冷静冷静,同时检查一下地洞是否坚固”,接着谈到“出去”的障碍是需要穿过“一套完善的、小规模的迷津暗道”(477)——似乎这个“出/入口”就是这样一套“迷津暗道”或一个小型迷宫。这是文本中对于“出/入口”的首次细描,长达2页,也是对“出/入口”的辩证性质首次阐明。笔者认为在此包含着理解整个文本的一个非常大的困难,或者也可以说,这个“困难”是通向理解过程的一个非常重要的“入口”,和走出理解困境的“出口”:一个“出/入口”表面看来似乎是一道门,这个门给予读者的期待是,这道门通向一个被解放了的外界;但实际上,它也可能是一个平面世界的纵向拓展,门或出/入口会一下子“变形”成为无法理解的、不知通向何处的幽深隧道。似乎在动物—我的体验中,并不存在从一个空间到另一个空间的清晰过渡,只有作为总体的空间性质的令人不安的转变。比如,动物—我提到了“走近出口”,但“走近出口”之“走近”的起点就难以捉摸,这导致出口的起点也难以捉摸,而从严格意义上说,“出口”本身是没有厚度的,因此实际上也没有所谓的“起点”。不仅如此,动物—我的叙述在此还突然插入了一段对于往事的回忆,这就使得空间、时间和叙述同时被迷宫化了:“我的地洞就是从那里起始的,但**当时**我还不能指望能够如愿以偿地按照我的计划去完成,我开始半游戏似地从这个小犄角干起来……”(黑体为笔者加)。(476)

但要走出这个自建的“迷宫”,只能继续走。动物—我说:“我只管朝着出口方向走。虽然我与入口处之间隔着通道与广场,我依然感到我已经陷入了一种巨大危险的氛围之中。有时候我好像觉得我的皮变薄了,不久我只能以赤裸裸、光溜溜的肉身站在那里,这时候,我的敌人以吼叫来欢迎我。”(477—8)对于这一奇怪的感觉,长期研读这一作品的赫尔曼·魏刚德也觉得奇怪:“它到底为什么害怕经过它的迷宫?其实很难弄清楚。那个地方莫名其妙地就成了它的恐怖区,经过那里就好像被活剥,因为它所讲出来的东西都是替代物,是对所替代的东西的合理化,而那被替代的东西是个谜。它是否担心一旦出去就没有勇气再回来了?[①]尽管魏刚德并没有给出解释,但他所用的措辞如

① Hermann J. Weigand, “Franz Kafka's ‘The Burrow’(‘Der Bau’): An Analytical Essay”, *PMLA*, vol.87, 1972(2), p.157.

“活剥”“出去”与“回来”却引人遐想。笔者想起柏拉图《理想国》中曾有相似场景。在最后一卷,苏格拉底转述了厄洛斯“复活”后的见闻,其中包括一次“洞口见闻”:“凡罪不容赦的或者还没有受够惩罚的人要想出洞,洞口就会发出吼声。有一些样子凶猛的人守在洞旁,他们能听懂吼声。也是他们把有些人捉起来带走。而像阿尔蒂阿依俄斯那样的一些人,他们则把他们捆住手脚头颈,丢在地上,剥他们的皮,在路边拖,用荆条抽打。”[①]可以看出,这里的“出洞”以及洞口发出的“吼吼声”都是沟通两处文本的“出入口”。还可以认为,《地洞》中“赤裸裸、光溜溜”的肉身,也指向《理想国》结尾处关于赤裸裸的灵魂穿上“肉体衣服”以再次“出生”的场景。[②]考虑到卡夫卡曾说自己的一生就是“出生之前的犹豫”[③],不妨说,《地洞》中的这段“走出洞穴之前的犹豫”是这一直白说法的文学表达。

靠近出/入口的这段“迷津暗道”也常被与卡夫卡的成名作《判决》联系起来。在此需要提及《地洞》解读史上的一个共识:这一文本与卡夫卡总体的写作事业和具体的作品有千丝万缕的联系。按照波利策的说法:“以几乎是寓言的方式,这一作品与卡夫卡自己的作品/工作同一;由于这一作品/工作也是他的作品/工作的一部分,这一作品/工作也持续地映照它自己;(在这一作品中)他以几乎不加掩饰的诸多暗示,探讨了他自己写作的性质;读者在跟随‘动物—我’穿过通道和防御工事的时候,读者也在经过卡夫卡的书。”[④]根据这一思路,《判决》显然是卡夫卡所建筑的第一座文学“建筑”(“Der Bau”的意思就是“建筑”),是其文学事业的“迷宫式”起点。据卡夫卡回忆,写《判决》的那个夜晚,他原本打算写的是一场战争:“一个年轻人从他的窗户往外看,看到了一群人逼近一座桥”,但“之后一切在我的笔下都改变了”。[⑤]动物—我叙述说,虽然它在“半游戏似地”工作状态中并未按照“原计划”完成这个入口,但却从中“第一

① 柏拉图:《理想国》,张竹明译,南京:译林出版社2009年版,第372页。

② 在灵魂选择来世生活的场景中,厄洛斯特别注意到滑稽家赛尔息特斯的灵魂“正在给自己套上一个猿猴的躯体”。柏拉图《理想国》,第377页。

③ Franz Kafka, *Diaries*, p.405.

④ Heinz Polizer, *Parable and Paradox*, Ithaca: Cornell University Press, 1966, p.319.

⑤ Reiner Stach, *Kafka: The Decisive Years*, trans. Shelly Frisch, Princeton University Press, 2005, p.113.

次充分领略到劳动的愉快”(477),这明显影射卡夫卡在写作《判决》过程中所感到的第一次满足。文本中还提到:“我有时一度迷失在自己的创造物中,因而显得这工程似乎还须不断地奋斗下去,以便向我这个早就对它下了坚定不移的判断的人证明它的存在权利……”(478)这里的关键词之一是“判断”,原文是“(das) Urteil”,亦即《判决》(*Das Urteil*)——康格德提醒读者,此处的“我这个早就对它下了坚定不移的判断的人”(dissen Urteil schon längst feststeht)应该理解为:“我这个早就写下了《判决》的人。”[①]而卡夫卡也确实常常觉得自己无法解释自己的作品,也就是常常迷失在自己的建筑/作品中。

这种迷失,说来古已有之——在奥维德《变形记》中,如此描写迷宫建造者代达罗斯被自己的迷宫“迷住”的故事:“就像佛律癸亚平原上的麦安德尔河,往返曲折地流着,像戏耍似的,它回过身来就望见自己的另一段从对面流过来;它一会儿向源头方向流,一会儿向大海方向流,永远在改变方向。代达罗斯也是这样在迷宫里造了无数曲曲折折的墙,连他自己也几乎找不到通向入口的路,这建筑可真能把人迷住。”[②]令人意外的是,代达罗斯几乎找不到的,也正是“通向入口的路”。更切近地看,卡夫卡《地洞》中的动物—我简直就是迷宫的建造者代达罗斯、迷宫用以禁闭其中的人兽混合物米诺陶洛斯以及写作这个故事的诗人奥维德这三者形象的合一:兼有人和动物特点的动物—我不但讲述了被自己所建的“建筑”迷住的经历,而且从后文我们还知道,它还曾“记下了各种观察”(481),也“经常花几个钟头凝神谛听一番,耐心把结果记录下来”(《地洞》:493),因此显得是个作家/诗人。

几番周折之后,动物—我终于来到了外面,而就在此前一段,它叙述了自己“重建入口”的梦和梦发生于其中的睡眠:“这一觉睡得比任何时候都香甜,醒来时我的胡子上还滚动着欢乐和宽慰的泪珠。”(478)将这两段对照起来看,不难发现,走出入口(由内而外)的行动对应着从梦到醒的转换,似乎“走出入口”这一悖谬的行动只有在梦中才能完成——完成这一行动的标志就是“醒来”。这也暗示了另一重意义上的“(洞穴)内外”:梦和睡眠对应的是意识状态的“内部”或者说“无意识”;对行动的谋划和反思所对应的,则是意识状态的

① Stanley Corngold trans.& ed., *Kafka's Selected Stories*, p.169.

② 奥维德:《变形记》,杨周翰译,北京:人民文学出版社1958年版,第153—157页。

“外部”或者说“意识”。可以说,动物—我在洞穴内外的两种生存状态之间的艰难转换,与在清醒与梦这两种意识状态之间的快捷切换,以及这两种异质的运动所形成的二元关系,既是文本编织自身的动力结构,也使得《地洞》这一文本成为既开放又封闭的“地洞式文本”的原型结构。在最终的意义上,《地洞》及卡夫卡的作品既向“(意识)世界”开放,又被封闭于这个它向之开放的“(意识)世界”。

与(作为他者的)“自我”相遇

在对短暂的洞外生活进行短暂的描述(不到半页)之后,动物—我便又迫不及待地回到了洞口:“我很快跑离洞口,不一会又赶回来。我在寻找一个合适的藏身之所,并守望着我的家门——这一回是从外面——一连几天几夜。”(479)在此时此地,它陷入一种清醒地做梦的状态:“觉得自己既能一边熟睡,一边机警地守护自己,这未尝不是一种幸福。”(479)它看着洞口,就好像看着自己,就好像它看着正在睡着的自己,它自信有这样的能力,或者被赋予了这样的优先权或特权,不但能在全然无助的状态中以及对梦的盲目信任中,梦到夜里的幽灵们,与此同时又能以全部的清醒的力量和平静,实实在在地与它们遭遇,它在这种状态中能形成牢不可破的判断。(479)

这段“在洞门之前”的遐想具有重要意义。“梦中的全然无助”意味着思考与反思被压缩至极限,是荷马笔下冥府内被剥夺了理智的“幽灵”的存在状态,“形成牢不可破的判断”则是冥府中的先知帖瑞西阿斯所具有的能力[①],或更确切地说,是在冥府同时遭遇两类幽灵的奥德修斯具有的能力。这意味着这个守护者能够同时存在于洞穴(冥府)内外和梦幻内外。或许这就是米沙拉所认为的“自我分身或倍增”(doubling)结构。值得注意的是,“分身”的结构也包含了“再生”的隐喻:“苔藓覆盖着的、迷宫—肠道般的地洞入口象征的是女性生殖器官,同时也间接地象征卡夫卡的创造性的写作所卷入的再生自我的过

① 参荷马:《奥德赛》卷10行490—495:“但你们需要首先完成另一次旅行,前往哈得斯和可畏的佩尔塞福涅的居所,去会见特拜的盲预言者特瑞西阿斯的魂灵,他素有的丰富智慧至今依然如故,佩尔塞福涅让他死后仍保持智慧,能够思考,其他人则成为飘忽的魂影。”王焕生译,北京:人民文学出版社1997年版,第190页。

程。……这种再生是自我通过似睡非睡时的分身或倍增过程(hypnagogic-doubling process)完成的。(在这种情况下)他者就是我的有身体的自我之倍体。"①

从某个时刻开始,动物—我觉得还是有必要"回到洞穴"(溜进)。但和此前"走出洞穴"相似,这个过程伴随着令人费解的思虑、想象和行动,篇幅长达6页半。其行动梳理出来大体是这样:下去之前,它先把战利品堆进入口,在附近建了一个短的瞭望渠,但对于下不下去犹豫不决,因为它有时觉得外面的危险要比里面的危险更好对付;它打算跳进洞穴,但走过了头,作为惩罚,扑进荆棘丛……接下来是一段令很多研究者感到困惑的想象:

> 我的敌人……说不定是跟我同一类型的人,是地洞营造的行家,或者某个森林隐士,或者和平的热爱者,但也可能是个想不劳而获的粗野的无赖。假如现在它真的来了,带着肮脏的贪欲发现了入口,动手去掀苔藓,而且居然掀开了,挤身进去,拟巢而居,甚而至于弄到这种地步:有一瞬间他屁股正好对着我的脸儿,假如这一切真的发生,我就会像疯了一般,不顾一切地从后面向他扑去,把他咬个稀巴烂,咬成一块块,撕得粉碎,喝干他的血,并立即把他的尸骸拖到别的猎获物当中。(482)

如同漫长地想象了各种情形的动物—我一样,在经历了漫长的思考和阅读之后,批评家格哈德·库尔茨某一天也突然灵光一闪,在上引动物—我对入侵敌人的想象中,辨认出了批评家形象:"这个形象既是它所害怕的,也是它所期待的……不难看出这是一个文学批评者和解释者的形象。"②

从文学批评的角度看,获得对卡夫卡作品的"牢不可破的判断",也是历代卡夫卡学者的牢不可破的梦想。如果在动物—我"讲述"自己如何建造地洞与卡夫卡"写作"《地洞》之间有一种对应关系,那么,批评家试图"解读"《地洞》的批评行动,就大体对应着上述动物—我想象中的敌人入侵并占有洞穴的行动。入侵并占有洞穴,在文学批评的层面,表达的是批评家对或许隐藏在文本

① Aaron L. Mishara, *Kafka, Paranoic Doubles and the Brain*, p.12. 最后一句原文为:Others are doubles of my embodied self.

② Gerhard Kurz, "The Rustling of Stillness: Approaches to Kafka's *The Burrow*", trans., Eric Patton, in Stanley Corngold trans.& ed., *Kafka's Selected Stories*, p.343.

深处的意义的进行"判断"的欲望,而文本内的动物—我则早已将这种欲望界定为"邪恶的流氓无赖"的欲望,表达的则是作者对于此类"判断"的预先判断。但蹊跷的是,正如我们将要看到的,在《地洞》文本内部和在《地洞》解读史的某个时刻,这两种"判断"开始重合为同一种判断。

早在1972年,批评者和解释者赫尔曼·魏刚德已经预先揭示了上述细节所包含的"邪恶欲望":他注意到文本描述那个引导"敌人"来到洞穴的"某种令人讨厌的小动物"(ein weiderliches kleines Wesen),"某种无辜的小家伙"(eine beliebige kleine Unschuld),用的均是阴性形式,因此有种性含义:"如此这般地、小心翼翼地遮蔽起来的东西,正是因为对于动物的清教徒式的道德符码而言,性是无法忍受的羞耻;对于不体面的性的焦虑沟通了此前存在论的焦虑和罪疚感。"[①]动物—我害怕暴露在身后的秘密,其原因和《审判》中的K一样,它害怕羞耻在它身后长存:

> 在长篇小说里公开描述的东西在这里被省略了。但也可以说并没有省略,而以一种变形的方式得以表达——性转变成为暴力,女性成为男性。这一杀戮被理解为回家的方式,它试过其他方式都失败了,只有这种狂怒能使它回家。只有这种自我催眠的绝技和在这种状态中的暴力洪流允许它回家来。在最具画面感的六个愿望从句中,激情逐步升级,涉及窥阴、强奸、凶杀和吞噬同类。[②]

如果把这一解读与库尔茨的解读并置起来看,就会发现只有在批评史中才能出现的这一幕喜剧:如果动物—我代表的是害怕暴露自己秘密的作者形象,入侵者代表的是喜欢窥探秘密的批评者形象,那么在魏刚德所揭示的动物—我的欲望之镜中所映照出来的,也是批评家自己隐秘"窥阴"欲望。如果批评家在动物—我那里读出了施虐欲,那么在文本中辨认出了自己形象的批评家所暴露的就是受虐欲——想象一下批评家数十年来被这一文本深深吸引

---

① Hermann J. Weigand, "Franz Kafka's 'The Burrow'('Der Bau'): An Analytical Essay", p.159.

② Hermann J. Weigand, "Franz Kafka's 'The Burrow'('Der Bau'): An Analytical Essay", p.159.

也被其深深折磨的情形吧。

其实动物—我也想象了另一种"值得信赖"的批评家,后者的任务只是"守护":"假如我有某个值得信赖的人,可以把观察哨的任务交给他,那我就可以放心地下去了。我会跟这个我所信赖的人约定……"(482)读到此处,笔者觉得某种匪夷所思的现实突兀地进来:这个"值得信赖"的人指的是谁呢?不就是他最信赖的朋友、遗嘱托付者马克斯·布罗德。距离这个猜测最近的是波利策:"洞穴代表卡夫卡的坟墓,他有意把这个故事当作欣赏自己葬礼的方式。"[①] 如果地洞是卡夫卡的坟墓,那么《地洞》就是他留给布罗德的"遗嘱"和"约定":"在我下去的时候,在下去以后的长时期内,严密观察形势……" (483)但动物—我与卡夫卡都知道,最终的信任和能被绝对执行的遗嘱都是不可能的:"只要这样想一想就够了:在我下去期间或下去以后,人生道路上的无数偶然事件,都能阻碍所信赖的人履行他的义务,而他的任何一个最小的障碍都会给我造成不可估量的后果。"(483)

回看卡夫卡1924年"下去"之后发生的事情,令人感慨:布罗德在卡夫卡"下去"后,首先发表了要他烧毁手稿和遗著的两张遗嘱,出版了卡夫卡要他烧毁的包括《地洞》在内的遗著。他还把手稿带到了特拉维夫,在他1968年也"下去"之前又进一步把手稿赠给他的女秘书,从而引发了2008年以来关于卡夫卡手稿的"诉讼"。[②]

作为文本结构标示的"声音"

在一种"半梦半醒"(486)的意识状态中,动物—我通过入口,重新来到地洞。这一"由外入内"的转变发生在文本中间位置,或许并非巧合。笔者认为这是文本已经完成的一个佐证,这个转变发生在文本"中间",可以视为作者的有意安排。这个发生在"中间"的转变所表明的,其实是要说,内与外的"中间状态"就是"半梦半醒"。学者普遍认为,稍后主人公从一次"深沉的睡眠"中的"醒来"以及使它醒来的"一种几乎无法听到"的嘶嘶声的出现,标志着叙事行

① Heinz Polizer, *Parable and Paradox*, p.322.

② 关于遗嘱问题及引发的学术性与非学术性"诉讼",详见本书第一章。

动的一次“突转”。[①]笔者觉得，这次从“深眠”到“醒来”的过程更重要的功能，是要通过最后一次重复第一部分中作为常态的“梦—醒”过程，确定“中间”状态据以成立的“两端”。以此来看，几乎无法听到的嘶嘶声几乎就是难以确定和做出判断的“中间状态”的客观对应物（objective correlative）。

和动物—我一样，研究者在这部分中最感兴趣的东西是那个来源不定的声音，甚至被认为“可能是建洞者的宇宙最重要的东西”[②]。卡夫卡与同时代的一个医生兼批评家最早把这个声音与卡夫卡的疾病联系起来：“健康的肺是没有声音的；患结核的肺发出嘶嘶声。”[③]埃姆里希把这个解释与海德格尔“存在的本真呼声”结合起来，认为这个声音其实是叙述者的“本真自我”，也就是它里面的“死”发出的声音：“在它的深眠里，这一自我的声音就作为一种威胁、可怕的嘶嘶声让睡者醒来。不管它往哪里走，无处不在的嘶嘶声伴随左右。声音就是它自己的呼吸：从它里面发出来的威胁。”[④]也有学者认真地考虑了卡夫卡拥有倾听这种声音的“非人灵魂”的可能性：“太多批评家过于急躁地把那个声音归于它的幻觉或它自己的呼吸声。真的没有在任何地方听起来都同样大小的声音吗？透过动物的心灵我们知道……”[⑤]据笔者所见，最巧妙的解释当属布克哈特·穆勒（Burkhard Müller）：这个故事是以“das”结尾的，或者说文本就中断在了此处，这最后一个字母“s”代表的就是那个不祥的嘶嘶声，“它威胁着要吃掉整个文本和文本中的所有意义，剩下的就是一个无法发出声的嘶音”[⑥]。

笔者认为上述解释的共同缺点在于过于零碎甚至钻牛角尖，而忽视了文

① Richard T. Gray, Ruth V. Gross, Rolf J. Goebel and Clayton Koelb, *A Franz Kafka Encyclopedia*, Greenwood Press, 2005, p.28.

② Clayton Koelb, “Kafka Imagines His Readers: The Rhetoric of ‘Josefine die Sängerin’ and ‘Der Bau’”, in James Rolleston ed., *A Companion to the Works of Franz Kafka*, p.353

③ Deborah Crawford, *Franz Kafka, Man out of Step*, New York: Crown Publishers, 1973, p.152.

④ Wilhelm Emrich, *Franz Kafka: A Critical Study of His Writings*, trans. Sheema Zeben Buehne, New York: Frederick Ungar Publishing Co., 1968, p.215.

⑤ Marjorie Gelus, “Notes on Kafka ’ s Der Bau: Problems with Reality”, *Colloquia Germanica*, 1982(1), p.106

⑥ Burkhard Müller, “Consolation in Your Neighbor’s Fur: On Kafka’a Animal Parables”, in *Kafka’s Creatures: Animals, Hybrids and Other Fantastic Beings*, ed., Marc Lucht & Donna Yarri, Lanham, Lexingtong Books, 2010, pp.101-117.

本形式的建构作用。第一部分的重点在于进出的困难以及梦里梦外的转换，困难的进进出出经由梦里梦外的转换来完成，结构相对完整。第二部分的重点在于嘶嘶的、似乎没有来源的声音，对声音来源的寻找成为叙述的动力；但声音来源以及有没有来源都不确定，因此整个第二部分的叙述便显得“很悬”。第二部分的整体性和统一性因此就成为问题，进而整部作品的统一性也成了问题。笔者认为，对声音的解释应该服务于这个目的。换言之，应该把对声音与作品的结构联系起来。

在对声音来源进行探究过程中，动物—我曾想到一种可能：“也有可能存在着两个发音的中心……”(490)巧的是，此时它恰好位于声音的两个中心的“中心”也就是“中间”位置：文本中存在两处写到“声音”的来源，这两处与提出这一假设的“文本位置”等距。一处是在第一部分的结尾和第二部分的开头，也就是作品中写到的动物—我在其中“睡了很久”的“深沉的睡眠”的地方，嘶嘶声就是在此时出现的。嘶嘶声因此既是梦里梦外转换的节点(它唤醒了做梦者)，也是文本两部分的分界线。如果整个文本可以看作一个洞穴的话，那么比起第一部分来，第二部分处理的问题更深，因此像是一个洞穴的“内部”，而相应的第一部分就是洞穴的“外部”。

另一处出现在动物—我对自己“最心爱的计划”的描述中，改造的对象恰是整个地洞的核心——“城廓”(Burgplatz)。这部分描写特别重要：

> 我最心爱的计划之一，是把城廓跟它周围的泥土隔开，就是说，城廓墙壁留下约与我的身高相等的厚度，然后沿着城墙的外部，挖一层腔室，其宽广幅面与城墙壁面相同——只留下一个很小的地基，因为很可惜无法把城廓与地面全部分开。我总是不无理由地把它设想为我所能有的最上等的寓所。在这个圆形体的上面，我悬吊呀，攀缘呀，下滑呀以及翻滚呀，最后又站在地上。所有这一切游戏都是在城廓上面做的，没有真正到它的内部去。现在能避开城廓就避开，能不进去看就不看，把看的快乐留在以后，不必因此而为之怅然，那是为了把它牢牢抓住，不过假如仅仅拥有一条通往那里的公开通道，这是不大可能做到的；但好在可以为它放哨，这就补偿了看不见它的内部这一缺憾。要是让我在城廓和腔室之间选择一个为我的终身寓所的话，我一定选择后者，宁可不断地上上下下巡

逻,以守备城廓。这样一来墙壁里就不会有响声了,不会有东西向城廓大胆挖掘了;于是那里的和平有了保证,而我成了和平的守护者;我也会倾听,但不是怀着反感情绪去倾听小动物们的挖掘,而是满怀快乐地去倾听现在完全躲避我的东西:那就是城廓里寂静的簌簌声(das Rauschen der Stille auf dem Burgplatz)。①

这里出现了两种"声音":一种是动物—我焦虑地寻找其来源的"嘶嘶"(das Zischen)声,它相信这个声音就藏在"墙壁"这个"实心"空间里,在这个实心的空间里,有小动物(或大动物)在挖掘,"嘶嘶声"就是它们弄出来的;另一种是"空心"的城廓里"寂静的簌簌声"(das Rauschen)。那么,这两种声音什么关系?一方面,从动物—我对这两种声音截然不同的情感反应(对嘶嘶声"反感",对簌簌声"满怀快乐")来看,似乎是两种相反的声音。但另一方面,也不能排除这一可能:这仅仅是它对两种相同的东西同时做出的截然相反的判断,而这种判断恰恰基于它可疑的精神状态("心神不宁""神思恍惚")。

其实,两位特别关注声音的学者德利斯考尔与库尔茨也都没有对这两种声音进行区分。他们甚至《地洞》中的声音与卡夫卡其他作品中众多奇怪"声音"看作同一类,比如《变形记》格里高尔发出的混杂着动物的说话声、格里高尔的父亲所发出嘶嘶声(Zischen)、风吹报纸发出的簌簌声(rauschten)、《城堡》中电话听筒传来的嗡嗡声(Rauschen; Summen)以及《家长的忧虑》中奥德拉戴克所发出的像是落叶一样沙沙声(Rauschen)等。②德利斯考尔援引罗兰·巴特的说法,将此类无法被理性话语所捕捉、但也不能被排除在"意义界域"之外的声音称为"极限噪音"(limit-noise)和"由于缺乏噪音而产生的噪音"(the noise of an absence of noise)。③从这个角度看,动物—我所听到的或想象出来的两种声

① 此段译文以叶廷芳先生的译文(491页)为基础,对照 Jost Schillemeit 批评版原文(s.489)与 Stanley Corngold 英译文(pp.179–80)。

② Kari Driscoll, "Is for Animal: Speech and Voice in Ovid and Kafka", in Mark Andson ed., *Franz Kafka, The Metamorphosis*, trans. Susan Bernofsky, Norton & Company, 2016, p.188; Gerhard Kurz, "The Rustling of Stillness: Approaches to Kafka's *The Burrow*", trans. Eric Patton, in Stanley Corngold trans.& ed., *Kafka's Selected Stories*, pp.345–348.

③ Kari Driscoll, "Is for Animal: Speech and Voice in Ovid and Kafka", in Mark Andson ed., *Franz Kafka, The Metamorphosis*, p.188.

音，其实是同一种声音。德利斯考尔的评述富有诗意："渐次清楚的是，这种声音就来自于语言的内部，或者内部语言（inside language），它把叙述对折（subtends）起来，最终成就了叙述。"[①]语言似乎也是一个有"内部"的洞穴，捉摸不定的"声音"既是语言的意义之源（因此显得像是洞穴的"内部"），也在语言表意能力之外。这是一个奇怪的结构，洞穴的至深处倒显得是在洞穴的外面。

"空心城廓"与克莱因瓶

动物—我所构想的空心城廓里的声音是"声音"的两个中心之一，而关于空心城廓的叙述进一步"对折"了两个中心，从而使自身成为文本的重心。我们将看到：一方面，这个匪夷所思、难以想象的建筑是如何通过"重复"此前的叙述而把整个文本组建起来的；另一方面，这个难以确定内外甚至根本没有内外的奇怪结构所依托的模型到底是什么。

这个在想象中被改造了的"城廓"可以看作整个地洞在结构上的缩微版，可以说是"地洞中的地洞"。从功能来看，它不但与作为整体的地洞相互映照、相互说明，而且更重要的是，从结构来说，作为整体的洞穴由于与外界相通而被淡化了的"封闭性"问题[②]，以及前半部分一再渲染的经过"出入口"的困难，在这个缩微版地洞中也得到了更为集中的呈现。

一旦确立了这一比例关系，不妨说，上部分引文中位于"城廓"外部的"腔室"，相当于文本开头所描写的"跟哪里都不相通"的"大洞"，而真正的"洞穴"，则相当于被腔室分离开来的"空心城廓"。

由此可以修订和重述文本开头的表述："大洞"不是"与哪里都不相通"，其实，它是一个与任何地方都能相通的"入口"，即动物—我可以从大洞这个通向外界的"入口"走到外界；这个外界，可以认为有无数的看不见的"空气通道"，动物—我通过某个空气通道来到通向"真正洞穴"的"真正入口"，它的身体在

① Kari Driscoll, "Is for Animal: Speech and Voice in Ovid and Kafka", in Mark Andson ed., *Franz Kafka, The Metamorphosis*, p.189.

② 地洞之"封闭"的问题性可以如此表述：地洞的"外面"算不算的地洞的组成部分？而没有一个外面，地洞如何成为一个地洞？

空气中运动的轨迹就是这个“通道”[1]。现在和“大洞”相连通的整个外界都是与真正洞穴/空心城廓仅一墙之隔的“腔室”，这样它就来到了我们曾经分析过的第一部分中的“在入口之前”：它克制住想要进去的欲望，而是打算就在洞口附近住下，专门观察以度日，并不断想象着自己如果置身洞中的幸福和安宁——在那时它其实已经成为“和平守护者”。它在那里重温的“一个完美无缺、万无一失的地洞建筑的旧梦”(484)，其实就是此时想象中的“洞穴中的洞穴”：在这样一个夹层(腔室)中，它看护着城廓。尽管城廓本身并没有变，但由于多了一个夹层(腔室)，从而凸显了其作为“内部”的特点：由于在它的“外部”另挖了一个“外部”(腔室)，这个原本只有“内部”的穹隆/广场于是便有了一个封闭的“外部/腔室”，因而自身成为“内部的内部”。位于这一夹层(腔室)的动物于是获得了一个此前梦想的“保险”角度，即既在洞穴里面，又在洞穴外面。以这种方式，它为自己保留了一个自己不在其中的不可摧毁的核心。

但理解这个“地洞中的洞穴”真正困难在于：它是无法被建造出来的。这种困难解释了文本第一部分中“进出”过程的困难(内外的区分其实不成立，进出其实并不存在)，也对应了由于“空心城廓”无法“与地面全部分开”而感到的“可惜”(分开后就成了“空中楼阁”，或再放大来看，就成了独立的星球，但在独立出去的星球上，如果仍有一个动物—我，其实仍会复制现在面临的结构性困境)与“看不见它的内部”的“缺憾”(如果看得见内部，这个内部就不再是安全的)。它要把“空心城廓”牢牢抓住，其意思不是把它的整个穹隆抱在怀里，而是要同时把握住它的内部和外部。但这样就至少需要两个入口，一个入口通向城郭(内部)，一个通向“腔室”(城郭外部的“内部”)。但如果有一个入口通向穹隆，它就不是封闭的了，就不会发出由于“空洞”而发生的“寂静的簌簌声”；这种完美的“寂静之声”将时刻面临着降格成为令人烦恼的嘶嘶声的危险。

如果笔者没有搞错的话，动物—我理想中的完美洞穴其实应该是一个克莱因平面或克莱因瓶(Kleinsche Fläche/Flasche)。在卡夫卡出生前一年也就是1882年，数学家菲立克斯·克莱因 (Felix Klein)设想出了一个在我们三度空间并不现实存在，因而只能用模型来说明的结构(见附图，图片来源于网络)：一

① 顺便说一句，这解释了为何后文中那个“腔室”要有与“我的身高相等”的厚度，因为所谓“空气通道”，是动物—我的身体经过空气所自然形成的。

个瓶子底部有一个洞，延长瓶子的颈部，并且扭曲地进入瓶子内部，然后和底部的洞相连接。再设想一下，在我们的三度空间中，不可能在不打破蛋壳的前提下从鸡蛋中取出蛋黄，但在四度空间里却可以：将蛋黄的轨迹连同蛋壳投影在三度空间中，必然可以看到一个克莱因瓶。如此得到的这个现实版的克莱因瓶的瓶颈和瓶身是相交的，也就是说，瓶颈上的某些点和瓶壁上的某些点占据了三度空间中的同一个位置。这或许可以解释动物—我在经历出/入口时感到的困难，它进出时所感到的困难就像要完成从三度到四度空间的“穿越”。

在《圣经·创世记》中，上帝有办法把夏娃从亚当身体里取出来而不让亚当觉得或记得自己的身体曾被破坏。上帝的办法似乎与动物—我想到的办法几乎一样：上帝让亚当陷入“沉睡”（好似病人麻醉在手术桌上），动物—我则靠自我催眠。我们可以这样想象它进入这个克莱因瓶的过程：动物—我从底部的那个大洞进入，进入了洞穴的里面，它在那个由大洞的“外部”所形成的穹隆上观察、翻腾、玩耍，它不再需要进入它的里面了，因为它就从里面来。在这个模型中，“大洞”与“真正的洞穴”是一个东西，只不过一个在外面，一个在里面，而里面就是外面，因为它只有一个面。完美洞穴的梦想如此简单地就得以实现，简单到难以置信，如同作品里的动物—我所说：“君不见，童话里的一切都进行的很快的，这种慰藉也是属于童话世界的。”（495）

动物—我倒是从一开始就相信另一种“传说”：“威胁我的不仅有外面的敌人，地底下也有这样的敌人。我虽没见过，但传说中讲到它们，我是坚信不疑的。”（471）后来它相信致命的声音就藏在土里：“于是去检查挖出来的泥土，把土块抛入空中，让它们砸得粉碎，还是看不见噪音的制造者。”（493）行文至此，笔者开始怀疑卡夫卡是否读过艾略特的《荒原》（1922）。其中有诗句：“我要指点你一件事，它既不像/你早起的影子，在你后面迈步，/也不像傍晚的，站起身来迎接你；/我要给你看恐惧在一把尘土里。”[1]

---

① 艾略特：《荒原》，赵萝蕤译，收入袁可嘉、董衡巽、郑克鲁选编：《外国现代派作品选》（1），上海：上海文艺出版社1980年版，第90页。

第十四章　卡夫卡的“哈姆莱特问题”

美国学者哈罗德·布鲁姆有言：“莎士比亚成为西方经典的中心至少部分是因为哈姆莱特是经典的中心。”[①]在谈到莎士比亚对卡夫卡的影响时，他特别提到了卡夫卡小说的主人公与哈姆莱特之间的精神联系：一方面是存在于小说主人公中的“莎士比亚—弗洛伊德式的无意识的负罪感”[②]，另一方面则是主人公人生态度的变化，卡夫卡的作品“将主人公的脆弱转变为咄咄逼人的寻衅，在面对法庭和城堡时，约瑟夫·K和土地测量员K.就是持此态度的”[③]。在布鲁姆看来，正是这两个方面的张力造就了卡夫卡及其文学的一个“不可摧毁性”；这种“不可摧毁性”也是卡夫卡通过其包括书信、日记等在内的所有作品表达出来的对其深层自我的某种悖论性的认知——“对卡夫卡而言，我们感到愧疚正是因为我们最深层的自我是不可摧毁的”[④]。对于布鲁姆的看法，后文将进一步分析，他这么说不是随随便便的，他的看法为我们提供了进入卡夫卡作品的一条可能的路径。事实上，莎士比亚的哈姆莱特是理解卡夫卡及其作品的一个重要参照。

“果壳”里的卡夫卡

在1911年的一则日记里，卡夫卡叙述了自己独特的“清醒地做梦”的状态，足以表明他对哈姆莱特确是“心有灵犀”：

---

① 哈罗德·布鲁姆：《西方正典》，江宁康译，南京：译林出版社2005年版，第53页。
② 哈罗德·布鲁姆：《西方正典》，第365页。
③ 哈罗德·布鲁姆：《西方正典》，第364页。
④ 哈罗德·布鲁姆：《西方正典》，第365页。

> 无眠之夜。连续第三天了。我睡得很香,但一个小时后就醒来了,就好像我曾把脑袋放到了一个错误的洞穴中。……我的确睡着了,与此同时生动的梦境使我保持清醒。可以说,我睡在我自己的身边,而我还得与那些梦作战……我醒来,所有的梦聚集在我的周围,但我十分小心地不去反思它们。拂晓的时候我把脸埋在枕头里叹息,因为在这些夜晚,所有的希望都离去了。我思量着那些夜晚,在那些夜晚的尽头我被从深眠中唤起并醒来,就好像我曾被封闭在果壳里一样。①

这段文字与《哈姆莱特》的关系是显而易见的,其中的几个核心意象"洞穴""睡眠""与梦作战""果壳"都指向哈姆莱特。《哈姆莱特》第二幕第二场中,王子和罗森格兰兹及吉尔登斯吞的对白所提及的"牢狱"实际上就是指柏拉图意义上的"囚洞"②,哈姆莱特所言"倘不是因为我总做恶梦,那么即使把我关在一个果壳里,我也会把自己当作一个拥有无限空间的君王的",也表明卡夫卡与哈姆莱特是在同一个象征和隐喻框架内思考着各自的问题;当哈姆莱特说"在我的心里有一种战争,使我不能睡眠"时,他与之作战的对象也可以理解为他前面所提及的"恶梦"。

但哈姆莱特不是一个"贵族时代"的经典作家创造的"王者"形象吗?怎么与这个"混乱时代的核心作家"所关注的"个人存在"问题有着这么多的纠葛?这种自我内部的混乱从"贵族时代"就已经开始了?或许并非偶然的是,尼采就从《哈姆莱特》中认出了现代人的"首个代表者形象"③:"他们的心本质上已经破碎和无可救药——这是哈姆莱特的例子……"④

若是如此,"哈姆莱特王子能做好丹麦的国王?"⑤康托尔(Paul A. Cantor)在

---

① Franz Kafka, *Diaries*, p.60.

② 张沛:《"囚牢"、"胡桃壳"、"无限空间的君王"和"噩梦"》,《国外文学》2005年第1期,第67页。

③ 尼采:《快乐的科学》,黄明嘉译,上海:华东师范大学出版社2007年版,第171页,注释3。

④ 尼采:《瓦格纳事件/尼采反对瓦格纳》,卫茂平译,上海:华东师范大学出版社2007年版,第151页。

⑤ 康托尔:《哈姆莱特:世界主义的王子》,刘小枫、陈少明主编:《政治哲学中莎士比亚》,北京:华夏出版社2007年版,第114页。

《哈姆莱特：世界主义的王子》一文的开头提出了这个问题。康托尔的回答似乎是否定的，因为哈姆莱特并不具有或者并不满足于寻常的政治视野，他是一个"世界主义者"，这个世界很大，"他想把整个宇宙看作是自己的城邦"，另一方面，这个世界又可以很小，"他可以满足于自己个人脑海中那个小小的世界，因为在他的脑海中，他的思想可以漫游在整个宇宙中"[①]，他的悲剧也在于此——"哈姆莱特在他的世界里之所以能卓尔不群，原因不在于任何传统灵魂的伟大，而在于他视野的广阔，他对自己复杂的文化所包含的东西的加深了的意识，以及他对其对立的道德要求的回应的深度和真实性"，这样深刻的矛盾和冲突就使得"哈姆莱特的心灵成了一个十字路口、一个战场，在这个战场上，异教徒和基督徒、古典的和现代的价值观在此狭路相逢并展开战争，直到战争停止，留下哈姆莱特，让他不能够对任何一套价值观保持一种纯粹的态度，因而不能够进行他的具体所要求他去完成的特殊任务"[②]。但康托尔暗示，或许有一个更高的世界可以让哈姆莱特称王，那个世界可以满足"哈姆莱特更为兼容并包的心灵的更高渴望"[③]。

但可以设想存在这样一个更高的、可以兼容所有种种分裂的世界吗？我们今天所处的世界看起来就像是这样一个更为兼容并包、更为宽容自由的世界，该如何想象哈姆莱特式的人物在这样一个世界中做一个"贤明君王"呢？

在1915年的一则日记中，卡夫卡其实也早有一问："福丁布拉斯怎么能说哈姆莱特必能证明最适合做王呢？"[④]显然他也认为哈姆莱特不适合做一个丹麦的"王者"，但他似乎也不会同意康托尔的更为乐观的看法，认为存在一个适合于哈姆莱特做王者的更高的或者更好的世界；就做一个好的"王者"而言，问题会不会出在哈姆莱特自己身上？卡夫卡没有直接回答这一问题，但他此后

① 康托尔：《哈姆莱特：世界主义的王子》，刘小枫、陈少明主编：《政治哲学中莎士比亚》，第117—118页。

② 康托尔：《哈姆莱特：世界主义的王子》，刘小枫、陈少明主编：《政治哲学中莎士比亚》，第131页。

③ 康托尔：《哈姆莱特：世界主义的王子》，刘小枫、陈少明主编：《政治哲学中莎士比亚》，第132页。

④ Franz Kafka, *Diaries*, p.343. 在此剧的最后一段台词中，福丁布拉斯高度评价了哈姆莱特做一个王者的潜力：要是他能够践登王位，他必能证明最适合做王（... he was likely, had he been put on, to have proved most royally）。

写了一个剧本《墓园看守人》,似乎是对这一问题的回答。

《墓园看守人》:一个人的政治

卡夫卡的《墓园看守人》(*The Warden of the Tomb*)[①]大约写于1916—1917年的冬季,和卡夫卡的许多作品一样,在生前没有发表,最初由马克斯·布洛德收入《一次战斗纪实》,于1946年出版,英译文收入1958年出版的《一次战斗纪实》[②],之后在1980年J. M.里奇曾将其收入《七部表现主义戏剧》一书。[③]除此之外,研究者几乎忽略了这一作品的存在,中文版《卡夫卡全集》甚至没有收录。而卡夫卡对待这一作品的态度也看似漫不经心,同时代人奥斯卡·鲍姆(Oscar Baum)曾记下了与此相关的一桩轶事:一次他们曾"谈及他写的一个剧本——很可能就是《墓园看守人》——我们都很想听他朗读,他却说:'这个剧本唯一不那么业余的地方,就是我不打算读给你们听'"[④]。

剧本的中心事件是弗里德里希城堡的利奥王子打算在其先人的墓园再增加一个看守人,后者的职责是更为直接地看守墓穴。围绕这一事件,主要有王子和内务大臣的谈话、现任墓园看守人与王子的谈话、总管大臣和内务大臣的谈话,话题涉及各方对王子的提议以及王子天性的不同反应和理解。内务大臣对王子的想法深有疑虑,但仍然表达了他对王子的忠诚;墓园看守人向王子讲述了他每天晚上都要和那些先人的幽灵进行搏斗的情形,30年来他一直尽职尽责地看管着那些幽灵;总管大臣批评内务大臣对王子的纵容,认为王子在天性上存在内在的分裂,要求内务大臣和他一起将王子和城堡引向一个正确的方向;王子意识到局势的危险,"事情变得越来越令人沮丧","所有事情都一触即发"(219),但他对各方的态度却很暧昧。

---

① Franz Kafka, *The Warden of the Tomb*, Nahum N. Glatzer ed., *The Complete Stories*, Schocken Books, 1971, pp.206-219,有关该作品的引文出自该版本,后文只在文后标明出处页码,不再另行做注。

② Franz Kafka, *Description of a struggle*, New York: Schcken, 1958.

③ James McPherson Ritchie, ed., *Seven Expressionist Plays*, London: John Calder; Dallas: Riverrun, 1980.

④ Max Brod, *Franz Kafka*, trans. Humphreys Roberts and Richard Winston, New York: Schcken, 1960, p.74.

作品有不少细节能够和《哈姆莱特》联系起来，比如先人的鬼魂令人联想起老哈姆莱特的幽灵，他们存在于“冥界”，都希望能够把“冥界”的信息带给王子，以助其统治，只不过哈姆莱特和幽灵直接沟通，而利奥王子则通过看守人这一中介；再比如《哈姆莱特》中那个掘墓人已经和坟墓打了整整30年的交道了（这也是当时哈姆莱特的年龄），而墓园看守人的工龄也恰是30年；此外我们也不难看出《墓园看守人》中的两个大臣身上有着理性而忠诚的霍拉旭和颇富世俗智慧的波洛纽斯的影子。

政治或统治的问题显然也是《墓园看守人》的核心问题，这个问题和《哈姆莱特》一样，是由于“鬼魂”的出场而成为一个问题并变得复杂起来的，因此也可以说，理解该剧中政治问题的一个关键就是各方看待“鬼魂”的态度问题。从和“鬼魂”的距离和对其信任的程度来看，墓园出口处的看守人最为切近，他每夜和它们搏斗，累得筋疲力尽，他对鬼魂的态度严格来说不是态度，而是切身的经验，这种经验不是梦，而是现实，正是这种经验使他在某种意义上也成为一个“鬼魂”——总管大臣后来就是这样称呼他的；王子次之，和哈姆莱特一样，他相信鬼魂的真实存在，坟墓或者鬼魂对他来说“代表着人类和其他存在的边界”（207），他认为一个稳固的统治恰恰需要这个边界之外的事物，需要来自冥界的经验，因此他“非常重视”看守人，他对后者说：“我怎能没有你的经验呢？”（211）为使这种经验更为可靠和真实，他甚至打算在每个墓穴都安排一个看守人，作品开头谈论的就是这个问题；内务大臣与鬼魂的距离更疏远一些，鬼魂对他来说属于“超越人类领域的某种不真实的事物”（207），由于其意图暧昧不明，因此需要对其进行“警察式的监管”，这种警察式的监管也是向死者“表达敬意的形式”（207），以使其能够“安息在平静里”（206），显然他对鬼魂的态度里有着更多的习俗和常识意义上的理解；总管大臣和内务大臣都能理解目前宫廷里政治局势的复杂性，但总管大臣显然更深刻地意识到和鬼魂打交道的危险，他更具政治家的远大视力，他认为“正确的道路只能经由理性得到，理性首先必须做出决断”（215），他说，“开开合合的眼睛总是看到那些复杂的事，始终睁着的眼睛在最初的时刻就已经清楚地看到了那种在一百年之后也不会变的永恒的真实”（216）；他并不否认鬼魂可能具有某种真实性，但认为这种真实性恰恰是令人沮丧的，因此要维护或重建城堡的统治秩序，就必须制止王子的打算，全力驱除鬼魂，首先是要驱除看守人，因为“他不仅仅是魔鬼的工具，而且还是魔鬼的一个诚实、积极的助手”(218)。

总管大臣对王子的评价尤其值得注意，这里似乎包含着对卡夫卡上述“哈姆莱特问题”的初步回答。总管大臣认为王子有着伟大而危险的双重本性，“其中一个忧虑着他自身的统治，因此在公众面前表现得心不在焉、失魂落魄、摇摆不定。另一个则非常痛苦地要为自身寻找一个根基。他从过去中寻找它们，挖掘得越来越深”(216)，王子实际上要从居住在地下深处的幽灵们那里“谋取全部能量，他要为某种类似于巴别塔的东西建立基础”(217)。

巴别塔就是《圣经》中的通天塔，卡夫卡在大约写于同一时期的小说《中国长城建造时》也使用了这一意象[①]，这一意象使得王子作为世界主义者的形象呼之欲出。但总管大臣指出，危险也正在于此，兼容并包的世界主义的冲动与现实世界对稳定的政治秩序的要求难以相容：“实际上王子不需要加强他的基础了。如果他能够利用全部现有的力量，他将发现，这些力量对于实现所有摆在神和人面前的责任就已经足够了。但他破坏生命的平衡，他正走在通向暴君的道路上。”(216—217)

这一点通向了传统上对哈姆莱特的一种理解：哈姆莱特非但做不了贤明的君王，反而有做“暴君”的极大潜力。法国诗人马拉美早就指出，哈姆莱特不但亲手杀人，而且他所到之处都会带来死亡，美国诗人、批评家马克·凡·多伦(Mark Van Doren)也说，哈姆莱特“把死亡像流行瘟疫一样散播”[②]，他杀死了普洛纽斯、雷欧提斯、克劳狄斯以及罗森格兰茨与吉尔登斯吞，奥菲利娅、乔特鲁德的死也都与他有关。应当说，哈姆莱特也有一双力图“始终睁着”的“朝臣的眼睛”，但这双眼睛最终连自己的疯狂都没能“看住”，从而陷入自我的分裂。在与雷欧提斯比剑之前，他实际上承认了这一点。[③]哈姆莱特最终也没有出离

---

① 小说中写道：“巴别塔的倒塌在于基础不牢，因而必然失败。”小说中提及的一个补救方案是先建长城，而后建塔，“在人类历史上只有长城才会第一次给一座新巴别塔创造一个稳固的基础”，当然，“这只能从精神角度去理解”。参看卡夫卡：《卡夫卡全集》(1)，第378—379页。

② 马拉美和多伦的评述参看袁宪军：《〈汉姆雷特〉的批评轨迹》(上)，《北京第二外国语学院学报》2007年第2期，第45页。

③ 参看《哈姆莱特》第五幕第二场：“要是哈姆莱特在丧失他自己心神的时候，做了对不起雷欧提斯的事，那样的事不是哈姆莱特做的，哈姆莱特不能承认。那么是谁做的呢？是他的疯狂，他的疯狂是可怜的哈姆莱特的敌人。”朱生豪译文。

他的疯狂,他与他的疯狂同归于尽。

柏拉图笔下的克利尼亚在与雅典人谈论城邦的统治时说:“人与人是敌人。同样,在个人生活中,每个人也是自己的敌人!……在我们每个人内存在着一场针对自己的战争。”[①]在与自己的战争中,哈姆莱特所走的无疑是一条自我毁灭之路,在走向暴君的道路上,他毁灭了自己,因而对哈姆莱特来说,他首先是一个对自己失败、自己毁灭了自己的“暴君”,其次由于他将自己的国家奉献给宿敌福丁布拉斯,因而也是国家的“暴君”。或许正是这样的“前尘往事”让《墓园看守人》中的利奥王子感到非常“沮丧”和“忧郁”。

卡夫卡的“哈姆莱特问题”可以这样理解:无论是否存在某种城邦可以适合哈姆莱特做一个贤明的君王,哈姆莱特都必须首先赢得对自己战争的胜利,[②]也就是说,哈姆莱特的政治首先应该是“一个人的政治”,对哈姆莱特这样一个兼容并包的“世界主义”者来说,“重整乾坤”的大政治的胜利只能建立在“取得对自己的个人政治/战争的胜利”的基础之上。

在这一方面,卡夫卡笔下的利奥王子显得明智了许多。在世界主义倾向上,他和哈姆莱特并没有什么不同,但他对构成自身统治的空间秩序显然具有更好的层次感和更明晰的自觉意识。首先,他虽然也要从更“深处”为自身的统治寻找基础,为此需要和那些“幽灵”保持某种直接联系——墓园里的看守人的经验似乎还不够,他需要更直接更深入的经验,为此他还要在墓穴里安置看守人,但不同层次的看守人角色的设定也可以理解为他开始有意识地为自身内部的存在划分边界,而这一边界在哈姆莱特那里却常常被抹去,他因为父亲那“可怜的亡魂”的一番“告诫”,就立刻要“从记忆的碑版上”拭去一切过去的印象,这分明表现出疯狂、冲动和缺乏理性和智慧;[③]其次,他也要在“高处”维护好自己的统治,剧本中的总管大臣就是理性的化身,总管大臣知道,必须

---

① 引自卡斯代尔·布舒奇:《〈法义〉导读》,谭立铸译,北京:华夏出版社2006年版,第68页。

② 柏拉图笔下的克利尼亚说:“在所有的胜利中,对自己的胜利是最重要的和最漂亮的胜利,而在所有的失败中,对自己的失败是最让人耻辱和最令人沮丧的失败……”引自卡斯代尔·布舒奇:《〈法义〉导读》,第68页。

③ 柏拉图笔下的克利尼亚说:“最美丽最伟大的和谐毫无疑问地是一种伟大的智慧,按理性生活的人分有这种智慧;同样,缺乏智慧的人将会倾家荡产,他绝对不可能成为城邦的救世主,他的一举一动都会显出他在这方面的愚昧无知。”参看卡斯代尔·布舒奇:《〈法义〉导读》,第89—90页。

驱赶幽灵和鬼魂，这对于维护城堡的政治秩序是必须的，在他看来，和鬼魂亲密接触的看守人显然也是必须消失的鬼魂："你，悲惨的鬼魂，你竟真的敢在王子的城堡露面！你难道不害怕我这只巨大的靴子么？它会把你踢出门外。"(215)王子说自己"永远需要"其效忠，承认后者比自己"看到得要多些"(219)。

鬼魂、负罪感与道德迷宫

但利奥王子显然无法也不愿摆脱看守人的"经验"，这种经验把我们带向了卡夫卡文学空间的中心地带。在大约同期的一篇短文中，卡夫卡记述了"我"在阁楼里一次类似的"经验"：

> 这时响起了敲打窗户的声音，我从沉醉中惊醒，镇静了一下，大声说："没什么，是风在撼动窗户。"当敲门声再次响起时，我说："我知道，那只不过是风。"但第三次敲打时响起了一个请求放他进来的声音。"那确实只是风。"我说着拿来放在箱子上的灯，点燃了它，把窗帘也放了下来。这时整个窗子开始颤抖，一种卑屈、无言的哀求。①

这段文字与《墓园看守人》的联系是明显的，此处的"我"似乎是利奥王子和墓园看守人的混合。《墓园看守人》中隐匿于闹剧氛围的鬼魂们的不幸和痛苦——"附身"或"化身"为窗子的鬼魂形象所包含的"卑屈"和"无言"——在这段文字中被"释放"了出来。反之也可以理解为：《墓园看守人》中的王子借助看守人这一中介，拉开了与"卑屈无言"的鬼魂所引发的负罪感的距离，因此在某种意义上可以说试图压制、掩盖这种负罪感。

卡夫卡早就意识到他的写作和幽冥世界的密切联系以及由这种联系所引发的"罪感"，1903年在给奥斯卡·波拉克的信中他写道："我的处境是：上帝不愿我写，然而我偏要写，我必须写。这是永恒的拉锯战，而最终上帝毕竟更强大，这里边的不幸之多超过你的想象。"②"上帝"不愿人写的东西肯定具有某种

---

① 卡夫卡：《卡夫卡全集》(1)，第527页。

② 卡夫卡：《卡夫卡全集》(7)，第17页。

“魔鬼性”，或者至少包含某种“上帝”不愿人知晓的某种秘密——是不是正是为了知晓这种“秘密”，卡夫卡才义无反顾地以写作的方式下降到死者和“鬼魂”那里，亦即如他所说“在死人那儿作客”？[①]这自然是危险的，对此晚年的卡夫卡愈加清楚了，他在给马克斯·布洛德的信中说：“作家生活的本身是怎样的呢？写作乃是一种甜蜜的美妙报偿……是报偿替魔鬼效劳。报偿这种不惜屈尊与黑暗势力为伍的行为，报偿这种给被俘幽灵松绑以还其本性的举动，报偿这种很成问题的与魔鬼拥抱和一切在底下还正在发生、而如果你在上面的光天化日之下写小说时，对此却一无所知的事情。”[②]卡夫卡现存的最后一则日记（1923年6月12日）像是对自己写作的最后判决：“写作的时候变得越来越恐惧。这是可以理解的。每一个字词皆由幽灵之手扭结而成——那手的扭结是其特有的姿态——字词变成刺向说话者的矛。”[③]

在卡夫卡所营造的幽冥世界里，包含生命全部可能性的“鬼魂”徘徊其中。在此意义上，卡夫卡堪称现代哲人海德格尔“向死而生”观念的先行实践者。海德格尔论证了“向死而生”的“生”才是最本真、因而也可以认为最“美妙”的生。但最严格意义的“向死而生”已经预先关闭了“生”的大门，“生”同时也意味着“虽生犹死”的“冥界”。卡夫卡所说的“我一辈子都是作为死人活着的”由此可以得到更直观的理解，而其中的“罪”就在于：作为作家的卡夫卡必须先行“谋杀”作为非作家的卡夫卡，卡夫卡成为一个作家的过程就是谋杀自身之“生”的一个又一个可能性并使之成为“鬼魂”的过程。卡夫卡曾这样描述与被谋杀的“自己”的幽灵们进行搏斗的经验：“他们来自所有的门，关着的门被他们推开，那是成群的，巨大的、瘦骨嶙峋的无名的鬼魂，你可以同其中之一斗，可不能同你周围的所有的斗，你要是写，那么他们就是些很好的神灵，你要是不写，那么他们就是些鬼怪……”[④]

因此，卡夫卡终其一生的写作行为可以看作他与自己的幽灵们所进行的“战斗纪实”——他第一篇小说的篇名《一次战斗纪实》其实就已经预示了他一生的主题——而这场战斗的一方，亦即作为作家的卡夫卡，从一开始就决心要

---

① 卡夫卡：《卡夫卡全集》(1)，第552页。
② 卡夫卡：《卡夫卡全集》(7)，第485页。
③ Franz Kafka, *Diaries*, p.423.
④ 卡夫卡：《卡夫卡全集》(9)，第601页。

取得决定性的胜利。他的写作行为,同时也就是对那些已被预先封闭在“冥界”的幽灵们的拜访、抚慰和哀悼,而至于那些幽灵们,它们既是给予卡夫卡写作以帮助的“神灵”,也是吸食他生命和鲜血的“鬼怪”。[①]卡夫卡对写作行为的忏悔和临终的焚稿遗嘱,首先是为向被谋杀了的自己赎罪。

另一方面,作为自由精神的漫游者,卡夫卡在否定自己生命诸种可能性的同时,也在“使用”他人生命的可能性来对自我的自由边界和道德边界进行试探,他与之订婚而又解除婚约的菲莉斯、朱莉就可以看作此类试探,他对自身“罪恶”的理解也与之相关。刘小枫指出,在与菲莉斯的关系中,“卡夫卡自觉到陷入自己制造的恶:他为了重返自己的天堂,在自己的永恒之旅途中,他不得不欺骗一个女人……欺骗一个女人的生命是自主的恶,是自己的意志自由犯下的恶”,而卡夫卡的小说所使用的“暗示性叙事话语”就是为了掩盖这一罪恶,“为了欺骗善的程度最低,为了在欺骗菲莉斯时心里觉得好受些”。[②]有意无意之间的罪恶于是化作作品中那些善恶难辨的幽灵,其深层意蕴正如尼采所说:

> 艺术唤起亡灵——艺术还有一个附带的任务,就是保存,给逐渐黯淡、褪色的东西再涂上一点油彩。它完成了这个任务,也就是编织了一条连接古今的纽带,使各个时代的幽灵得以复归。虽然,由此而来的生命是

---

① 海德格尔式的“最本己的可能性的死”的“良知的呼唤”同样具有这双重的背景和性质,当“良知的呼唤”来自“最本己的生的可能性”并逼迫自我实现它所呼唤的可能性时,它就显得像是“神灵的启示”;当“良知的呼唤”来自于“非本己的生的可能性”,而这些可能性事实上已经或正在被消灭时,它就显得像是“鬼怪的诅咒”。由于“本己的”和“非本己的”都来自于“此在自我”根据此在的现实状况所做出的“自由”决断——这种决断因而是必然地带有某种偶然性的——因此自我在现实层面上的处境更可能是多种“本己的”和“非本己的”可能性之间的生死搏斗。卡夫卡终其一生在“钢琴、小提琴、语言、德国学、反犹太复国主义、犹太复国主义、希伯来语、园艺、木工、写作、结婚尝试、拥有一套自己的房间”等诸多存在可能性的“半径”里徘徊,却始终画不成一个“美好的圆”,就是这一搏斗的“纪实”。海德格尔关于“良知”和“死”的论述,参看海德格尔《存在与时间》第五十六节“良知的呼声性质”至六十二节“生存上的此在的本真整体能在即先行的决心”,陈嘉映、王庆节 译,北京:生活·读书·新知三联书店1999年版,第312—354页;卡夫卡的描述参看Franz Kafka, *Diaries*, p.404。

② 刘小枫:《沉重的肉身》,第206页。

虚幻的生命，犹如墓园上空的生命，或者犹如与亡故的亲友在梦中重逢，但是，至少暂时以前的感觉又活跃起来了，心又按照久违的节奏跳动了。（《人性的，太人性的》144）

卡夫卡或许也会同意尼采的下述看法：艺术家只能在艺术世界中将幽灵们复活。虽然他们"不得不像俄底修斯一样，在某些时候下降到死者中间，安慰他们的痛苦，抚慰他们的忧伤"①，但若将其解放出来就会反被其控制，从而导致自我的毁灭："许多东西，我们必须让它们留在半知半觉的冥府，不要想着把它们从那种阴暗状态下解救出来。不然的话，它们就会作为思想和言词，魔鬼般地控制我们，还要残酷地吸食我们的鲜血"。②这半知半觉的冥府确实就像是卡夫卡的文学世界，而半明半暗状态下的幽灵们就像是用文字构筑而成的"道德迷宫"里的罪疚之化身。

"罪疚"正是《哈姆莱特》与《墓园看守人》这两部作品中最大的"鬼魂"。玛格丽特·阿特伍德对《哈姆莱特》的解读别具慧眼，尽管她的表述看起来像是一个玩笑："与其说这是一个复仇者的悲剧，哈姆莱特世家的故事讲的是潜意识的罪疚——哈姆莱特意识到哈姆莱特家族做了对不起福丁布拉斯氏族的事，便以惊天动地的自毁方式，除掉自家亲族，勾销了遗产。"③至此，不难发现，前述布鲁姆所说的那个包含了"莎士比亚—弗洛伊德式的无意识的负罪感"的"不可摧毁性"，在其结构上恰是"自我摧毁"的；对于这一问题的进一步反思，将把我们引向对现代灵魂的生态分析。

现代灵魂生态的解剖

1888年，尼采写下了一段可能会对卡夫卡深有触动的话："我们大家的肉身中，（那些）背离我们的认识和意愿，都有着截然不同的价值观，词语，规则和道德，——从生理学角度看，我们是虚构的……对现代灵魂的一个诊断——应

---

① 尼采：《朝霞》，田立年译，上海：华东师范大学出版社2007年版，第431页。

② 尼采：《人性的，太人性的》（下卷），魏育青译，上海：华东师范大学出版社2008年版，第580页。

③ 玛格丽特·阿特伍德：《帐篷》，张璐诗译，南京：南京大学出版社2008年版，第121页。

该如何着手？通过对这本能矛盾体的果断切入，通过对其对立价值观的清理分解，通过对其最富教益之事件施行活体解剖”。[①]

“灵魂的活体解剖”或“对其对立价值观的清理分解”也可以看作卡夫卡写作事业的一个注脚。卡夫卡的表述则是：“它就像一种内部的腐败，这种腐败如果我只想观察而无视其令人不快的一面的话，其给我的印象就像是教科书上的大脑横切面，或者就像对活体进行的几乎无痛的解剖，手术刀——有点冷漠地、小心翼翼地停下又回来，有时静静地不动——剥开了那层比薄纸还要薄的、紧靠着还正在工作的那部分大脑的覆盖膜。”[②]

但卡夫卡的写作对各种“对立价值观的清理分解”是以一种极其复杂的方式进行的，这种复杂达到了这样的程度，即这种“分解”看起来并不像是在“分解”，而是在进行更为复杂的价值观念的“编织”。麻烦就在这里：我们要深入理解卡夫卡的文学，就必须先完成对他用充满暗示性的文学语言编织的“价值观织体”进行“清理分解”这一难以完成的任务……

或许更好的选择是：果断地“切入”卡夫卡的灵魂生态而“无视其令人不快的一面”。卡夫卡对自身灵魂生态的描述可以看作其作品生态的描述，而作品生态既是他对自身灵魂生态的“模仿”，也是对这一生态的重新组织，其作品的深层结构与他灵魂的生态结构既有着某种同构性，也有着叙述层次的差异性——卡夫卡的灵魂生态更像是一个叙述学意义上的“底本”。在此我们将目睹一架（作为作家的卡夫卡及其文学事业隐喻的）“时间机器”的构建与崩溃。就在上引1911年的那则日记里，卡夫卡感到了“那种正在迫近的某种伟大时刻就要来临的可能性”，这一时刻既是成为“作家”的时刻，也是“清理—编织”价值世界、因而具有启示性的“恩典时刻”。其意义堪比法国大革命：纷乱的人群“在几个月的时间里通过互相链接在一起的街道进入巴黎市中心，就像慢慢移动的钟表的指针”[③]。1913年，已经写出了《失踪者》《判决》《变形记》等作品的卡夫卡描述了一架成型的“时间机器”：“内部存在一组滑轮。某处一个小杠杆秘密启动，起初几乎不能觉察，而后整个机器运动起来。它服从于一种不可思

① 尼采：《瓦格纳事件/尼采反对瓦格纳》，卫茂平译，上海：华东师范大学出版社2007年版，第84页。

② Franz Kafka, *Diaries*, p.71.

③ Franz Kafka, *Diaries*, p.61.

议的力量，就像钟表服从于时间，它这里响一下，那里响一下，于是所有链条都按照预先规定好的路径一个接一个地发出叮当声。”[①]但这一能够制造“恩典时刻”的“时间机器”运行状况并非总是良好。1917年的日记中卡夫卡写道：“我仍能从诸如《乡村医生》等作品中获得满足，前提是我仍能写出此类作品（这是非常不可能的）。但只有我能将世界提升到纯净、真实和永恒中我才会感到幸福。”[②]而《乡村医生》所描述的更像是一个欺骗性的“恩典时刻”：“受骗了！受骗了！一旦对深夜时钟的一次错误报时做出应答，事情就永远没法弄好。”[③]1922年卡夫卡写出了《城堡》等作品，但也就在这一年，他经历了四次大规模崩溃。“时间机器”的运转状况堪忧。1922年1月的日记详细记录了其内部进程的“疯狂节奏”：“钟表们并不能保持和谐；内部的那个以魔鬼般的疯狂速度运转，或者说这种速度是非人类所具有的，外部的那个以惯常的速度蹒跚而行。除了两个世界之间的分裂之外还能够发生什么呢？它们确实分裂了，或至少以一种可怕的方式撞击在一起。”[④]

其实机器“分解”的情形，在1916年的小说《在流刑营》中就被详细地描述过。那台既是“行刑机”又像是“打字机/写作机”的神秘机器在执行最后一次“要公正”的任务时“化为碎片”：

> 绘图器的盖子缓缓升起，接着又啪嗒一声地完全打开。一只齿轮的牙齿露了出来，逐渐升高，不一会儿，整个的齿轮也露了出来，仿佛有一股巨大的力量在挤压绘图器似的，以致齿轮不再有搁置的地方，它旋转着升到了绘图器的边缘，接着掉了下去，在沙子上还滚了好大一段，然后停着不动了。但马上又有另外一个齿轮升了起来，后面又随着升起了许许多多、大大小小、几乎无法区分的齿轮，它们一一从绘图器的边缘上掉了下来，人们总以为，这下子绘图器一定可以倒空，然而又出现了一组新的、数目特别多的齿轮，升了起来，掉了下去，在沙里滚动，然后停着不动。[⑤]

---

① Franz Kafka, *Diaries*, p.225.

② Franz Kafka, *Diaries*, p.387.

③ Franz Kafka, “A Country Doctor”, Nahum N. Glatzer ed., *The Complete Stories*, p.225.

④ Franz Kafka, *Diaries*, p.398.

⑤ 卡夫卡：《卡夫卡全集》(1)，第103页。

机器的解体莫非早已暗示了卡夫卡通过写作对“对立的价值观”进行清理分解重任的失败？那掉在地上的“许许多多、大大小小、几乎无法区分的齿轮”莫非就是无法被结构为整体的、这个时代“道德碎片”的隐喻性图像？无论如何，那一股使得机器解体的“巨大的力量”总给人某种邪恶的印象。现代世界的“伦理混乱”[①]状况、世界主义者卡夫卡的灵魂生态及文学世界的“道德迷宫”都在此种疯狂混乱的形式中汇聚了。

但另一方面，即便如哈姆莱特所说，“世上的事情本来没有善恶，都是个人的思想把它们分别出来的”，我们仍然需要在这世上的每一件错综复杂的事情中，用“个人的思想”分别出“善和恶”，仍然需要分别出作为病人的卡夫卡和作为医生的卡夫卡。其实也可以认为，卡夫卡已经做出了这一区分。在《乡村医生》这个自传性文本中，化身为“医生”的卡夫卡为了救治另一个化身为“病人”的自己，动用了某种邪恶的力量(尤其是住在猪圈里、长着蓝眼睛的马夫)，光着身子和病入膏肓的病人躺在一起，从而使得自己也像是一个病人，但他的救世冲动也是明显的。

在以写作为武器对善与恶的道德边界进行冲击的过程中，卡夫卡有一个明确的梦想：“无论如何他有这么一个梦想：有朝一日，在一个无人看守的瞬间，比如一个空前黑暗的夜间，他得以一跃离开战线，由于他的斗争经验而被提拔为判决他那两个还在互相搏斗着的对手的法官。”[②]这个“无人看守”却“看守”着作为交战对手的“善”和“恶”的法官看起来很像是柏拉图笔下的那种“优秀的法官”：“他控制着这个纷争不断的家庭，但他并不消灭这家中的任何一人，而是在他们之间进行调解，给他们立下面向未来的法律，这样，这位法官就能确保这些兄弟彼此相待以友了”。[③]

《墓园看守人》中的利奥王子或卡夫卡不就像一个“优秀的法官”么？他看守着世界城邦中的所有的人，以及那些暧昧的鬼魂，也看守着他自身的疯狂和混乱，看守着这种似乎陷入疯狂和混乱的“看守”举动本身。这种“看守”就如他在另一篇短文中所说：“你在看着，你是一个看守人，你发现身边还有另一个

① 聂珍钊：《〈老人与海〉与丛林法则》，《外国文学评论》2009年第3期，第80—89页。
② 卡夫卡：《卡夫卡散文》，叶廷芳、黎奇等译，杭州：浙江文艺出版社2001年版，第93页。
③ 卡斯代尔·布舒奇：《〈法义〉导读》，第70—71页。

人,他挥舞着从旁边树枝堆上取来的一根燃烧的棍子。你为什么要看守呢?据说,必须有人看守,必须有人守在那里。"[①]或许这种多层次的"看守"本身就是卡夫卡所制定出的"面向未来的法律"?无论如何,重要的是,他提出了每一个"倒霉的"现代人必须认真思考的问题:重整自我灵魂的"乾坤"。

---

① Franz Kafka, *At Night*, *in The Complete Stories*, Schocken Books, 1971, p.436. 卡夫卡:《卡夫卡全集》(1),第510页,对这段话的翻译漏掉了"另一个人"(the next one),这就把看守人对自身的看守——这"另一个人"可理解为看守人的"另一个自我",那个由于看守而可能陷入疯狂的"自我"——这一层意思漏掉了。

第十五章　余华与卡夫卡的文学缘

余华与卡夫卡的相遇称得上他所说的“文学里最为动人的相遇”和“文学里最为奇妙的经历”之一。[①]余华的文学创作先于他对卡夫卡的阅读，但根据他多次回忆，他在文学道路上一次决定性“新生”却源于卡夫卡：“在我即将沦为文学迷信的殉葬品时，卡夫卡在川端康成的屠刀下拯救了我。我把这理解成命运的一次恩赐。”[②]“拯救”和“恩赐”都是分量很重的词，在其后的岁月里还将有无数作家的名字陆续出现在余华的回忆中，但这么有分量的词没有再次出现过。余华说卡夫卡从川端康成的屠刀下拯救了他，但他没说是谁从卡夫卡的屠刀下拯救了他——敏锐的余华不可能感受不到卡夫卡式“屠刀”的危险。这是不是可以理解为：对“命中注定”将要成为一个作家的余华而言，卡夫卡的写作给了他自我拯救的力量？理解这种“拯救”或许应该成为探讨余华与卡夫卡之文学缘分的一个起点。

“文学之外”的拯救

为恰当地理解这种“拯救”，最好获得一种理解卡夫卡的恰当方式，但要做到这一点太过困难。对于我们的问题而言，直接进入余华对卡夫卡的理解或许是一个更方便的选择，但这一点也令人困惑，在首次表达了对卡夫卡感恩之情的10年之后，阅读了更多“文学”的余华似乎意外地发现卡夫卡在“文学之外”：“卡夫卡没有诞生在文学生生不息的长河之中，他的出现不是因为后面的波浪在推动，他像一个岸边的行走者逆水而来。很多迹象表明，卡夫卡是从外

---

① 余华：《温暖和百感交集的旅程》，上海：上海文艺出版社2004年版，第123—124页。

② 余华：《没有一条道路是重复的》，上海：上海文艺出版社2004年版，第193页

面走进了我们的文学。"[①]卡夫卡的文学是一种"文学之外"文学？

但"文学之外的文学"也正可以看作余华对他所尊敬的许多作家的理解角度(他也曾这样猜测博尔赫斯的写作："博尔赫斯是否也想使自己成为文学之外的作家？")，"从文学的外面进入文学"既是他进入文学的方式，也是他理解文学的方式，而这种方式，按照我的理解，也正是余华从卡夫卡那里获得"拯救"的方式："卡夫卡教会我的不是描述的方式，而是写作的方式"。[②]"在文学外面的"作家卡夫卡教会了余华进入文学内部的写作方式，当余华以这种方式成为一个作家时，他自己也就有意无意中学会了这种从"外面"进入"内部"的卡夫卡式的自我拯救方式。

可以说，10年后的余华对这种从"自己的外部"进入"自己的内部"的自我拯救方式更清楚的发现，得益于他对卡夫卡日记的阅读。他觉得日记中的卡夫卡"在面对自我时没有动用自己的身份"，"或者说他就是在自我这里，仍然是一个外来者"[③]。"他的日记暗示了与众不同的人生，或者说他始终以外来者的身份走在自己的人生之路上，四十一年的岁月似乎是别人的岁月。"[④]余华进而发现，"自己在自己的外面"也是卡夫卡文学的一个重要特征，这一独特的"自我位置"使得卡夫卡的文学获得了惊人的深度和复杂性：像日记中的卡夫卡一样，《城堡》中的"外来者K就像是一把熏肉切刀，切入城堡看起来严密其实漏洞百出的制度之中，而且切出了很薄的片，最后让它们一片片呈卷状飞了出去"[⑤]。

"自己外面的自己"或"文学之外的文学"自然是一个比喻性或寓言性的说法，或者说"文学外面的文学"本身就已经是一个有着充盈的张力结构的文学寓言。[⑥]这一包含巨大张力甚至分裂的自我拯救结构其实也表征着文学和现实的张力——《城堡》就是这样一个有着复杂张力层次的文学寓言。对于这一

① 余华：《温暖和百感交集的旅程》，第94页。

② 余华：《没有一条道路是重复的》，第113页。

③ 余华：《温暖和百感交集的旅程》，第95页。

④ 余华：《温暖和百感交集的旅程》，第96页。

⑤ 余华：《温暖和百感交集的旅程》，第97页。

⑥ 对余华小说的叙事张力结构的分析，参看王侃：《论余华小说的张力叙事》，《文艺争鸣》2008年第8期。

点,汪晖有精到的分析:"'文学之外'是一个疆域无限辽阔的现实,倘若文学与生活的界线无法分割的话,那么,文学之外的疆域一定是一个独立于写作和生活的现实,它只能用比喻才能抵达。"[①]

在一则题为《论寓言》[②]的寓言里,卡夫卡真的用比喻/寓言抵达了这个"文学之外的文学(疆域)"。在这个关于寓言的寓言里,卡夫卡先是区分了寓言世界(文学世界的比喻)和现实世界这两个对立的疆域:"智者的话往往都只是寓言,在日常生活中却用不上,而我们却只有这种生活。"当智者说"越过去"到"那边"时,他并不是指向"某个实实在在的地方",而是一个他说不清楚、我们更不知道的"神话"空间,因此他的话"根本不能在哪怕最微不足道的意义上对我们有所帮助"。但接下来,寓言世界和现实世界之间的转化发生了:

> 关于这一点,有人曾经说:为什么这样不情愿呢?只要跟随寓言,你自己就会成为寓言,这样就能摆脱所有日常的忧虑了。
>
> 另一个人说:我敢打赌,这也是一个寓言。
>
> 第一个人说:你赢了。
>
> 第二个人说:但很不幸,只是在寓言世界里赢了。
>
> 第一个人说:不,是在现实世界中。在寓言世界里你已经输了。

若将这个寓言应用在余华与卡夫卡之间的关系上,那么可以说,在由余华和卡夫卡构成的这个寓言世界里,作为后来者的"第二个人"余华显然越来越感到在现实世界中"成为卡夫卡式寓言"却在寓言世界里"输掉"的某种"忧虑"——尽管他感受和表达这种忧虑的方式十分暧昧:"我对那些伟大作品的每一次阅读,都会被它们带走。我就像是一个胆怯的孩子,小心翼翼地抓住他们的衣角,模仿着它们的步伐,在时间的长河里缓缓走去,那是温暖和百感交集的旅程。它们将我带走,然后又让我独自一人回去。当我回来之后,才知道

① 汪晖:《无边的写作——〈我能否相信自己〉》,"序",洪治纲编:《余华研究资料》,天津:天津人民出版社2007年版,第489页。

② Franz Kafka, *The Complete Stories*, ed. Nahum N. Glatzer, New York: Schocken Books, 1971. p.457.

它们已经永远和我在一起了。"[①]——卡夫卡这个"在文学外面"的文学寓言曾将余华带走，余华曾跟随这个寓言，然后他又回来，而他之所以能够回来，是因为卡夫卡的寓言已经包含了让他能够回来的力量，有了这种力量，余华就走在了成为自己的道路上，在这条道路上，卡夫卡将以独特的方式与他在一起。

《十八岁出门远行》：跟随卡夫卡

对卡夫卡的最初阅读使余华的文学观念和想象力获得了极大的解放："1986年，我读到了卡夫卡，卡夫卡在叙述形式上的随心所欲把我吓了一跳……在卡夫卡这里，我发现自由的叙述可以使思想和情感表达得更加充分。"[②]卡夫卡文学的想象性和梦幻性特点让余华开始反思文学的"真实性"："文学的真实是什么？当时我认为文学的真实性是不能用现实生活的尺度去衡量的，它的真实里还包括了想象、梦境和欲望。"[③]1986年以后余华陆续写下了《十八岁出门远行》《四月三日事件》《西北风呼啸的中午》《一九八六年》《往事与刑罚》等一系列作品。当我们心里想着卡夫卡去阅读这些作品时，不免会看到余华当年心里想着卡夫卡时所写下的这些作品所留下的卡夫卡式幻影。在某种意义上，是余华和卡夫卡强劲的想象将他们的想象所牵引出来的幻影变成真实，而余华的上述作品则在很多方面借助了卡夫卡的想象，包括想象的形式和所想象出来的影像：余华一方面在想象和回忆里重组自己对自我和世界的理解，另一方面也在重组卡夫卡的文学想象。于是我们看到，在余华的上述作品里游荡着卡夫卡的幽灵，而透过卡夫卡这双幽灵之眼，或许能对余华的作品有更好的理解。

我打算把《十八岁出门远行》和《四月三日事件》结合起来考察，其理由是这两个作品都描写某种"成人仪式"，以及少年穿越成年之门所经历的不安梦境，这梦境既是对青春的回眸与纪念，也是对青春的预先哀悼；这两部作品其实可以看作一部作品内部的两部作品，一个梦内部的两个梦，其中《十八岁出

① 余华：《温暖和百感交集的旅程》，第19页。
② 余华：《没有一条道路是重复的》，第112—113页。
③ 余华：《没有一条道路是重复的》，第113。

门远行》是《四月三日事件》梦境的延续和展开:《四月三日事件》写的是"我"的十八岁生日,这一天既象征着作为"男孩"之"我"的死,又标志着"成人"之"我"的新生,但这个"生"的过程又显得像是一场"冥府之旅"的历险;而《十八岁出门远行》写的则是这个新生的"我"在成人世界中所再次遭受的"遍体鳞伤",是"第二次的死"。从这一角度看,20世纪80年代的余华作品所充斥的死亡和暴力可以说都源自对这种死亡和伤害的预先回忆和召唤。这种回忆的基本结构还在他以后的写作、特别是在《在细雨中呼喊》中延伸到了童年——卡夫卡写于1921年的一则日记似乎是对余华式呼喊的预先回应:"永恒的童年,生命又在呼喊。这是完全可以想象得到的,生命的壮丽始终在它完全的充实中等待着我们每一个人,但它被遮蔽着,在深处,看不见,在很远的地方。但它并非心怀敌意和抗拒、装聋作哑地在那里。如果你用正确的言辞、正确的名字呼喊它,那它就会到来。这是魔术的实质,这魔术不是创造,而是呼喊。"①

《十八岁出门远行》和《四月三日事件》就是这样一种对过去梦境的召唤,这两部作品在基本构思上和卡夫卡的《审判》以及被视为《审判》缩影的《一场梦》的联系是十分明显的;以一种简化的方式去理解,余华的这两部作品甚至可以被看作是对卡夫卡的这两部作品的交错模仿,正是在这里留下了卡夫卡影响余华的清晰刻度。《审判》写约瑟夫·K在30岁生日早晨被捕,31岁生日晚上被处死,由生日为开始的人生旅程最终通向了"冥界",在这一基本结构的设计上,余华的《四月三日事件》与之相似;《一场梦》的开头写"约瑟夫·K正在做梦"②,《四月三日事件》的主人公在生日的那天晚上也"躺在床上几乎一夜没合眼",开始"思考他明天会看到些什么",这就预示了接下来发生的事其实是他的想象或清醒状态下的梦。《十八岁出门远行》的开头写主人公行走在河流般道路上("柏油马路起伏不止,马路像是贴在海浪上。我走在这条山区公路上,我像一条船")。对应的恰是《一场梦》开篇部分的句子:"那儿的道路蜿蜒曲折,设计精巧、不切实际,可是他就在其中一条道路上以一种泰然自若的姿势保持着平衡向前滑行,就像滑行在一条湍急的河流上。"③"我像一条船"的比喻

① Franz Kafka, *Diaries*, p.393.

② Franz Kafka, *The Complete Stories*, p.399.

③ Franz Kafka, *The Complete Stories*, p.399.

则出现在《审判》中，走在法院走廊里的K觉得自己“好像置身于一条在大浪中颠簸的船”[①]。

笔者曾分析过《一场梦》与《审判》的内在联系，认为《审判》可以看作《一场梦》中的梦。在这个梦中之梦里，在30岁生日那天早晨8点时分（“早晨8点”也是余华《四月三日事件》的叙述起点），约瑟夫·K的时间发生了一次断裂，他由此进入另一种时间或梦中，他起床后所发生的被捕“事件”其实就发生在时间的这个裂缝地带（梦）。虽然卡夫卡“设计精巧、不切实际”的叙述小心翼翼地掩盖了这个时间的裂缝，但小说中的约瑟夫·K对此有清楚的认识：“倘若我头脑清醒一点，后来的事就不会发生。”[②]“被捕事件”可以理解为“走了神”的约瑟夫·K的一个梦或幻觉，但小说后来所描述的事却越来越像是对这个幻觉的证实。《四月三日事件》中主人公所听到的阴谋事件其实也是这样一个发生在时间裂缝中的幻觉，但被这个幻觉所推动的行动也越来越像是对这个幻觉的证实：《审判》中约瑟夫的最后幻觉在《一场梦》中被证实，《四月三日事件》中的主人公的最后幻觉被《十八岁出门远行》所证实——在《审判》中死去的约瑟夫·K感觉“耻辱应当留在人间”[③]，《一场梦》则写道：“而在上面，他的名字正以巨大的花体字疾书在那块墓碑上。”[④]《四月三日事件》中主人公决定在半夜爬上一列运煤车离家出走，《十八岁出门远行》中则是父亲让他出门：“你已经十八了，你应该去认识一下外面的世界了。”[⑤]

余华的这两部作品还大量使用了带有鲜明卡夫卡印记的细节，这些细节之所以被认为是“卡夫卡式”的，主要是由于读者对卡夫卡的熟悉；但借助于这些细节，也使我们看到余华在这一时期所受卡夫卡影响的深度。《四月三日事件》中，“眼前这个粗壮的背影让他想起某一块石碑，具体是什么时候看到的什么样的石碑他已经无心细想”[⑥]，但我们却可以想起《一场梦》中的墓碑；弥漫在这一作品中的“涂满灰尘的楼房”“阴森森的黑暗的楼梯”“一个姑娘的背影”，

① 卡夫卡：《卡夫卡全集》(3)，第60页。
② 卡夫卡：《卡夫卡全集》(3)，第18页。
③ 卡夫卡：《卡夫卡全集》(3)，第183页。
④ 卡夫卡：《卡夫卡全集》(3)，第196页。
⑤ 余华：《世事如烟》，第11页。
⑥ 余华：《我胆小如鼠》，第131页。

这些也都同时是《审判》中的典型意象;“朱樵与汉生则在两旁架住了他的胳膊”看起来就像是约瑟夫·K被拉去受死的情景再现;最后一节中,主人公“站起来首先看到的是一座桥,桥像死去一样卧在那里,然后他注意到了那条阴险流动的小河,河面波光粼粼,像是无数闪烁的目光在监视他”[①]。这在卡夫卡的《桥》中也有着相似的描写:“我既僵直又冰冷,我是一座桥,跨卧在一条深涧上。这边是脚尖,那边是双手,都被钻入地下,松碎的粘土将我牢牢咬住,我的上衣的下摆在我的两肋飘动。在我身下很深的地方,哗哗地流淌着那条盛产鲟鱼的冰冷的溪流。”[②]

“门”在《四月三日事件》和《审判》中都是一个重要的象征。包含在《审判》中的《在法的门前》(这一作品卡夫卡在生前单独发表过)显然给余华留下了深刻的印象,乡下人等待了一辈子终不得入的那道门在其临死前才被告知是只为他所开的,这一难以理解的故事似乎暗示了命运的难以理解性。《四月三日事件》开篇就写钥匙,是否暗示了余华要解开命运之谜的雄心?小说中关于“门”的一段对话堪称经典,颇有卡夫卡寓言之神韵:

> “屋里没人。”他又说。
>
> 那人像看一扇门一样地看着他,然后说:“你怎么知道没人?”
>
> “如果有人,这门已经开了。”他说。
>
> “不敲门会开吗?”那人嘲弄地说。
>
> “可是没人再敲也不会开。”
>
> “但有人敲下去就会开的。”[③]

当然余华并不像卡夫卡那样“死脑筋”,故事中的“门”最后还是开了,同时敞开的还有主人公的想象和回忆。在此值得一提,在主人公的回忆里浮现的男孩“走在一条像绳子一样的小路上”这一意象其实是对卡夫卡一则箴言的化用:“真正的道路(刘小枫教授译为‘正道’)在一根绳索上,它不是绷紧在高处,

① 余华:《我胆小如鼠》,第163页。
② 卡夫卡:《卡夫卡全集》(1),第367页。
③ 余华:《我胆小如鼠》,第132页。

而是贴近地面。它与其说是供人行走，毋宁说是用来绊人的。"[①]将要步入成人世界的主人公"目送那清秀的男孩远去，而不久他就将与他背道而驰"[②]。——他将要走的就是《十八岁出门远行》中那条看起来更为宽广的柏油马路。

和《十八岁出门远行》及《四月三日事件》一样，《西北风呼啸的中午》《一九八六年》《往事与刑罚》等作品也是余华跟随卡夫卡的明证，限于篇幅，且已有论者将其与《乡村医生》《在流刑营》等作品进行过比较研究，此处不再赘述。[③]就余华与卡夫卡的关系而言，倒还有必要谈谈很少有人论及的《鲜血梅花》——10年后的余华仍然对《乡村医生》中那个致命的伤口记忆犹新："他看到了一朵玫瑰红色的花朵。"[④]我认为这一作品在某种意义上既包含了余华向卡夫卡的致敬，也是对卡夫卡的某种仪式性的告别。

《鲜血梅花》：告别仪式

卡夫卡曾说自己的所有写作"都是对界限的冲击"，是对"世界最后界限的冲击"[⑤]，前述《论寓言》所描述的现实世界和寓言世界之间捉摸不定的界限其实也是文学和现实之间的界限。余华显然对此心领神会，比如他发现："卡夫卡的日记很像是一些互相失去了联络的小说片段，而他的小说《城堡》则像是K的漫长到无法结束的日记。"[⑥]这其实也是余华文学的一个重要特点，汪晖就不断发现："余华在写作线索上突破文本与生活界限的冲动：作家、人物和评论者生活在同一个世界里，写作决定了人的命运，面对作品的评论又成了对生活过

---

① 卡夫卡：《卡夫卡全集》(5)，第3页。刘小枫对"正道"的分析参看其《沉重的肉身》，上海：上海人民出版社1999年版，第187—188页。

② 余华：《我胆小如鼠》，第113页。

③ 主要参看孙彩霞：《刑罚的意味——卡夫卡〈在流放地〉与余华〈一九八六年〉的比较研究》《余华〈西北风呼啸的中午〉与卡夫卡〈乡村医生〉的比较研究》，分别载《当代文坛》2003年年第3期、《中州大学学报》2006年第1期。

④ 余华：《温暖和百感交集的旅程》，第10页。

⑤ Franz Kafka, *Diaries*, ed. Max Brod, New York: Schocken Books, 1976. p.399.

⑥ 余华：《温暖和百感交集的旅程》，第97页。

程的叙述。”[①]

在此意义上，《鲜血梅花》中阮海阔对自己“很久以前离家出门时的情景”[②]的思索就成为余华对自己走向文学道路并成为作家的生活过程的回忆——“他闭上双目之后，看到自己在轮廓模糊的群山江河、村庄和集镇之间漫游”[③]，而余华在《我为何写作》一文中对这一生活过程的评论读来就像是在解读《鲜血梅花》。就如阮海阔迷失于“江湖”，余华也曾迷失于文学世界：“就像一滴水汇入大海一样，我一下子面对了浩如烟海的文学，我要面对外国文学、中国古典文学和中国的现代文学，我失去了阅读的秩序，如同在海上看不见陆地的漂流。我的阅读更像是生存中的挣扎，最后我选择了外国文学。”[④]似乎是命运的有意安排，在这条路上他先后遇到了川端康成和卡夫卡（“谢天谢地，我没有同时读到他们”），就如阮海阔先后遇到了“散发着草木的艳香”的胭脂女和惯于在黑夜里射出“坚硬如一根黑针”暗器且“每发必中”的黑针大侠——以这种方式，余华向川端康成和卡夫卡分别致敬：他曾评论说川端康成“如同盛开的罂粟花使人昏昏欲睡”[⑤]，而卡夫卡“思维异常锋利，可以轻而易举地直达人类的痛处”[⑥]。余华在文学世界的漂流过程中面对着外国文学、中国古典和现代文学的种种诱惑，《鲜血梅花》所糅合的各种文学元素或许也包含了他未来文学道路将要展开的种种可能性。

卡夫卡的《城堡》是理解这一作品的一个入口，而这个入口正是余华提供的。在《卡夫卡和K》一文中，余华写道：“弥漫在西方文学传统里的失落和失败的情绪感染着漫长的岁月，多少年过去了，风暴又将K带到了这里，K获得了上

① 汪晖：《无边的写作——〈我能否相信自己〉》，“序”，洪治纲编：《余华研究资料》，第482页。

② 余华：《鲜血梅花》，第21页。笔者猜测，“阮海阔”这一人物命名暗含着余华和卡夫卡两个名字，“阮”在南方方言中一般读作“Yuan”，这样“阮海阔”拼音的首字母就是“YHK”，即“余华与卡夫卡”或“余华与K”。有意思的是，10年后余华写了一篇论《城堡》的随笔就叫作《卡夫卡与K》。将这篇随笔和《鲜血梅花》结合起来阅读，可以大略看到文学与现实、作家与作家、作家与作品、作品与作品、作品与人物、人物与人物等诸多关系镜像般摇摆不定的层次和结构。

③ 余华：《鲜血梅花》，第21页。

④ 余华：《没有一条道路是重复的》，第118—119页。

⑤ 余华：《温暖和百感交集的旅程》，第9—10页。

⑥ 余华：《没有一条道路是重复的》，第194页。

岸的权利，可是他无法获得主人的身份。"[①]K的命运其实也是阮海阔命运的注脚："阮海阔行走了半日，虽然遇到几条延伸过来的路，可都在河边突然断去，然后又在河对岸伸展出来。他觉得自己永远难以踏上对岸的路。"[②]在小说中余华还写道："他在木桥消失的地方站立良久，看着路在那滔滔的河流对岸如何伸入了群山。"[③]读者不免会联想起《城堡》的开头："K站在一座从大路通向村子的木桥上，对着他头上那一片空洞虚无的幻景，凝视了好一会儿。"[④]

在《鲜血梅花》中，余华将卡夫卡带给他的写作"自由"发挥到了极致，他曾说这一作品是其"文学经历中异想天开的旅程"，其"叙述在想象的催眠里前行"。[⑤]但同时在这里也开始了对卡夫卡有意无意地告别，因为他似乎意识到这一写作的"自由"也正在成为新的"文学迷信"。他回忆里的"想象、梦境和欲望"似乎永远在卡夫卡式的"城堡"中来回游荡，就如阮海阔"一旦走入某个村庄或集镇，就如同走入了一种回忆"，"他经过的无数村庄与集镇，尽管有着百般姿态，然而它们以同样的颜色的树木，同样形状的房屋组成，同样的街道上走着同样的人"。[⑥]

卡夫卡与余华的分野或许就在这里伸展开来：余华从卡夫卡那里获得了写作的自由，但后来他又发现卡夫卡的写作其实并不自由。卡夫卡式的写作毋宁说标志着写作之自由神话的终结：真正的文学道路和生活道路一样，是用来绊人的。卡夫卡的几部长篇小说都没有写完，就是被他所谓"真正的道路"所绊住的结果。卡夫卡的这条道路显然也绊住了余华，他笔下疲倦的阮海阔在木桥中央"突然跪倒了很久之后都无法爬起来，只能看着河水长长流去"[⑦]，或许还可以看作余华拒绝继续跟随卡夫卡的隐晦表达。阮海阔在"美妙的漂泊之旅"结束的时刻，"感到内心一片混乱"[⑧]，而曾从卡夫卡那里获得拯救的余华还得继续自己的漫游。

---

① 余华：《温暖和百感交集的旅程》，第93页。

② 余华：《鲜血梅花》，第21页。

③ 余华：《鲜血梅花》，第15页。

④ 卡夫卡：《城堡》，汤永宽译，上海：上海译文出版社1997年版，第1页。

⑤ 余华：《温暖和百感交集的旅程》，第155页。

⑥ 余华：《鲜血梅花》，第6页。

⑦ 余华：《鲜血梅花》，第14页。

⑧ 余华：《鲜血梅花》，第20页。

其实余华在谈到卡夫卡对他的拯救的时候，就已经开始了对卡夫卡遗产的陆续清点。他指出卡夫卡的缺陷和他的光辉“一样明显”：卡夫卡“始终听任他的思想的使唤”，《审判》对K的处理上“过于随心所欲”[①]；卡夫卡“充溢着死亡的气息”，他等待着死亡，“就如等待着一位面容不详的情人，或者说是等待黑夜的到来”[②]；“卡夫卡是内心的地狱”[③]；卡夫卡的叙述“如同深渊的召唤”，“在卡夫卡的作品中，没有人们习惯的文学出路，或者说其他的出路也没有，人们只能留下来，尽管这地方根本不是天堂，而且更像是地狱，人们仍然要留下来”[④]。耐人寻味的是，余华对他曾跟随的卡夫卡的这些批评是不是也可以理解为他的自我批评——通过反对“自己反对自己”“自己在自己外面”的卡夫卡，余华觉得自己需要走出一条新路？无论如何，余华已经决定离开这里，在《鲜血梅花》中告别仪式已经完成，“现在白雨潇已经离去了”[⑤]。

进入20世纪90年代，余华的写作发生了变化。这种变化一方面被他解释为自己写作道路的自然延伸，另一方面似乎也回应着他对卡夫卡“缺陷”的分析。卡夫卡的“思想”过于随心所欲地“使唤”人物，而余华则“写着写着突然发现人物有他们自己的声音……在此之前我不认为人物有自己的声音，我粗暴地认为人物都是作者意图的符号……”[⑥]；似乎是为了克服压倒性的死亡感，他写了《活着》，而在《许三观卖血记》中，他试图用“在空中伸展”的“音乐的道路”[⑦]来飞跃卡夫卡式也曾是余华式的生存深渊。

指认这两部作品及其后的《兄弟》中卡夫卡的正面影响会显得牵强，其意义也不大，毕竟余华已经从卡夫卡的“窄门”走向了史诗般的“宽阔”。[⑧]但这不

---

① 余华：《没有一条道路是重复的》，第194页。

② 余华：《没有一条道路是重复的》，第69页。

③ 余华：《温暖和百感交集的旅程》，第9页。

④ 余华：《温暖和百感交集的旅程》，第106页。似乎是呼应着余华的论断，卡夫卡现存的最后一则日记像是对自己写作的最后判决：“每一个字词皆由幽灵之手扭结而成。” Kafka, *Diaries*, p. 423.

⑤ 余华：《鲜血梅花》，第21页。

⑥ 余华：《没有一条道路是重复的》，第114页。

⑦ 余华：《音乐影响了我的写作》，上海：上海文艺出版社2004年版，封底页。

⑧ 王嘉良：《从“窄门”走向“宽阔”——余华创作转型的“历史美学”分析》，《文艺争鸣》2008年第8期。

意味着余华与卡夫卡文学缘分的终结，而更可能是某种完成。仍需要指出的是，余华从卡夫卡那里获取的东西目前还难以充分估计，毕竟，根据余华的描述，卡夫卡的力量“仿佛匕首插入身体，慢慢涌出的鲜血是为了证实插入行为的可靠，……如同匕首插入后鲜血的回流。”[①]我们在余华上述三部长篇中不难感受到这种残酷而温暖的“鲜血回流”。其实，和余华一样，卡夫卡也有一个非常高尚的文学理想：“只有我能将世界提升到纯净、真实和永恒中我才会感到幸福。”[②]这样，当我们在《兄弟》的开头和结尾看到“在地球的外面”的李光头“俯瞰壮丽的地球如何徐徐展开”的辉煌想象时[③]，这一但丁式提升世界的叙述位置不禁让我们对余华生出更大的期待，也隐约感到他正在逼近卡夫卡的高尚理想。

① 余华：《温暖和百感交集的旅程》，第13页。

② Franz Kafka, *Diaries*, ed. Max Brod, New York: Schocken Books, 1976. p.387.

③ 余华：《兄弟》（上），第1页。

第十六章　《城堡》“反懂”吗？

最近翻阅卡夫卡《城堡》的研究文献过程中发现，高玉教授近年发表有4篇专文——分别是2010年的《〈城堡〉：“反懂”的文本与“反懂的欣赏”》《论〈城堡〉时间的后现代性》与2015年的《〈城堡〉无主题论》《经典文本也有分裂与解构性——以〈城堡〉为例》。其观点概括起来大体有如下几点：在作家或文本意图方面，《城堡》是一个“反懂”的文本，因此应该以“反懂”的方式来“欣赏”[①]；从文学史角度看，《城堡》是一个“后现代主义文本”，“没有人物形象，没有发展线索，没有统一的故事情节，所呈现的只有图景，没有主旨；只有碎片，没有整体；只有一系列荒诞的行动，没有明确的目标；只有琐碎的描述，没有连续的情节发展”[②]；从文本形式来看，《城堡》则是一个“分裂和解构的文本”，即“不具有风格上的统一、内容上的统一、结构上的统一，不是内在的有机统一，故事和情节都缺乏清晰的描写与交代，情绪、情调、思想、表述、手法等通常都不一致。……小说到处相互矛盾，比如时间上的矛盾、人物性格上的矛盾、叙述人称上的矛盾等”[③]。

读到这样的“解读成果”，笔者觉得有理由为卡夫卡感到难过。早在1911年，他就为自己想象了一部“大且完整(large and whole)的东西”：“我要是有一天能够写出一部大且完整的东西，从都到尾都构思得那么好，那么，这个故事也可能永远不会彻底从我这里解脱，而我可以静静地，睁大眼睛，作为一个健康故事的血亲倾听它被阅读……”但要命的是，一旦被“阅读”——卡夫卡接着

① 高玉：《〈城堡〉：“反懂”的文本与“反懂”的欣赏》，《外国文学研究》2010年第1期，第126页。

② 高玉：《〈城堡〉无主题论》，《浙江师范大学学报》(社科版)2015年第4期，第8页。

③ 高玉：《经典文本也有分裂与解构性——以〈城堡〉为例》，《西南大学学报》(社科版)2015年第2期，第100页。

想象:"一旦它被阅读,这个故事的每一个小的片段都会像无家可归般团团转,并把我从这个故事那里向相反的方向驱离。"[①]如今,在"反懂欣赏"中,在卡夫卡已经不在"这个故事"[②]身边的90年之后,卡夫卡果真要被更彻底地驱离这个故事了。

感慨之余,笔者也有些困惑:《城堡》"复杂"(《无主题论》中出现8次)、"荒诞"(《反懂的文本》中出现14次),具有"寓言(性)"或"象征(性)"(《反懂的文本》中出现17次、32次),且不说这些都是诸多文学史教材的常见说法,即便接受这些说法,按照常识,无论复杂、荒诞还是象征、寓言,都需要进一步的理解与解释,缘何要被"反懂"与"解构"? 进一步检索文献,才发现这背后原来有一套"反懂理论"。[③]要懂"反懂",要先懂"反懂逻辑"。

鉴于此,笔者在下文中打算处理两个相关的问题:一是"反懂理论"本身的问题,二是凸显在《城堡》"欣赏实践"中的问题。笔者的感觉是:"反懂理论"的问题特别突出地反映在对《城堡》的欣赏实践中。当然,由于卡夫卡特别是其《城堡》的问题与"反懂理论"本身的问题都充满了悖论,以下的评述如果并非作家卡夫卡与高教授的"原意",想来也不会被怪罪——卡夫卡早就死了,高教授本来就"反懂";如果其中有他原本不屑的"原意",并且我的理解"反(倒)懂"了他的"原意",就权当笔者的一次歪打正着的"反懂欣赏"之尝试吧。

"反懂"的逻辑问题

我们不妨从"定义"开始。笔者从众多描述性文字中拣选了最像是"定义"的三段文字:

> 我把这种不追寻作品客观意义和作者主观意图的文学解读和欣赏方式称为"反懂"的欣赏。"反懂"的解读和欣赏不是反对解读和欣赏,而是反

---

① Franz Kafka, *Diaries*, p.105.

②《城堡》作为卡夫卡篇幅"最大"的故事没有疑问,至于它的"完整",笔者将在下文阐述。

③ 2005年以来,高玉发表了关于"反懂"的系列论文;其专著《"话语"视角下的文学问题研究》(中国社会科学出版社2009年版)中也收录了相关讨论。

对"唯一""正确"的解读与欣赏,从而承认不同解读和欣赏的合法性。[①]

"懂"的文学欣赏强调读者在对文本的理解与分析的基础上把握作品的客观价值和意义。"反懂"的文学欣赏则反对寻找作者的意图、寻找永恒不变的意义,强调文学欣赏中读者的主观感受、体验、想象和创造。[②]

"反懂"的文学欣赏主要是后现代主义思维方式在文学欣赏中的产物,它是非理性主义在文学上的自觉意识和行为,是一种新的文学观念和文学欣赏观念。[③]

第一段文字第一个句子说,这个概念指一种"不如何做"的解读和欣赏方式,但没从正面说"应该如何做"才是这个概念所指向的那种"解读和欣赏方式",似乎只有"作品的客观意义"和"作者的主观意图"这两个地方是这个概念设置的禁区,其他地方都属于该概念的管辖范围;第二个句子仍然没说应该怎样做,而是进一步表达了一种"立法"意识:它"反对什么"与"承认(批准)什么"。容易猜测的是:这里所反对的"唯一""正确"与第一个句子中的两个"禁区"应该有关系。这一点得到了第二段文字的证实,反对的确实就是"作者的意图"和"作品的客观意义"或"永恒不变的意义";所"强调"的内容则有了进一步的充实,指的其实也就是"主观感受、体验和想象和创造"。至此我们已经可以发现,这个概念根本就不是指一种解读和欣赏的"方式"——"方式"需有方法论的支持,而是如第三段文字中所言,其实指一种"解读和欣赏观"。但是,如果"反懂"是一种"解读和欣赏观",那么第二段中的"主观感受、体验和想象和创造"就更可能是"反懂"理论制作者"主观感受、体验和想象和创造",而不是一般意义上读者的"主观感受、体验和想象和创造",因为一般读者更可能重视"作者的意图"和"作品的客观意义",而不是重视"自己的主观感受、体验和想象和创造"。

不妨忽略这种混乱,仅就强调读者的"主观感受"而言,"反懂"逻辑其实并不复杂,其显性的理论来源有二:一是中国古代的文学欣赏理论,二是西方后

---

① 高玉:《〈城堡〉:"反懂"的文本与"反懂"的欣赏》,《外国文学研究》2010年第1期,第126页。

② 高玉:《论"反懂"的文学欣赏》,《文艺理论研究》2005年第4期,第100页。

③ 高玉:《论"反懂"的文学欣赏》,《文艺理论研究》2005年第4期,第100页。

现代文论。但就“反懂”问题而言,这两个来源的地位非常不同:前者对我们中国读者来说具有“亲和感”,但不具有决定性意义;后者才是根本。“反懂论”的说法是:“中国古代文学欣赏更强调读者的主观感受而不是作品的客观价值和意义,更强调欣赏的身体形态而不是理性形态。”①重主观轻理性,与“反懂”似乎有些关系。但在高玉看来,其实这还谈不上“反懂”,原因在于中国古代文学欣赏还没进懂的“门”,还在似懂非懂之间,因而还无法也没有能力理性地反懂。于是他又说:“中国古典文学欣赏是非‘懂’的,因为思想基础不属于理性的范畴,虽然有‘懂’的因素,也有非‘懂’和‘反懂’的因素。但因为范畴不同,我们很难说它是‘懂’的或‘反懂’的。”②最终,真正能够理性地“反懂”的,也就是为“反懂”提供了“充分的理论依据”的,其实是西方后现代思潮:“接受美学、现代解释学和后现代主义文学阅读理论使‘反懂’的文学欣赏具有充分的理论依据。”③

“反懂”其实还有一个隐性逻辑,我想可以将其概括为“欣赏方式进化论”。也就是说,欣赏方式越现代,就越先进;古代的欣赏方式“懂不了”现代的,现代的欣赏方式不但可以“反懂”现代,也可以“反懂”古代。高教授的原话是:对于后现代小说,“传统的欣赏是不适宜的,也是无能为力的。如果硬性地进行传统方式的欣赏,就会扭曲后现代主义小说,不能真正把握后现代主义小说的精髓,并且会大大降低后现代主义小说的艺术性。……传统的‘懂’的文学欣赏就会使后现代主义小说的‘后现代’丧失,从而失去应有的价值和意义”④。而反过来则是解构主义的、“反懂”的欣赏:

> 一旦作为一种文学欣赏方式得到确定,一旦成为一种文学欣赏的理论,它就具有方法论意义,它就不再仅仅局限于后现代主义文学的欣赏,同时也适用于现代主义和传统主义的文学欣赏。也就是说,当我们以一种解构主义的视角和方式来看视传统主义文学作品时,传统的文学作品也具有了解构的性质,可以进行解构的阅读,传统的文学正是在这种解构

① 高玉:《“话语”视角下的文学问题研究》,北京:中国社会科学出版社2009年版,第265页。
② 高玉:《“话语”视角下的文学问题研究》,第265页。
③ 高玉:《论“反懂”的文学欣赏》,《文艺理论研究》2005年第4期,第100页。
④ 高玉:《论“反懂”的文学欣赏》,《文艺理论研究》2005年第4期,第106页。

的阅读中性质发生了悄悄的变化。①

但这种“悄悄变化”(应读作“悄悄地进行变化”)的合理性,需要仔细审查。前面两个理论来源显明了“反懂”话语所牵涉的“中西问题”,而隐形逻辑则显明了“反懂”的“古今问题”——高教授以现代“理性”为尺度将中国古典文学欣赏方式判为“非懂”即显明了其立场。中国古代文学欣赏说和西方后现代阅读理论只是为“反懂欣赏”提供了一个中性资源,而其在“古今”问题上的“厚今薄古”的价值取向,才真正决定了“反懂”的“现代”品质。这一点更值得我们深入探讨。

在笔者上引关于中国古代文学欣赏特点的概括中,接下来还有一句话,特别地把“中国古代”和“西方(后)现代”联系了起来:“这(指中国古代文学欣赏——引者)和20世纪西方‘读者—反映(应为“应”——引者)’批评以及后现代主义的文学欣赏有某种相似性。”②笔者认为,二者的相似固然重要,但在读者问题上理解的差异更有实质意义。正是在“谁是读者”这一问题上,“中国古代”与“西方(20世纪的)现代”在理解上存在差异。这种差异当有助于我们理解“反懂理论”在“古今之争”中的选择。

我们知道,在广义的批评实践层面,没有纯粹的理论家,理论家的理论总是与具体的文学批评相联系;也没有不用理论的批评家,批评家在进行批评的时候,总有自己或隐或现、至少可以推断与梳理出来的预设或前提;而一般的读者如果把自己的理解诉诸言语或文字,他也就成了批评家,其批评的有效性就要经受批评的检验。在此意义上,文学批评活动中的理论家、批评家和读者其实拥有同一身份。既然如此,20世纪的“读者—反应批评”理论家为什么要特别强调“读者”呢?批评家在解读一部作品的时候,他自己不就是读者吗?批评家在阅读过程中的创造性和不同批评家所形成的解读丰富性,不就是批评家的创造性解读所自然形成的吗?一部作品的批评史不就是不同时期的批评家的批评成果所自然形成的“效果史”吗?进一步的问题是:批评—理论家强调“一般读者”,其意图为何?

① 高玉:《论“反懂”的文学欣赏》,《文艺理论研究》2005年第4期,第106页。

② 高玉:《“话语”视角下的文学问题研究》,第265页。

显而易见的是:"读者反应批评"心系"一般读者",其动机是要提升一般读者在文学欣赏(研究)中的地位。不那么显而易见的则是:这些批评家自觉或不自觉地觉得自己就是"一般读者",或想要把自己混同于一般读者,而通过提升一般读者的地位,使自己能够被重新定义为现代批评家。而这个转变,如果还原到历史现场,对应的就是从古典解释学到现代解释学的转变,以及作为这场转变之前提的文学观念和解释对象的转变。

现代解释者/批评家完成这一转变的方式,就是拆解作者与作品之间的自然联系,进而敉平作品与作品之间的等级差异。在古人(无论中西)看来,人与人性有高低之分,这个高低不是指社会地位的高低,也不仅是我们今日所谓智商、资质与道德品质的高低,而是指灵魂类型学意义上差异和灵魂品相的高低差序。相应的,作品也有高低秩序:"诗根据人性经验的固有秩序表现或解释人类的人性经验,也就是说,高的是高的,低的是低的。"作品的品质取决于作者的品质,高的作者写高的作品,低的作者写低的作品;高的作品只有高人才能"懂",高的能懂低的,低的懂不了高的。《论语》中所说"中人以上,可以语上也;中人以下,不可以语上也",大体也是这个意思。

凑巧的是,高教授在论及"懂—不懂"时,也引用了孔子的这个说法。他说:"当我们的知识结构不健全,存在着缺陷时,就会出现'不懂'的情况。孔子说:'中人以上,可以语上也;中人以下,不可以语上也',就是说,如果一个人的知识只是中等,给他谈深奥的道理是没有用的,深奥的道理只有具备深奥的知识的人才能理解。"[①]这里出现了一个"悄悄的变化":《论语》中原本基于个体灵魂差异而来的高低区分,被转换为知识的深浅差异。"知识"的"深"当然可以通过知识的"积累"而被"填平",或通过断章取义的方式加以"铲平"。换句话说,深的知识可以被"浅化"或"平面化"处理,从而也就能"抹平"人与人的自然差异。由于"知识面前人人平等",所以,人人都是潜在的批评家。甚至,人人都已经是批评家,因为"知识面前人人平等",也可以理解为"人人面前知识平等",也即"所有的知识都是平等的"——对于那些无论如何也懂不了的知识和作品,当然就可以"反懂"。

这样来看,当高教授宣称"现代文学是'懂'的,其理论基础是理性;而现代

① 高玉:《"话语"视角下的文学问题研究》,第272页。

主义和后现代主义文学则具有非理性和反理性，因此对现代主义和后现代主义文学的欣赏也具有“反懂性”[①]时，他倒是道出了其“非理性反懂”的真相：其“理”的性质确是“现代”的，反的就是古代那个“理”。对于老子和庄子的“道(理)”，高教授表示怀疑甚至不屑：“在庄子这里，似乎始终存在有一种语言之外的，不依赖于语言而存在的深不可测的、神秘的‘道’”，而“这是对思想和语言以及二者关系的很大误解。”[②]但是，即便老庄对“道”的理解是“对思想和语言以及二者关系的很大误解”，中国历代古典学问对于包括老庄著作在内的所作的解读也是对古典著作中“思想和语言以及二者关系的很大误解”吗？作为古典学问之一的“训诂学”，不就是要澄清“思想和语言”的关系吗？

其实，“反懂”要反的，既是中国古典的“理”，也是西方古典的“理”。对于朱光潜先生所谓考古学、历史、语言学可以使“本来不可了解的诗变成了可了解”的说法，高教授同样表示不满：“这又回到了西方中世纪的‘解经学’的老路上去了。”[③]其实，“考古学、历史、语言学”，本身都已经是“现代学科”了，而早在“西方中世纪”之前，早就有绵延至“西方中世纪”之后以至当代的对于古希腊文本进行解读的西方古典学问，更遑论犹太教历代拉比和神秘主义者以及历代基督教学者对于“神言”(也就是中文和合本圣经译文中的“太初有道”之“道”)的解读。

《城堡》的古代性

不妨从这里进入高教授对《城堡》的(反懂)欣赏。我们将看到，不借助古典资源，不谈卡夫卡的“道”，不谈《城堡》中的“道”，看不到《城堡》文本的古典性和用典方式，确实读不进《城堡》；不能超越平面化、碎片化的思维方式，不具备一定批评想象力，确实无法理解《城堡》的结构是怎样结构起来的，也无法理解这种更大的意义结构是如何把所谓的“碎片”整合为整体的。

---

① 高玉：《论文学的“非理性”与欣赏的“反懂”性》，《浙江社会科学》2005年第5期，第170页。

② 高玉：《“话语”视角下的文学问题研究》，第271页。

③ 高玉：《中国现代文学史上关于“反懂”的讨论及其理论反思》，《浙江社会科学》2005年第5期，第102页。

首先是对《城堡》文本性质的定位及"定位系统"本身的问题。他说:"《城堡》不是那种流行的、在当时乃至今天被广泛认同的小说,它有现实主义和现代主义的某些特点,但它更属于后现代主义,现实主义是表面的,后现代性才是深层的,才是作者真正要表达的。"①要言之:"后现代性"既是《城堡》深层的东西,也是作者真正要表达的东西。可以看到,"反懂的欣赏"从一开始就违背了自己的"欣赏观"——如果不是欣赏者"主动追寻",《城堡》何来更客观也更主观的"后现代性"?

笔者不打算纠缠《城堡》是否具有"后现代性"这个问题,只稍微谈谈根本没有进入"反懂"视野的《城堡》的"古典性"问题。其实,这个问题倒有来自卡夫卡本人和卡夫卡学术史的双重依据,也有助于我们理解《城堡》所包含的一个更大的思想(史)结构——古代立场和现代立场的张力结构。可以先行挑明的是,高教授据以理解《城堡》的参照系即"现实主义、现代主义、后现代主义"云云,只是构成了"古代—现代"张力结构中的"现代"一极,"现实主义(传统)—(后)现代主义"的张力结构只能算是"现代"内部的一个次级结构。如果解读(欣赏)活动所据以进行的参照系本身的结构是不完整的,出现诸多无法理解的"问题碎片",甚而无解,又有什么好奇怪的?

1922年1月16日,也就是写作《城堡》前夕,卡夫卡以一个比喻谈到对自己写作的双重性质的理解。他把自己的写作比作"对尘世最后边界的进攻",这一场进攻既可以看作一种基于人性立场(也就是现代视野的)的"自下而上的进攻/战争",也可以看作一种基于超人性立场(也就是古代视野)的"自上而下的攻击/战争"。这种双重视野赋予他的写作一种"秘密"性质:

> 这写作都是对边界的进攻;如果没有犹太复国主义(Zionism)干扰的话,它(指此类写作)本来会很容易地发展成为一种新的秘密教义(Geheimlehre),一种卡巴拉神学(Kabbala)。关于此点已有不少迹象。当然它需要一种无法想象的天分,去敲击古老世纪的根,或者在重新创造古老世纪的同时而又不耗尽它(sich nicht ausgibt),只有这样它才开始绽放自身(sich

① 高玉:《〈城堡〉:"反懂"的文本与"反懂"的欣赏》,《外国文学研究》2010年第1期,第127页。

auszugeben beginnt)。[①]

参照这段话,我们来解读卡夫卡彼时将要写出的《城堡》,会得到一种印象:卡夫卡理想中的《城堡》会以"无法想象的天分"把古老世纪的知识资源与现代生活加以编织整合并创造出一种新东西;由此开始"绽放自身"的,既是这种既新又老的"秘密教义",也是卡夫卡的这本书。卡夫卡对自己写作方式的形象化描述中的"根"与"花"(绽放自身)的意象颇引人遐想:卡夫卡的作品之"花"植根于"古老世纪",而古典作品就是"古老世纪"所开放出来的最美丽的"花";说"敲击古老世纪的根"从而开放出自己的"花",无异于说要"采集"如今已被深埋地下的"古典作品之花"(如荷马史诗、希腊悲剧、犹太—基督教《圣经》)。在此意义上,卡夫卡时代被埋在地下的"根"指的就是古代的"花"——卡夫卡其实要说的是,自己是一个遍访古典作品花园的蜜蜂,他要写出的作品是"蜜";他要模仿的是古典作家的写作方式,因为古典作家也经历了一个这样"采集"的过程。这个有意无意的比喻如果对照斯威夫特在《图书馆里的古今之战》中的一个说法,其意义将更为清楚:斯威夫特在这一讽喻作品中就把古代作家比作蜜蜂,把现代作家比作蜘蛛[②]——"我确实遍访草地和花园中的所有花朵,但是,无论我采集了什么,都既滋养了我本人,也丝毫无损于它们的美丽、芳香和美味。"[③]

关于《城堡》的"古代性",《城堡》中有一个明显的"迹象":在整部小说最后一个段落里(因此就是小说的结尾,笔者不认为《城堡》没有结尾,没有结尾就称不上"整体"),K被盖尔斯泰克领进了一间小屋,一个老人就着微弱的烛光正

---

① Franz Kafka, *Schriften Tagebücher Briefe*(Kritische Ausgabe), herausgegeben von Jürgen Born, Gerhard Neumann, Malcolm Pasley & Schillemeit, S. Fischer, 1990, s. 878.

②《城堡》中,佩碧不无恶意地把弗丽达比作蜘蛛:"弗丽达坐在酒吧中,就像蜘蛛稳坐在自己编织的网中央一样……"。卡夫卡:《卡夫卡全集》(4),第320页。

③ 斯威夫特:《图书馆里的古今之战》,李春长译,华夏出版社2015年,第204页。《城堡》中另一个重要的形象克拉姆的乡村秘书"莫摩斯",也出现在《图书馆里的古今之战》中,此人是"现代派的守护神"(页208),而有意思的是,这个神在希腊神话谱系中是一个"诽谤神"(赫西俄德《神谱》行214)。关于《城堡》与斯威夫特《图书馆里的古今战争》的联系,参阅 Michelle Woods, *Kafka Translated: How Translators have Shaped our Reading of Kafka*, pp,178-179。

在一个"壁龛"(Nische)里读一本"书"(Buche);此人正是盖尔斯泰克的母亲,"她向K伸出颤抖的手,让他坐在自己身边,她说话很费劲(mühselig sprach sie),理解她的话也很费劲(hatte Mühe sie zu verstehn),但是她所说的"[①]——《城堡》在此戛然而止。熟悉西方文学传统的读者会知道,出现"书中之书"是需要注意的,这既是一种"阅读的寓言":世界可以被当作一本书来读,(《圣经·启示录》第22章"天上的书卷"即是经典的例子。《堂吉诃德》亦是。法国卡夫卡学者玛尔特·罗伯特就认为"书"是理解《城堡》中"文学的堂吉诃德主义"[②](literary quixotism)的关键,也是作者赋予所叙述的故事世界以一个自洽、完整结构的文学手法:我们所读的书可以被理解为这本书里面的一本书的某个版本,从此就开启了一个在故事内部打通故事内外的意义空间——"书中之书"在此成为故事内外、故事之间转换和连接的一个关节点和"虫洞"。具体到上述段落,正读着一本书的壁龛里的老人很费劲地说着很让人费解的话,正是她所读的这本书的"总体形象"。这也正是我们读到的《城堡》的一个总体形象:这是古老的传统和书在"说话"。卡夫卡既知道我们理解他的作品的困难,也为我们提供了理解这种困难的途径:去读那些"老难老难"的书。

研究者其实早就注意到了包括《城堡》在内的卡夫卡作品的这种"古代性"。本雅明的好友、犹太神秘主义思想家肖勒姆倾向于把卡夫卡看作一个当代的卡巴拉主义者[③],而哈罗德·布罗姆则认为,肖勒姆对于卡巴拉的解释本身就包含着卡夫卡作品对于他的启发,卡夫卡的作品先于肖勒姆的卡巴拉解读。[④]罗伯特·阿尔特(Robert Alter)宣称:"如果卡夫卡早生一两个世纪,如果他成长在一个犹太经典的氛围中,他会是一个卓越的第一流的解经家,一个出色的卡巴拉教导的编织者。"[⑤]卡门尼兹有一个形象说法:卡夫卡在现代的边缘讲

---

① Franz Kafka, *Das Schloß*, Herausgegeben von Malcolm Pasley, S. Fischer, 1982, s.495.

② Marthe Robert, *The Old and the New: From Don Quixote to Kafka*, trans. Carol Cosman, University of California Press, 1977, p.6.

③ Robert Alter, *The Necessary Angels, Ttradition and Modernity in kafka, Benjamin, and Scholem*, 1991, Harvard University Press, 1991, p.12.

④ Harold Bloom, "Introduciton", in Harold Bloom ed., *Franz Kafka's The Castle*, Chelsea House Publisher, 1988, p.1.

⑤ Robert Alter, "Kafka as Kabbalist", in *Salmagundi* 98/99, 1993(Spring/Summer), p.90.

述神话，试图把卡巴拉的智慧“走私”到我们的时代。①

笔者不拟展开这一话题，在此只限于指出，对《城堡》中所谓“矛盾”“分裂”的解释，犹太神秘主义重要的参照资源。简言之，卡巴拉追寻两种事物：一个是与上帝的结合，另一个是在世代沿袭的犹太教的框架内社交、进行家庭和公众生活。这为我们理解K的追求（K也是卡巴拉的首字母）提供了注脚。卡巴拉主义者还常使用镜子与光的比喻来解释其秘密教导：上帝看上去就像镜子中光辉的光芒，这些光芒反射到第二面镜子，又反射到第三面，第四面……这样继续下去，在这继续反射的过程中，这些光逐渐失去一部分，直到完全昏暗消失在无限的世界中。显然，这个说法有助于我们理解《城堡》中的窗玻璃以及克拉姆的眼镜片所反射的“光”。如：“（城堡的）塔身有不少小窗子，此时在阳光下发出刺眼的反光”②；在“亮的刺眼”的电灯下，“一副歪戴着的不断反光的夹鼻眼镜挡住了他（克拉姆）的眼睛”③。

而肖勒姆的一个说法则为我们理解《城堡》的开头提供了新的想象空间：“我们知道，那些渴盼弥撒亚的人常常去往罗马朝圣，他们坐在通向哈德良陵墓也就是圣天使城堡的桥上，这就是一个仪式。”④据赛巴尔德的解释，卡夫卡对K悬而不决的“土地测量员”（Landvermesser）身份的设定，显然就有犹太教弥撒亚思想的影射：希伯来文moshoakh（土地测量员）与moshiakh（弥赛亚）仅一个字母之差。⑤值得提及的是，在写作《城堡》之时，卡夫卡已经能阅读当代最新出版的希伯来文小说了。

“反懂欣赏”无法理解K与城堡之间“斗争”的深度和广度：“故事才开始，何来双方？何来较量？K有什么底细？城堡又有什么了解？哪里来‘反复掂量了双方的力量对比’？”⑥其实，一旦注意到《城堡》故事背后的故事和书，“开始”就

① Roger Kamenetz, *Burnt Books: Rabbi Nachman of Braslav and Franz Kafka*, New York: Schocken Books, 2010, p.105.

② 卡夫卡：《卡夫卡全集》(4)，第11页。

③ 卡夫卡：《城堡》(4)，第41页。

④ Scholem, *The Messianic Idea in Judaism*, New York: Schocken Books, 1971, p.12.

⑤ W.G. Sebald, “The Law of Ignomity: Authority, Messianism, and Exile in The Castle”, Franz Kuna ed., *On kafka: semi-centenary perspective* London: Elek Books, 1976, p.47.

⑥ 高玉：《〈城堡〉：“反懂”的文本与“反懂”的欣赏》，《外国文学研究》2010年第1期，第131页。

不再是"开始",故事的开始其实"由来已久"。"反懂欣赏"还认为,《城堡》的故事"没有方向感","K后来怎么样了,故事如何收场,都是不可预测的"①。但我们可以说,K来自古老的故事,当然也会走入古老的故事,因为"文学的本质特征即是它无所不在的重写性或者说文本套文本的互文性"②。很可能,他会在盖尔斯泰克母亲所读的那本书里,发现那本书讲的正是自己的故事。这一猜测并非凭空想象——在德国浪漫主义名著《奥夫特尔丁根》中,主人公就从一个隐士那里发现了一部这样的书:"此书没有书名,但是翻阅的时候他已经发现几幅图画。他觉得画面非常眼熟,便仔细打量,发现自己的形象也夹在画上的人物里面,而且很好辨认。"③

其实,K早已在《城堡》官员所记录的"书页"中辨认出了自己的形象。这部"书"就是可能存在于城堡办公室中K的"传记"。在K强烈要求下,克拉姆的秘书莫摩斯给他看了其中一页。K读到:"预知真实情况,唯有过细地追踪他与弗丽达结合之前在此所走过的每一步方有可能,他在走这一步时所留下的足迹,我们自他抵达此间开始就悉数记录在案了。"④似乎有意模仿诺瓦利斯的笔法,这页文件中也安排了插图:"边上还有一副很像是小孩画的、歪歪斜斜的影线画,画的是一个男人双手抱着一个少女,少女的脸低垂在男子胸前,但这个比少女块头大得多的男人眼睛却越过姑娘的肩向他手里捧着的一张纸看去,一面还喜形于色地将一些累计数字记在纸上。"⑤K知道那就是城堡所记录在书里的他自己和弗丽达的故事。窥一斑可想象全貌:这一页纸除了暗示K的"全传",还暗示了存在于城堡办公系统中的一部无所不包、巨细无遗的书,这书已经记载、正在记载、还将记载所有发生的、正在发生的和将要发生的,也就是在人类时间之内所有可能发生的事情。在此意义上,存在于城堡"现代办公系统"中那些浩瀚的文件、档案,可以抽象成一本书,这本书既可以理解为犹太先

---

① 高玉:《经典文本也有分裂与解构性——以〈城堡〉为例》,《西南大学学报》2015年第2期,第103页。

② 肖锦龙:《重写和重写学——后结构主义文学史研究方法初探》,《文艺理论研究》2016年第6期,第189页。

③ 诺瓦利斯:《奥夫特尔丁根》,林克译,收入刘小枫编:《大革命与诗化小说——诺瓦利斯选集卷二》,北京:华夏出版社2008年版,第95页。

④ 卡夫卡:《卡夫卡全集》(4),第383页。

⑤ 卡夫卡:《卡夫卡全集》(4),第384页。

知想象中的上帝之书在我们这个世界中的投影和呈现出来的样子，也是奥古斯丁所理解的《新约·启示录》中天上的“传记书/生命书”(book of life)在我们这个“尘世之城”中的化身。[①]

不妨说，这个既旧又新的文本化了的“城堡”形象，就来自既老又新的文本形象。“书中之书”的意象点明的是：《城堡》结构的“整体性”就存在于《城堡》文本的“显”“隐”之间、《城堡》与其他文本之间，其背后有一本“大书”。克拉姆的主要秘书之一埃尔朗格就可以看作这样一部几乎无所不包的“大书”的理想读者，如同《堂吉诃德》的读者能认出堂吉诃德，埃尔朗格也“能认出他未见过面而只是听说过或读到过的人”[②]。《城堡》故事的“发展性”来自于卡夫卡在古今演变视野中的“援陈入新”。在《城堡》这里，也如同在诺瓦利斯那里，“一切都成了 Anfang eines unendlichen Romans[一部无结局的小说的起点”。[③]

反“反懂”的尝试

对于构成《城堡》深层结构的另一极即“现代”，其实也并非所谓拒绝理解的“后现代”，而是由更为丰富具体的、与特定历史背景相联系的政治运动(如犹太复国主义)、哲学与宗教思潮(这本身就与古代传统相贯通)、科学理论(尤其是理论物理学)和技术的新发现和新发展(如电影、摄影术)构成的语境，其

① 参见拙著《传记视野与文学解读》，北京：北京大学出版社2012年版，第2—3页。

② 卡夫卡：《城堡》，高年生译，《卡夫卡小说全集》(Ⅱ)，北京：人民文学出版社2003年版，第191页。

③ 刘小枫：《大革命与诗化小说——诺瓦利斯选集》卷二，北京：华夏出版社2008年版，“编者前言”第3页。

中的难解之处自然也可以尝试参照这一语境去理解。[①]在此仅针对“反懂欣赏”觉得无法理解的若干细节分析两例。

其一,关于两个助手。“反懂欣赏”认为“两个助手身份不可解”[②],但这两个助手的名字已经提供了解释:一个叫耶里米亚(Jeremias),另一个叫阿图尔(Arthur)。熟悉西方宗教、哲学史的人会知道,这两个名字分别对应古代希伯来《圣经》中的悲观主义先知、《耶利米书》《耶利米哀歌》的作者耶利米(Jeremiah)与德国现代悲观主义哲学家亚瑟·叔本华(Arthur Schopenhauer,1788—1860);如果再加上K的信使巴纳巴斯(Banabas),西方思想史的大体轮廓就呈现出来了——巴纳巴斯是基督教《新约》中陪伴保罗第一次传道的人(这样他陪伴K去往后者所想象的城堡这一行动,就有了宗教使命的意味)。

当然,反对意见可以是:这并不能解释K关于助手的说法中的矛盾。对此笔者只能说:K像荷马笔下的奥德修斯一样,是随口就会编出一个关于自己的故事的人,也就是说,他会撒谎(人都会撒谎,理解这一点甚至并不需要读荷马史诗)。在K通过电话与城堡对话时,他就谎称自己是约瑟夫;[③]老板娘直指问题核心:“你没有真话。为什么你不说真话?”K没有否认指控:“你不也不说真话吗?”[④]根据后面的说法,两个助手是城堡官员克拉姆的代理人加拉特把他们派来给K开开玩笑的:“让他稍微快活些”[⑤]。让两个悲观主义大师使人“快活

---

① 《城堡》与犹太复国主义的关系,可参看《卡夫卡:犹太教、政治和文学》第6章“尘世最后的边界”(Richie Robertson, *Kafka: Judaism, Politics and Literature*, Oxford: Clarendon Press, 1985, pp.218-273);《城堡》与摄影术的关系,参见Carolin Duttinger《卡夫卡与摄影术》第7章“权力的光学:‘布鲁姆菲尔德’、‘饥饿艺术家’与《城堡》”(Carolin Duttinger, *Kafka and Photography*, Oxford University Press, 2007, pp.206-249)。Duttinger认为,K观看城堡与偷窥克拉姆的方式,其实都是摄影师拍人物照的方式;一个有趣的发现是,大桥酒店老板娘给K看的一副旧照片,其原型就是1912年5月18日斯坦福大学生George Horine飞跃2米横杆瞬间定格,他所采用的方式就是后来被称作“滚式”或“霍莱恩”式的跳高技术,运动员过竿时上体倒向起跳腿,在竿上呈水平姿势,这才出现了K以为照片中克拉姆的信使是“躺在床上”的错觉。

② 高玉:《经典文本也有分裂与解构性——以〈城堡〉为例》,《西南大学学报》2015年第2期,第105页。

③ 卡夫卡:《卡夫卡全集》(4),第24页。

④ 卡夫卡:《卡夫卡全集》(4),第349页。

⑤ 卡夫卡:《卡夫卡全集》(4),第258页。

些”，这当然是卡夫卡式的玩笑。如果说这里有什么矛盾，那么，如此的“矛盾”，引用加拉特的话说，“根本什么事也算不上”①。

其二，关于小说中的“时间”和“信件”问题。高教授认为，参照标准时间或日常时间，《城堡》中的时间是有问题的。他的一个重大发现是：“第四天不论是在故事时间还是叙事时间上都没有下午”，“这显然不是传统小说的时间”。②与时间相关的还有两封信的问题。高教授发现，巴纳巴斯拿给K的两封信充满着时间上的混乱和矛盾：第一封信“早在K到达多少天之前就发出了，那个时候，K还没有来到城堡，克拉姆不知道K是谁，K也不知道克拉姆是谁”③。关于第二封信的来源，小说中的说法是矛盾的：一是巴纳巴斯说是阿玛丽娅从城堡带回来的，但这一天阿玛丽娅不可能到城堡去；二是奥尔加说是巴纳巴斯从城堡秘书那里拿到的，但巴纳巴斯那一天也没有去城堡。指出这些问题当然也是有意义的，高玉也认为卡夫卡是“有意为之”④，但他认为这最终证明了《城堡》的时间是“矛盾和混乱的”⑤，“是后现代时间与现代时间的并置造成的”⑥。笔者不同意这种理解，理由如下。

首先，第四天没有下午，并不能说明《城堡》中的时间没有自己的秩序和“传统”。其实，更仔细地阅读可以发现，《城堡》中的其他几天也都没有下午，“没有下午”就是《城堡》的“时间秩序”。如果一定要有个解释的话，不妨说这里有一个传记式解释：卡夫卡自己的时间就可以说是“没有下午”的，他上午在保险公司上班，下午睡觉，晚上散步和写作直至深夜或凌晨，他的下午被“睡掉”了——“没有下午”就是卡夫卡的“传统时间”或“日常时间”。

关于信件有两个相互矛盾的来源的说法，需要厘清的是，所谓两个相互矛盾的说法分别出自巴纳巴斯和奥尔加，把两个人的说法进行对照才会发现矛盾。严格说来，巴纳巴斯的说法自身并不构成矛盾（阿玛丽娅不可能去城堡只是奥尔加的说法），对照奥尔加的说法才会构成矛盾。所谓矛盾的问题，根源

---

① 卡夫卡：《卡夫卡全集》(4)，第258页。

② 高玉：《论〈城堡〉时间的后现代性》，《国外文学》2010年第1期，第86页。

③ 高玉：《论〈城堡〉时间的后现代性》，《国外文学》2010年第1期，第88页。

④ 高玉：《论〈城堡〉时间的后现代性》，《国外文学》2010年第1期，第88页。

⑤ 高玉：《论〈城堡〉时间的后现代性》，《国外文学》2010年第1期，第90页。

⑥ 高玉：《论〈城堡〉时间的后现代性》，《国外文学》2010年第1期，第88页。

出在奥尔加的说法上。我们在此又回到了"谎言"的问题上——奥尔加明目张胆地承认"撒谎",她在谈话的最后对K摊了牌:为了使得K和城堡的联系不至于"中断",她"会蒙人、骗人、撒谎,只要有用,什么坏事都干",因此,"你不能对我说的每句话都那么太认真苛求"。[①]

进一步来看,如果信件真的有两个不能兼容的来源,并且这种矛盾是卡夫卡"有意为之",那么这就是一个暗示:阿玛丽娅就是城堡。其实,空间感和结构感极佳的中央美院李军教授早已发现,卡夫卡笔下的"城堡"很像是"一个人",而这个人就是阿玛丽娅:在《城堡》中,"只有城堡和阿玛丽娅是两个确定的点,周围的所有东西都是围绕着这两个点的漂浮物;但这两个点其实是同一个点"[②],"三种不同的值围绕着绝对的'一'布局构阵,犹如村庄围绕着城堡、人群围绕着阿玛丽娅,构成行星与恒星、星系与黑洞的几何关系"[③]。

与李军教授的解释相关,笔者要指出的是,《城堡》这种异于日常时间感的时间观念,除了众所周知的弗洛伊德精神分析理论影响之外,还可能包括爱因斯坦相对论、普朗克量子学说以及在内的理论物理学的影响——卡夫卡参加过贝塔·芳塔(Berta Fanta)的沙龙,这个沙龙的参加者就有爱因斯坦(1911—1912年间为布拉格大学教授),他谈论相对论,而他的一个朋友则谈论普朗克量子理论。[④]

限于篇幅,笔者在此不便一一处理那些被认为是"反懂"的细节。现在笔者的问题是:"反懂的"或者说"解构的"阅读和欣赏究竟在读什么、又读出了什么?似乎就是为了更彻底地回答这一问题,高教授假定了一种理想的、可供"反懂"的"欣赏对象":

---

① 卡夫卡:《卡夫卡全集》(4),第254页。

② 李军:《出生前的踌躇:卡夫卡新解》,北京:北京大学出版社2011年版,第179页。

③ 李军:《出生前的踌躇:卡夫卡新解》,第183页。

④ Valerie D. Greenberg, *Transgressive Readings: The Texts of Franz Kafka and Max Plank*, The University of Michigan Press, 1990. 关于卡夫卡与爱因斯坦、普朗克的可能性联系,特别参看该书第38—39页。

> 如果一部作品根本就没有说理，根本就没有一个明确的思想，而只是一种感觉或感受，只是一些好的句子，一些破碎的意象，那我们还能分析和理解吗？还有必要去分析和理解吗？对于这样的作品，欣赏的本质就只能感受，在感受的过程中得到艺术的快感。这种欣赏本质上就是“反懂”的欣赏。①

这段话毋宁说道出了“反懂欣赏”的尴尬——既没有这样的作品，也无法实践这样的欣赏。至少，《城堡》不是这样的作品，在《城堡》批评史上也未见只是“感受”一下就能让读者“得到艺术的快感”的批评和欣赏。即便高教授所认为残雪的“带着强烈的主观性和个人色彩”的欣赏，经过他的“仔细体会”之后，也最终被追认为“很有道理”，“有它自己的逻辑性”。②

上述引文所呈现的，其实正是为“反懂理论”提供了“充分依据”的“后现代主义思想”所极力批判的形而上学思维：所谓“反懂的文本”，其实是一个“先验”的设定。可是，但凡有些阅读“经验”的读者都知道，理解一部作品是一个过程，并且每次理解同一个作品也都是一个新的过程；对于一部作品，我们可以说自己根本读不进去，也可以在读过之后说它是垃圾，但没有道理在阅读一部作品之前就断定它“根本就没有说理”。

没有“反懂对象”，《城堡》自身也不“反懂”，这些都没有对《城堡》的“反懂欣赏”造成障碍——因为据说“解构主义”已经彻底扫清了所有的障碍：“传统的经典的文学作品，经过解构主义的阅读之后，其性质和特点都发生了根本性的变化，它不再是统一的、具有固定不变意义的文学，而是充满了修辞、破碎、矛盾、分裂、冲突等特性，作品的结构变得分崩离析，主题也具有不确定性，甚至于没有了意义的内核”。③且不论在解构主义的阅读“之前”，是否存在一种“统一的、具有固定不变意义的文学”（笔者更熟悉“诗无达诂”的说法），至少，“文学”充满了“修辞”“矛盾”“冲突”，无论在解构主义阅读“之前”还是“之后”，都可算是“传统”的看法。

---

① 高玉：《论文学的“非理性”与欣赏的“反懂”性》，第172页。

② 高玉：《〈城堡〉无主题论》，第5页。

③ 高玉：《论“反懂”的文学欣赏》，第107页。

从这一角度来看,"反懂欣赏"试图使《城堡》批评史的性质发生一个根本性的"变化",一个区别于"过去"的全新的解读模式,很可能是一个错觉。高教授感慨道:"《城堡》的思想主题是什么?'城堡'究竟象征什么? K的追寻有什么深刻的含义? 对于诸如此类的问题,过去我们总是想找一个终极性的、符合作者意图、符合文本本义、没有争议的唯一、客观的答案。"[①]但是"过去"真有人曾这样做过吗? 这里所说的"过去"从何时开始算起? 高教授所举的例子是波利策1972年的说法,但如今那个"过去"已经过去了40多年,而这个"过去"的说法所批评的,恰是一种早在"那时"就已被归为徒劳的幻觉:"任何想得到结论或解释谜底的企图必然归于徒然。"[②]

其实,从批评史的角度来看,所谓"一个终极性的、符合作者意图、符合文本本义、没有争议的唯一、客观的答案",本身就是一个虚构。即便在最早的"过去",也就是在《城堡》第一个真正意义上的读者布罗德那里,也只是试图提供一个"最广博的解释",并"不排斥更为专门的解释的可能性",他承认"这些解释可能完全正确"[③]。从这个意义上,"反懂的欣赏"提供的也是一个"最广博的解释",就其想要同时排斥与包容其他解读的"批评意图"而言,与布罗德的"传统方式"没有太大区别。

差别或许仅仅在于,布罗德的"传统方式"需要专门的知识和对所谈论问题的深入理解,而反懂式解读只需坚信"文本本身的分裂性"和"阅读的零散性"[④]即可操作。但这也使得"反懂欣赏"在觉得有必要说些什么但又不知该说些什么的时候(因此也就是面对"文本本身的分裂性"的时候),只能依托阅读者在阅读过程中主观感受的"零散性"。举一个例子:在"反懂欣赏"中,"为什么不能在天真无邪的孩子们面前谈论'城堡'和伯爵呢?"[⑤]显然就是这样一个分裂。那么如何"反懂式"地理解这一点呢? 或许是受布罗德启发,高教授从"神学的角度"进行了解释:"如果说'城堡'是上帝,那么,'城堡'的伯爵就是耶稣,正是因为如此,所以村里人对'城堡'和官员都是如神一样的恭顺和虔诚,

---

① 高玉:《〈城堡〉:"反懂"的文本与"反懂"的欣赏》,第126页。
② 高玉:《〈城堡〉:"反懂"的文本与"反懂"的欣赏》,第126页。
③ 马克斯·布罗德:《〈城堡〉第一版后记》,卡夫卡:《卡夫卡全集》(4),第410页。
④ 高玉:《〈城堡〉无主题论》,第1页。
⑤ 高玉:《〈城堡〉无主题论》,第5页。

甚至不敢随便谈论,否则便是亵渎和不敬。”[①]如此解释确实展示了文学欣赏之轻松,但是却把本来应该解释的“天真无邪的孩子们”(而不是一般意义上的“村里人”,村里人如老板娘、村长、奥尔加及阿玛丽娅都敢于与K谈论城堡和官员问题,奥尔加的谈论尤其详尽)与“关于城堡和伯爵的知识”之间的禁忌关系抛到了脑后。毋宁说,这个例子所显示的是反懂理论及其解读实践而不是所解读文本本身的“分裂性”。而就文本而言,我们可以说,《城堡》中“孩子”“成人”的差异以及“成人”“老人”的差异显示出了文本世界的某种秩序,这一秩序或许是对古老的第一个斯芬克斯之谜(清晨、中午和傍晚——孩子、成人与老人)的某种回应,而作品循环于白天与黑夜之间的叙事安排,则令人联想起第二个斯芬克斯之谜中那对姐妹(白天与黑夜)。或许,这能为“非后现代式”地理解《城堡》中“时间问题”提供新的语境和线索。

① 高玉:《〈城堡〉无主题论》,第5页。

引用文献

（一）中文

[1] 阿特伍德. 帐篷[M]. 张璐诗，译. 南京：南京大学出版社，2008.

[2] 艾特伍德. 与死者协商[M]. 严韵，译. 上海：三联书店. 2005.

[3] 艾略特. 荒原[M]. 赵萝蕤，译. 袁可嘉，董衡巽，郑克鲁选编. 外国现代派作品选. 上海：上海文艺出版社，1980.

[4] 奥维德. 变形记[M]. 杨周翰，译. 北京：人民文学出版社，1958.

[5] 本雅明. 经验与贫乏[M]. 王炳钧，译. 天津:百花文艺出版社，1999.

[6] 柏拉图. 理想国[M]. 张竹明，译.南京：译林出版社，2009.

[7] 柏拉图. 柏拉图的《会饮》[M]. 刘小枫，等译. 北京:华夏出版社，2003.

[8] 伯格编. 走向古典诗学之路[M]. 肖涧，译. 北京:华夏出版社，2007.

[9] 博西格诺等. 法律之门[M]. 邓子滨，译. 北京:华夏出版社，2007.

[10] 伯纳德特. 索福克勒斯的《奥狄浦斯王》[M]// 刘小枫，陈少明主编. 索福克勒斯与雅典启蒙[C]. 北京:华夏出版社，2007.

[11] 勃罗德.《城堡》后记[M]// 叶廷芳主编.卡夫卡全集4. 石家庄：河北教育出版社，1996.

[12] 勃罗德.卡夫卡传[M]. 叶廷芳，黎奇，译.石家庄. 河北教育出版社，1997.

[13] 勃罗德. 对一个名叫弗兰茨·卡夫卡的玩偶的谋杀[M]// 勃罗德. 卡夫卡传. 石家庄：河北教育出版社，1997.

[14] 勃罗德.《城堡》第一版后记[M]// 叶廷芳主编. 卡夫卡全集4. 石家庄：河北教育出版社,1996.

[15] 布朗肖. 从卡夫卡到卡夫卡[M]. 潘怡帆，译. 南京：南京大学出版社，2014.

[16] 布朗肖. 文学空间[M]. 顾嘉琛,译. 北京:商务印书馆,2003.
[17] 布鲁姆. 体现在作家身上的作品[J]. 张龙海译.南方文坛,2002(3).
[18] 布鲁姆. 西方正典[M]. 江宁康,译.南京:译林出版社,2005.
[19] 布舒奇.〈法义〉导读[M]. 谭立铸,译. 北京:华夏出版社,2006.
[20] 残雪. 灵魂的城堡[M]. 上海:上海文艺出版社,1998.
[21] 残雪. 最后的情人[M]. 广东:花城出版社,2005.
[22] 代马盖斯. 卡夫卡与少女们[M]. 管筱明,译.郑州:河南人民出版社,2005.
[23] 丹穆若什. 什么是世界文学[M]. 查明建,宋明炜,等译. 北京:北京大学出版社,2014.
[24] 德勒兹/迦塔利. 卡夫卡/什么是哲学[M]. 张祖建,译. 长沙:湖南文艺出版社,2007.
[25] 邓晓芒. 新批判主义[M]. 北京大学出版社,2008.
[26] 高玉.《城堡》:“反懂”的文本与“反懂”的欣赏[J]. 外国文学研究,2010(1)
[27] 高玉. 论《城堡》时间的后现代性[J]. 国外文学,2010(1).
[28] 高玉.《城堡》无主题论[J]. 浙江师范大学学报(社科),2015(4).
[29] 高玉. 经典文本也有分裂与解构性:以《城堡》为例[J]. 西南大学学报(社科),2015(2).
[30] 高玉. “话语”视角下的文学问题研究[M]. 中国社会科学出版社,2009.
[31] 高玉. 论“反懂”的文学欣赏[J]. 文艺理论研究,2005(4)
[32] 高玉. 论文学的“非理性”与欣赏的“反懂”性[J]. 浙江社会科学,2005(5).
[33] 海德格尔. 存在与时间[M]. 陈嘉映,王庆节,译. 北京:生活·读书·新知三联书店,1999.
[34] 海德格尔. 荷尔德林诗的阐释[M]. 孙周兴,译. 北京:商务印书馆,2000.
[35] 荷马. 伊利亚特[M]. 罗念生,王焕生,译. 北京:人民文学出版社,1994.
[36] 卡夫卡. 城堡[M]. 张荣昌,译. 上海三联出版社,2012.
[37] 卡夫卡. 卡夫卡散文[M]. 叶廷芳,黎奇,等译.杭州:浙江文艺出版社,2001.
[38] 卡夫卡. 城堡[M]. 汤永宽,译. 上海:上海译文出版社,1997.
[39] 卡夫卡. 城堡[M]. 高年生,译. 北京:人民文学出版社,2003.
[40] 康托尔. 哈姆莱特:世界主义的王子[M]. 刘小枫,陈少明主编. 政治哲学中莎士比亚. 北京:华夏出版社,2007.

[41] 昆德拉. 被背叛的遗嘱[M]. 孟湄,译. 牛津大学出版社,上海人民出版社,1995.

[41] 梁展. 帝国的想象:卡夫卡《中国长城修建时》中的政治话语[J]. 外国文学评论,2015(4)

[43] 李军. 出生前的踌躇:卡夫卡新解[M]. 北京大学出版社,2011.

[44] 柳冬妩. 解密《变形记》[M]. 广州:花城出版社,2014.

[45] 刘小枫. 拯救与逍遥[M]. 上海:三联书店,2001.

[46] 刘小枫. 从《会饮》看后现代审美文化的品质[J]. 文艺研究,2011(9).

[47] 刘小枫. 沉重的肉身[M]. 上海:上海人民出版社,1998.

[48] 诺瓦利斯. 大革命与与诗化小说:诺瓦利斯选集[M]. 北京:华夏出版社,2008.

[49] 鲁迅. 怎么写:夜记之一[M]// 王世家/止庵编.鲁迅著译编年全集(捌). 北京:人民出版社,2009.

[50] 鲁迅. 马上日记·豫序[M]// 王世家/止庵编.鲁迅著译编年全集 (捌). 北京:人民出版社,2009.

[51] 罗森. 柏拉图的《会饮》[M]. 杨俊杰,译. 上海:华东师范大学出版社,2011.

[52] 马丁. 当代叙事学[M]. 伍晓明,译. 北京:北京大学出版社,1990.

[53] 马特. 论柏拉图[M]. 张竝,译. 上海:华东师范大学出版社,2008.

[54] 默里. 卡夫卡. 郑海娟,译. 北京:国际文化出版公司. 2006.

[55] 莫索克. 穿裘皮大衣的维纳斯[M]. 徐虹,译. 合肥:安徽人民出版社,2012.

[56] 纳博科夫. 文学讲稿[M]. 申慧辉,等译. 上海:三联书店,2005.

[57] 尼采.朝霞. [M]. 田立年,译. 上海:华东师范大学出版社,2007.

[58] 尼采. 人性的,太人性的[M]. 魏育青,译. 上海:华东师范大学出版社,2008.

[59] 尼采. 瓦格纳事件/尼采反对瓦格纳[M]. 卫茂平,译. 上海:华东师范大学出版社,2007.

[60] 尼采. 快乐的科学[M]. 黄明嘉,译. 上海:华东师范大学出版社,2007.

[61] 尼采. 瓦格纳事件:尼采反对瓦格纳[M]. 卫茂平,译. 上海:华东师范大学出版社,2007.

[62] 聂珍钊.《老人与海》与丛林法则[J]. 外国文学评论,2009(3).

[63] 诺瓦利斯. 奥夫特尔丁根[M]// 林克,译.刘小枫编. 大革命与与诗化小说:诺瓦利斯选集卷二. 北京:华夏出版社,2008.

[64] 司密斯. 欧洲小说五十讲[M]. 罗显华,魏素先译. 成都:四川文艺出版社,1991.
[65] 斯威夫特. 图书馆里的古今之战[M]. 李春长,译. 北京:华夏出版社,2015.
[66] 孙彩霞. 刑罚的意味:卡夫卡《在流放地》与余华《一九八六年》的比较研究[J]. 当代文坛,2003(3).
[67] 孙彩霞. 余华《西北风呼啸的中午》与卡夫卡《乡村医生》的比较研究[J]. 中州大学学报,2006(1).
[68] 索福克勒斯. 奥狄浦斯王[M]. 罗念生,译.北京:人民文学出版社,2002.
[69] 王侃. 论余华小说的张力叙事[J]. 文艺争鸣,2008(8).
[70] 汪晖. 无边的写作:《我能否相信自己》序[A]// 洪治纲编. 余华研究资料[C]. 天津:天津人民出版社,2007.
[71] 王嘉良. 从"窄门"走向"宽阔":余华创作转型的'历史美学'分析[J]. 文艺争鸣,2008(8).
[72] 吴雅凌.《神谱》笺释[M]. 北京:华夏出版社,2010.
[73] 谢莹莹. Kafkaesque:卡夫卡的作品与现实[J]. 外国文学,1996(1).
[74] 肖锦龙. 重写和重写学:后结构主义文学史研究方法初探[J]. 文艺理论研究,2016(6).
[75] 杨慧林. 宗教社会学研究的"意义建构"[J]. 基督教文化学刊(16).北京:宗教文化出版社,2007.
[76] 杨正润. 现代传记学[M]. 南京:南京大学出版社,2009.
[77] 叶廷芳主编. 卡夫卡全集(1—10)[M]. 石家庄:河北教育出版社,1996.
[78] 叶庭芳编选. 论卡夫卡[M]. 北京:中国社会科学出版社,1988.
[79] 余华. 卡夫卡和K[M]// 温暖和百感交集的旅程. 上海:上海文艺出版社,2004.
[80] 余华. 温暖和百感交集的旅程[C]. 上海:上海文艺出版社,2004.
[81] 余华. 没有一条道路是重复的[M]. 上海:上海文艺出版社,2004.
[82] 余华. 世事如烟[M]. 上海:上海文艺出版社,2004.
[83] 余华. 我胆小如鼠[M]. 上海:上海文艺出版社,2004.
[84] 余华. 鲜血梅花[M]. 上海:上海文艺出版社,2004.
[85] 余华. 音乐影响了我的写作[M]. 上海:上海文艺出版社,2004.

[86] 余华. 兄弟[M]. 上海:上海文艺出版社,2005.

[87] 袁宪军.《汉姆雷特》的批评轨迹[J]. 北京第二外国语学院学报,2007(2).

[88] 曾艳兵. 卡夫卡与中国文化[M]. 北京:首都师范大学出版社,2006.

[89] 曾艳兵. 卡夫卡研究[M]. 北京:商务印书馆,2009.

[90] 曾艳兵. 何为"卡夫卡式审判"?[J]. 读书,2016(12).

[91] 曾艳兵. 学术研究的困惑和悲哀[J]. 名作欣赏,2008(1).

[92] 张沛. "囚牢""胡桃壳""无限空间的君王"和"噩梦"[J]. 国外文学,2005(1).

[93] 赵淳. 哲学三题.析卡夫卡《变形记》[J]. 四川外语学院学报,1997(4).

[94] 赵淳. 存在之无意义:析卡夫卡《变形记》中最具意义的象征[J]. 四川外语学院学报,2001(6).

[95] 赵山奎. 神意的模型与英雄的肃剧:论伯纳德特对《伊利亚特》的解读[J]. 国外文学,2012(3).

[96] 赵山奎.《奥狄浦斯王》中"晦暗的东西"[J]. 国外文学,2017(1).

(二) 西文

[1] Alter, Robert. The Necessary Angels, Ttradition and Modernity in kafka, Benjamin, and Scholem[M]. Harvard University Press, 1991.

[2] Alter, Robert. Kafka as Kabbalist[J]. Salmagundi 98/99, 1993 Spring/Summer.

[3] Anders, Günter. Franz Kafka[M]. Trans. A. Steer & A.K. Thorlby. London: Bowes & Bowes, 1960.

[4] Anderson, Mark. Introduction[A]. Franz Kafka. The Sons[C]. New York: Schoken Books, 1989.

[5] Anderson, Mark. Sliding Down the Evolutionary Ladder? Aesthetic Autonomy in The Metamorphosis[A]// Harold Bloom ed. & intro., Franz Kafka's Metamorphosis. Infobase Publishing, 2008.

[6] Anderson, Mark. Kafka's Clothes: Ornament and Aestheticism in the Habsburg Fin de Siécle[M]. Oxford: Clarendon, 1992.

[7] Anderson, Mark. Kafka and Sacher-Masoch[J]. Journal of Kafka Society of America, 1983(2).

[8] Batuman, Elif. Kafka's Last Trial [N]. The New York Times, 22 September 2010. http://www.nytimes.com/2010/09/26/magazine/26kafka-t.html? pagewanted=print.

[9] Beissner, Freiderich. Der Erzähler Franz Kafka [A]// Stanley Corngold. The Commentators' Despair: The Interpretation of Kafka's Metamorphosis. Kennikat Press, 1973.

[10] Beissner, Freiderich. Kafka the Poet[C]// Stanley Corngold. The Commentators' Despair: The Interpretation of Kafka's Metamorphosis. Kennikat Press, 1973.

[11] Bennett, Allan. Two Kafka's Plays,Kafka's Dick and the Insurance Man[M]. London: Faber and Faber, 1987.

[12] Benardete, Seth. On Greek Tragedy[C]// Seth Benardete. The Argument of the Action. The University of Chicago Press, 2000.

[13] Benardete, Seth. Achilles and Hector: The Homeric Hero[M]. St.Augustine's Press, 2005.

[14] Berman, Russell. Tradition and Betrayal in "Das Urteil"[A]// James Rolleston ed. A Companion to the Works of Franz Kafka. New York: Camden House, 2002.

[15] Binder, Hartmut. Kafka-Kommentar zu sämtlichen Erzählungen[M]. Munich: Winkler Verlag, 1975.

[16] Bloom, Harold. Introduciton[A]//. Harold Bloom ed. Franz Kafka's The Castle. Chelsea House Publisher, 1988.

[17] Boa, Elizabeth. Kafka: Gender, Class, and Race in the Letters and Fictions [M]. Oxford: Clarendon Press, 1996.

[18] Brancato. John J. Kafka's "A Country Doctor": A Tale for Our Time[J]. Studies in Short Fiction, spring 1978, Vol. 15 Issue 2, 1978(spring).

[19] Breen, Margaret Sönser. Reading for Construction of the Unspeakable in Kafka's Metamorphosis [A]// James Whitlark ed. Critical Insights: The Metamorphosis by Franz Kafka.Salem Press, 2012.

[20] Bridgwater, Patrick. Kafka's Novels: An Interpretation[M]. Amsterdam-New York, NY 2003.

[21] Brod, Max. Franz Kafka: A Biography[M]. trans. G. Humphreys Roberts and

Richard Winston. New York: Schocken, 1960.

[22] Brod, Max. Postscript to the First Edition [M]// Franz Kafka, The Trial [M]. Trans. Willa & Edwin Muir. New York: Schocken, 1992.

[23] Bruce, Iris. Elements of Jewish Folklore in Kafka's Metamorphosis [M]// Stanley Corngold trans. & ed. The Metamorphosis: Translation, Backgrounds and Contexts, Criticism. New York: W. W. Norton & Company, 1996.

[24] Campbell, Karen J. Dreams of Interpretation: On the Sources of Kafka's "Landarzt" [J]. German Quarterly, 1987, vol. 60(3).

[25] Canetti, Elias. Kafka's Other Trial: The Letters to Felice [M]. trans. Christopher Middleton New York: Schocken Books, 1974.

[26] Canning, Perter M. Kafka's Hierogram: The Trauma of the 'Landarzt' [J]. German Quarterly, 1984, vol. 57(2).

[27] Cantor, Jay. Forgiving the Angel: Four Stories for Franz Kafka [M]. New York: Vintage, 2014.

[28] Caputo-Mayr, Maria Luise. und Julius Michael Herz. Franz Kafka: Internationale Bibliographie der Primär-und Sekundärlitreatur (Band I: Bibliographie der Primärliteratur 1908—1997; Band II: Bibliographie der Sekundärliteratur 1955—1977) [M]. München: K. G. Saur, 2000.

[29] Casanova,Pascale. Kafka: Angry Poet [M]. trans. Chris Turner. London: Seagull Books, 2015.

[30] Caughie, Pamela L. The Death of Kafka: the Birth of Writing [J]. Journal of Kafka Society of America, 1981 (2)

[31] Cohn, Dorrit. Kafka's Eternal Present: Narrative Tense in 'Ein Landarzt' and Other First Person Stories [J]. PMLA, 1968, vol.83(1).

[32] Corngold, Stanley. The Commentators' Despair: The Interpretation of Kafka's Metamorphosis [M]. Kennikat Press, 1973.

[33] Corngold, Stanley. The Hermeneutic of "The Judgment" [M]. Angel Flores ed. The Problem of The Judgment: Eleven Approaches to Kafka's Story. New York: Gordian Press, 1977.

[34] Corngold, Stanley. Franz Kafka: The Necessity of Forms [M]. Ithaca: Cornell

University Press, 1988.

[35] Corngold, Stanley. trans. & ed. Franz Kafka: The Metamorphosis [M]. New York: Bantam Books, 1972.

[36] Corngold, Stanley and Ruth V. Gross eds. Kafka for the 21st Century [M]. Rochester & New York: Camden House, 2011.

[37] Corngold, Stanley. Trans. & ed. The Metamorphosis: Translation, Backgrounds and Contexts, Criticism[M]. New York: W. W. Norton & Company, 1996.

[38] Corngold, Stanley. Trans.& ed. Kafka's Selected Stories [M]. New York: W. W. Norton & Company, 2007.

[39] Corngold, Stanley. Lambent Traces: Franz Kafka [M]. Princeton University Press, 2004.

[40] Crawford, Deborah. Franz Kafka, Man out of Step [M]. New York: Crown Publishers, 1973.

[41] Davenport, Guy. The Hunter Gracchus[J]. The New Criterion, 1996(14).

[42] Diamant, Dora. Mein Leben mit Franz Kafka[M]// Hans-Gerd Koch, Heraus. Als Kafka mir entgegenkam: Erinnerungen an Franz Kafka. Berlin: Wagenbach, 1995.

[43] Dodd, William J. ed. Kafka: The Metamorphosis, The Trial, and The Castle [M]. London & New York: Longman, 1995.

[44] Dolar, Mladen. The burrow of sound [J]. Differences: A Journal of Feminist Cultural Studies, 2011, vol. 22, (2—3).

[45] Driscoll, Kari. Is for Animal: Speech and Voice in Ovid and Kafka [M]// Mark Andson ed., Franz Kafka, The Metamorphosis. trans. Susan Bernofsky, Norton & Company, 2016.

[46] Durrani, Osman. Editions, Translations, Adaptations [M]// Julian Preece ed. The Cambridge Companion to Kafka. Cambridge University Press, 2002.

[47] Duttinger, Carolin. Kafka and Photography[M]. Oxford University Press, 2007.

[48] Ellis, John M. The Bizarre Texture of "The Judgment" [M]// Angel Flores ed. The Problem of The Judgment: Eleven Approaches to Kafka's Story. New York: Gordian Press, 1977.

[49] Emrich, Welhelm. Franz Kafka[M]. Trans. Sheema Zeben Buehne. New York:

Frederick Ungar, 1968.

[50] Engel, Manfred, und Bernd Auerochs, Kafka- Handbuch: Leben, Werk, Wirkung[M]. Stuttgart/Weimar: Metzler, 2010.

[51] Engelstein. Stefani. The Open Wound of Beauty: Kafka Reading Kleist [J]. The Germanic Review, 2006(4).

[52] Erlich, Vitor .Kafka and Gogol: Note on Realism and Surrealism [M]// For Romen Jakobson: Essays on the Occasion of His Sixtieth Birthday. The Hague: Mouton, 1956.

[53] Friedländer, Saul. Franz Kafka: The Poet of Shame and Guilt [M]. Yale University Press, 2013.

[54] Frye, Lawrence O. Reconstructions: Kafka's 'Ein Landarzt' [J]. Colloquia Germanica, 1983(16).

[55] Gelus, Marjorie. Notes on Kafka's Der Bau: Problems with Reality [J]. Colloquia Germanica, 1982(1).

[56] Gilman, Sander L. Franz Kafka: The Jewish Patient[M]. New York & London: Routledge, 1995.

[57] Gilman, Sander L. A Dream of Jewishness Denied: Kafka's Tumor and "Ein Landarzt" [M]// James Rolleston ed. A Companion to the Works of Franz Kafka. Camden House, 2002.

[58] Goebel, Rolf J. Kafka, Contextualization, and Cultural Studies [J]. Journal of Kafka Society of America, 1996(1—2).

[59] Goldstein, Von Bluma. Franz Kafka's "Ein Landarzt": A Study in Failure[J]. Deutsche Vierteljahrsschrift für Literturwissenschaft und Geistesgeschichte, 42: Sonderheft, 1968(11).

[60] Golomb-Bregman, Etti. No Rose without Thorns: Ambivalence in Kafka's 'A Country Doctor' [J]. American Imago, 1989, vol. 46(1).

[61] Gray, Richard. Biography as Critism in Kafka Studies[J]. Journal of the Kafka Society of America(Special Issue: Kafka and Biography), 1986(1/2) .

[62] Gray, Richard. et al., A Franz Kafka Encyclopedia [M]. Greenwood Press, 2005.

[63] Gray, Ronald. Through Dream to Self-Awareness[M]// Angel Flores ed. The Problem of The Judgment: Eleven Approaches to Kafka's Story. New York: Gordian Press, 1977.

[64] Greenberg, Valerie D. Transgressive Readings: The Texts of Franz Kafka and Max Plank[M]. The University of Michigan Press, 1990.

[65] Gross, Ruth. (Ed) Critical Essays on Franz Kafka[C]. Farmington Hills: Cengage Gale, 1990.

[66] Gross, Ruth. Hunting Kafka out of Season: Enigmatics in the Short Fictions [A]// James Rolleston ed, A Companion to the Works of Franz Kafka. Camden House, 2002.

[67] Guth, Hans P. Symbol and Contextual Restraint: Kafka's 'Country Doctor' [J]. Publications of the Modern Language Association of America, 1965(4).

[68] Hanlin, Todd C. Franz Kafka's Landarzt: "Und heilt er nicht..." [J]. Modern Austrian Literature, 1978,vol. 11(3—4).

[69] Harroff, Stephen. The Structure of "Ein Landarzt": Rethinking Mythopoesis in Kafka[J]. Symposium, 1980 Spring.

[70] Hawes, James. Why You Should Read Kafka Before You Waste Your Life[M]. New York: St. Martin, 2008.

[71] Heller, Erich. Franz Kafka[M]. London: Fontana Modern Masters, 1974.

[72] Heller, Erich. and Jürgen Born, Franz Kafka, Letters to Felice[M]. Elisabeth Duckworth & James Stern trans., New York: Schocken Books, 1973.

[73] Hillegass.C. K. Cliff Notes on Kafka's The Metamorphosis & Other Stories [M]. Cliff Notes, Inc. 1973.

[74] Hohendahl, Peter Uwe. Literarische Kultur im Zeitalter des Liberalismus: 1830—1870[M]. Munich: Beck, 1985.

[75] Jagow, Bettina von. und Oliver Jahraus, Kafka- Handbuch: Leben, Werk, Wirkung[M]. Vandenhoeck & Ruprecht, 2008

[76] Janouch, Gustav. Conversations with Kafka[M]. Goronwy Rees trans. New York: New Directions Publishing Corporation, 1971.

[77] Järv,Harry. Die Kafka-Literatur. Eine Bibliographie[M]. Malmö und Lund: Bo

Cavefors, 1961.

[78] Kafka, Franz. Diaries[M]. New York: Schocken Books, 1976.

[79] Kafka, Franz. The Blue Octavo Notebooks [M]. Cambridge: Exact Change, 1991.

[80] Kafka, Franz. Brief an Milena[M]. New York: Schocken Books, 1952.

[81] Kafka, Franz. The Castle[M]. trans. Mark Harman, Schocken Books, 1998.

[82] Kafka, Franz. The Complete Stories [M]. ed. Nahum N. Glatzer, New York: Schocken Books, 1971.

[83] Kafka, Franz. Dearest Father[M]. Ernst Kaiser & Eithne Wilkins trans., New York: Schocken Books, 1952.

[84] Kafka, Franz. Description of a struggle[M]. NY: Schcken, 1958.

[85] Kafka, Franz. Das erzählerische Werk I[M]. Berlin: Rütten & Loening, 1983.

[86] Kafka, Franz. Hochzeitsvorbereitungen auf dem Lande und andere Prosa aus dem Nachlaß[M]. hrsg. Max Brod, Frankfurt am Main: Fischer Taschenbuch Verlag, 1983.

[87] Kafka, Franz. Letters to Felice [M]. Trans. Elisabeth Duckworth and James Stern. New York: Schocken, 1974.

[88] Kafka, Franz. Letters to Friends, Family, and Editors[M]. trans. Richard and Clara Winston. John Calder Publishers Ltd, 1978.

[89] Kafka, Franz. Nachgelassene Schriften und Fragmente II [M]. S. Fischer Verlag, 1992.

[90] Kafka, Franz. Der Prozeß [M]. Frankfurt am Main: Fischer Taschenbuch Verlag, 1983.

[91] Kafka, Franz. Das Schloß [M]. Frankfurt am Main: Fischer Taschenbuch Verlag, 1983.

[92] Kafka, Franz. Das Schloß[M]. Frankfurt am Main: S. Fischer, 1982.

[93] Kafka, Franz. Schriften Tagebücher Briefe (Kritische Ausgabe) [M]. Frankfurt am Main: S. Fischer Verlag, 1990.

[94] Kafka, Franz. Tagebücher Apparatband [M]. Frankurt am Main: S. Fischer Verlag, 1990.

[95] Kafka, Franz.The Trial[M]. trans. Breon Mitchell. New York: Schocken Book, 1998.

[96] Kafka, Franz. The Zürau Aphorisms of Franz Kafka [M]. Michael Hofmann trans., Schocken Books, 2006.

[97] Kamenetz, Roger. Burnt Books: Rabbi Nachman of Braslav and Franz Kafka [M]. New York: Schocken, 2010.

[98] Karl, Frederick R. Franz Kafka: Representative Man[M]. New York: Ticknor & Field, 1991.

[99] Kempf,Franz. R. Everyone ' s Darling: Kafka and the Critics of His Short Fictions[M]. Columbia: Camden, 1994.

[100] Kilcher, Andreas. Franz Kafkas Nachlass: Epischer Streit findet ein Ende[ ], 2016—8—13.http://www.nzz.ch/feuilleton/buecher/franz- kafkas- nachlass-epischer-streit-findet-ein-ende-ld.110727.

[101] Koelb, Klayton. Kafka: A Guide for the Perplexed [M]. New York: Continuum, 2010.

[102] Koelb, Klayton. "Kafka Imagines His Readers: The Rhetoric of 'Josefine die Sängerin' and 'Der Bau' ", in James Rolleston ed., A Companion to the Works of Franz Kafka[M]. Camden House, 2002.

[103] Kurz, Gerhard. The Rustling of Stillness: Approaches to Kafka's The Burrow [M]// Stanley Corngold trans.& ed., Kafka's Selected Stories[C]. New York: W. W. Norton & Company, 2007.

[104] Kurz, Gerhard. Nietzsche, Freud, and Kafka [M]. Mark Anderson ed. Reading Kafka: Prague, Politics, and the Fin de siècle. New York: Schocken, 1989.

[105] Lainoff, Seymour. The country Doctors of Kafka and Turgenev [J]. Symposium, 1962, vol. 16(2).

[106] Lasch, Christopher. The Culture of Narcissism: American Life in an Age of Diminshing Expectationism[M]. New York: Norton, 1979.

[107] Leavitt, June O. The Mystical Life of Franz Kafka: Theosophy, Cabala, and the Modern Spiritual Revival[M]. Oxford University Press, 2012.

[108] Levine, Michael G. The Sense of an Unding: Kafka, Ovid, and the Misfits of Metamorphosis [A]. Harold Bloom ed. & intro. Franz Kafka' s Metamorphosis. Infobase Publishing, 2008.

[109] Marson, Eric and Keith Leopold. Kafka, Freud, and 'Ein Landarzt' [J]. German Quarterly, 1964, vol. 37(2).

[110] Mishara, Aaron L. Kafka, Paranoic Doubles and the Brain: Hypnagogic vs. Hyper-reflexive Models of Disrupted Self in Neuropsychiatric Disorders and Anomalous Conscious States [J]. Philosophy, Ethics, and Humanities in Medicine, 2010, vol. 5(1).

[111] Müller, Burkhard. Consolation in Your Neighbor' s Fur: On Kafka'a Animal Parables[M]// Marc Lucht & Donna Yarri eds. Kafka' s Creatures: Animals, Hybrids, and Other Fantastic Beings. Lexingtong Books, 2010.

[112] Neider, Charles. Frozen Sea: A Study of Franz Kafka[M]. New York: Oxford U. Press, 1948.

[113] Neumann, Gerhard. The Judgment, Letter to His Father, and the Bourgeois Family[M]. Mark Anderson ed.Reading Kafka: Prague, Politics, and the Fin de siècle. New York: Schocken, 1989.

[114] North, Paul. The Yield, Kafka' s Atheological Reformation[M]. Palo Alto: Stanford University Press, 2015.

[115] Olney, James. Memory & Narrative, the Weave of Life-Writing[M]. Chicago: The University of Chicago Press, 1998.

[116] O' Neill, Patrick J. Kafka' s Metamorphosis: Texts and Textualities [M]// James Whitlark, ed. Critical Insights: The Metamorphosis. California: Salem Press, 2012.

[117] Parry, Idris. Kafka and Gogol[J].German Life and Letters, 1953, vol. VI.

[118] Pawel, Ernst. The Nightmare of Reason: A Life of Franz Kafka[M]. New York: Farrar Straus Giroux, 1984.

[119] Politzer, Heinz. Franz Kafka: Parable and Paradox[M]. Ithaca: Cornell UP, 1966.

[120] Preece, Julian. The Cambridge Companion to Kafka [M]. New York:

Cambridge University Press, 2002.

[121] Preece, Julian. The Letters and Diaries [A]. The Cambridge Companion to Kafka[C]. Julian Preece ed., New York: Cambridge University Press, 2002.

[122] Ritchie, James McPherson. Seven Expressionist Plays [M]. London: John Calder; Dallas: Riverrun, 1980.

[123] Robert, Marthe. The Old and the New: From Don Quixote to Kafka[M]. Carol Cosman trans., University of California Press, 1977.

[124] Robertson, Richie. In Search of the Historical Kafka: A Selective Review of Research, 1980—1992[J]. Modern Language Review, 1994, vol.89(1).

[125] Robertson, Richie. Kafka: Judaism, Politics, and Literature [M]. Oxford: Clarendon Press, 1985

[126] Rolleston, James. A Companion to the Works of Franz Kafka[M]. New York: Camden House, 2002.

[127] Ryan, Simon. A Selective Survey of the Reception of The Metamorphosis[M]// James Whitlark ed. Critical Insights: The Metamorphosis by Franz Kafka. Salem Press, 2012.

[128] Santner, Eric. Kafka's Metamorphosis and the Writing of Abjection [M]// Stanley Corngold trans. & ed. The Metamorphosis: Translation, Backgrounds and Contexts, Criticism. W. W. Norton & Company, 1996.

[129] Sarup, Madan. Jaques Lacan[M]. New York:Harvester Wheatsheaf, 1992.

[130] Scholem, Gershom. Major Trends in Jewish Mysticism [M]. New York: Schocken Books, 1995.

[131] Sebald, W.G. The Law of Ignomity: Authority, Messianism, and Exile in The Castle [M]// Franz Kuna ed. On kafka: Semi- centenary Perspective [C]. London: Elek Books, 1976.

[132] Shahar, Galili. Fragments and Wounded Bodies: Kafka after Kleist [J]. German Quarterly. 2007 Fall.

[133] Snoek, Anke. Agamben's Joyful Kafka: Finding Freedom Beyond Subordination[M]. NY: Bloomsbury, 2012.

[134] Sokel, Walter H. Beyond Self- Assertion: A Life of Reading Kafka [M]//

James Rolleston ed. A Companion to the Work of Franz Kafka. New York: Camden House, 2002.

[135] Sokel, Walter H. Franz Kafka- Tragik und Ironie [M]. München: Albert Langen Geog Müller Verlag, 1964.

[136] Sokel, Walter H. Kafka and Modernism[M]// Approaches to Teaching Kafka's Short Fiction. Richard T. Gray ed. New York: MLA, 1995.

[137] Sokel, Walter H. From Marx to Myth: The Stucture and Function of Self-Alienation in Kafka's Metamorphosis [M]// Harold Bloom ed. & intro., Franz Kafka's Metamorphosis. Chelsea House Publishers, 1988.

[138] Stach, Reiner. Kafka: Decisive Years [M]. trans. Shelley Frisch, Princeton University Press, 2005.

[139] Stach, Reiner. Kafka: The Years of Insight [M]. Shelley Frisch trans. Princeton University Press, 2013.

[140] Stach, Reiner. Kafka: The Early Years [M]. Shelley Frisch trans. Princeton University Press, 2016.

[141] Stach, Reiner.Is that Kafka, 99 Finds [M]. Kurt Beals trans. New York: New Directions, 2016.

[142] Starke, Ottomar. Kafka und die Illustration [M]// Stanley Corngold ed. The Commentators' Despair: The Interpretation of Kafka's Metamorphosis [C]. Kennikat Press, 1973.

[143] Steinberg, Erwin R. The Three Fragments of Kafka's 'The Hunter Gracchus' [J]. Studies in Short Fiction, 1978, (15).

[144] Stern, J. P. Guilt and the Feeling of Guilt [M]// The Problem of The Judgment: Eleven Approaches to Kafka's Story. ed. Angel Flores, New York: Gordian Press, 1977.

[145] Straus, Nina Pelikan. "Transforming Franz Kafka's Metamorphosis", in Stanley Corngold trans. & ed., The Metamorphosis: Translation, Backgrounds and Contexts, Criticism[M]. W. W. Norton & Company, 1996.

[146] Strauss, Leo. On Plato's Symposium [M]. The University of Chicago Press, 2001.

[147] Struc, Roman S. The Doctor's Predicament: A Note on Turgenev and Kafka [J]. The Slavic and East European Journal, Vol. 9, No. 2, 1965.

[148] Sussman, Henry. Double Medicine: The Text That Was Never a Story: A Reading of Kafka's "Ein Landarzt" [J]. Geman Issue, 1985, vol. 100(3).

[149] Sussman, Henry. Franz Kafka: Geometrician of Metaphor [M]. Madison: Coda Press, 1979.

[150] Swales, Martin. Why Read Kafka? [J]. Modern Language Review 1987 (16).

[151] Tauber, Herbert. Franz Kafka: An Interpretation of His Works[M]. Trans. G. Humphreys Roberts and Roger Senhouse. Plymouth: The Bowering, 1948.

[152] Weigand,Hermann J. Franz Kafka's 'The Burrow' ('Der Bau'): An Analytical Essay[J]. PMLA, vol.87, 1972(2).

[153] White, William M. A. Reexamination of Kafka's 'The Country Doctor' as Moral Allegory[J]. Studies in Short Fiction, Spring, 1966.

[154] Whitlark, James. On The Metamorphosis: A Neo-Anthropological Approach to Its Conflicts [A]. James Whitlark ed., Critical Insights: The Metamorphosis by Franz Kafka[C]. Salem Press, 2012.

[155] Whitlark, James. ed. Critical Insights: The Metamorphosis by Franz Kafka [C]. Salem Press, 2012.

[156] Whitlark, James. "About This Volume", Critical Insights: The Metamorphosis by Franz Kafka[C]. Salem Press, 2012.

[157] Woods, Michelle. Kafka Translated: How Translators Have Shaped our Reading of Kafka[M]. NewYork.Continuum PublishingCorporation, 2014

[158] Zilcosky, John. 'Samsa war Reisender': Trains, Trauma, and the Unreadable Body [A]. Congold and Ruth V. Gross eds. Kafka for Twenty-First Century [C]. Rochester & New York: Camden House, 2011.

[159] Ziokowski, Theodore. Dimensions of the Modern Novel: German Texts and European Contexts[M]. Princeton: Princeton Univ. Press, 1969.

附录一

评《卡夫卡研究》[①]

对于作家与他(她)的书,卡夫卡有一个"理论":"活着的作家同他们的书有一种活的关系,他们本身的存在就是捍卫它们,或者反对它们的斗争。一本书真正独立的生命要在作者死后才表现出来,说得更正确些,要在作者死去一段时间后才表现出来,因为这些血性的人在他们死后还会为他们的书斗争一番。然后书就慢慢地孤单下来,只能依赖自己的心脏的搏动了。"[②]但这个理论是否适用于卡夫卡本人,却很让人困惑。卡夫卡去世迄今已经80多年了,但他与他的那些"书"仍有一种"活的关系",他既"捍卫"又"反对"它们的斗争仍在继续影响着那些书的"独立的生命"。我的意思是说,他的日记、书信和随笔中所显示的自我理解对于我们理解他的作品仍有着巨大的影响。或许卡夫卡更愿意我们读那些他愿意让我们读的作品——毕竟他生前留下了烧毁那些他不愿意让我们读的作品的遗嘱,遑论后来由马克斯·布洛德陆续整理出版的日记、书信;或许他更愿意让作品早些"孤单下来",只"依赖自己的心脏的搏动"。但卡夫卡和他的读者却只能接受命运的安排:在可以预见的未来,跳动在他书信、日记、随笔以及与青年雅诺施的谈话(还可以加上关于他的诸多传记)中的卡夫卡的心脏还得和他的书的心脏一起跳动:在"奇异"的卡夫卡世界里,"两颗心像一颗心一样跳动"。对某些读者来说,这两颗心其实就是一颗心。余华说过:"卡夫卡的日记很像是一些互相失去了联系的小说片段,而他的小说《城堡》则像是K.的漫长到无法结束的日记。"[③]

---

① 原载《东吴学术》2012年第3期,原题为《探寻一种理解卡夫卡的恰当方式》。
② 卡夫卡:《卡夫卡全集》(10),第433页。
③ 余华:《温暖和百感交集的旅程》,第96—97页。

可问题仍然是："如何理解和认识卡夫卡？……哪里是通向卡夫卡心灵'城堡'的路径？从哪里出发能更快捷地走进卡夫卡？"[①]或许，最恰当的理解卡夫卡的方式就是试图以卡夫卡理解自己的方式去理解他？但要理解卡夫卡理解自己的方式谈何容易，他甚至就干脆否认这一可能性："我与犹太人有什么共同之处？我与自己几乎都没什么共同之处……"[②]对卡夫卡的研究总是会遭遇"卡夫卡式"的挑战，问题于是一再地被推到起点：卡夫卡是谁？或是他有什么"身份"？

曾艳兵教授是国内卡夫卡专家，自然深谙回答这一问题的难度和重要性，其新近出版的《卡夫卡研究》集中了作者自1993年来涉足卡夫卡研究的核心成果，是中国"卡夫卡学"的重要展示，也可以看作对这一问题的回答与再回答。该书"题记"显明了作者对卡夫卡的理解及理解的方式，看起来像是作者的精心设计，因此也颇值得细加品味："这是人类生存的最后一个城堡/这是没有出路的迷宫/这是赤裸灵魂的舞蹈/这是市集闲人的冷眼旁观/这就是卡夫卡的世界/卡夫卡在这里思想/卡夫卡在这里祈祷/让我们走近卡夫卡/去听听他对我们说些什么……"[③]

"最后的城堡"和"没有出路的迷宫"的并置，使得我们几乎也可以同时将其理解为"没有入口的城堡"和"最初的迷宫"。卡夫卡的文学世界作为"终点"与"开端"双重意味已蕴含其中。[④]"最后的城堡"像是奥古斯丁"上帝之城"的某个影像；"最初的迷宫"看起来很可能指卡夫卡笔下迷宫般的"地洞"，但笔者联想到的却是柏拉图笔下的"洞穴—世界"场景——法国学者马特教授在讲述柏拉图故事的开头写道："这或许会是卡夫卡的故事……"[⑤]他最后还说："世界的舞台上只有唯一一幕戏，唯一一个主人公：生存的悲剧早已镌刻于洞穴之

① 曾艳兵：《卡夫卡研究》，北京：商务印书馆2009年，7页。

② Franz Kafka, *Diaries*, p.252.

③ 曾艳兵：《卡夫卡研究》，第1页。

④ 卡夫卡曾说："和克尔凯郭尔不一样，我没有受那如今已公认松垮弛废的基督教引导而进入生命；也没有像犹太复国主义那样抓住犹太祈祷披肩下摆，而这下摆如今正在飘离我们。我是终点，或是开端。"Franz Kafka, *The Blue Octavo Notebooks*, ed. Max Brod, Exact Change, 1991, p.52.采用江宁康译文（参哈罗德·布鲁姆：《西方正典》，南京：译林出版社2005年版，第361页）。

⑤ 让-弗朗索瓦·马特：《论柏拉图》，张竝译，上海：华东师范大学出版社2008年版，第3页。

中,里面只有一个孤独的演员。"[①]

卡夫卡是谁?"赤裸灵魂的舞者"?"一个孤独的演员"? 但在作为世界缩影的"洞穴"里,那个冷眼旁观着"赤裸灵魂的舞蹈"的"市集闲人"又是什么"身份"? 接下来的"思想"和"祈祷"似乎分别对应着"哲人"和"修士",也像是对"市集闲人"真实身份的进一步揭示——马特教授分明有意将卡夫卡和柏拉图的面容叠合在一起——"展开一卷哲人所写的书,我们便展现了隐而未现的回忆,而且我们每一次都会重现洞穴中那个囚徒被遗忘的容颜"[②],刘小枫教授则径直称卡夫卡为"贫乏时代的修士"[③]。卡夫卡确是足够复杂……

在这种复杂性面前谈论卡夫卡,首先保持一种"无知之知"的审慎态度或许是明智的。《卡夫卡研究》的"导言"和前三章对卡夫卡及其文学世界的总体把握就体现了这种审慎。导言中卡夫卡"以痛苦走向世界,以绝望拥抱爱人,以惊恐触摸真实,以毁灭为自己加冕……他属于什么流派,什么'主义'? 他什么都不是……他的创作完成了他自己"[④]的论断可以说是全书的总纲:作者既努力在对卡夫卡的总体论述中保持总体性视野,也力求在对各个专题式的探讨及具体作品的解读中构建卡夫卡世界的总体性联系,尽力避免以某种理论框架对其进行"领土化/殖民化"。卡夫卡"什么都不是",又"什么都是",但无论"是"还是"不是",都需要借助作品进一步加以界定和分析,这也正是全书为自己设定并要完成的任务。

在这种对卡夫卡进行整体性理解的努力中,我们大致可以辨认出两种相互补充、相互渗透的阐释方式。一种可以称为"心连着心的阐释"(两颗心像一颗心一样跳动),这一方式主要体现在对卡夫卡"所是"的论析中:前三章所提出的关于卡夫卡一个"无家可归的异乡人"、他的文学是一个"卡住"的世界和一个"捏着生命痛处的寓言"的论断无不立足于卡夫卡的作品(包括日记和书信),力图以卡夫卡理解自身的方式去理解卡夫卡;另一种可以称之为"手挽着手的阐释",主要体现在对卡夫卡"所不是"的论析中——他不属于什么流派和主义,但不意味着他和那些主义和流派及其他作家没有联系,从这些联系中可

---

① 让-弗朗索瓦·马特:《论柏拉图》,第143页。

② 让-弗朗索瓦·马特:《论柏拉图》,第143页。

③ 刘小枫:《沉重的肉身》,第218页。

④ 曾艳兵:《卡夫卡研究》,第3页。

以更深入地辨识出其“所是”——在此意义上卡夫卡和犹太文化、语言问题与后现代性“手挽着手”（四、五、六章），和中国文化与文学“手挽着手”（二十一至二十五章），和克尔凯郭尔（基尔克果）、尼采、陀思妥耶夫斯基、弗洛伊德等“手挽着手”（十七至二十章），其目的地同样是卡夫卡心灵和文学的“城堡”。

在全书的大部分篇幅中，作者对卡夫卡与世界、卡夫卡与他的爱人及朋友、卡夫卡与他自己、卡夫卡与他的文学、卡夫卡与其他“作家”的阐释都“心连着心”“手挽着手”，以一种近于“卡夫卡式”的方式引领读者游历“迷宫”和“城堡”。作者深谙解释之道，深知通向卡夫卡世界的旅途虽没有捷径，但总体的理解却能使读者不致迷失方向；作者也深知，总体理解所包含的内部张力又将驱使读者走向更幽深、迷人的卡夫卡世界的风景区。除了“题记”所设置的暧昧路标，其余各章的设置也颇具匠心。前三章对卡夫卡的总体解释本身实际上蕴含着反解释的巨大反弹力，而由此接下来的四、五、六三章可以看作对前三章的“修正”。这部分内容试图分别从“犹太文化”“语言问题”和“后现代性”等角度为卡夫卡进行文化寻根与理论解说：文化寻根使得卡夫卡这个“无家可归的异乡人”站在了“坚实的土地上”，后现代的理论解说使得“卡住的世界”获得了特殊的“疏通”。这种解说本身也具有卡夫卡式的特点，三种角度所包含的问题显得既“外在”又“内在”于卡夫卡的文学：一方面，似乎是从卡夫卡作品的隐秘处“走出”了研究者今天所关心的那些问题，而那些问题最终还将“回到”他作品的隐秘之处，并在这一隐秘之中隐藏自身——谁又能真正说清楚“犹太文化”“语言问题”“后现代性”这些问题的来龙去脉呢，尤其当这些还深深地纠缠在一起的时候？另一方面，似乎又是我们今天所关心的那些问题“召唤”了卡夫卡的作品，就如著者所言——“卡夫卡一不留意便给今日的后现代主义理论家提供了绝妙的分析文本。”[①]

后现代主义理论对卡夫卡的“召唤”让笔者想起卡夫卡的一个说法：“一个笼子在寻找一只鸟。”[②]这可以看作是一种诱惑。曾艳兵教授对后现代主义理论十分熟悉，出版过《东方后现代》和《西方后现代主义文学研究》等专著，可以说也是“后现代主义理论家”。这不禁会让读者心生疑虑：“手挽着手的阐释”

① 曾艳兵：《卡夫卡研究》，第128、461页。

② 卡夫卡：《卡夫卡全集》(5)，第5页。

是否会无意间“携手”走进后现代主义的“语言铁笼”？但七至十六章的文本分析会打消读者的疑虑。这一板块解读了卡夫卡的不少重要作品，包括三部长篇《美国》《诉讼》《城堡》以及《变形记》《判决》《饥饿艺术家》等短篇名作；与中国有关的三篇小说《一次战斗纪实》《万里长城建造时》和《往事一页》曾收入《卡夫卡与中国文化》一书，此次和其他作品的解读安排在一起，编排形式的变化产生了某种陌生化的阅读体验，卡夫卡作品的丰富性便得到更有立体感也更具整体性的透视。作者在对卡夫卡作品进行分析时总是紧扣文本，并结合相关历史、宗教、哲学、文化背景与卡夫卡自传及传记资料等传统方法进行论证。后现代主义理论在作者的卡夫卡阐释中始终是一个“朋友”，发挥了其恰如其分的解释力，有效地将对文本的解释引向深入。这一特点尤其体现在“后现代色彩”最明显的第十二章“作为颠覆性阅读的创作”中。

在此稍微展开，谈谈该章中对卡夫卡《塞壬的沉默》的解读。卡夫卡的这一作品国内外学者也都有不少专门探讨，但从理解的总体性和深度方面来看，笔者觉得都不如此书的解析完整、透彻。卡夫卡的这一作品对荷马史诗《奥德赛》相关情节的改造是容易看出的，但从叙事视角的变幻不定来分析这一文本所暗示出的文学叙事的不可靠性，如果没有深厚的后现代主义叙事理论功底则很难做到——后现代叙事理论所关注的“谁在说”与“如何说”（而不是“说了什么”）的问题显然与作者对这一作品的解读“手挽着手”。正如书中所言：“一旦我们开始怀疑奥德修斯讲故事的资格，我们也就必然怀疑他所讲述的故事的真实性。”（208页）从后现代叙事理论角度来解读这一文本是切合作品实际的；但这一点如何与卡夫卡本人的“意图”进行链接和印证？如果卡夫卡不是“有意识地”这样做，这将与前面所称赞的卡夫卡的“胆量和他高超的叙述技巧”构成矛盾——像卡夫卡笔下的塞壬的情况一样，“无意识”的叙述也会取消卡夫卡“做证人的资格”，“消解”他的“经验”（201页）。

作者的过人之处也正是表现在这一点上。通过对卡夫卡阅读方式的考察，作者发现：“卡夫卡有意忽略了荷马文本的内容，就像奥德修斯顺利避开了塞壬的沉默”（212页），“卡夫卡能够熟读古代经典，而又避开它的意义，不受它的影响，就像奥德修斯既能欣赏到女妖迷人的歌声，而又不至于被她们吞噬一样”（213页）。这其实也正是卡夫卡的“夫子自道”：“要是人们想干一件事情，那些在内容上与人们想干的事情毫不相干的书，偏偏是最有用的……他可以带着这些想法去浏览这本书，我想说，就像犹太人当初渡过红海似的。”(212页)可以认为，就像奥德修斯带着自己那些“连命运女神也捉摸不透”的想法避开了塞壬的诱惑，卡夫卡也带着自己的诸多“想法”渡过了他人生“大海”中一段“危险的旅程”——作者发现，就在这一年，卡夫卡为了写作，“抵挡住了各种诱惑，决然地与自己恋爱了五年的菲莉斯分手了”(207页)；而离开了菲莉斯的卡夫卡对于“阅读”和“写作”的“想法”同样也是“捉摸不透”的：“就像一种自杀一样，一本书必须是一把能劈开我们心中冰封的大海的斧子”——去“冰封的海面之下”干什么呢？莫非恰是为了倾听更为真实的“塞壬的歌声”？写了《塞壬的沉默》的卡夫卡真的避开了塞壬沉默的歌声的危险了么？从解读中浮现出的这些问题本身就足以表明，作者结合传记式的“心连着心”的考察与“手挽着手”的阐释策略确实走到了卡夫卡文学世界的深处，像《城堡》中的土地测量员K一样，作者也对卡夫卡文学空间的摇摆不定的边界进行了“大胆”和“高超”的“测量”。

诚如叶廷芳先生在序言中所说，《卡夫卡研究》内容丰富，填补了国内卡夫卡研究的诸多空白。如前所述，此书在对内容的结构上也有精心的安排，在这一问题上笔者倒觉得叶先生关于此书有些“庞杂”的意见可以商榷。当然作为一项长达15年的“分段建筑”的工程，尽管著者做了许多技术性处理，但书中仍难免存在一些交错或重合的内容(如关于卡夫卡作品“寓言性”的解释)，叶先生所留下的“庞杂”印象可能由此而来；从另一个角度而言，这种交错和重合也是“心连着心的阐释”和“手挽着手的阐释”的交错和重合所致。

这种交错和重合也恰好说明卡夫卡与他的文学是复杂的，而大凡复杂的东西就会有诱惑和危险。“后记”中所浮现出来的著者的面容是孤独而动人的：“夜深人静，我常常对着卡夫卡的照片入迷，希望他对我能说些什么，希望能听到点什么。”著者还表达了这样的担心：“任何人一旦走进了卡夫卡这道门，他是否还能摸索着走出来，而走进去和走出来的人是否还是同一个人?”好在卡夫卡笔下的神父早就对约瑟夫·K说过：“写在纸上的东西是不会变的，不同的理解只是反映了人们的困惑。”他还对K说：“法院是不会向你提要求的。你来，它就接待你，你去，它也不留你。”[①]这样的看法真让人感到温暖。

① 卡夫卡：《卡夫卡全集》(3)，第175、178页。

附录二

评《卡夫卡与中国文化》[①]

西方大哲海德格尔曾有言:"历史之历史性的本质在于向本己之物的返回,这种向本己之物的返回唯有作为向异乡的行驶才可能是返回。"[②]就西方向东方这一"异乡的行驶"而言,它可能是实实在在的和历史性的,比如马可·波罗和利玛窦的中国之行,但它也可能是在想象中展开的和文本性的,20世纪奥地利作家卡夫卡的中国想象即是如此。中国的比较文学研究界对于前者已经给予了不少关注,但对于后者的意义却多少有些漠视。很能说明问题的是,自1981年底钱满素先生发表《卡夫卡来到中国》以来,我国的卡夫卡研究已经走过了30多年的历史,从单个作家的研究来说,卡夫卡已成为我国外国文学研究的最重要对象之一,但对于卡夫卡这样一个钟情于中国文化、从中国文化汲取意象和创作灵感并将其体现在作品中的作家,长期以来竟几乎忽略了对卡夫卡与中国文化之间复杂关系的系统探讨。事实上,作为一个"文本旅行家"和具有世界影响的作家,卡夫卡虽然没有亲历中国,但他在自己的作品中所构建的中国想象的背后却无疑渗透着西方世界对于中国文化的某些共同性的理解和误读,也包含着更多的创造性因素,其跨文化研究的价值无疑是十分重大的。

在此背景之下,曾艳兵教授以其博士学位论文为基础修订而成的专著《卡夫卡与中国文化》[③]的出版,可以说在这方面进行了一次颇有意义的开拓。全

① 原载《中华读书报》2007年3月21日国际文化版,原题为《卡夫卡的中国想象》。
② 海德格尔:《荷尔德林诗的阐释》,孙周兴译,北京:商务印书馆2000年版,第113页。
③ 曾艳兵:《卡夫卡与中国文化》,北京:首都师范大学出版社2006年版。

书主体分为导论和正文九章共十部分。导论部分对卡夫卡在中国的接受以及卡夫卡对中国文化的了解等问题进行了简要的回顾和梳理，并详尽论述了卡夫卡对中国发生兴趣并进而接触、了解中国的原因及诸多可能性途径。第一章从总体论述卡夫卡与中国传统文化的关系。著者首先对德语文化中关于中国的“社会总体想象物”进行了大规模清理，构建了一个由莱布尼茨、康德、赫尔德尔、黑格尔、马克思、歌德、席勒、谢林和尼采等人言论及其作品交织而成的互文性的“中国形象”的网络谱系，在此基础上著者对卡夫卡书信、日记和谈话录中对于中国文化的14处直接评述一一进行了分析。

如著者所说，卡夫卡与中国文化的关系并非是一种可能的、想象的、推测的关系，而是一种事实的、真实的关系，这部分就通过对相关资料进行收集，寻找这种联系的各个连接点而证明了这一点。这是一项非常复杂艰巨的工作。特别值得指出的是，著者在对上述材料进行整理、归纳和分析时，总是联系了卡夫卡的具体创作，对这种“外部”因素向卡夫卡创作的内部渗透总是进行一些恰到好处的提示和勾连，比如席勒笔下的长城与卡夫卡笔下的长城的相似之处，黑格尔对中国哲学“循环、反复、迂回”等特征的概括与卡夫卡寓言式写作的风格的类似，谢林对老子哲学“道即门”的阐释与卡夫卡小说中的“门”的形象之间的关联等等。再比如，在谈到卡夫卡常常通过对中国诗的理解来界定和分析他与菲利斯之间的关系时，著者指出：“这种关系以后又体现在他的作品中”，“《城堡》里的K与弗丽达的那种若即若离的爱情关系就是这样”。[①]因而这部分内容不但强调“用事实说话”，而且为后面章节的具体展开铺垫了纵深的历史和思想背景，也为其埋下了遥相呼应的伏笔。该章最后则从中国文化的角度综论了卡夫卡包括《变形记》《美国》《诉讼》和《城堡》等在内的几乎所有重要作品中的中国文化韵味或东方色彩。著者指出：“卡夫卡的全部创作就是用德语在西方建造了一座新的‘万里长城’。”[②]

接下来的二、三、四章可以看作著者对这座德语的“万里长城”从跨文化的角度所进行的“分段”细读。应当说，这三章分别论述的三部作品《一次战斗纪实》、《中国长城建造时》与《往事一页》是全书论述的一个重点，也是全书的一

① 曾艳兵：《卡夫卡与中国文化》，第22页。

② 曾艳兵：《卡夫卡与中国文化》，第27页。

大亮点，因为正是这三部作品直接描写了中国或以中国为题材，最为集中地体现了卡夫卡对中国文化的想象和理解，因而也最有跨文化比较研究的价值和意义，并且除了《中国长城建造时》国内学者有若干论述外，其他两部作品据笔者所见还都是第一次被如此深入细致地探讨。这部分给笔者最深的印象就是著者鲜明的跨文化比较视野以及深厚的西方当代文学理论功底所产生的透视力。著者一方面力图从中国文化的视角理解、阐释卡夫卡——这常常带来新人耳目的发现，另一方面，他又始终警惕着以中国文化归化、误读卡夫卡的可能性。这样，在具体展开论述时，著者总是将所要论述的问题置放于一个宏观的历史和文本的背景上，然后结合卡夫卡的具体作品对其“中国因素”进行论证，最后又会回到卡夫卡，探讨和揭示卡夫卡对于这一因素的“利用”所具有的跨文化或超越单一文化的普遍意义。

在此以《一次战斗纪实》为例稍微展开来谈。著者首先联系时代背景，指出当时德国对中国的入侵和占有使卡夫卡越来越多地关注中国，并获得了大量有关中国的信息，而长期以来对遥远东方国度的神往使得卡夫卡希望借助想象逃离布拉格令人窒息的环境。著者对文本进行分析、考证后认为，《一次战斗纪实》中的“胖子”形象是卡夫卡逃离现实想象的化身，这一形象则来源于中国的“布袋和尚”(Pu-Tai)即弥勒佛，也令人联想起中国的皇帝，而胖子所坐的担架则与中国的“轿子”形象密切相关，卡夫卡对胖子之死的叙述受到了李白诗歌以及李白之死的传说的影响，叙述者“我”的形象源于中国瘦弱书生的形象，故事发生的背景充满明月、松树、微风、寒夜、秋琴等意象，与中国古诗的意境也颇有几分神似。所有这些，都说明“中国”给卡夫卡“提供了一种写作、创作和精神自由的机会和可能性”[①]。但著者没有就此止住，而是进一步论述了这篇小说的深层主题，即人与人的战斗、人与社会的战斗、人与自然的战斗、人与自我的战斗以及人与语言的战斗。这些显然都是20世纪西方文学的核心命题，具有鲜明的西方色彩。就人与自然的战斗这一主题而言，《一次战斗的纪实》虽然很多自然风景的描写，并使用了大量中国古诗的意象，但由这些意象所营造的整体氛围和意境，却与“中国风格”相去甚远。和中国古诗中天人合一的和谐稳定的世界图像比较起来，卡夫卡在这篇小说中更恰当地说应当

① 曾艳兵：《卡夫卡与中国文化》，第43页。

是表现了对于世界塌陷和解体的恐惧。这样,卡夫卡一方面在作品中镶嵌了中国因素,另一方面又对其进行了创造性融合改造,使之产生了一些新的更为普遍性的东西。著者对小说主题的把握显然是十分准确和深刻的。

著者是国内卡夫卡研究界的一流学者,迄今已发表了近30篇相关研究论文,同时也有西方文学及文化理论的深厚积累。更难能可贵的是,他对中国文化也有十分深入独到的研究,具备运用双向文化思维进行迂回思考的特殊优势,因此在对中西文化一些重要问题的考察中,他往往能够以简洁的语言切中要害,令人叹为观止。早在1996年问世的专著《东方后现代》中,就已经显示了他的这一优势,而在本书中,这一优势继续得以发扬。本书的第五章"卡夫卡与老庄哲学"、第六章"卡夫卡与《聊斋志异》"与第七章"钱钟书《围城》与卡夫卡《城堡》的比较研究",就充分体现了著者的上述特色。如"道与法""蝴蝶与甲虫""卮言与寓言"等等,看似简单的概括背后实际上包含着对东西方文化深层差异的洞察,而这种洞察力的获得又是建立在著者对中西文化熟悉的基础上的。值得称道的是,著者虽然具有深厚的理论功底,但其研究本身则建立在资料和文本的基础上,没有空谈理论、空发议论。

本书是乐黛云教授主编的"中学西渐"丛书之一种。在"总序"中,主编指出丛书的立意在于"对(中学西渐)这个充满着误读、盲点和过度诠释,同时又闪耀着创意、灵性和发展的非常复杂的过程进行饶有兴味的探索,比较全面、系统地梳理中国文化进入世界文化主流的历史现象,对在这方面有重大贡献的代表性历史人物,进行系统研究",目的在于"对两种文化相遇时所产生的种种理论问题进行探讨和总结"[①]。应当说,卡夫卡对中国文化"闪耀着创意和灵性"的借鉴和想象以及本书著者对这种借鉴与想象的同样"闪耀着创意和灵性"的阐释都是颇给人以启发的。著者常以中国之"道"来阐释卡夫卡作品的"法",这反过来也使我们从卡夫卡力图解释那些"不可解释的事情"的叙述里,从那幻象一般的真实里,获得了一种对于不可言说、超越叙述和解释的中国之"道"的更深入具体的理解。卡夫卡从对中国的理解、想象和误读中获得了属于自己的力量,当代中国文学也从卡夫卡那里获得了过去从未有过的震惊和启示,但同时我们更要看到,他留给了自己同时也留给了中国——确切地说处

① 乐黛云:《总序》,见曾艳兵:《卡夫卡与中国文化》,第5页。

在当代多元文化语境下的“我们”——远为痛苦的困境和更为棘手的难题：如何有效地进行跨文化对话？如何有效地推动东西方的真正的相互理解，并在这一理解的基础上有新的创造？卡夫卡在创作《中国长城建造时》也许已经隐隐约约地预感到了西方人对东方的“阐释的终结”，因而“放弃了对这一问题的考察，放弃了完成这篇小说的愿望”[①]。但无论如何，我们的阐释还必须进行下去，西方对东方、东方对西方以及东西方对世界的阐释都必须进行下去。

① 曾艳兵：《卡夫卡与中国文化》，第62页。

附录三

卡夫卡的《判决》:传统与背叛[①]

[美]伯曼·罗素 著 赵山奎 译

卡夫卡的《判决》(*Das Urteil*)短小精悍,却在文学原野上赫然耸立,此种情形并不多见。这个不乏欺骗性、布满了难以解决的问题的简短故事对卡夫卡来说是个突破,对解读者来说是个诱惑——解读者被其同时具有的松散和致密这两种相反相成的品质所吸引。卡夫卡记述了他是如何在1912年9月22日与23日之间的那个令他精疲力竭的晚上一鼓作气地写出了整个故事的。这是一个将他之前的文学试笔和其成熟之作分离开来的关键时刻:接下来的11月到12月他写出了《变形记》,长篇小说(布罗德后来命名为《美国》)的写作也取得了重要的进展。[②]《判决》的写作无疑把卡夫卡的创作力提升到了一个新的层面,是其一系列现在已占据现代文学核心地带作品的先导。我们知道卡夫卡要布罗德毁掉大部分写出来的东西,但《判决》不在其列。相反,该作是卡夫卡持续性地表示好感的为数不多的作品之一。[③]无论对于理解卡夫卡的主要成就,还是对于理解更为宽泛的20世纪文学之敏感性来说,它都占据了一个特

---

① 原文题为"Tradition and Betrayal in 'Das Urteil' ",收于*A Companion to the Works of Franz Kafka*, James Rolleston ed., New York: Camden House, 2002, pp.85–99。作者所引用《判决》原文和英译文据Franz Kafka, *Ein Landarzt und andere Drucke zu Lebzeiten*, ed. Hans-Gerd Koch, Frankfurt am Main: Fischer Taschenbuch Verlag, 1997; "The Judgment," in *The Complete Stories*, ed. Nahum N. Glatzer, New York: Schocken, 1971, pp.77–88,本译文原载《东吴学术》2014年第3期。译文发表得到原出版社与作者授权。

② Hartmut Binder, *Kafka-Kommentar zu sämtlichen Erzählungen*, Munich: Winkler Verlag, 1975, pp.123–125.

③ J. P. Stern, "Guilt and the Feeling of Guilt", in *The Problem of The Judgment: Eleven Approaches to Kafka's Story*, ed. Angel Flores, New York: Gordian Press, 1977, p.114.

殊的位置。[①]《判决》代表了一个突破,重新界定了文学经典的传统;这种重新界定是通过精确的文本逻辑展现出来的。

这一创造力为何会突然爆发,又为何采取了"判决/决断"这一形式?当然这里有一个传记性背景;许多评论着力于此,试图参照卡夫卡的生活来解释这个烦人的故事。1912年他遇到了后来成为其未婚妻的菲丽丝·鲍尔(Felice Bauer),这个故事就是题献给她的;很清楚,她成为作品里格奥尔格未婚妻弗丽达·布兰登菲尔德(Frieda Brandenfeld)的原型(二者的首字母一样),在与菲丽丝的通信中,他称《判决》为"她的故事"。结婚的愿景向卡夫卡提出了问题:他要献身于作家生活,离弃安全的布尔乔亚生活,但传统的婚姻生活和不那么传统的作家生活都将激活卡夫卡与他的父亲之间的麻烦关系。因此把这个故事非常明显的那些主题——比如说父子冲突、与一个远方朋友的关系以及迫近的婚姻——与卡夫卡的生活处境联系起来是似乎是有道理的。的确有批评家把卡夫卡在1919年写给父亲的信作为家庭关系紧张的证据,以此来解释《判决》,尤其是格奥尔格与父亲之间的争执。[②]

还有种做法是把注意力转向其文学来源,以此来解释该故事的复杂性。这种努力与探讨作品的传记性联系没有根本性差别:二者都试图通过外部的客观材料来解释。这并非是说:"通过解释来消除"——文学作品里的现象。在这方面,《判决》被与布拉格的一则童话故事联系起来,与陀思妥耶夫斯基的作品尤其是其《罪与罚》联系起来,与布罗德的小说《阿诺德·比尔》联系起来。[③]比较起来,卡夫卡与意地绪语剧团的相遇经历似乎具有无可置疑的重要性——写作《判决》之前的那段日子他常常去看戏。错综复杂的家庭关系,非现实主义姿势的运用,以及形势的突转直下都可以看作来自卡夫卡所观看的

① Walter H. Sokel, "Kafka and Modernism", in *Approaches to Teaching Kafka's Short Fiction*, ed. Richard T. Gray, New York: MLA, 1995, p.34.

② Hartmut Binder, *Kafka-Kommentar zu sämtlichen Erzählungen*, p.132; Gerhard Neumann, "'The Judgment', 'Letter to His Father' and the Bourgeois Family", in *Reading Kafka: Prague, Politics and the Fin de siècle*, ed. Mark Anderson, New York: Schocken, 1989, p.217.

③ Hartmut Binder, *Kafka-Kommentar zu sämtlichen Erzählungen*, pp.126–131.

戏剧表演。[1]还有一个更为纵深的相关来源是犹太教最为隆重的仪式——悔罪日，举行这个仪式的日子就是卡夫卡写作《判决》的那个夜晚的前一天。我们知道他在犹太教堂参加了这次活动，因此可以推测与仪式相关的比喻必定萦绕在他的脑际，其中至关重要的就是可能即将发生的神圣判决与悔罪。

这些传记性、互文性的参照尽管可能有其重要性——它们能阐明文本中的某个方面，它们却并不能提供对这个作品本身的富有穿透力的说明。卡夫卡与未婚妻或他父亲的关系，以及与他本人的阅读习惯、宗教信仰，都是非常私人化的东西。把这个故事与这类私人信息绑得太紧的解释因此就难以解释这个文本从专业批评家和公众读者那里都能引发的那种迷恋。罗纳德·格雷这样评论说：

> 卡夫卡是否不仅仅是自娱自乐呢？这里有没有为读者——一个"普通的读者"，某个为了阅读的快乐和获得启迪的读者而不是为了研究的读者——而准备的东西呢？为理解这个故事所需要的传记信息的数量首先表明，这个故事本质上是神秘的和隐微的，其次还表明，这个故事的价值更多地体现于它在卡夫卡作品中的位置——它作为一个起点和入口具有价值，但其自身还算不上成功的艺术品。[2]

把这个文本主要作为私人事务的表达其实是在暗示：这个文本作为文学价值不大，卡夫卡对这个文本的评价是错误的，还暗示它只应该被症候性地阅读，或在最好的情况下被当作研究以《变形记》为起点的成熟作品所要经过的一个环节。最终，这一方法把格奥尔格孤零零地留在了故事开头所呈现的他自己的房间里：格奥尔格或许是卡夫卡走向文学生活的一个人格道具，但其自身却并非一个具有想象力的成就。我们不能低估这种批评策略的诱惑力，因为这将把文本对读者提出的挑战减至最小。读者必须与文本中关于人际关系的让人苦恼的叙述纠缠：父亲与儿子之间争执的非逻辑特点，那个朋友不稳定

---

① Hartmut Binder, *Kafka-Kommentar zu sämtlichen Erzählungen*, pp.132-134; Evelyn Torton Beck, *Kafka and the Yiddish Theater: Its Impact on His Work*, 1971.

② Ronald Gray, "Through Dream to Self-Awareness", in *The Problem of The Judgment: Eleven Approaches to Kafka's Story*, p.72.

的立场,我们所了解的格奥尔格与其所受惩罚之严重性之间那让人诧异的不协调,以及或许最重要的,格奥尔格在执行对自己的死刑时所表现出的顺服。

我们不应贸然做出假定:作品中这些难以解决的困难会削弱其文学地位。相反,这种几乎难以穿透的网络系统,这种层层叠叠的意义区间,正是该作品的实质性成就。《判决》成为卡夫卡写作事业的一个突破,也是他关于正义和罪行之思考的一次具有决定意义的文学叙事,而正义和罪行,正是他其后作品的伟大主题。更重要的是,通过重新解释文学成就、文学判断/判决和文学经典的本性,此文本之错综复杂和布满问题的品质也为文学写作的可能性设定了新的标准。这个文本的主题是加于儿子身上的判决——我们将看到这个判决的可能性会变得如何费解,但它更是对文学的判决,对制度化的文学以及文学潜在能量的判决。《判决》召唤对文学生活的再度判决/判断。

《判决》的魅力首先源于故事开头和结尾之间令人窒息的对比——从沾沾自喜下降到自杀,叙述的简洁和快速更强化了这种艺术效果。本德曼在自己的世界里本来好好的,但在没有充分解释的情况下,突然一切显得都错了,这一突转把读者拖入了一个没有尽头的反思线圈,陷入了对于判决及其执行之解释的无穷寻找。然而,更切近地来看,最初的稳定和最后的惊跳都不具有单一的确定性意义,作品的叙述比初看上去要更复杂。叙述一开始采取了看似熟悉和俗套的现实主义文学修辞:所引入的青年商人是一个"标准"人物,毫无疑问,牢固地占据了中心视角。我们发现他在自己的私人房间里,坐在他的桌子旁,或更准确地说,坐在写字台(Schreibtisch, writing table)旁,他刚在那里写好了一封信;同时他可往窗外看,远处有桥、有河、有山。此类主人公及其将私人和公共领域(私人书信和外部景观)连接与整合起来的认知方式至少是自1848年以来德国现实主义文学的必备品——此类文学在主观的东西和客观的东西之间进行协调与平衡。[①]其实早在1912年之前,也不止在德国,现实主义文学的此类模式已经被商业化的娱乐文学所挪用,它们已经成为流行小说的标准模式。在《判决》的开头,卡夫卡炫耀性地展示了这些现实主义的标志,这种夸张的姿态反而破坏了这些标志的根基。故事开头被高调宣布的时间——

① Peter Uwe Hohendahl, *Literarische Kultur im Zeitalter des Liberalismus*: 1830—1870 , pp.376-419.

某个阳春周日上午——传达了某种童话氛围，这种氛围被故事所用的过去时态(Es war, It was)进一步强化。现实主义修辞和童话故事标志之间的文类张力应该会让读者保持警惕。格奥尔格在书桌旁的沾沾自喜其实并没有充分的依据，因为在一个更大的层面上，由传统现实主义(特别是其商业化和流俗化了变体)所承诺的认识方式之封闭结构将成为一个问题，将经受文学真实性期待视野的再次界定而成为一个问题。

严格意义上说，文学中的现实主义，就是在文学文本中突出感官细节(也就是日常生活模拟物)，再把它们按照从假设的角度来看是合理的顺序加以编排。因此，正如约翰·伊利斯所指出的，第一段的描写显得焦点没有调好。屋子有很多排，格奥尔格在其中一排的房间里，而这些屋子只在颜色和高度上有所区别。但这些被叙述者轻描淡写的"颜色"和"高度"恰也正是文学现实主义所要强调的有关文学事物最具标志性的特点。此外，在河对岸的原野的"绿色"被修饰为"弱的"(schwach)在德语中也是个奇怪的用法，在这里本应用另一个词。[①]现实主义者进行客观描述的目标眼看着就这样塌陷了，这一印象被格奥尔格所扮演的观察者所体现的观察视野进一步加强了。他似乎是一个寓言式形象，是作家审视展现在他面前的世界的寓言式形象。但我们发现他心不在焉。他以一种游戏般的态度把信装进信封，就好像它没什么特殊的重要性；他对窗外的世界显然也无甚兴趣。这里暗含着从格奥尔格的职业身份出发而来的解释：与世界的疏远关系，漠不关心，以及随着叙述的展开被归于他的罪过，都可以看作主人公置身其中的资本主义文化和私人财产所有制的必然结果。至少这对于马克思主义方法来说是个可能的起点。但这些和阶级相关的标示同时也是19世纪现实主义文学的显见标示，上述提及的第一段之异常微妙处，其实就已经为进一步审视这种已经文学化了的文化做好了准备。现实主义期待同时被强化和弱化。J. P.斯特恩说："在卡夫卡的故事中，煽情性的东西被避免了，因为从现实性的东西到超现实性的或幻想性的东西的转换是悄无声息的。"[②]现实主义认识框架的塌陷最终会在父亲对格奥尔格的

① John M. Ellis, "The Bizarre Texture of 'The Judgment'", in *The Problem of The Judgment: Eleven Approaches to Kafka's Story*, pp.76-77.

② J. P. Stern, "Guilt and the Feeling of Guilt", in *The Problem of The Judgment: Eleven Approaches to Kafka's Story*, p.119.

死刑判决中被实现,但这一点其实在看似平静的开头处的字里行间已经被预示了。

除了对文学现实主义描写的颠覆外,文本从一开始还在叙述视角方面引入了麻烦。从“那是一个星期天的早晨”的开头,读者便期待会有一个全知的叙述者谈谈主人公格奥尔格的个人感受和社会地位。第一段从叙述者的排屋视角很快地转到格奥尔格的视角:看到的是河对岸的原野。此后的视角持续在客观性描述和主观性视野之间交替;特别是通过一些指示词的使用,叙述者与读者似乎就和格奥尔格的主观性站在一起了。于是就有这样的建议:在彼得堡的朋友应把生意搬到“这里”;稍后又说格奥尔格的生意“现在”好了很多——就好像叙述者和读者共享着格奥尔格的“这里”和“现在”。就格奥尔格来说,在全知叙述者和被限定认识的人物之间进行清楚区分这一文学现实主义惯例失效了,尽管在其他人物那里这一区分还保留着:父亲仍是客观“报道”的对象。父亲的思考没有像格奥尔格的那样被揭示,其结果就是读者被要求接受一个关于格奥尔格的故事,从外部来说是这样,从内部来说则直接参与了格奥尔格的思考。私密房间的主观内部性与客观外部视野之间的区分,无论如何都难以成立了,而叙述自身的形式结构以相似的方式进一步破坏了这一区分。由书桌旁的格奥尔格所体现的那种个体性的或布尔乔亚式的独立自主正在失去其根基。

故事的结局同样复杂。起初,格奥尔格的失败似乎是开头场景的全然颠倒,那时他为自己的独立感到飘飘然;开头和结尾对应的分别就是私人空间的自由与公开的自裁,开头处自我满足的世界观崩溃了。但正如开头不是单一维度的——开头已经暗示了将要爆发的问题,结尾部分也不能简单地被解读为对主人公的弃绝。下达“判决”之后,父亲也垮了,这一描写标示他和儿子之间存在一种更为错综斑驳的关系,非简单的“父子冲突”模式所能涵盖。格奥尔格在楼梯与女仆的相遇(包括后者对耶稣的呼唤及遮盖脸部的动作)暗示的恰是一个错过的机会,(这个机会)与格奥尔格有着奇怪的对立关系——“但是他已经走了”,尽管转折词“但是”所表达转折的意思并没有得到解释。更令人困惑的还有那段被拖延的时间:格奥尔格跳过栏杆之后,还在桥那里吊了一会儿;格奥尔格用这段时间表达了他对父母的爱,还等来了一辆公交车;这后一个东西大概是为了盖住他落下去的声音而出现的,同时也使得他的死悖论性地具有了某种公共的匿名性。

如果现实主义认识原则的解体已经颠覆了《判决》开头关于独处之安全性的立场，那么对于结尾的推论就是：格奥尔格的跳河举动亦即他的自杀行为的最后性质在很多方面其实是不那么确定的。结尾与情节自身对结尾的要求比起来，少了一些绝对性。如前所述，父亲垮台了，父亲与儿子、法官和罪犯之间的清楚界限随之也成了问题。二者不是对立面，而是同一个机制或机构的参与者，这个机构的统治者可能就是某种罪疚(但愿这点能够确定)。如果是这样，它就是一种集体性的责任而非个体的罪过。《判决》不是格奥尔格个人命运的叙述，作品中复杂的"爱"的意象说明了这一点：女仆呼唤的"耶稣"、格奥尔格对父母的呼唤以及正开过来的"自我公车"(Autoomnibus)——该用语从构词方式上就挑明了独立自主的个体与更广泛的集体之间关系。在这个符号网络中，或许还可提及圣彼得堡、俄国教士以及父亲宣称自己是儿子朋友的代表：所有这些都可以看作基督教符号或象征。如果落入河中暗示了一种再生的洗礼，作品最后部分的用词"unendlicher Verkehr"(无尽的交通)也可以说表达了同样的意思：作为集体的人类的生命与生活正在进行，而无尽的交通也特别地包含着性的意味。斯坦利·康格德曾就此说起"结尾处的句子具有爱欲高涨及无尽'交通'所带来的兴奋和力量"[①]。至此，考虑到父亲的最后结局、对公共生活的诉求以及重生的可能，格奥尔格在父亲宣判之后的死亡就是作品的结局，这个最初印象就不太准确。以此来看，格奥尔格让自己从桥掉落并非叙述其死亡。相反，我们发现有着多重含义的无限交通取代了死亡，结尾远非确定的最终的结论。车流之下的格奥尔格死了还是活着，文本并未定论。

故事最基本的框架于是进入一个解释的漩涡。首次接近情节的读者不难发现，从在一个春天周日美好的早晨处在自己的房间里这个保护性环境中的格奥尔格，到跳进河里很可能已经毁了自己的格奥尔格之间，存在一个弧形的轨迹。开头和结尾之间的对比必定诱发弄清楚期间到底发生了什么的努力：对那个在美好周日早晨给自己朋友写信的美好的年轻人的裁决有什么正当的理由呢？但《判决》令人费解之处在于：比起故事的那个具有欺骗性的弧线所

① Stanley Corngold, "The Hermeneutic of 'The Judgment'", in *The Problem of The Judgment: Eleven Approaches to Kafka's Story*, p.40.

暗示的，开头和结尾之间的关系靠得要更近些，并非像表面看来难以兼容。如果另有一条进入《判决》的道路，这条道路的起点就是要认识书桌前的格奥尔格和挂在桥下的格奥尔格之间的紧张关系其实并非像最初看上去那样紧张。以此来看，叙述所要展开的，并非一个走了霉运的故事，也无关一个个体的不幸，毋宁说是关于一般意义上判决的本性以及这一本性与偶然或机运及世界的运行方式的故事。对这一可能的路径进行更深入的探索，就需要更切近考察故事中间也就是开头和结尾之间那个部分的构造机理和言辞特点。

如果说开头和结尾是连在一起的，这个将二者连在一起的东西也已经说过了，也就是在对法庭审议式言辞的常规期待与个体话语持续滑脱这一轨道并具有某种神秘性的特点之间的对立。一方面，格奥尔格和他的父亲（当然是以不同的方式）参与到了理性的论证中，直接或间接地（格奥尔格的思想流程有时是被叙述者“报告”的）。这种深思熟虑的言辞姿态诱惑读者将他们之间的争论当作严格意义上的争论，也就是说是逻辑的，近似于法庭辩论所使用的语言；这构成了衡量、评价和判断各种决定的一个尺度和背景，格奥尔格选择向朋友宣布订婚的决定，或者父亲的判决，都是在这样一个语言背景中被理解的。卡夫卡对法律语言的反复征用实际上构造了他所处理的素材，这种语言暗示，“判决”最终一定要有意义。但另一方面，文本也一再地表明，在其所用的语言和用于其中的话题之间存在着不协调。对此线索进行追索将导向这一理解：该文本至关重要的判决与其说是关于格奥尔格的，毋宁说是对于判决自身之可能性的。

对判决的批评最清楚地体现在文本对证据问题的处理上。法庭审理言辞需要证据，证据就是此种言辞的话题。要做出判决，必须参照事实以及事实被认定必然具有的意义。卡夫卡对其笔下的格奥尔格及其父亲的宣称进行了蜿蜒曲折的司法式语言包装，这给读者带来了相应的期待。但这些对于读者来说都不是陌生的东西，因为这已经构成对法律程序的现代理解：恰当的判绝不是任意的，必须有充分的证据以及对证据的恰当评价，评价必须根据论证的规则进行。

然而，《判决》尽管激起了对于深思熟虑之言辞品质的期待，其中的大多证词却以这种或那种方式显出是充满漏洞和不确定的——它们有很大的解释空间，对于手头的案件来说没有什么用处。这种颠覆性证词中可举一个较为明显的例子，比如格里高尔在家族企业中的崛起。关于此事的评论是一段显然出自叙述者角度，因此读者会期望得到一个确定的描述。但读者面对的却只是三个独立的叙述，每个前面都有个"也许"，其中最后一个其实根本不是什么理性的解释，只是将其看作意外的好运气。[①]这样，在对格奥尔格与其朋友之间的通信的性质以及更为具体地对格奥尔格商业成功之性质进行假定性的沉思的语境中，论证的基础，也就是证据性的基础，就成为推测性的。这是一个关键点，因为父亲后面将谴责儿子在商业上暗算他。

形式上是在进行理性论证，但支撑性证据不足或不兼容，这二者之间的不协调屡屡发生。相关的事实要么不具有决定性，要么对于所宣称的东西不恰当。为证明格奥尔格对父亲的爱，叙述者举的例子是他们在同一个食堂吃午饭，但文本却没说他们是不是在一起吃的；而他们在夜晚各自读各自报纸的景象所显示出的更多是疏离而非礼让。相似地，文本说格奥尔格的朋友没能对格奥尔格母亲的去世表达足够的哀悼之情，这点还被当作他在社会关系方面有问题的一个症状。但我们还了解到这个朋友事实上要极力促成他去俄国，这是一种情感表示，与格奥尔格自己摇摆于是否邀请他来参加自己的婚礼形成了鲜明的对比。因此格奥尔格对其朋友的判断，亦即他认为自己的朋友在社会关系中是孤独的，其实并不能从这个事实获得支持；这个事实倒可以用来证明相反的东西，无情的不是他的朋友，而是格奥尔格自己。

论证性宣称和所宣称的事实之间的不协调甚至也表现在那些看起来无争议的话语中。格奥尔格注意到父亲关着窗户，父亲说这是他的爱好。格奥尔格接着说外面暖和，"就好像在他前面那句评论加了一句"[②]。在这里并不清楚这句对于天气的随意评论放在这里什么意思：是对窗户没开这件事进行批评的延续呢，还是对父亲愿意让它关着的习惯的表示肯定呢？似乎理性的交谈在这里被模拟了，但在每一点上都缺乏实质性，甚至在对天气的谈论上。文本标示了这种滑向解体的论证，也就是说，文本缺乏强有力的逻辑，其后的评论只是"像是"之前事情的"延续"。

最后应当提及，不只是格奥尔格，父亲那些看似精审的宣称也在经受靠不

① Martin Swales, "Why Read Kafka?", *Modern Language Review*, 1981(76), p.360.

② "Wie in Anhang zu dem früheren"; "as if continuing his previous remark".

住事实的颠覆。他开始时对格奥尔格的批评伴随着一系列陈述,这些陈述恰好取消了所暗含的某些指控。起先他抱怨格奥尔格没有告诉他全部真相,而后又限定自己的说法,承诺说不谈那些无关紧要的事,也就是说,不谈那些可能与那位朋友无关的事。他批评格奥尔格不透露详情,而自己其实正在宣称他不会跟儿子讨论某些话题。而他很快突然转向,谈起了一些不幸的事情,一些发生在他妻子去世之后的事情,但又没指明到底是哪些事。他两次强调说“或许”是到了他们之间摊牌的时候了。这样的指控就同时被暗示和掏空。以相似的方式,他又说自己可能忽略生意上的一些事,暗示格奥尔格或许欺骗了他,但他对此并不明说。对这些交错起来而显得不那么清楚的指控,格奥尔格其实根本无法进行理性的反驳,因为父亲承认自己的记忆力正在衰退。这段文本因此就以理性判断修辞的方式向格奥尔格暗示了一个关于他罪行的宽广范围,与此同时又避免与任何具体的事实以及具体的指控扯上关系。任何想要以一种恰当的思考方式解释这种指控的努力都必定受挫,理性形式与最终难以触摸和确定的经验事实之间的鸿沟难以填补。

因此在《判决》中,法庭审议言辞已经失去了相对可靠的事实性证据本来能够提供的支撑。不仅如此,在总结性判断的层面上,法庭审议言辞还遭到了第二种意义上的失败,也就是说,正如对那些飘忽不定的要点的评价并不充分一样,总体性的判断也站不住脚。格奥尔格对朋友的判断(我们遇到的第一个判决),父亲对格奥尔格的判断(第二个判决),在细查之下,都没有一个能说服人的逻辑。相反,论证和经验在这两个情形中都显得不一致,尽管两种情形的矛盾特点有各自不同的表现。文本把格奥尔格对朋友夸大其词的关心放在前台,然而接下来反而更加泄露了他根本不愿让其来参加自己婚礼的实情。他一再声称为朋友的好处考虑,看起来倒更像是将其拒于千里之外的借口。这样,格奥尔格对朋友及其在俄罗斯情形的判断背后就有一个复杂的动机,这一点许多批评家都谈到了。隐蔽的忧虑埋藏在表层之下,迫使格里高尔对自己不愿邀请朋友的事实寻找理性的借口。在这里显示了卡夫卡对弗洛伊德与尼采的兴趣,包含对秘而不宣的和无意识的动机的认识。如格哈德·库尔茨所说:“考古的冲动,在城市之下寻找城市的冲动,把尼采、弗洛伊德和卡夫卡联系在一起,他们都是人类灵魂的现代发掘者。”[①]格奥尔格对父亲坚称他最初只是考虑到朋友的好处才犹豫是否要把结婚的事情告诉他:“这是唯一的原因。”[②]这一点被如此强调,读者不免会看出这个宣称其实是个借口。

相比格奥尔格对朋友的判决的公然欺骗,父亲对格奥尔格的评价所依据的法庭审议言辞要含混得多。在后一种情形下,判断的脆弱之处清楚地表现在父亲的言辞在许多方面的自我矛盾。他对儿子的痛切攻击一再地被其自我否定的言辞弱化。于是他最初对彼得堡的那个朋友的是否存在的质疑似乎只是为了反对自己:他坚称和这个朋友有一种隐秘的联系,并且还是这个朋友在此地的一个代表。在另一个例子中,他似乎一方面责备格奥尔格耽误婚姻太久了,与此同时却又批评他如此心血来潮地要结婚。最终格奥尔格被置于此境地:他与弗丽达的订婚既太早也太迟。最后,父亲对格奥尔格性格的判断也同样是矛盾的。格奥尔格因急于独立和成熟(表现在商业和婚姻领域)而受到批评,同时他也因孩子气而受到攻击:一个“小丑”,父亲的“小丸子”。对格奥尔格的指控是互相排斥的。在父亲的谴责中,读者不可能辨认出清晰的逻辑,他的谴责包括了诸多难以兼容的因素。换句话说,确有判决,判决也很严厉,但这判决却不符合此前由法庭审议话语所设定的规范。在格奥尔格对其朋友进行评判的情况中,文本显示出深层动机扭曲了判断,论证和结论并不契合。在父亲对儿子判决的情况中,我们只是得到了几个站不住脚的大胆断言。在两种情形中,《判决》都指向了内在于判断的结构性缺陷——进行判断是如何难以避免则是另外一回事。

判断的缺陷有两个来源。第一个涉及语言的使用:尽管卡夫卡个人的语言是精确的,格奥尔格却常常难以控制自己的言辞。语言胜过他,或者超越了他的掌控,有时飘忽,有时顽固,但从未完全受其控制。没有对语言的有效控制,他就没有为自己的情况进行辩护的位置。显然,论证性判断的逻辑没有能力依赖语言,后者倒是有取胜的需要。其结果是:语言能产生本不想要的结果,就如同与朋友的通信:格奥尔格本想随便聊聊,却由于提到一个陌生人的

---

① Gerhard Kurz, “Nietzsche, Freud, and Kafka”, in *Reading Kafka: Prague, Politics and the Fin de siècle*, pp.128–148.

② “aus keinem anderen Grunde sonst”; “that was the only reason”.

婚姻(本来这恰是为了避免谈论更为实质性的话题)而引发了朋友的好奇心。或者，在父亲愤怒的爆发中他的几次插话本来都是为了避开攻击，却悲惨地表明并不顶用。他缺乏完成一个强有力的反向论证的修辞力量。此外，另一个缺陷也把判断弄得不那么稳定——格奥尔格的主体性逐渐解体了。面对父亲，他被描述为越来越健忘，失去了为自己辩护所必需的连续性意识。这与开头处的自信满满、顾盼自得形成了鲜明的对照，尽管那时的格奥尔格也已经滑向某种失神状态。在与父亲的对话中，他持续性地失去记忆，这正支持了父亲的指控：儿子忘记了他死去的母亲。格奥尔格的即刻性逐渐引发了对过去的抑制；如果从对他的判决中找出一种关于判断的伦理的话，不妨说：失去过去意味着失去未来。

作品的非凡之处在于：在展示了任何一个判断过程都具有的缺陷之后，它仍然把读者无情地拖入一个必须做出判断的境况。然而，任何对《判决》的判断/判决，都不可能逃脱作品的叙事本身所呈现出来的“判断”的命运。可能之一，确认判决必须要赋予父亲的指控以一种逻辑上的连贯性，但这种连贯性在文本中是缺乏的。可能之二，试图回应指控来为格奥尔格辩护，需要一个现代主义的立场或女性主义立场的支持——它们反对父权和这位父亲的权威，这种立场如果贯彻到底的话，会主张颠倒一切判决。[①]最后，认为这个作品是对判断之不可能性的说明的解读则会把解读者卷到后现代意识的行为矛盾中：一方面坚称在一个绝对不确定的想象性世界里进行判断是不可能的，另一方面却又乐于拥有作为一个判断者的特权和优先权。[②]

不可能选择支持控告者，也不可能选择支持辩护者，因为双方的论证都有很大的缺陷。一个对文本进行详尽阅读的读者也不可能宣称不可能判断或判断的不可能——这个判断很明显既与这个故事的中心事件相矛盾，也与批评者自己的阅读过程相矛盾。相反，这个故事同时展现了进行判决的必须性和罪疚感的普遍共存性。格奥尔格和父亲都进行判决，也都分有着某种罪疚(这也正是为什么当儿子跑出去结束自己的生命时，父亲也垮掉了)。还有，在与

---

① Gerhard Neumann, “‘The Judgment’, ‘Letter to His Father’, and the Bourgeois Family”, in *Reading Kafka: Prague, Politics and the Fin de siècle*, pp.220–221.

② Stanley Corngold, “The Hermeneutic of ‘The Judgment’”, in *The Problem of The Judgment: Eleven Approaches to Kafka's Story*, p.40.

弗丽达谈话的过程中,格奥尔格把自己的朋友卷进了罪疚,弗丽达坚持要格奥尔格写信给朋友则促成了危机。如果初读起来《判决》像是关于格奥尔格的故事(这一印象因内心独白而得以强化),细查之下则会膨胀拓展起来。从一个单独的私人房间,衍生出父子冲突,进一步卷入了弗丽达、朋友和母亲的角色,而在边缘地带,还有俄罗斯的教士与群众,直到小说最后,出现了"自我—公共汽车"(Autoomnibus)和无尽的交通。叙事过程中的不断扩展为父亲的谴责增加了额外的分量:格奥尔格只想着他自己。罪疚内在于这一个体自我的闭锁过程。另一种可能是对于集体的多重关系的包容。格奥尔格开始的自我关注难以通达真正的独立自主。相反,开头那种孤立状态的自我存在形式不过是通向一种走向终结的软弱个体性的开始,事实上这种孤立状态与普遍性的异化状态沆瀣一气。所以他才会没有为自己做辩护的论证能力,只能顺服于对他的判决。《判决》的最后问题并非父亲判词的不可靠品质——我们知道任何判决的依据在最终的意义上都必然是脆弱的,而是格奥尔格的沉默与顺从。何种文化产生了如此强烈的服从意愿——哪怕这种服从导致的是自我毁灭?

这是一种关注自我之孤立状态的文化,也就是自恋文化,个体如此沉迷于自我以至于他变得看不见自我。[①]在此种文化中对自我的兴趣与背叛相联系:格奥尔格背叛了朋友和对母亲的记忆,也抛弃了自己的父亲。但首要的是:这种文化是由一种退化堕落的写作模式标示出来的——卡夫卡通过这个文本突破了自我,走向了成熟,而这个文本恰是关于写作的。我们在作品的一开始遇到的,就是一个写作者格奥尔格,一个避世独居、思前想后而又心神涣散的作家。我们知道他很想写出没有什么实质性内容的作品;我们还知道他试图利用语言策略来掌控读者;此外这种类型的写作看起来还不需要某种特别的努力——他以游戏般的慢腾腾的动作结束了写信。但这一文学世界最为突出的特点是动词的使用:格奥尔格刚刚"结束"(beendet)文本,这一用词以某种变化了的形式在结尾处重复出现了:"无尽(没有结束)的交通"(unendliche Verkehr)。《判决》自身所包含的批判视角及其对文学成规的抵制决定了其结尾的力度:封闭的形式、封闭的心灵以及由之而来的弱化的主体性。格奥尔格的

---

① Christopher Lasch, *The Culture of Narcissism: American Life in an Age of Diminshing Expectationism*, New York: Norton, 1979.

文本遗世独立，也正是这个原因才虚谎不实，其所采用的书信体对应的就是文化工业时代堕落退化的现实主义，这在小说的第一个句子所呈现的老套形象中就已经显示出来了。而作品《判决》表达了另一种选择：这种文学向社会和传统开放，向过去和经典开放，这种文学有能力赢得一种公共和群体的生活。那个在手掌切开十字的俄罗斯教士暗示了一种真正的写作，也预示了《在流刑营》中的身体铭刻。那个在书桌旁的自由个体尽管声称真诚和开明，最终却愿意接受自我毁灭，没有能力做出实质性判断；相反，宗教性群众却能够掀起一场革命。卡夫卡深受一种与传统有深刻共鸣的文学的吸引，这种文学“关乎民众”——他在1911年12月25日的一则日记中如此写道，以这种方式他也做出了对现代文化最严厉的判决：失忆，原子主义，以及对内在于任何判断的复杂困难的持续逃避。

后 记

坦白说，对这本书稿的出版，谈不上有多高兴，甚至有些沮丧，尤其当我在某一天忽然发现自己把沃尔夫博士在1917年写给卡夫卡信中的“堂姐妹或表姐妹/Kusine”错误地翻译成了“外甥女”时（详见本书第六章《〈变形记〉早期评论回顾》），更是羞愧得不知如何是好。但错误已经发生，已经发生的错误已经构成真实事件的一部分（该章内容最初发表于《南京师范大学文学院学报》2015年第4期，中国人民大学《外国文学研究》2016年第4期转载，随后中国社会科学网和光明网也转载了）。人只能承认一个错误，却没有能力更正一个错误，因为在严格意义上更正一个错误需要回到那个错误发生的前头去阻止它的发生，但没人能够回到过去。现在若要纠正过去的错误，就意味着要现在把这个错误与现在所联系的方方面面都切割出去——莫说这做不到，即便做到了，某种意义上也是更严重的欺骗。一个可以稍微宽慰自己也多少有些相似的例子是：如果没有当年弗洛伊德所引用的达·芬奇笔记德译文中的那个翻译错误（其中的nibio被译成了Gerer，即秃鹫），也就不会有《达芬奇》那部精神分析传记的奠基之作了。人们和弗洛伊德后来发现了那个错误，但也没有能力去纠正和消灭这个错误；错误与对错误的发现，以及明知是错误却仍愿意传播之，都构成了由我们的人性所决定和非我们的人性所能左右的时间所构成的真实历史的肌理。对于犯了错误的人来说，或许可以对他说：你撞上了这面墙，这枚苦果你得吞下——卡夫卡的说法是：这不是墙，这是做成墙状的葡萄。

让我感到沮丧的还有，自己并没有写出想象中的“卡夫卡学术史研究”。按照原来的构想，这本书应该包括：一个分若干阶段的、编年顺序的、跨国和跨语言的国际卡夫卡学术发展进程的描述；卡夫卡学术批评史的主要流派/类型及其代表批评论著的评述；卡夫卡主要作品批评史或解读史评述；百年卡夫卡学术论争热点问题评述。现在看来，上述美妙构想的完整实现仍需时日，因为，正如《城堡》中奥尔嘉对城堡官员的马车所走道路的困惑，我也还没能琢磨出卡夫卡学术的“路数”来：“从大路通往城堡的车道有好多条，有一阵子，某一条车道很走俏，大多数官员都走那条路，过一阵，换了另一条了，大家又一窝蜂地挤到那边去。这种流行色的变化有什么规律现在还没有人琢磨出来。”

某种意义上，本书只能算是以一己之体验和能力，借助若干学术个案对浩如烟海的研究文献之“一瞥”或“轻触”。这种触碰的意义，在上引城堡马车的段落中也有一个可借以说明的类比：奥尔嘉对城堡官员的叙述，曾在K的眼前展开了一个“十分巨大的、几乎不可信”的世界，在那个世界里，城堡官员所乘坐的马车飞驰，车上装满了需要他们用心研究的文件（文献），K当时就忍不住用自己的一桩桩细小的经历去“碰一碰它”，以便自己“能真正相信这个世界的确存在着，他自己这个人也的确存在着”。

即便如此，我也常常感到力不从心，尤其“导论”中要背负对百年卡夫卡学术进行反思的任务，实在难堪重负，如今读来更像是对自己为何没有写出一部规范的学术史著作所进行的辩解，尽管我也认为，这一辩解并非没有一定的道理。诚如我的老师在序中所说，卡夫卡是说不尽的，本书稿便是对这“说不尽”说点什么的尝试；而无论我说了些什么，总是不能说到那“说不尽”的“说”的外面。细说起来，每一篇论文，每一个争论，甚至每一个句子，都是说不尽的，因此情况常常是，说到最后说不动的时候，说者也不知道自己在说些什么了。或许在“说”这个问题上，“不说尽”的自我限定反倒明智些——既然我们不能“尽说不”和“尽不说”。

值得高兴的是，恩师曾艳兵先生为本书写了很不错的序。曾老师的回忆把我带到了20年前在青岛大学读书的那个时空，那时青岛大学课堂上的曾老师差不多就是我现在的年纪，那时从坐落在浮山脚下教学大楼4楼的401教室里向外看，还能看见远方的大海，那时我就常常一边听课，一边看海，既在听课的时候看海，也在看海的时候听课。1998年春季学期里的某一天上午，阳光灿烂，万里无云，正在看海的时候，耳边恍然飘来曾老师读艾略特《荒原》里诗句的声音：“我什么也不知道，望着光亮的中心看时，是一片寂静。荒凉而空虚的是那大海。”此后的岁月里，这几句诗便成为我看海时的画外音。